Weitere Titel der Autorin:

Perfect Passion – Stürmisch
Perfect Passion – Verführerisch
Perfect Passion – Sündig
Perfect Passion – Feurig
Perfect Passion – Fesselnd
Perfect Passion – Berauschend

Perfect Touch – Ungestüm
Perfect Touch – Intensiv
Perfect Touch – Ergeben
Perfect Touch – Untrennbar

Weitere Bände in Vorbereitung

Über die Autorin:

Jessica Clare lebt mit ihrem Mann in Texas. Ihre freie Zeit verbringt sie mit Schreiben, Lesen, Schreiben, Videospielen und noch mehr Schreiben. Sie veröffentlicht Bücher in den unterschiedlichsten Genres unter drei verschiedenen Namen. Als Jessica Clare schreibt sie erotische Liebesgeschichten. Ihre Serie PERFECT PASSION erschien auf den Bestseller-Listen der NEW YORK TIMES, der USA TODAY und des SPIEGELS. Mehr Information unter: www.jillmyles.com

Jessica Clare

PERFECT TOUCH

ERGEBEN

Roman

Aus dem amerikanischen Englisch
von Kerstin Fricke

BASTEI LÜBBE TASCHENBUCH
Band 17 578

Dieser Titel ist auch als E-Book erschienen

Vollständige Taschenbuchausgabe

Deutsche Erstausgabe

Für die Originalausgabe:
Copyright © 2015 by Jessica Clare
Titel der amerikanischen Originalausgabe:
»The Billionaire takes a Bride«
Originalverlag: InterMix Books, New York
Published in Agreement with the author, c/o Baror International, Inc.,
Armonk, New York, USA

Für die deutschsprachige Ausgabe:
Copyright © 2017 by Bastei Lübbe AG, Köln
Textredaktion: Mona Gabriel, Leipzig
Titelillustration: FAVORITBUERO, München unter
Verwendung eines Motivs von © shutterstock/Karolina L
Umschlaggestaltung: FAVORITBUERO, München
Satz: Urban SatzKonzept, Düsseldorf
Gesetzt aus der Garamond
Druck und Verarbeitung: GGP Media GmbH, Pößneck
Printed in Germany
ISBN 978-3-404-17578-9

5 4 3 2 1

Sie finden uns im Internet unter www.luebbe.de
Bitte beachten Sie auch: www.lesejury.de

Ein verlagsneues Buch kostet in Deutschland und Österreich jeweils überall dasselbe.
Damit die kulturelle Vielfalt erhalten und für die Leser bezahlbar bleibt,
gibt es die gesetzliche Buchpreisbindung. Ob im Internet, in der Großbuchhandlung,
beim lokalen Buchhändler, im Dorf oder in der Großstadt – überall bekommen Sie Ihre
verlagsneuen Bücher zum selben Preis.

1

»Deine Mutter hat Krebs.«

Sebastian Cabral schlug sich vor Schreck eine Hand vor den Mund. Er wusste nicht, was er denken sollte. Angst und Sorge durchzuckten ihn, und er konnte sich bildlich vorstellen, dass seine Mutter am Boden zerstört gewesen war, als sie diese schreckliche Nachricht erhielt. »Verdammt. Das ist ja furchtbar. Warum hat sie mir denn nichts davon erzählt?«

»Es steht in der Storyline dieser Staffel.« Sein Anwalt besaß den Anstand, peinlich berührt auszusehen. Er schob einen Stapel Papiere zu Sebastian hinüber und deutete auf einen Absatz. »Es steht hier auf Seite sechzehn. ›Mama Precious, gespielt von Elizabeth Cabral, wird sich einer Krebstherapie unterziehen. Dazu wird sie die unterschiedlichsten Behandlungsmethoden ausprobieren, von ganzheitlichen Spas bis hin zu Schamanen.‹ Mir wurde gesagt, dass sie zum Staffelfinale als geheilt gelten wird und dass man versucht, mit diesem Handlungsstrang die Einschaltquoten zu verbessern.«

Sebastian ließ sich in seinen Stuhl zurücksinken, wollte kaum glauben, was er da hörte. Ihm fiel die Kinnlade herunter. »Augenblick mal. Soll das heißen, dass sich der Sender diese Krebsgeschichte ausgedacht hat und sie damit einverstanden ist? Nur damit sie sich bei einem Schamanen mit Kristallen einreiben kann?«

»Ja, so wurde mir das mitgeteilt.«

»Das ist doch absolut lächerlich.« Er konnte es nicht fassen. Sie erfanden tatsächlich eine Krebserkrankung? Wo so viele

Menschen da draußen wirklich unter Krebs litten oder einer ihrer Angehörigen an Krebs erkrankt war? Wo seine eigene Großmutter an Krebs gestorben war? Das war ein Tiefpunkt. Ein absoluter Tiefpunkt.

Aber so lief das nun einmal im Reality-TV.

Sebastian saß in der Kanzlei seines Anwalts im Zentrum von Manhattan und ging mit ihm die Verträge und Planungen für die anstehende Staffel von *The Cabral Empire* durch. Dabei war es völlig unwichtig, dass er sich weigerte, in der Serie mitzuspielen. Der Rest seiner Familie war dabei, und schon allein aus diesem Grund wurde er in den ganzen Medienhype mit hineingezogen.

Tatsache war nun einmal, dass seine Familie berühmt geworden war, indem sie sich in einer Reality-Fernsehshow lächerlich machte und völlig danebenbenahm. Sein Vater war ein achtzigjähriger portugiesischer Milliardär, der sein Geld geerbt hatte und deshalb »Daddy Money« genannt wurde. Seine Mutter war ein ehemaliges Model in den Fünfzigern, die Dauergast bei Schönheitschirurgen war, verrückte Hobbys hatte, und man nannte sie »Mama Precious«.

Er benutzte diese Namen allerdings nicht. Die ganze Welt nannte sie so, aber für ihn waren sie weiterhin Mom und Dad, so wie bei ganz normalen Menschen.

Doch seine Mutter hatte schon immer berühmt sein wollen. Es reichte ihr nicht aus, als Exmodel mit einem fast doppelt so alten Milliardär verheiratet zu sein. Sie sehnte sich nach Ruhm. Als Sebastian Mitte zwanzig gewesen war, hatte seine Mutter Kontakt zu einem Fernsehproduzenten aufgenommen, der auf der Suche nach Ideen für neue Realityshows war. Sofort hatte Mrs Cabral ihre Familie ins Spiel gebracht. Die erste Staffel hatte sich darum gedreht, wie seine Mutter ein neues Haus für die Familie in New York kaufte und ausgiebige

Shoppingtrips machte, bei denen sie das Geld ihres Mannes verprasste. Es war ein dummes, unspektakuläres Fernsehformat, das rasch ihren Alltag bestimmt hatte. Sebastians jüngere Geschwister waren ebenfalls nicht von den Kameras verschont geblieben. Dolph und Cassie gingen auf hiesige Colleges, anstatt wegzuziehen, damit sie Teil der Show bleiben konnten. Amber wurde von einem bekloppten Hauslehrer unterrichtet. Sogar das Hausmädchen war ein fester Bestandteil des Formats.

Es war völlig bescheuert. Die Mitglieder seiner Familie waren ein Haufen Nobodys, die zufälligerweise Geld hatten und es für dämliche Dinge ausgaben. Die Serie hätte eigentlich gar keinen Erfolg haben dürfen. Er hatte damit gerechnet, dass sie nach wenigen Folgen wieder eingestellt würde.

Doch das Schicksal hatte es anders gewollt, und *The Cabral Empire* hatte eingeschlagen wie eine Bombe.

Mit einem Mal wurde die Cabral-Familie zu schicken Premieren eingeladen, mit Geschenken überhäuft und erschien auf den Titelblättern der Klatschzeitungen. Dabei war es völlig unwichtig, wie peinlich oder unerhört etwas war – sofern es die Bekanntheit steigerte, stürzten sich die Cabrals förmlich darauf. Sebastian war der Einzige, der nichts damit zu tun haben wollte. Er fand das Ganze absolut lächerlich und mehr als nur ein bisschen peinlich.

Das Problem war nur, dass die Produzenten und Fans der Show umso entschlossener waren, ihn in die Serie zu integrieren, je vehementer er sich weigerte. Vorschauen, in denen er seine Mutter besuchte, wurden in Fernsehspots gezeigt. Klatschzeitungen stellten Spekulationen darüber an, welches »Geheimnis« ihn umgab und warum er nicht in der Show mitspielen wollte. Sein Foto und die Tatsache, dass er der Haupterbe des Milliardenvermögens seines Vaters war, brachten ihm mehr Aufmerksamkeit ein, als ihm lieb war. Die Welt wollte unbedingt mehr von dem heißen, unnahbaren, milliardenschweren Cabral-Erben sehen.

Besagter Erbe wollte nur leider nichts mit der Welt zu tun haben.

So saß er jetzt hier bei diesem auf Entertainment spezialisierten Anwalt, um durchzugehen, was sie bei *The Cabral Empire* über Sebastian zeigen durften und was nicht. Es war nicht erlaubt, Aufnahmen von ihm in einer Vorschau zu zeigen, ebenso wenig wie seine Fotos. Sie durften keine Werbung mit ihm machen, und er stand auch nicht für Marketingzwecke zur Verfügung. Und ganz bestimmt würde es keine Storyline geben, die sich um seine Person drehte. Es war schon schlimm genug, wenn sie ihn bei Familienbesuchen zu Gesicht bekamen, da sich dann immer sofort jemand mit einer Kamera auf ihn stürzte.

Er hätte auch sagen können, dass überhaupt keine Aufnahmen von ihm gezeigt werden durften. Absolut gar nichts. Aber der Sender hatte darauf bestanden, und seine Mutter hatte geweint und ihm gesagt, dass die Verantwortlichen gedroht hätten, die Show ganz einzustellen, wenn er nicht wenigstens ab und zu am Rande zu sehen wäre. Daher hatte er widerwillig zugestimmt, denn auch wenn seine Eltern offenbar völlig verrückt geworden waren, liebte er seine Familie.

Aber Krebs? Das war definitiv ein neuer Tiefpunkt. »Ich weigere mich, Teil irgendeiner Krebsgeschichte zu sein. Dabei mache ich auf gar keinen Fall mit. Meine Richtlinie ist und bleibt: Je weniger ich in der Show auftauche, desto besser.« Die gerade mal drei Minuten, die er während der letzten Staffel zu sehen gewesen war, hatten ausgereicht, um sein Sozialleben auf unabsehbare Zeit zu ruinieren.

Daher wollte Sebastian aus der Show rausbleiben.

»Die Krebsgeschichte ist leider nicht die einzige, die problematisch werden könnte«, sagte sein Anwalt, dessen Miene sich nur als schmerzverzerrt bezeichnen ließ.

Sebastian stöhnte ein weiteres Mal auf. So langsam bekam er Kopfschmerzen. »Was in aller Welt haben sie sich denn noch ausgedacht, das schlimmer ist als eine falsche Krebserkrankung?«

»Sie holen Lisa wieder zurück.«

Ach, das durfte doch nicht wahr sein.

Lisa Pinder-Schloss war vor einigen Jahren, als die Show auf Sendung gegangen war, seine Freundin gewesen. Sie war ein Model und ehemalige NFL-Cheerleaderin mit einem hübschen Gesicht und einem umwerfenden Körper. Eigentlich war sie witzig und lebendig, aber letzten Endes war das Fernsehen ihrer Beziehung zum Verhängnis geworden. Genauer gesagt *The Cabral Empire*. Sie hatte regelmäßig mitspielen wollen, er nicht. Und so waren sie jedes Mal, wenn sie ausgingen, von Kameras umringt gewesen.

Kurz danach hatten sie sich getrennt. Lisa blieb für eine oder zwei Staffeln ein fester Bestandteil der Show und hatte sich danach »anderen Dingen« zugewandt. Diese schienen sich jedoch nicht so entwickelt zu haben wie erhofft, da sie jetzt wieder zurückkehrte. »Warum kommt sie zurück?«

»Ihre Storyline besagt, dass sie wieder mit Ihnen zusammenkommen will.« Der Anwalt deutete auf den entsprechenden Punkt im Vertrag. »Sie wissen, was das bedeutet.«

Sebastian stöhnte und vergrub den Kopf in den Händen. »Wieso habe ich eigentlich einen ganzen Anwaltsstab und schaffe es trotzdem nicht, mich aus diesem verdammten Fernsehgeschäft rauszuhalten?

»Weil Sie zu Beginn der Show einen sehr ungeheuerlichen Vertrag unterschrieben haben, Mr Cabral, und darin zeitlich unbegrenzte, sehr spezifische Klauseln enthalten sind, die besagen, dass Sie gefilmt werden dürfen, wenn Sie mit einem der Hauptakteure zusammen sind. Und da Sie das unterschrieben haben, kann ich in dieser Beziehung nicht mehr viel ausrichten.«

Er sah seinen Anwalt genervt an. »Ich hatte ja keine Ahnung, dass meine Mutter mich derart verkaufen würde.«

»Ihre Mutter spielt der ganzen Welt eine Krebserkrankung vor, um bessere Einschaltquoten zu erzielen.«

Verdammt, der Mann hatte recht. »Vor ein paar Jahren war sie noch ganz anders, das kann ich Ihnen versichern.« Sonst hätte er diesen vermaledeiten Vertrag nie unterschrieben, den man ihm vorgelegt hatte, denn das hatte er nur ihr zuliebe getan. Damals hatte er noch geglaubt, die Show würde auf irgendeinem unwichtigen Sender ein paar Wochen vor sich hin dümpeln und dann abgesetzt werden.

So naiv war er jetzt schon lange nicht mehr.

»Sie werden leider in dieser Staffel eine feste Rolle spielen, ob Sie es nun wollen oder nicht. Aus der Krebsgeschichte können Sie sich vermutlich raushalten, aber die Lisa-Storyline bedeutet, dass Sie garantiert mehrmals damit konfrontiert und gefilmt werden.«

Wieder stöhnte Sebastian. Er wollte sich das alles gar nicht ausmalen. »Was habe ich für Optionen?«

»Sie können New York verlassen, während die Staffel gedreht wird. Wenn Sie nicht hier sind, kann man Sie auch nicht filmen.«

Er warf dem Mann einen verärgerten Blick zu. »Ich werde mich nicht monatelang vor der Welt verstecken. Meine Freunde und mein Geschäft sind hier.« Verdammt, er war morgen Abend zu einer Verlobungsparty eingeladen. Doch das würde er hier ganz bestimmt nicht erwähnen, nicht dass sein Anwalt sich noch verplapperte und das einem Mitarbeiter der Show erzählte. Der letzte Anwalt, den er angeheuert hatte, war in dieser Hinsicht nicht besonders zuverlässig gewesen …

… und spielte jetzt regelmäßig bei dieser dämlichen Show mit.

»Sie könnten Ihre Familie in Portugal besuchen? Nach Ihren Wurzeln fahnden? Besitzt Ihr Vater dort nicht ein Schloss?«

»Zwei sogar.« Sebastian trommelte mit den Fingern auf dem Tisch herum und dachte nach. Dann schüttelte er den Kopf. »Die würden mir nur dorthin folgen.«

»Dann schlage ich vor, dass Sie sich auf eine weitere Runde Medienwahnsinn vorbereiten.«

Er starrte den Papierkram in den Händen seines Anwalts an und verspürte den starken Drang, ihn aus lauter Wut einfach zu zerreißen. »Könnte ich nicht eine einstweilige Verfügung gegen Lisa erwirken?«

»Glauben Sie nicht, dass das auch in den Zeitungen auftauchen würde? Die würden sich doch förmlich darauf stürzen, und die Show würde das genüsslich auskosten.«

Okay, da hatte er auch wieder recht.

»Sie brauchen eine Alternative«, erklärte der Anwalt direkt. »Seien Sie kreativ. Es sei denn, Sie möchten wieder mit Miss Pinder-Schloss zusammenkommen?«

»Auf gar keinen Fall.« Lisa hatte sich von einem süßen, wenngleich etwas naiven Mädchen in eine Frau verwandelt, die völlig besessen von ihrem Aussehen war und dafür sorgte, dass jede ihrer Bewegungen von den Paparazzi dokumentiert wurde. »Das mit Lisa und mir war nur eine kurze Affäre. Der einzige Grund, warum es länger als ein paar Wochen gedauert hat, war, dass wir meiner Mutter über den Weg gelaufen sind, als sie gerade gefilmt wurde.« Was natürlich von vorn bis hinten geplant gewesen war, nur hatte er das damals noch nicht gewusst.

Doch auch in dieser Beziehung war er nicht mehr so naiv wie früher.

»Dann brauchen Sie etwas, das Ihnen diese Frau vom Hals hält.«

Das stimmte. Aber was?

* * *

Er dachte noch immer darüber nach, als der Termin schon längst beendet war und er sich von seinem Fahrer in sein Stadthaus zurückbringen ließ. Die meisten Räume waren kunstvoll karg gehalten und nur minimalistisch dekoriert. Dafür hatte er extra Innenarchitekten engagiert, die besten, die Manhattan zu bieten hatte. Jetzt ignorierte er den Rest des ansehnlich eingerichteten Hauses und ging direkt in sein Arbeitszimmer, das er gern als sein »Denkzimmer« bezeichnete. Die Tür schloss er immer ab, damit die Hausmädchen nicht einfach reinplatzen oder seine Bilder durchsehen konnten.

Denn wie jeder siebenjährige Junge auf der Welt hatte auch der kleine Sebastian Cabral gern gemalt. Doch anders als andere Kinder war er dieser Phase nie entwachsen. Seine Familie interessierte sich eher für Geld oder gesellschaftliche Ereignisse und hatte seinen Drang zu »kritzeln« nie nachvollziehen können.

Aber Sebastian empfand es als sehr entspannend, etwas mit seinen Händen zu erschaffen. Zuweilen arbeitete er an Skulpturen, hin und wieder schuf er Gemälde, aber meistens zeichnete er. Allerdings keine Landschaften, fantastische Monster oder dergleichen.

Sebastian zeichnete gern Frauen. Er vermutete, dass der

heißblütige Mann in ihm einfach die weibliche Gestalt in all ihren Aspekten zu schätzen wusste, seien es nun dünne, elfenartige Mädchen mit großen Augen oder kurvige, vollbusige Frauen. Er zeichnete sie alle gern.

Er setzte sich an seinen Zeichentisch und schob einen Stapel halb fertiger Skizzen beiseite. An den Wänden des kleinen Zimmers hingen weitere Skizzen wild durcheinander. Er holte seine Kreidestifte und ein neues Blatt Papier hervor und begann mit dem sanft geschwungenen Umriss der Wange einer Frau, um dann die Augen, die Nase und den Haaransatz hinzuzufügen. Es sollte keine bestimmte Frau werden, doch mit der richtigen Frisur hätte sie Bettie Page sehr ähnlich gesehen. Er liebte es, sich beim Zeichnen zu entspannen. Manchmal malte er auch die Frauen, mit denen er ausging.

Lisa hatte er allerdings nie gezeichnet.

Und er verspürte nicht den Drang, jetzt damit anzufangen.

2

Chelsea Hall rückte ihre Knieschoner zurecht und überprüfte ein letztes Mal ihren Ellenbogen- und Handgelenkschutz. Sie wackelte probehalber mit den Fußknöcheln, aber ihre Rollerskates waren fest zugeschnürt. Das Spiel konnte losgehen.

Kid Vicious, die neben ihr stand, schlug Chelsea auf den lilafarbenen Helm. »Bist du bereit, sie fertigzumachen, Chesty LaRude?«

»Ich wurde schon bereit geboren, Baby«, erwiderte Chelsea und schubste ihre Teamkameradin mit dem Ellenbogen zur Seite.

Kid Vicious knurrte. »Das ist unfair.«

»Fairness hebe ich mir für die Party nach dem Spiel auf.«

Die Musik setzte ein, und die Stimme des Sprechers hallte durch die Arena. »Ich bitte um einen herzlichen Applaus für die Broadway Rag Queens!«

Jubelnd rollten Chelsea und die anderen Frauen aus ihrem Derbyteam zu den Klängen von Destiny's Childs *Bootylicious* in die Arena. Sie drehten einige Runden, spannten die Arme an und gaben eine Kostprobe ihres Könnens. Dabei wurden nacheinander ihre Namen verkündet.

»Good Whip Lollipop, Nummer eins!«

»Morning Whorey, Nummer drei Punkt vierzehn!«

»Lady ChaCha, Nummer achtzehn!«

»Chesty LaRude, Nummer vierunddreißig DD!«

Chelsea hob die Arme und warf Kusshände ins Publikum. Sie wackelte mit dem Hintern, fuhr auf einem Bein, dann auf

14

dem anderen und machte Faxen für die Zuschauer. Ihre kleinen Zöpfe flatterten auf ihren Schultern, und sie hob den Rock hoch und zeigte ihr knallgelbes Höschen mit dem »Durchfahrt verboten«-Straßenschild. Es machte einen Heidenspaß, so mit dem Publikum zu schäkern. Roller Derby war ein Sport, doch dabei ging es auch um Selbstsicherheit und Spaß.

»Kid Vicious! Sandra Flea! Tail Her Swift! Gilmore Hurls! Cherry Fly! Rosa B Ready! China Brawl! Pisa Hit! Grief Kelly!«

Nachdem das Team vorgestellt worden war, verließen alle die Bahn und begaben sich zu ihrer Bank. Das gegnerische Team, die Diamond Devils, kam in die Arena und wurde dem Publikum ebenfalls präsentiert. Chelsea setzte ihren Mundschutz ein, und ihr Coach, Black HellVet, deutete auf sie. »Okay, Ladys. Unsere ersten Blocker sind Chesty, Grief und Pisa. Vicious, du bist der Pivot, und Lollipop ist der Jammer. Noch irgendwelche Fragen? Nein? Gut. Dann raus mit euch.«

Sie stießen sich mit den Unterarmen an und nahmen johlend und kreischend ihre Plätze auf der Bahn ein.

Chelsea war eine der Blockerinnen und somit keiner der »Stars« des Teams. Damit hatte sie jedoch kein Problem. Blocker hatten auf der Strecke den meisten Körperkontakt. Während die Jammer vorausrollten und alles daransetzten, Punkte zu machen, und die Pivots die Geschwindigkeit vorgaben, versuchten die Blocker, ein möglichst großes Chaos anzurichten, und genau das machte Chelsea am meisten Spaß. Als die Pfeife zu hören war, rammte sie sofort die Diamond-Spielerin neben sich und fuhr dann vorwärts. Sie war bekannt dafür, auf der Strecke brutal vorzugehen, und sie gab wie immer alles.

Das war nun einmal ihr Stil. Während der nächsten halben Stunde blockte sie, was sie konnte, durchkreiste die Arena, warf sich gegen ihre Gegenspielerinnen und ging volles

Risiko, wenn nichts anderes funktionierte. Sie würde am nächsten Morgen jede Menge blaue Flecke haben, doch jetzt zählte nur das Spiel. Die Rag Queens führten mit vier Punkten, aber das war nicht viel. Ein guter Jam, und schon wären die Diamonds wieder in Führung. Aus diesem Grund blockte sie etwas intensiver und schaffte es sogar, eines der Mädchen aus der Spur zu bringen.

Dann war Halbzeitpause, und alle zogen sich in die Kabinen zurück. Sie versammelten sich und wollten schon die Strategie für die zweite Halbzeit besprechen, doch dann merkte Chelsea, dass sie vor dem Spiel zu viel Wasser getrunken hatte. »Ich muss auf die Toilette«, kündigte sie an. »Besprecht euch ja nicht ohne mich.«

Cherry Fly stöhnte. »Musst du schon wieder pinkeln? Ist ja nicht wahr.«

»Ich kann es doch nicht ändern. Das Blocken wirkt nun mal so bei mir.«

Cherry hielt inne. »Soll ich mitkommen?«

Chelsea schüttelte den Kopf. Sie wollte ja nur kurz auf die Toilette, da würde schon nichts passieren. Sie zwinkerte den anderen zu, legte ihren rosafarbenen Mundschutz in die dazugehörige Schachtel und rollte aus der Kabine in Richtung Toiletten. Eigentlich gab es auch eine Toilette in der Kabine, aber da wurde gerade gebaut, und es stank dort wie in Sandra Fleas alten Knieschonern. Deshalb steuerte sie die öffentlichen Toiletten an. Da gerade Pause war, würde dort bestimmt ein ziemlicher Andrang herrschen, aber normalerweise wurden die Spielerinnen vorgelassen.

Die Halbzeitshow schien jedoch sehr gut zu sein, denn vor den Toiletten war überhaupt keine Schlange zu sehen. Chelsea vermutete, dass gerade eine Verlosung stattfand, und zog die Tür der Damentoilette auf.

Da tippte ihr eine gebräunte Hand auf die Schulter. »Entschuldigung, Miss?«

Sie erstarrte am ganzen Körper. Ihre Muskeln machten einfach zu. Der Rand ihres Sichtfelds färbte sich schwarz, und einen Augenblick lang glaubte Chelsea schon, sie würde ohnmächtig werden.

Nein, nein, nein. Das kannst du nicht machen. Das wäre genau das, was er will.

Daher zwang sie sich, den Arm abzuschütteln und sich zu dem Mann umzudrehen. Sie kannte ihn nicht. Er war ein Fremder. So ein Kerl in einem Band-T-Shirt und mit Baseballkappe. Er sah aus wie ein Collegestudent.

Bei seinem Anblick bekam sie es mit der Angst zu tun.

»Bist du Chesty LaRude?« Er hielt eine ihrer Sammelkarten hoch. »Ich bin ein großer Fan. Kann ich ein Autogramm haben?«

Sie bewegte die Lippen, ohne einen Ton herauszubekommen. Normalerweise begleitete sie Pisa, ihre beste Freundin, immer, wenn sie die Kabine verließ. Sie wusste ganz genau, dass sie Chelsea nicht allein lassen durfte. Aber das Spiel brachte immer eine Menge Endorphine mit sich, und im Überschwang des Rausches hatte Chelsea Pisa zurückgelassen, die gerade die Schrauben an ihren Rollerskates nachgezogen hatte.

Und jetzt stand sie hier mit diesem fremden Mann allein im Gang.

Ihr stockte der Atem. Sie geriet zunehmend in Panik. Ihr klebte das schweißnasse Haar im Nacken, und es gelang ihr gerade so, den Kopf zu schütteln. Sie bezweifelte, dass sie im Augenblick überhaupt einen Stift in der Hand halten konnte, selbst wenn sie es versuchen würde.

Bei ihrer Weigerung verzog er das Gesicht. »Glaubst du etwa, du wärst zu gut für so was? Scheiß auf dich!«

Sie wollte etwas sagen. Protestieren. Ihm sagen, er könne sich zum Teufel scheren. Aber sie bekam keinen Ton heraus. Chelsea war wie erstarrt.

Sie musste hier weg. Schnellstmöglich. Als sie vorwärtstaumelte, knallte sie gegen die Schwingtür der Toilette. »Lass mich in Ruhe«, bekam sie mit Mühe und Not heraus.

»Blöde Kuh«, rief er ihr hinterher.

Sie rollte in den Vorraum zur Toilette, mit ruckartigen Bewegungen und völlig verzweifelt.

Einen Augenblick später hörte sie, wie die Tür erneut geöffnet wurde, und einen Schreckmoment lang glaubte sie schon, der Mann wäre ihr gefolgt.

Es würde genauso ablaufen wie beim letzten Mal. Nicht schon wieder. Bitte, nicht schon wieder. *Bitte nicht!*

Das Licht ging aus, und sie hörte ein albernes jugendliches Lachen. Dann fiel die Tür wieder zu.

Es war ein Streich. Nichts weiter. Er wollte sie nur ärgern.

Aber es war genauso schlimm, vielleicht sogar noch schlimmer, wie von einem Fremden berührt zu werden, dass das Licht aus war. Chelsea wimmerte, ging zu Boden und zog die Knie an die Brust. Ihre Rollschuhe rollten nach vorn und stießen gegen die Wand. Sie ließ sich mit dem Rücken gegen die andere Wand sinken und machte sich ganz klein, während ihr heiße Tränen die Wangen herunterliefen.

Es war dunkel.

Sie hasste die Dunkelheit.

Jemand musste herkommen. Ihr helfen. *Bitte. Ich bin hier. Warum kommt denn niemand?* Die Worte wirbelten durch ihren Kopf, kamen ihr jedoch nicht über die Lippen. Es mochten zehn Minuten vergangen sein oder einhundert. Chelsea saß einfach nur da, war wie erstarrt vor Angst und konnte sich nicht bewegen.

»Chesty? Chels?«

Es war Pisas Stimme. Aber sie konnte ihr nicht antworten. Ihre Erstarrung hielt sie noch immer in den Klauen.

Das Licht in der Toilette ging wieder an. Einen Augenblick später kam Pisa hereingerollt und riss die Augen auf, als sie Chelsea sah. »Großer Gott! Ist alles okay?«

»Jemand hat das Licht ausgemacht«, sagte Chelsea mit erstickter Stimme. Sie schniefte und wischte sich mit einer Hand über das Gesicht. »Tut mir leid.«

»Ach, Süße, das ist schon okay.« Pisa setzte sich neben sie und drückte sie an sich. »Wir haben uns nur alle gefragt, wo du steckst. Hat... Hat dich jemand angefasst?«

Pisa kannte Chelseas Geheimnis. Den Grund dafür, warum es ihr jetzt so ging. Den Grund dafür, dass sie sich im Dunkeln fürchtete. Sie begriff, warum Chelsea in einer öffentlichen Toilette zusammengebrochen war.

Chelsea schüttelte den Kopf. »Da war nur ein Fan, der ein Autogramm haben wollte. Er... Er hat mich erschreckt.«

»Dieses Arschloch.« Pisa blieb neben Chelsea sitzen und rieb ihren Arm. »Du zitterst ja wie Espenlaub. Brauchst du deine Tabletten?«

»Es geht mir gut«, versicherte ihr Chelsea. »Ganz ehrlich.«

»Ja, klar«, murmelte Pisa, stand auf und half Chelsea wieder auf die Beine. »Du kannst mich ja für verrückt halten, aber das kaufe ich dir nicht ab.« Pisa beugte sich vor und wischte in Chelseas Gesicht herum. »Dein Eyeliner ist völlig verschmiert, Süße. Black HellVet muss dich nur ansehen, dann lässt er dich für den Rest des Spiels auf der Bank. Du solltest dich lieber ein bisschen frisch machen.«

Chelsea nickte. »Ich werde mich zusammenreißen. Versprochen.« Irgendwie...

»Du hättest auf mich warten sollen«, meinte Pisa, nahm ein

paar Papiertücher und befeuchtete sie, um Chelseas Gesicht damit abzuwischen.

Auch wenn Chelsea erneut nickte, verabscheute sie sich gleichzeitig ein wenig. Warum konnte sie nicht cool bleiben, damit ihre Freunde sie nicht wie ein Baby behandeln mussten? Warum drehte sie in dem Augenblick schon durch, in dem sie ein Mann auch nur berührte? Hatte die jahrelange Therapie denn überhaupt nichts gebracht?

Es musste doch einen Weg geben, wie sie darüber hinweg-kommen konnte. Das musste doch möglich sein.

Ansonsten wäre sie für den Rest ihres Lebens wirklich ein hoffnungsloser Fall.

3

Gretchen wollte Chelsea gar nicht mehr loslassen, als sie sich in der Tür des Buchanan-Herrenhauses in den Armen lagen. »Ich kann es einfach nicht fassen, dass wir uns schon drei Jahre nicht gesehen haben. Da muss ich erst heiraten, um dich aus deinem Versteck zu locken!«

Chelsea lachte und drückte ihre alte Freundin und ehemalige Mitbewohnerin fest an sich. »Jetzt hör aber auf! Ich verstecke mich nicht, ich hatte nur viele Spiele. Du bist doch diejenige, die sich hinter ihren vielen Buchabgabeterminen verkrochen hat. Ich wusste ja nicht einmal, dass du einen Freund hast.«

»Ah, du hast mir auch gefehlt.« Gretchen rückte ihre Nerdbrille zurecht und begutachtete Chelsea von Kopf bis Fuß. »Du siehst übrigens umwerfend aus.«

»Danke. Du musst dich auch nicht gerade hinter dem Ofen verstecken.« Gretchen trug ein schlichtes schwarzes Cocktailkleid mit langen Rüschen an der Hüfte, in dem sie eigentlich gedrungen hätte wirken müssen. Stattdessen sah sie kurvig und drall aus. Mit ihrem knallroten Haar und der Brille war sie eine bezaubernde Frau.

»Nein, ganz im Ernst.« Gretchen hielt Chelseas Hand fest, damit sich diese wie eine Ballerina drehen konnte. »Dieses Kleid könnte auch aufgemalt sein. Und sieh dir nur deine Beine an! Meine Fresse!«

»Ich trainiere viel«, erwiderte Chelsea grinsend. Sie trug ihr lockiges blondes Haar offen, sodass es ihr auf die Schultern fiel und ihre gebräunte Haut noch besser zur Geltung brachte. Ihr Kleid war ärmellos, champagnerfarben und hauteng, und es umschmeichelte ihre schlanke Gestalt sehr vorteilhaft. Dazu trug sie nudefarbene Pumps und einen schmalen Armreif. »Eigentlich stehe ich fast immer auf meinen Rollerskates. Die hochhackigen Schuhe kommen mir richtig komisch vor, weil ich eigentlich Rollen erwarte.«

»Das kann ich mir vorstellen«, meinte Gretchen. Sie schüttelte den Kopf und deutete dann auf das Herrenhaus. »Willkommen in meinem neuen Zuhause. Was die Mitbewohner betrifft, habe ich mich seit dir verbessert. Der hier ist richtig gut im Bett.«

Chelsea grinste schief, als sie das gewaltige Haus betrat. »Du wohnst nur ziemlich ab vom Schuss.«

»Das macht mir nichts aus. Und, mit wem wohnst du jetzt zusammen?«

»Mit Pisa Hit. Sie ist meine Derbyfrau.«

Gretchen blinzelte. »Hast du die Seiten gewechselt, und ich habe es nicht mitbekommen? Denn ich habe heute Abend immer einen Mann neben eine Frau gesetzt, kann das aber gern noch ändern ...«

Chelsea winkte ab. »Das ist nur eine andere Bezeichnung für die beste Freundin. Pisa ist meine Mitbewohnerin, und wir machen sehr viel zusammen. Ihr richtiger Name lautet Felicity.« Nicht dass sie irgendjemand so nannte. Pisa würde ihr einen blauen Fleck verpassen, wenn sie nur daran dächte. Da Chelsea aber wusste, dass ihre Derbygeschichten eigentlich nur andere Spielerinnen interessierten, wechselte sie das Thema. »Und ... Was schreibst du gerade? Wieder so eine Weltraumgeschichte?«

Gretchen verzog das Gesicht und führte Chelsea durch das riesige Foyer. »Großer Gott, nein. Ich schreibe zurzeit überhaupt nichts, und das tut mir wahnsinnig gut. Zwar liebäugele ich mit der Idee, ein Kochbuch zu schreiben, aber vorerst lasse ich mich aushalten. Aber erzähl das ja nicht Audrey.«

Chelsea musste grinsen. »Wie geht es deiner Schwester denn?«

»Sie ist hochschwanger und platzt bald.«

Das waren ja erschreckende Neuigkeiten. »Augenblick mal. Hat sie etwa auch geheiratet?«

»Ja, aber ihre Hochzeit war eher eine familiäre Angelegenheit.« Gretchen drückte Chelseas Arm. »Ich habe dir doch gesagt, dass du in letzter Zeit nichts mitbekommen hast.«

»Sieht ganz danach aus. Das Roller Derby nimmt ziemlich viel Zeit in Anspruch«, erwiderte Chelsea ausweichend. Tatsächlich bot ihr der Sport eine gute Ausrede, um sich vor Freunden und gesellschaftlichen Ereignissen drücken zu können. Sie musste nicht an jedem Wochentag trainieren, aber sie tat es dennoch. Sie musste sich nicht freiwillig für jedes Ereignis, jedes Training, jedes Auswärtsspiel melden und machte es trotzdem. Solange sie nicht allein sein musste, war ihr alles recht. Damit wurde sie fertig. Doch sobald sie nicht länger von anderen Menschen umgeben war, kehrte die Angst zurück.

»Und, hast du momentan einen Freund?«

»Nein, im Moment nicht.« Dies war die erste »Party« seit einer ganzen Weile, die sie ohne Pisa an ihrer Seite besuchte, und das machte sie ein bisschen nervös. Normalerweise regelte Pisa viele Dinge für sie, aber sie konnte ihre Freundin ja wohl kaum mit zu einer Verlobungsfeier schleifen, zu der sie nicht eingeladen war. Aus diesem Grund hatten sie sich einen Plan ausgedacht, der Chelsea bei ihren Problemen helfen sollte: Sie würde so tun, als wäre sie auf der Suche nach einem neuen Freund, damit ihr sofort alle Singlemänner vorgestellt wurden.

Dann waren diese keine Fremden mehr, und ihr Körper und ihr Verstand würden nicht ausflippen.

Alles wäre gut.

Daher setzte Chelsea ihr kessestes Grinsen auf. »Ich bin ein ausgesprochen einsamer Single, und du wirst mir doch bestimmt gern einen Haufen brauchbarer Kerle vorstellen, die der Hochzeitsgesellschaft angehören, nicht wahr?«

»Kann schon sein«, entgegnete Gretchen, die versuchte, sich ihre Begeisterung nicht anmerken zu lassen. »Wenn das für dich okay ist?«

»Nur wenn sie heiß sind und einen vernünftigen Job haben. Ich stelle Seifen her, um mir meinen Lebensunterhalt zu verdienen, also sollte wenigstens einer von uns ein bisschen Geld nach Hause bringen.« Sie zwinkerte ihrer Freundin zu. »Aber ... Bitte erwähne lieber nicht, dass ich Roller Derby spiele, okay?«

»Warum denn, ist das jetzt etwa ein schmutziges Geheimnis? Ich fand es immer cool.«

»Du solltest wirklich mal spielen«, schlug Chelsea vor. »Es ist eine sehr gute Therapie, jemanden mit der Schulter von der Strecke zu stoßen.«

»Lieber nicht. Ich habe Angst vor Schmerzen.« Gretchen rümpfte die Nase. »Gut, dann sage ich kein Wort vom Roller Derby.«

»Das wäre sehr nett von dir. Manche Männer fühlen sich davon abgeschreckt. Sie denken entweder, wir wären Stripperinnen auf Rollschuhen, oder sie können es nicht ausstehen, dass der Sport einen Großteil unserer Zeit verschlingt. Pisas letzter Freund hat sie gezwungen, sich zwischen ihm und dem Roller Derby zu entscheiden.«

Gretchen zog die Augenbrauen so hoch, dass sie über ihrer Brille zu sehen waren. »Und?«

»Sie hat mir erzählt, er wäre sowieso eine Niete im Bett gewesen.« Chelsea zuckte mit den Achseln. »Und ich habe festgestellt, dass es besser ist, beim ersten Kennenlernen nichts davon zu erwähnen. Wenn jemand etwas über mich wissen will, dann sag, dass ich Seife herstelle und Filme liebe.«

Gretchen kicherte. »Und dass du darauf stehst, anderen Frauen eine zu verpassen, aber das behalten wir lieber für uns.«

»Ja, das wäre besser.« Chelsea grinste breit und hakte sich bei Gretchen unter. »Dann zeig mir doch mal all die heißen Singlemänner.«

❊ ❊ ❊

Kurze Zeit später hatte sie die ganze Hochzeitsgesellschaft kennengelernt. Da war Hunter, der Bräutigam, den Gretchen die ganze Zeit hingebungsvoll anstarrte, wenn sie ihm nicht gerade an den Hintern fasste. Er hatte recht deutliche Narben, aber Gretchen hatte schon immer eine Vorliebe für Männer mit einer Geschichte gehabt, und Chelsea vermutete, dass seine ziemlich interessant war. Er schien Gretchen zu vergöttern, und das machte ihn in Chelseas Augen zu einem wahren Schatz.

Dann war da Edie, eine recht sauertöpfische Frau, und ihre Schwester Bianca, die ganz nett zu sein schien, aber nicht das geringste Interesse hatte, sich mit Frauen zu unterhalten. Bianca hatte sich bereits einen Mann geangelt und schien ihn nicht mehr loslassen zu wollen. Chelsea schätzte sie als eine dieser Frauen ein, die alle anderen für Konkurrentinnen hielten. Für Chelsea galt das nur, wenn sie sich mit ihnen auf der Rollschuhbahn befand.

Außerdem waren da die anderen Brautjungfern: Greer, eine

alte Freundin und ehemalige Mitbewohnerin aus der Zeit, als Gretchen und sie noch eine dritte Zimmergenossin gehabt hatten. Audrey, Gretchens hochschwangere Schwester, die überglücklich wirkte und strahlte wie ein Honigkuchenpferd. Taylor, ihre Collegefreundin, die auch ein Computernerd war und vermutlich lieber vor ihrem Laptop gesessen hätte, als sich auf dieser Feier aufzuhalten, und Kat, Gretchens großspurige Literaturagentin. Chelsea war den meisten schon einmal begegnet, allerdings bereits vor mehreren Jahren. Es gab doch nichts Besseres als eine Hochzeit, um alte Freunde wieder zusammenzubringen. Nach allem, was Chelsea wusste, konnte es aber durchaus sein, dass sich die anderen jedes Wochenende trafen, während sie bei irgendeinem Roller-Derby-Spiel ihren Gegnerinnen das Leben schwer machte.

Chelsea war die Freundin, die sich aus allem zurückgezogen hatte, nicht Gretchen.

Aber sie hatte ihre Gründe dafür gehabt. Bei denen es sich eigentlich um Bewältigungsmechanismen handelte. Aber es waren dennoch gute Gründe gewesen.

Die Männer stellten eine interessante Mischung dar. Asher war einer der Trauzeugen, wie Chelsea mit Freude feststellte. Sie umarmte ihn herzlich. Er war ein alter Freund und hatte früher zu ihrer Clique gehört, als sie zusammen mit Gretchen, Greer und Taylor die Straßen von New York unsicher gemacht hatte. Er war inzwischen ein paar Jahre älter, sehr viel reicher und bei Weitem nicht mehr so offen und freundlich wie früher. Irgendetwas musste mit ihm passiert sein. Sie fragte sich kurz, ob Greer noch immer in ihn verliebt war. Vor einigen Jahren war Asher jeden Morgen Greers erster Gedanke gewesen, und er ... Er hatte nicht einmal wirklich gewusst, dass sie existierte. Aber möglicherweise war sie ja mittlerweile darüber hinweg.

Die meisten Menschen änderten sich im Laufe der Zeit.

Außerdem war da Magnus, ein großer, kräftig gebauter Mann, der irgendetwas mit Videospielen machte und durchdringende grüne Augen besaß. Sein Bruder Levi gehörte der Hochzeitsgesellschaft ebenfalls an und hatte nur noch Augen für Edies Schwester Bianca, sodass Chelsea ihm zur Begrüßung gerade mal zwei Worte sagen konnte.

Dann war da noch ihr alter Freund Cooper, der Erste aus ihrer »Bande«, der einen richtigen Job bekommen hatte … und einen zurückweichenden Haaransatz. Sie umarmte ihn und strich über seinen kahler werdenden Schädel. »Du siehst heiß aus, Coop!«

»Du änderst dich wohl nie, Chels. Und du bist so hübsch wie immer. Wie geht es dir? Was macht das Seifengeschäft?«

»Ach … Du weißt schon. Träge wie immer.« Sie hob die Augenbrauen. »Und wie läuft dein Café?«

»Das läuft super. Das Geschäft brummt. Falls du mal einen Job brauchst, kann ich dich bestimmt irgendwo unterbringen.« Er strahlte sie an, doch dann wanderte sein Blick ebenfalls zu Bianca hinüber.

»Ach, danke dir. Vielleicht komme ich darauf zurück«, flunkerte sie. Hier waren einfach zu viele Menschen. Zu viele Fremde. Zu viele Gelegenheiten, bei denen jemand etwas Dummes versuchen konnte. Da war sie ja beim Derby besser geschützt, wo sich die Frauen freundschaftlich (und manchmal nicht ganz so freundschaftlich) schubsten und knufften und immer in Paaren auftraten. Aber als Gretchen Chelsea weiterschob, um ihr den Rest der Anwesenden vorzustellen, war sie ganz froh darüber, von Cooper wegzukommen. Schließlich konnte sich jeder aus ihrer Vergangenheit danach erkundigen, warum sie sich so lange nicht hatte blicken lassen, und sie war noch längst nicht bereit, diese Fragen zu beantworten.

Danach lernte sie Reese kennen, Audreys frisch Angetrauten, bei dem es sich um ein ziemliches Schlitzohr mit Schnurrbart und einem frechen Grinsen handelte. Er gehörte zu der Sorte Mann, die sie seit dem Ereignis in jeder Situation außerordentlich nervös machte. Das lag an seiner Selbstsicherheit, seiner unbekümmerten Art und seiner Frauenhelden-Mentalität. Nur die Tatsache, dass er sich liebevoll um seine schwangere Frau kümmerte, bewirkte, dass sich Chelsea in seiner Gegenwart nicht unwohl fühlte, aber sie bemühte sich dennoch, die Unterhaltung kurz zu halten.

Gretchen schleifte sie weiter durch den Raum voller Menschen und runzelte die Stirn. »Ich kann Sebastian nirgends entdecken. Er ist einer von Hunters Freunden.« Sie schnitt eine Grimasse. »Na ja, soweit er eben Freunde hat. Es sind eher Leute, die er von der Arbeit kennt und eben nicht ganz schrecklich findet. Wir wollten in der Hochzeitsgesellschaft nicht nur seine Kumpel vom College haben, weil das bei der letzten Hochzeit auch schon so war. Daher haben wir uns nach anderen Trauzeugen umgesehen, und Sebastian ist ein Bekannter, der aus einer reichen Familie kommt. Seine Familie ist allerdings ziemlich durchgedreht.« Sie warf Chelsea einen entschuldigenden Blick zu. »Ich habe ihn für den ganzen Hochzeitskram als deinen Partner vorgesehen und hoffe, das geht für dich in Ordnung. Es gab nur die Wahl zwischen ihm oder Magnus, und ich fand, dass ihr farblich besser zusammenpasst, weil er dunkel ist und du *sooooo* süß und blond. Würg.« Sie nahm lachend zwei Champagnerflöten von dem Tablett, das ihnen ein Butler reichte, und gab eine Chelsea. »Trink etwas. Ich weiß doch, wie sehr du dieses Blubberwasser magst.«

Chelseas Lächeln wurde angespannt, aber sie nahm das Glas entgegen, um nicht unhöflich zu sein, auch wenn sie es lieber abgelehnt hätte. »Danke.«

»So, wir werden uns jetzt alle hinsetzen und essen«, erklärte Gretchen und ließ Chelseas Arm los. »Komm mit. Sebastian wird bestimmt gleich da sein.«

»Ich komme gleich«, erwiderte Chelsea, deren Panik immer größer wurde. Eigentlich war das völliger Blödsinn. Sie sollte nicht so nervös werden, nur weil sie in einem Raum voller Freunde neben einem ihr unbekannten Mann sitzen würde. Aber Pisa war nicht hier, um ihr beizustehen. Sie war ganz auf sich allein gestellt. Und wer wusste schon, was dann alles passieren konnte?

Hör auf damit, schalt sie sich. *Das sind deine Freunde.* Diesen Raum zu betreten und so viele bekannte Gesichter zu sehen war ein bisschen wie einen entfernten Verwandten zu umarmen: angenehm, aber irgendwie auch seltsam. Sie durfte jetzt nicht ausflippen, sie brauchte einen Augenblick, um sich zu beruhigen, wieder runterzukommen und einen klaren Kopf zu kriegen.

Und um ihr verdammtes Getränk zu entsorgen, da sie es nicht mit sich herumschleppen, aber erst recht nicht trinken wollte.

So entschuldigte sie sich und strebte auf die Toilette zu. Dort fand sie allerdings jemand anderen vor. Zu ihrer Überraschung stand die winzig kleine Greer vor dem Spiegel und versuchte verzweifelt, ihr Make-up zu richten. Ihr rechtes Auge sah irgendwie … merkwürdig aus.

Greer warf Chelsea einen panischen Blick zu, als sie hereinkam. »Chels! Oh. Gott sei Dank. Ich brauche deine Hilfe.« Sie deutete auf ihr Auge. »Meine Wimpern sind weg. Sieht das schlimm aus?«

Chelsea starrte ihr ins Gesicht. »Na ja, es sieht so aus, als wäre das eine Auge kahler als das andere. Meinst du das mit ›schlimm‹?«

»Oh nein.« Greer stöhnte, beugte sich vor und starrte in den Spiegel. »Ich kann es nicht genau erkennen, weil ich meine Brille nicht aufhabe.«

»Äh, und warum nicht?« Ihres Wissens nach brauchte die arme Greer eine sehr starke Brille. Sie war schon immer ein wenig schüchtern und scheu gewesen, süß, aber auch unscheinbar und unauffällig. »Brauchst du sie denn nicht? Oder hast du dich lasern lassen?«

»Nein, ich habe mich nicht lasern lassen, und ja, eigentlich brauche ich sie.« Greer sah sie unglücklich an. »Asher ist doch heute hier, und ich wollte . . . hübsch aussehen.«

»Ach, Süße.« Greer war eine ganz Nette, aber sie war einfach nicht Ashers Typ. Stand sie wirklich noch immer auf diesen arroganten Mistkerl? Er mochte seine Frauen groß, langbeinig und vollbusig. Tatsächlich fiel Chelsea genau in sein Beuteschema, doch Asher war ein alter Freund, und sie fand die Vorstellung, mit ihm auszugehen, irgendwie abartig.

»Bitte«, sagte Greer kaum lauter als ein Flüstern. »Könntest du sie bitte suchen? Ich war vorhin in der Bibliothek. Dort müssen sie runtergefallen sein. Ich kann doch nicht so am Esstisch erscheinen. Bitte. Bitte, bitte, bitte.«

»Ist ja schon gut.« Das konnte eine Weile dauern, und vielleicht käme sie dadurch zu spät zum Essen, aber diese Aufgabe würde ihr auch helfen, sich abzulenken und ihre Nerven zu beruhigen. Außerdem konnte sie Greer damit einen Gefallen tun. Und wem wollte sie hier etwas vormachen? Sie war sehr froh darüber, sich noch nicht sofort an den Esstisch setzen zu müssen. »Aber nur unter einer Bedingung.«

»Schieß los.«

Sie reichte Greer ihr Champagnerglas. »Trink das.«

Greer runzelte die Stirn und sah erst Chelsea und dann das Glas misstrauisch an. »Warum denn, schmeckt er etwa nicht?«

»Keine Ahnung. Ich wollte ihn eigentlich gar nicht, aber mir ist keine Möglichkeit eingefallen, wie ich das Glas höflich ablehnen konnte.«

»Hmm. Okay.« Greer nahm das Glas und trank einen großen Schluck. Dann presste sie ihre kleine Hand vor den Mund und rülpste leise. »So, jetzt geh meine Wimpern suchen. In der Bibliothek.«

»Alles klar. Zeig mir nur die Bibliothek, dann zeig ich dir eine Wimpernjägerin!«

Es dauerte drei Anläufe, bis Greer den richtigen Raum gefunden hatte. Sie war jetzt nicht nur halb blind, sondern dank Chelseas Champagner auch noch beschwipst. Sie vertrug einfach keinen Alkohol. Doch als die beiden die Bibliothek gefunden hatten, blieb Chelsea davor stehen. Sie konnte die Hochzeitsgesellschaft etwas weiter den Flur entlang hören, wo sie sich vermutlich gerade alle zum Essen versammelten. »Kommst du mit rein und hilfst mir suchen? Ich könnte Gesellschaft gebrauchen.« Sie war nun einmal nicht gern allein.

Greer schnaubte. »Ich kann keine zwei Meter weit sehen, aber ich komme gern mit rein und ›helfe‹ dir.« Sie malte die Anführungsstriche in die Luft und folgte Chelsea dann auf leicht wackligen Beinen. »Ich werde mich nicht mit einem kahlen Auge neben Asher setzen, so viel steht fest.«

Die hübschen Tiffany-Lampen in der verlassenen Bibliothek tauchten den Raum in ein schummriges Licht. Ansonsten befanden sich dort nur Sessel und Regale, und es war dunkler, als es Chelsea lieb war. Sie wurde noch nervöser und ging rasch durch den Raum, um sämtliche Lampen anzuschalten.

»Ich bin mir ziemlich sicher, dass ich die ganze Zeit vor dem Kamin gestanden habe«, sagte Greer.

»Ich sorge trotzdem lieber dafür, dass es so hell wie möglich ist«, entgegnete Chelsea. Sie hasste die Dunkelheit. Im Dunkeln funktionierte sie einfach nicht. Licht stand für Wärme und Sicherheit. Sobald alle Lampen brannten, entspannte sie sich ein wenig.

Greer ließ sich in einen Sessel fallen und fächelte sich Luft zu. »Ziemlich heiß hier drin, was?«

»Eigentlich nicht.« Chelsea ging hinüber zum Kamin. »Hast du ungefähr hier gestanden?« Davor lag ein dichter Perserteppich, und es würde nicht leicht werden, auf diesem Muster ein paar falsche Wimpern zu finden, aber das störte Chelsea nicht weiter. Dadurch würde Zeit verstreichen, und das war genau das, was sie im Moment wollte und brauchte.

»Ich glaube schon«, hauchte Greer. Dann stieß sie leise auf. »Mir ist irgendwie nicht gut.«

»Ähm.« Chelsea blickte auf den teuren Teppich hinab, auf dem sie kniete. »Steht hier irgendwo ein Mülleimer?«

»Mir ist gar nicht gut.« Greer presste die Finger vor den Mund.

Das war übel. Im wahrsten Sinne des Wortes. »Warum gehst du nicht zurück ins Bad, und ich suche weiter?« Wieder flackerte ihre Angst vor dem Alleinsein auf, aber sie konnte die anderen Gäste in der Nähe hören, und sie wollte nicht, dass sich Greer in der Bibliothek erbrach. Da war sie lieber eine Minute lang allein. Aber auch nur eine. »Ich komme zu dir, sobald ich sie gefunden habe.«

Greer nickte und lief taumelnd davon. Jetzt war Chelsea allein. Sie ging auf Hände und Knie und wischte vorsichtig mit den Handflächen über den Teppich. Ganz langsam bewegte sie sich vorwärts und durchquerte den Raum.

Es dauerte einige Minuten, bis sie Erfolg hatte. Unter dem Schreibtisch entdeckte sie schließlich etwas, das wie eine stachelige Raupe aussah. Wie in aller Welt hatte Greer hier ihre

Wimpern verlieren können? Chelsea rutschte auf den Knien vorwärts und klemmte ihren Rocksaum zwischen die Beine. Doch sie kam einfach nicht an die Wimpern heran und musste wohl oder übel unter den Tisch kriechen.

Sie befand sich halb unter dem großen Holzschreibtisch, als jemand den Raum betrat. Nach kurzem Erstarren rutschte sie noch weiter darunter, um ja nicht gesehen zu werden.

Doch der Plan ging nach hinten los. Einige Sekunden später setzte sich ein Mann auf den Stuhl, der hinter dem Schreibtisch stand, und sie hatte zwei lange Beine vor sich und zwei riesige Füße, die in teuren italienischen Slippern steckten.

Puh . . . Das war jetzt aber eine wirklich blöde Situation.

Chelsea umklammerte die Wimpern und wusste nicht, was sie tun sollte. Aus irgendeinem Grund geriet sie nicht in Panik. Möglicherweise lag es an der Tatsache, dass die Wimpern einer anderen Frau an ihren Fingern klebten und sie unter einem Schreibtisch in Schritthöhe eines Mannes hockte, was diese ganze Situation ziemlich surreal machte.

Es konnte aber auch an dem leisen Lachen und dem Stimmengewirr liegen, das aus einiger Entfernung zu hören war.

Sie wusste nicht genau, woran es lag, war aber froh, dass sie nicht ausflippte. Als sie hörte, wie der Mann auf seinem Handy herumtippte, fragte sie sich, wann sie ihn auf sich aufmerksam machen sollte.

Ein Augenblick verstrich. Dann noch ein zweiter.

Er würde sie doch irgendwann bemerken, oder nicht?

Der Fremde seufzte und tippte schneller. Er drehte sich auf dem Stuhl herum und stieß ihr dabei beinahe mit dem Knie gegen die Brust.

Okay, eventuell bemerkte er sie doch nicht.

Es wurde Zeit, dass sie etwas unternahm. Als sich der Mann nicht bewegte, stemmte sie die Hände auf seine Oberschenkel, schob seinen Stuhl nach hinten und glitt unter dem Schreibtisch hervor.

Ein schneller Blick verriet ihr, dass sie Sebastian vor sich haben musste, den Mann, der bei allen Hochzeitsaktivitäten, die Gretchen so plante, an ihrer Seite sein würde. Sie musste zugeben, dass Gretchen einen guten Geschmack hatte. Wäre da nicht die Tatsache gewesen, dass Chelsea den Männern für immer abgeschworen hatte, wäre er genau ihr Fall gewesen. Er hatte dunkles, dichtes Haar, das ganz leicht gewellt war und das er nach hinten gekämmt trug. Sein Gesicht war markant, mit dichten Augenbrauen und einer fast schon zu großen Nase. Sein Mund war sinnlich, seine Lippen voll, aber das Erstaunlichste an ihm waren seine grünen Augen, die einen deutlichen Kontrast zu seiner olivfarbenen Haut bildeten. Außerdem war er sehr groß, und sein dunkelblauer Anzug war maßgeschneidert und ließ breite Schultern erkennen.

Er sah sie schockiert an, als sie unter dem Schreibtisch hervor- und auf seinen Schoß krabbelte. Nein, eigentlich ließ sich seine Miene mit erschrocken gerade mal ansatzweise beschreiben. Er wirkte entsetzt, möglicherweise sogar abgestoßen.

Sie fühlte sich sofort besser. Nun hatte sie das Heft in der Hand. Er machte nicht den Eindruck, als wollte er die Kontrolle über die Situation – und sie – an sich reißen. Vielmehr sah er so aus, als hätte er am liebsten Reißaus genommen.

Das verlieh ihr Selbstsicherheit. Daher schenkte sie ihm ein keckes Lächeln. »Hallo.«

4

Als sich Sebastian in die Bibliothek setzte, um seine vielen Nachrichten zu beantworten – sein Handy hörte schon seit einiger Zeit nicht mehr auf zu vibrieren –, glaubte er, er könnte einige Minuten lang seine Ruhe haben. Er hatte sich bereits bei der Gastgeberin, Hunters eigentümlicher, aber sehr temperamentvollen Verlobten, entschuldigt und plante, bald wieder zu den anderen Gästen dazuzustoßen.

Mutter: Antworte mir, Sebastian. Warum versuchst du, mir mit den Verträgen einen reinzuwürgen???

Sie hatte siebzehn Mal dieselbe Nachricht geschickt, und so, wie er seine Mutter kannte, hatte sie ihr Handy garantiert einer Assistentin gereicht, die immer wieder auf Senden drücken musste. Es war unglaublich nervig, aber seine Mutter wusste nun mal wie kein anderer, wie sie ihn auf die Palme bringen konnte. Daher schrieb er zurück.

SC: Ma. Wenn du nicht aufhörst, mir Nachrichten zu schicken, schalte ich mein Handy aus. Ich rede gern im Beisein meines Anwalts mit dir über die Verträge, aber auf keinen Fall ohne ihn.

Mutter: Traust du mir nicht? Deiner eigenen Mutter?!? Und nenn mich nicht Ma! Ich bin zweiundfünfzig und keine achtzig. Nenn mich Mama Precious.

SC: Du weißt ganz genau, dass ich das nicht tun werde. Und ich vertraue dir, Ma. Aber ich traue dem Sender nicht, und wir wissen doch beide, dass mir jemand eine Kamera vor die Nase halten wird, sobald ich bei euch auftauche. Daher werde ich das erst tun, wenn alles unterschrieben ist. Das ist nichts Persönliches. Du weißt doch, dass ich dich liebe.

Mutter: Nugget, das ist eine einmalige Gelegenheit. Wann wird dir so etwas noch einmal passieren?

Er war gerade dabei, eine wütende Antwort zu tippen und zu protestieren, weil er nicht Nugget genannt werden wollte – diesen Spitznamen hatte sie erst im Laufe der Serie erfunden –, als auf einmal zwei Hände unter dem Schreibtisch auftauchten und sein Stuhl nach hinten geschoben wurde. Schockiert starrte Sebastian die wunderschöne Blondine an, die unter dem Tisch hervorkam und sich praktisch auf seinen Schoß warf.

Sie war perfekt. Durch und durch perfekt.

Er starrte noch immer, als die Frau aufstand und ihr knappes trägerloses Kleid zurechtrückte. Es hatte eine seltsame Farbe und schien sehr elastisch zu sein, und wenn er ein wenig die Augen zusammenkniff, sah es fast so aus wie nackte Haut. Sehr viel nackte Haut. Sie war groß, wunderschön und durchtrainiert, hatte beachtliche Brüste und umwerfende Beine. Außerdem besaß sie ein herzförmiges Gesicht, große blaue Augen und herrliche blonde Locken. Der Blick, mit dem sie ihn bedachte, wirkte überaus schelmisch und ganz und gar nicht verlegen.

»Ich hoffe, ich habe Sie nicht erschreckt. Ich hab versucht, den besten Zeitpunkt zu erwischen, um da rauszukommen.«

»Was ...«

Sie hielt einen Finger hoch und zeigte ihm etwas, das irritierend spinnenartig aussah. »Ich war auf einer Wimpern-Suchmission.« Sie hob neckisch die Augenbrauen, stieg mit einem großen Schritt über seine Beine, stand kurz rittlings über ihm und ging dann an ihm vorbei, wobei er kurz einen Blick auf einen sehr knackigen Hintern werfen konnte ...

Und einen großen blauen Fleck auf ihrem Oberschenkel, der sofort wieder unter ihrem Rocksaum verschwand.

Das verpasste der Erektion, die er spontan bekommen hatte, einen Dämpfer. Wo hatte sie denn so einen blauen Fleck her? Und noch dazu an dieser Stelle? Doch die Höflichkeit gebot, sich lieber nicht danach zu erkundigen.

»Und, sind sie alle da draußen?« Sie wackelte ein wenig mit dem Hintern und zupfte ihr kurzes Kleid zurecht, sodass der blaue Fleck nicht mehr zu sehen war.

»Soweit ich weiß, ja.« Sebastian runzelte die Stirn. Sollte er sich vorstellen? Sie fragen, was sie unter dem Schreibtisch gemacht hatte? Er hatte nicht die geringste Ahnung, wie er in dieser Situation reagieren sollte. Sie war in einer fast schon sexuellen Pose aufgetaucht und hatte dann so getan, als hätte das überhaupt nichts zu bedeuten. Himmel, noch vor dreißig Sekunden hatte sie beinahe den Kopf in seinem Schoß gehabt. Er deutete mit dem Kopf auf die falschen Wimpern, die an ihrem Finger klebten. »Sind das Ihre?«

Sie schaute die Wimpern kurz an und schüttelte dann kichernd den Kopf. »Das war eine Rettungsaktion für eine Freundin. Nur schade, dass sie den Gefallen nicht erwidern wird.«

»Müssen Sie denn gerettet werden?«

Sie wedelte mit einer Hand in der Richtung, aus der die Stimmen kamen. »Nur vor einem Abend voller Partyunterhaltungen, bei der mich jeder fragt, was ich so mache.« Sie sah sich um und schaute ihm dann in die Augen. »Ich stelle übrigens Seife her.«

»Sie sind eine der Brautjungfern, nicht wahr?« Diese Unterhaltung war eigentlich ganz witzig, musste er zugeben, auch wenn ihn diese Frau verwirrte.

»Oh!« Sie drehte sich zu ihm um, hüpfte kurz auf und ab, stellte sich dann neben ihn und reichte ihm die Hand. »Ich bin Chelsea, die Brautjungfer, die Ihnen offiziell zugewiesen ist. Wir werden also beim Essen nebeneinandersitzen. Das hat Gretchen so bestimmt.«

Er musterte ihre Hand und stellte fest, dass die falschen Wimpern noch immer daran klebten. »Äh.«

»Oh genau.« Sie kicherte wieder, und das klang höchst charmant. »Dann tun wir eben einfach so, als hätten wir uns angemessen die Hand gegeben.«

»Gute Idee.« Er stellte fest, dass er sie angrinste. »Dann sind Sie kein großer Freund von Partys?« Sie war hübsch und lebhaft und hatte bestimmt jede Menge Verehrer. Gefiel ihr die Aufmerksamkeit nicht? All die anderen Frauen in seinem Leben – seine Mutter, seine jüngeren Schwestern und sogar Lisa – genossen es, im Mittelpunkt zu stehen. Doch dann musste er wieder an den blauen Fleck an der Innenseite ihres Oberschenkels denken. Vielleicht wollte sie ja keine Aufmerksamkeit, weil sie einen eifersüchtigen Freund hatte, der gern handgreiflich wurde.

Sofort erwachte sein Beschützerinstinkt. »Ist es Ihnen unangenehm, mit mir allein in diesem Raum zu sein?«

Sie zögerte kurz und schüttelte dann den Kopf. »Nein, ich denke nicht. Die anderen sind ja in der Nähe, daher sind wir eigentlich gar nicht wirklich allein. Wir sind eher die Mauerblümchen.« Sie schenkte ihm erneut ein strahlendes Lächeln, bei dem sein Blut in Wallung geriet, schlich dann zur offenen Tür und spähte in den Flur. »Dann erzählen Sie doch mal, Sebastian: Woher kennen Sie das glückliche Brautpaar?«

»Woher kennen Sie meinen Namen? Aus der Show?« Er war daran gewöhnt, dass Fremde auf ihn zukamen und so taten, als würden sie ihn kennen, auch wenn es ihn noch immer jedes Mal irritierte.

Jetzt blickte sie ihn überrascht an, wobei sie seiner Meinung nach hinreißend aussah. »Aus welcher Show? Ich habe alle anderen schon kennengelernt, daher können Sie niemand anderes als Sebastian sein. Gretchen sagte, sie würde mich einem Sebastian vorstellen, den sie mir für die ganzen Hochzeitsfeierlichkeiten als Partner zugeteilt hat. Sind Sie das etwa nicht?« Sie riss die Augen auf. »Sie sind doch nicht etwa der Butler?«

Aus irgendeinem Grund schien sie diese Vorstellung zu erschrecken, und er musste lachen. »Nein, ich bin schon Sebastian. Sebastian Cabral.« Er nannte ihr mit Absicht seinen Nachnamen und wartete auf ihre Reaktion.

»Das habe ich doch schon mal gehört ...« Als sie den Kopf schief legte, rutschten ihr die blonden Locken über die Schultern. »Sie kommen mir auch irgendwie bekannt vor. Aber woher?«

»Aus der Fernsehshow vielleicht? *The Cabral Empire?*«

»Oh. Örks. Tut mir leid.« Sie rümpfte die Nase.

Das war nicht die Reaktion, die er normalerweise zu sehen bekam. Im Allgemeinen wurden die Leute immer ganz überschwänglich und mussten ihm beweisen, dass sie selbst den neuesten Klatsch über seine Familie kannten. Oft fragte man ihn, ob er für ein Produktplacement sorgen oder etwas anderes für sie tun könnte. Doch diese Frau bemühte sich gerade, nicht angewidert das Gesicht zu verziehen.

Das hatte er bisher noch nie erlebt.

Sebastian entspannte sich merklich. »Ja, ich bin auch kein großer Freund von Aufmerksamkeit. Das war alles die Idee meiner Mutter. Ich versuche, mich so selten wie möglich vor den Kameras sehen zu lassen.«

»Das kann ich mir gut vorstellen. Diese Sache ist bestimmt der reinste Albtraum für Sie.«

Endlich verstand ihn mal jemand. »Ganz genau. Es ist ein Albtraum. Ein riesiger, langer, von Kameras festgehaltener Albtraum.«

Sie biss sich auf die Unterlippe und grinste, und er fand sie noch hinreißender. Sie war wunderschön, fröhlich und umwerfend. »Sie haben mir noch gar nicht erzählt, was Sie tun, wenn Sie nicht gerade Kameras ausweichen.« Sie legte den Kopf schief und schaute ihn neugierig an.

Er grinste und rieb sich den Hals. »Das ist auch kein richtiger Job. Offiziell bin ich ›Erbe‹, könnte man sagen. Ich habe sehr viel Geld geerbt und brauche daher keinen richtigen Job.«

»Oh.«

Aus irgendeinem Grund war ihm das unangenehm. Warum hatte er nur das Gefühl, dass sie beeindruckter gewesen wäre, wenn er »Holzfäller« gesagt hätte und nicht etwa »Ich komme aus einer reichen Familie«? Und warum in aller Welt störte ihn das?

Wieder warf sie einen Blick in den Flur, und er bemerkte, dass er ihren Hintern anstarrte. Großer Gott, die Frau hatte aber auch einen Knackarsch. Was für eine Schande, dass sie außerdem einen Schläger als Freund hatte. Er fühlte sich zu ihr hingezogen, auch wenn er das überhaupt nicht wollte. Als ihn Chelsea erneut ansah, richtete er sich auf und hoffte, dass sie seine sich anbahnende Erektion nicht bemerkte.

Sie hob die Hand, an der noch immer die falschen Wimpern

klebten. »Ich sollte die Greer zurückbringen, damit sie sich heute Abend ihren Kerl angeln kann … darum scheint es bei dieser Party ja zu gehen.«

»Args. Sollen wir verkuppelt werden?«

»Kennen Sie Gretchen denn gar nicht? Sie versucht ständig, alle um sie herum zu verkuppeln. Ich glaube, das liegt daran, dass sie im Kopf ständig Geschichten schreibt. Sie ist nämlich Schriftstellerin, müssen Sie wissen.«

»Eigentlich kenne ich nur den Bräutigam. Wir sind Geschäftspartner.« Sie standen sich genau genommen nicht besonders nahe – er kannte überhaupt niemanden, der Hunter wirklich nahestand, aber bei den wenigen Malen, die sie zusammengearbeitet hatten, waren sie sehr gut miteinander ausgekommen. Vor Kurzem hatten sie sogar zusammen das Bergsteigen angefangen. Möglicherweise war das der Grund dafür, dass er jetzt der Hochzeitsgesellschaft angehörte.

Entweder das, oder seine Braut wollte ins Fernsehen. Sebastian wollte lieber nicht darüber nachdenken. »Gretchen ist nicht der Typ Frau, der gern bei *The Cabral Empire* mitspielen möchte, oder?« Er fragte sich, ob er möglicherweise aus diesem Grund hier war.

Chelsea verzog das Gesicht. »Auf gar keinen Fall! Gretchen sieht nicht besonders oft fern, und ich glaube auch nicht, dass sie sich gern fotografieren lässt. Außerdem würde sie das Hunter niemals antun. Ich hatte den Eindruck, dass sie ihn um jeden Preis beschützen will.«

Damit konnte sie recht haben. Dann hatte man ihn also aus einem anderen Grund eingeladen … möglicherweise, um ihn mit der umwerfenden Blondine zu verkuppeln, die gerade vor ihm stand. Falls Gretchen tatsächlich vorhatte, ihm eine neue Freundin zu besorgen, dann besaß sie ein gutes Auge. Er beobachtete, wie sich Chelseas Hintern bewegte, als sie sich auf die Zehenspitzen stellte und wieder in den Flur hinausschaute. Zu schade, dass er nicht auf der Suche nach einer Freundin war. Doch ein romantisches Abenteuer war das Letzte, was er jetzt gebrauchen konnte. In seinem Leben gab es dank *The Cabral Empire* schon mehr als genug rechtliche Fallstricke.

»Was halten Sie davon …« Chelsea drehte sich wieder zu ihm um, leckte sich die vollen Lippen und sah ihn unter ihren dichten, dunklen Wimpern hervor an. »Da sich ja offensichtlich bereits Paare zusammenfinden …«

Er hätte ihr den ganzen Abend dabei zusehen können, wie sie sich die Lippen leckte. »Ja?«

»Sollen wir uns zusammentun … als Kumpel?«

Sebastians Lippen zuckten. Dies musste das erste Mal sein, dass ihn eine wunderschöne Frau fragte, ob er ihr Kumpel sein wollte. »Ist das Ihr Ernst?«

»Na ja, das hier ist ja erst die Vorverlobungsfeier, nicht wahr? Die Verlobungsfeier findet in einigen Wochen statt, und danach wird es noch einige andere dieser Partys geben, die wir zusammen durchstehen müssen.« Sie schauderte kaum merklich, und die Pailletten auf ihrem Kleid wippten und glitzerten. »Wir könnten gewissermaßen das Sicherheitsdate füreinander sein, damit wir uns keine Sorgen mehr machen müssen, dass uns andere anbaggern oder verkuppeln wollen. Wir könnten uns von vornherein darauf einigen, einfach nur Freunde zu sein.«

Seine Libido war zwar entrüstet, dass diese wundervolle Frau nur Freundschaft von ihm wollte, aber Sebastian musste zugeben, dass ihn ihr Vorschlag reizte … und dass es eine gute Idee war. »Wenn wir also so tun, als wären wir zusammen, will keiner mehr mit uns flirten oder uns zu einem Date überreden?«

Sie schnippte mit den Fingern. »Ganz genau. So können keine peinlichen Situationen mehr entstehen. Es ist gewissermaßen ein Insiderwitz zwischen uns beiden. Wir können auch Telefonnummern und alles austauschen.«

»Sind Sie sicher?« Er konnte nicht anders, sondern musste noch ein bisschen sticheln. »Bei diesen Partys laufen viele attraktive Männer herum.«

Erstaunlicherweise erschauerte sie jetzt noch mehr. »Ich bin mir ganz sicher. Sie machen einen eher harmlosen Eindruck auf mich, daher möchte ich meine Zeit hier lieber mit Ihnen verbringen.«

Und jetzt war seine Libido wirklich beleidigt. Er war harmlos? Wie bitte? Dabei war er dafür bekannt, mit einem verführerischen Blick so ziemlich jede Frau rumzukriegen. »Ich bin also harmlos.«

Sie trat näher und tätschelte seine Brust. »Nehmen Sie es nicht persönlich. Das liegt nur daran, dass wir uns nicht kennen, und sollte kein Urteil hinsichtlich Ihrer Männlichkeit sein.«

Er zuckte mit den Achseln und holte sein Handy aus der Tasche. Vielleicht war ein Sicherheitsdate genau das, was er gerade brauchte. Auf diese Weise würde er nicht weiter verkuppelt werden, da er ja bereits eine »Freundin« hatte. Er konnte bei der Hochzeit all den Frauen aus dem Weg gehen, die auf Männersuche waren – denn die gab es irgendwie immer –, und keiner, der Chelsea sah, würde auch nur auf den Gedanken kommen, die Sache zwischen ihr und Sebastian könnte etwas rein Platonisches sein. Sie war die Perfektion auf High Heels. »In Ordnung«, sagte er und strich mit dem Daumen über das Handydisplay. »Dann gib mir mal deine Nummer, Sicherheitsdate.«

Chelsea lachte und griff in ihren Ausschnitt, um ihr Handy

herauszuziehen, das zwischen ihren Brüsten steckte. Er versuchte, nicht hinzustarren, aber tat es dennoch.

Und er versuchte, den Wunsch zu unterdrücken, die Sache zwischen ihnen könnte mehr als platonisch sein, als er beobachtete, wie sie das winzige Handy hervorholte.

Ein Sicherheitsdate war eine gute Sache, sagte er sich.

Sie tauschten die Nummern aus, und dann strahlte sie ihn an und ging auf den Flur. »Ich muss dieses Ding jetzt langsam mal seiner Besitzerin zurückbringen«, sagte sie und hielt die Wimpern hoch. »Dann bis gleich, Sicherheitsdate.«

»Nenn mich doch einfach SD«, rief er ihr hinterher und grinste, und ihr Lachen hallte durch den Flur. Trotz dieser absurden Situation hatte er gute Laune, und er ging zurück zur Dinnerparty. Alles sah ganz danach aus, als fänden sich hier wirklich langsam Pärchen zusammen. Er setzte sich und holte sein Handy hervor.

Sebastian: Du hast es so gewollt. Ich bin mir ziemlich sicher, dass wir die Einzigen sind, die keinen Partner suchen.

Ihre Antwort kam einen Augenblick später.

Sicherheitsdate Chelsea: Hab ich doch gesagt!!!

Sebastian: Nur damit das klar ist: Das wird hier keine umständliche Beziehungskiste, sondern nur Freundschaft, oder?

Sicherheitsdate Chelsea: Großer Gott, nein, keine Beziehung! Ich habe die Nase voll von Männern.

Er musste an den blauen Fleck an ihrem Oberschenkel denken, der ihm noch immer Rätsel aufgab. Doch dann begann die Dinnerparty, er steckte sein Handy weg, und Chelsea kam mit ihrer Freundin herein, gut gelaunt, mit wippendem Haar und ihrer charmanten Art.

Da vergaß er den blauen Fleck für eine Weile und amüsierte sich einfach.

Als er an diesem Abend nach Hause kam, holte er seinen Zeichenblock und seine Stifte heraus. Sofort skizzierte er ein rundliches Gesicht, große, strahlende Augen und lockiges blondes Haar. Sie hatte so glücklich und sorglos gewirkt, dass er sie einfach zeichnen musste. Auf gewisse Art erinnerte sie ihn an die Pin-up-Girls von früher.

Ob nun als Freundin oder nicht, er ging jedenfalls davon aus, dass Chelsea Hall seine Kunstwerke für lange Zeit inspirieren würde.

5

Ein Sicherheitsdate ist eine ganz hervorragende Idee, Süße!«, sagte Pisa, als sie am nächsten Tag durch den Central Park rollerten. »Ich bin so stolz auf dich.«

»Ich bin auch stolz auf mich«, gab Chelsea zu. »Ich bin während der ganzen Dinnerparty nicht ausgeflippt. Das kann natürlich auch daran liegen, dass so viele meiner Freunde aus der Collegezeit dort waren, aber ich bin sogar einige Minuten mit Sebastian allein gewesen und trotzdem cool geblieben. Es ist fast so, als hätte ich ihn von Anfang an als sicher eingestuft.«

»Das ist ja super! Das hast du gut gemacht, Chesty«, lobte Pisa sie. Sie fuhr schneller und machte einen Satz über einen besonders breiten Riss im Asphalt. Chelsea tat es ihr nach, und dann fuhren sie wieder nebeneinanderher. Pisa packte sie an ihrem Ellenbogenschoner und lenkte sie um ein älteres Paar herum, und dann rasten sie an einigen besonders langsamen Leuten vorbei.

Das Derbytraining für die Liga fand zweimal die Woche statt und bestand aus diversen Einzelübungen und Einweisungen für Neulinge. Freitagabends hatten sie Teamtraining. Aber wie die meisten Frauen, die für den Roller-Derby-Sport lebten, gab es für Chelsea und Pisa gar nicht genug Stunden, die sie auf den Rollschuhen verbringen konnten, und daher fuhren sie zu Übungszwecken täglich durch den Park. Jetzt hatte Pisa gerade Mittagspause, deshalb liefen alle möglichen Leute im Park herum: Menschen, die mit ihrem Hund Gassi gingen,

Anzugträger, die ihre Pause für einen Spaziergang nutzten, und so weiter.

Pisa fuhr rückwärts und beäugte Chelsea. »Und, können wir reden?«

»Aber natürlich. Was ist denn los?«

»Ich habe die Beförderung gekriegt. Doppeltes Gehalt und Boni.« Pisa hob die Augenbrauen und hob triumphierend eine Hand.

Chelsea kreischte auf, legte die Arme um Pisas Taille und fiel zusammen mit ihr auf den Rasen. Lachend umarmten sie sich weiter, und Chelsea konnte ihre Begeisterung kaum zügeln. »Oh Mann! Herzlichen Glückwunsch. Das ist ja wirklich super.«

Pisa kicherte und schlug Chelsea auf den Rücken. »Ja, ich weiß! Ich warte schon seit einer Ewigkeit darauf, dass das endlich passiert!«

»Sie wären ja bescheuert, ein Finanzgenie wie dich nicht zu ködern«, erklärte Chelsea stolz. »Aber das heißt dann auch ...«

»Ja«, meinte Pisa und sah mit einem Mal besorgt auf. Sie stützte sich auf einen Ellenbogen und zupfte einige Grashalme aus. »Austin. Ein Umzug auf Dauer. Das Gute daran ist, dass dort auch Roller Derby gespielt wird. Aber der Nachteil ist ...«

Dass sie Chelsea verlassen würde. Und Chelsea konnte nun einmal nur schlecht allein sein. Doch sie unterdrückte die in ihr aufkeimende Panik und drückte Pisa erneut an sich. »Jetzt sei kein Spielverderber, Pisa. Das ist die Chance, die du dir immer gewünscht hast. Natürlich ziehst du nach Austin!«

»Bist du dir sicher?«

Chelsea schnaubte. »Willst du etwa hierbleiben, nur weil deine Mitbewohnerin nicht allein klarkommt? Ich suche mir eine andere Mitbewohnerin. Cherry hat doch erwähnt, dass sie auf der Suche ist.«

»Cherry hat aber keinen Job. Wie willst du mit deinen Seifenverkäufen eine Dreizimmerwohnung finanzieren?«

Aber Chelsea winkte ab. »Mir wird schon was einfallen. Mach dir um mich keine Sorgen. Wirklich nicht. Lass uns lieber über dich und Austin reden! Wann ziehst du um?«

»Nächste Woche?«

So bald? Chelsea ignorierte ihre Angst und schlug gegen Pisas Helm. »Ich freue mich so für dich!«

Pisa lächelte sie unsicher an. »Vielleicht probiere ich das Banked Track Roller Derby mal aus. Das soll in Austin groß in Mode sein. Ich könnte ja für eine Weile in beiden Ligen spielen. Mal sehen. Geht das wirklich in Ordnung für dich?«

»Aber klar. Ich würde dich nie von so etwas abhalten.« Chelsea drückte Pisas behandschuhte Hand. »Du warst während der letzten drei Jahre immer für mich da. Du hast mich beim Testspiel entdeckt und mich gedrängt, mir die Rollschuhe anzuziehen. Ich vergötterte dich und will für dich nur das Beste. Nachdem ich mich so lange auf dich gestützt habe, wird es nun Zeit, wieder auf eigenen Beinen zu stehen.«

In Pisas Augen schimmerten Tränen. »Ich hatte solche Angst, es dir zu sagen. Dir ist doch klar, dass das nicht einfach wird ...«

Chelsea umarmte sie fest. »Es ist mir egal, ob es einfach wird oder nicht, aber das ist das, was du tun musst.«

Nachdem sie sich noch eine Weile umarmt hatten, standen sie vom Rasen auf und skateten weiter wie Verrückte durch den Park. Chelsea hatte die ganze Zeit über ein strahlendes Lächeln aufgesetzt, auch wenn sie innerlich völlig zerrissen war. Pisa war ihr Fels in der Brandung, der Mensch, auf den sie sich verlassen konnte und der immer für sie da war. Sie konnte ihr diese großartige Beförderung nicht vermiesen, denn das war ein riesiger Erfolg, der auch noch sehr viel Geld einbrachte.

Aber ... was bedeutete das für Chelsea? Sie musste es einfach akzeptieren und sich anpassen. Irgendwie. Aber New York wäre bei Weitem nicht mehr so schön ohne Pisa.

✳ ✳ ✳

»Toprope oder Lead?«, wollte Sebastian von Hunter wissen. Er rückte seinen Klettergurt zurecht und überprüfte zur Sicherheit alles noch einmal, bevor er seinen Freund ansah.

»Toprope«, antwortete Hunter und sah sich unsicher um. »Ziemlich viel los hier heute, was?«

Sebastian knurrte nur. Es war wirklich voll, aber er hatte bis eben geglaubt, er wäre einfach nur paranoid. »Vielleicht haben wir eine schlechte Zeit erwischt. Sollen wir lieber ein anderes Mal wiederkommen?«

»Nein«, entgegnete Hunter und rieb sich die Hände mit Talkum ein. »Ich muss ein paar Aggressionen loswerden.«

»Wieso denn das?« Sebastian hakte sich ein und starrte an der Wand nach oben. Sie hatten eine Stunde Trainingszeit gebucht, aber Hunter hatte recht – das Fitnessstudio, das sie sich ausgesucht hatten, schien heute aus unerfindlichen Gründen überaus gut besucht zu sein. Vielleicht sollte er sich einfach eine eigene Kletterwand bauen. Aber bisher hatte er davon abgesehen, da es hier ja eine sehr gute gab. »Arbeit oder etwas anderes?«

Hunter war nicht gerade der redseligste Partner, daher war es oftmals nicht leicht, ihn dazu zu bringen, sich ein wenig zu öffnen. Doch heute schien das anders zu sein. Es überraschte Sebastian, als Hunter zugab: »Ich bin heute bei einer wichtigen

Ausschreibung nicht zum Zug gekommen. Dieser ganze Hochzeitskram hat mich zu sehr abgelenkt.«

»Nur gut, dass du heiratest und nicht ich«, sagte Sebastian und legte die Hände auf einen der unten angebrachten Griffe. »Das Letzte, was ich jetzt gebrauchen kann, ist noch größere Aufmerksamkeit von den Medien.«

»Es sind nicht die Medien«, erwiderte Hunter mit seiner tiefen Stimme und näherte sich der Wand. »Das würde mir Gretchen niemals antun. Es ist ... Nun ja, es ist Gretchen. Sie plant für die Verlobungsfeier ein riesiges Kostümfest und macht sich ganz verrückt deswegen.«

Sebastian runzelte die Stirn und konnte nicht nachvollziehen, inwiefern Hunter dadurch abgelenkt war. »Und ...«

»Und wenn sie sich so in eine Sache hineinsteigert, dann lässt sie ihren Stress immer an mir aus.«

Die Worte kamen fast schon als Knurren aus Hunters Kehle, und Sebastian hielt inne und sah seinen Partner an. Tatsächlich war dessen Gesicht puterrot angelaufen, und das lag nicht an der körperlichen Anstrengung. »Aha«, meinte er glucksend. »Diese Art von Ablenkung. Du armer, leidender Mann. Wie wirst du nur damit fertig?«

»Ach, halt die Klappe«, fauchte Hunter. »Ich ...« Er sprach nicht weiter und starrte in eine Richtung.

Sebastian drehte sich um ... und fluchte.

Jetzt wusste er, warum hier heute so viel los war. Drei Kameras filmten in einiger Entfernung, und ein Mann hielt einer Frau mit weißblond gebleichtem Haar ein Mikrofon über den Kopf. Sie trug einen scharfen rosafarbenen Sport-BH, eine dazu passende Yogahose ... und Stilettos. Als sie sich umdrehte, fluchte er gleich noch einmal.

Lisa Pinder-Schloss. Seine Exfreundin aus der Hölle. Die Frau, die ebenso berühmt sein wollte wie seine Familie.

Sie strahlte, als sie ihn erblickte, und kam zu ihm gelaufen, wobei ihre großen falschen Brüste wippten, als sie sich der Kletterwand näherte. Sebastian konnte nichts weiter tun, als dort ein Stück weit über dem Boden zu hängen und wie erstarrt mitanzusehen, wie sie und ihre Entourage näher kamen.

»Hi, Baby«, säuselte sie und kam auf wackligen Beinen auf ihn zu. Ihre hohen Absätze versanken in der Matratze, und sie konnte überhaupt nicht richtig gehen.

»Lisa? Was machst du denn hier?«, fragte Sebastian, ließ den Klettergriff los und rutschte wieder nach unten. Zumindest war sie so klug gewesen, zu ihm zu kommen, als er noch unten und nicht schon ganz oben an der Wand war.

Er sah zu Hunter hinüber, der die Hände vor das Gesicht geschlagen hatte und die Augen zusammenkniff. »Wenn diese Kameras nicht in zwei Sekunden woanders hinzeigen, dann verklage ich jeden Einzelnen von Ihnen bis zum Sankt Nimmerleinstag«, knurrte der Milliardär mit dem vernarbten Gesicht.

Augenblicklich wurden alle drei Kameras herumgeschwenkt und zoomten auf Lisa.

Sebastian klopfte sich die Hände ab und ging ein paar Schritte zur Seite, um Hunters Privatsphäre zu schützen. Er wusste, dass der Mann zurückgezogen lebte und es hasste, fotografiert zu werden. Eigentlich ging er auch nur ungern vor die Tür, aber er gab sich seiner Verlobten zuliebe Mühe und versuchte, das zu ändern. Es wurde definitiv Zeit, dass sich Sebastian eine eigene Kletterwand zulegte. Verdammte Scheiße!

Er nahm Lisa am Arm und zog sie mit sich. »Was machst du hier?«

Sie zog einen Schmollmund. »Ich bin hier, um dich zu sehen.«

Er fand, dass sie lächerlich aussah. Sie hatte augenscheinlich in letzter Zeit noch mehrmals unter dem Messer eines Schönheitschirurgen gelegen, denn ihre Brüste waren riesig, und die Brustwarzen bohrten sich fast schon durch den dünnen Stoff ihres BHs. Ihre Lippen waren ebenfalls völlig aufgeblasen. Sie sahen aus wie ein Entenschnabel, wie sie so hervorquollen, und verwandelten ihr ehemals hübsches Gesicht in eine Karikatur. Offensichtlich hatte sie es mit den Schönheits-OPs übertrieben. Außerdem hatte sie viel auf der Sonnenbank gelegen und sah etwas zu orangefarben aus, als dass es eine natürliche Bräune sein konnte. Irgendwie erinnerte sie ihn an einen Kürbis.

»Bist du hier, um mich zu sehen oder weil du für die Show filmst?«, fragte er direkt und machte sich daran, seinen Klettergurt zu öffnen.

Sie zwirbelte eine Locke um den Finger – bestimmt hatte sie auch Extensions. »Kann ich nicht beides machen?«

»Du weißt, dass ich die Show hasse.« Verdammt, er bekam den Verschluss irgendwie nicht auf. Dazu war er viel zu wütend und hatte es zu eilig.

»Ich vermisse dich, Baby. Können wir uns unter vier Augen unterhalten?« Sie legte eine Hand auf seinen Hüftgurt und versuchte, ihn an sich zu ziehen.

»Nein! Fass mich nicht an.« Er zuckte so heftig vor ihr zurück, dass er rücklings auf die Matte stürzte und für einen Moment so liegen blieb.

Verdammt. Das würden sie garantiert für die Promo verwenden, da war er sich ganz sicher.

Sie kicherte ein bisschen und biss sich auf ihre aufgeblähte Unterlippe in dem Versuch, niedlich auszusehen. »Wir müssen über uns beide reden.«

»Da gibt es nichts zu reden, und das schon seit Jahren nicht mehr.«

»Ich vermisse dich . . .«

»Ich vermisse dich nicht, und ich will mit alldem nichts zu tun haben.« Er deutete auf die Kameras, die noch immer auf ihn gerichtet waren. »Nur weil meine Mutter will, dass ich mitspiele, heißt das noch lange nicht, dass ich mitmache.«

Sie riss die Augen auf. »Wusstest du, dass Mama Precious Krebs hat?«

Oh nein. Er würde sich nicht in diese Krebsgeschichte mit reinziehen lassen. Auf gar keinen Fall. Daher ignorierte er diese Anspielung einfach und mahlte mit dem Kiefer. »Ich will keine Beziehung mit dir, Lisa, hast du verstanden? Lass mich einfach in Ruhe.«

Lisa stemmte die Hände in die Hüften. »Ich werde dich nicht aufgeben, Sebastian Cabral. Du wirst schon noch merken, dass ich die perfekte Frau für dich bin. Wir hatten eine sehr gute Beziehung.«

Sie hatten eher eine flüchtige und anstrengende Affäre gehabt. »Verschwinde, Lisa.«

»Du wirst schon sehen. Ich lasse mich nicht so schnell abwimmeln.« Sie warf den Kopf in den Nacken und stolzierte davon.

Er rieb sich frustriert die Stirn. Alle starrten ihn an. Dieses Fitnessstudio würde er nie wieder betreten können. Und jetzt musste er Hunter auch noch davon überzeugen, dass das nicht alles geplant gewesen war.

Was für ein Albtraum. Er musste irgendetwas unternehmen, um Lisa loszuwerden. Ansonsten konnte er in den nächsten Monaten mit weiteren solcher Überfälle rechnen. Das musste er um jeden Preis verhindern.

✳ ✳ ✳

»Kommst du auch wirklich zurecht?«, fragte Pisa noch einmal und sah sich in der halb leeren Wohnung um, während die Umzugshelfer darauf warteten, dass sie das Zeichen zum Aufbruch gab.

»Es ist alles gut«, versicherte Chelsea ihr. Sie schulterte Pisas Tasche mit der Derby-Ausrüstung, da sie diese mit ins Flugzeug nehmen wollte. Ein Fernseher ließ sich ersetzen, aber gut eingefahrene Rollschuhe waren unbezahlbar. »Bestimmt macht es Spaß, die Wohnung mal eine Weile ganz für mich allein zu haben.«

»Du bist eine schlechte Lügnerin.« Nach einem letzten Blick drehte Pisa sich zu Chelsea um. »Du kannst es deiner Derbyfrau ruhig sagen, Süße. Sag nur einen Ton, und ich nehme einen späteren Flug oder denke mir etwas anderes aus.«

»Nein. Auf gar keinen Fall.« Chelsea reichte ihr die schwere Tasche. »Du musst das machen. Wie lange hast du jetzt auf diese Beförderung gewartet? Ich wäre die schlechteste Freundin der Welt, wenn ich dich jetzt zurückhalten würde.«

»Wir wissen beide, dass du das nicht mit Absicht machst.« Pisa musterte sie besorgt. »Meine neue Adresse hast du aufgeschrieben, ja?«

»Und deine Telefonnummer. Ebenso wie alle Notfallnummern der anderen Mädels aus dem Team. Und ich kann in ein Café gehen, wenn es mir hier zu ruhig wird. Oder ich schaffe mir eine Katze oder ein anderes Haustier an. Ich komme schon zurecht, versprochen.«

Doch Pisas Miene hellte sich nicht auf. »Du wirst mich doch anrufen, wenn du eine Panikattacke bekommst?«

»Ganz bestimmt.« Chelsea legte die Hände auf die Schultern ihrer Freundin und drehte sie zur Tür um. »Du musst los, Pisa. Dein Flugzeug hebt bald ab, und deine Umzugshelfer warten darauf, dass du sie losfahren lässt.«

»Ich weiß, aber ich fühle mich so schuldig...« Wieder sah Pisa Chelsea geknickt an.

»Fühl dich lieber schuldig, dass du die Rag Queens verlässt, um dich irgendeinem lausigen Team in Austin anzuschließen«, neckte sie sie und versuchte, fröhlich zu klingen.

»Die in Austin sind viel besser, und das weißt du ganz genau.« Pisa warf Chelsea die Arme um den Hals. »Du wirst mir so unglaublich fehlen, Chesty LaRude.«

Heiße Tränen stiegen Chelsea in die Augen, und sie blinzelte mehrmals schnell. »Du wirst mir auch fehlen, Pisa Hit.« Sie drückte ihre Freundin fest an sich. »Aber wir sehen uns bei den Nationals, nicht wahr?«

»Auf jeden Fall.« Pisa hob einen Arm, beugte ihn und tippte auf ihren Ellenbogen. »Der hier wartet schon darauf, sich in deine Brust zu bohren.«

Chelsea kicherte trotz ihrer Tränen. »Du wirst mir so fehlen.«

Nachdem sie sich noch drei weitere Male umarmt hatten, ging Pisa schließlich. Chelsea winkte ihr hinterher. Dann schloss sie die Wohnungstür, verriegelte sie und starrte bedrückt das an, was von den Möbeln noch übrig geblieben war. Sie hatte vor, alles, was sie für die Seifenherstellung brauchte, vorübergehend in Pisas Zimmer aufzubauen, und hatte sich schon einen Klapptisch organisiert. Pisa gegenüber hatte sie fröhlich behauptet, dass sie dann sogar näher an der Küche wäre, was ihr die Arbeit erleichtern würde.

Doch das waren alles Lügen. Sie hatte gelogen, weil sie ihre Freundin nicht davon abhalten wollte, ihr eigenes Leben zu führen. Pisas leeres Zimmer machte sie ganz nervös, und so schloss sie die Tür und ging durch den Flur. Während sie durch die Wohnung lief, schaltete sie überall das Licht ein. Draußen war es zwar taghell, aber das reichte ihr nicht aus.

Es war zu ruhig. Zu einsam.

Sie war zu allein.

Sie kroch ins Bett und zog sich die Bettdecke über den Kopf. Morgen Abend war das nächste Training. Bis dahin konnte sie durchhalten. Und sie konnte morgen im Central Park fahren. Vielleicht hatten ja Morning Whorey oder Gilmore Hurls Zeit und Lust, sie zu begleiten. Dazu musste sie sie nur anrufen. Aber eigentlich war das unwahrscheinlich, weil sie beide Bürojobs hatten.

Sie war allein. Wirklich und so richtig allein.

Und wenn sie allein war, meldete sich ihre Angst zurück.

Daher griff sie nach ihrem Handy und ging ihre Kontaktliste durch. Gretchen war nicht gerade zuverlässig, wenn es darum ging, auf eine Nachricht zu antworten. All ihre Derbyfreundinnen würden jetzt nur über Pisa reden wollen, dabei wollte sie lieber gar nicht darüber nachdenken, dass ihre Freundin nicht mehr da war. Da stieß sie in ihrer Liste auf »Sicherheitsdate Sebastian«, und aus einer Laune heraus schrieb sie ihm eine Nachricht.

Chelsea: Hey, Sicherheitsfreund, gehst du dieses Wochenende auf die Kostümparty?

Sicherheitsdate Sebastian: Mir bleibt doch nichts anderes übrig, oder? Immerhin bin ich ja einer der Trauzeugen.

Chelsea: Wir sind ja heute wieder richtig sarkastisch.

SDS: Entschuldige. Ich bin nur kein großer Fan von Partys und fühle mich eher genötigt, da hinzugehen.

Chelsea: Ich weiß genau, wie du dich fühlst! Ich würde auch lieber nicht hingehen, aber das würde mir Gretchen niemals verzeihen.

SDS: Dann werden wir uns also einen schönen Abend machen, indem wir uns in irgendeine Ecke verdrücken.

Chelsea: Sieht ganz danach aus. Gut, dass du ebenso ungesellig bist wie ich.

SDS: Wir werden zwei lustige Mauerblümchen abgeben.

Chelsea musste grinsen. Das vertrieb zwar nicht die schmerzhafte Einsamkeit oder die Angst davor, ganz allein zu sein, aber es tat gut zu wissen, dass es da draußen jemanden gab, der sie verstand.

6

Ist ... Ist das ein echtes blaues Auge oder Teil des Kostüms?«
Sebastian starrte die vertraute Gestalt an, die auf Rollschuhen
an seine Seite gesaust kam. Gretchens und Hunters Verlobungsparty war in vollem Gange. Die stattlichen Hallen des
Buchanan-Herrenhauses waren von kostümierten Gästen be-
völkert, und überall hingen Banner und Ballons, deren Auf-
schriften die bevorstehende Hochzeit des glücklichen Paares
ankündigten. Kellner trugen Tabletts mit Champagnerflöten
und Horsd'œuvres herum, und alle lachten, unterhielten sich
und schienen sich blendend zu amüsieren. Okay, fast alle. Als
ein Cheerleader und ein heißes Krümelmonster ihn schon in
dem Augenblick anbaggerten, in dem er durch die Tür kam,
wusste er, dass dies eine weitere »Verkupplungsparty« werden
würde. Was hatten Hochzeiten nur an sich, dass alle Singles
ebenfalls versuchten, einen Partner zu finden? Er hatte sich
sogar ein extra schlichtes Kostüm besorgt, um ja nicht aufzufallen, doch das funktionierte einfach nicht. Deshalb war er
heilfroh, als Chelsea auf ihn zukam und sich den Weg durch
die Menge bahnte, als wäre sie auf Rollschuhen geboren worden. Das war schon ein beeindruckender Anblick.

Und verdammt, sie sah wirklich scharf aus. Sie war nur eine
Freundin, aber ihr Kostüm war der Knaller. Sie trug einen von
Stickern übersäten pink- und lilafarbenen Helm, unter dem
Zöpfe hervorragten, und ihr Kleid war ein kurzes lilafarbenes
Kostüm mit Faltenrock, der ihr Höschen nicht wirklich ver-
deckte. Dazu trug sie pink- und lilafarben gestreifte Strümpfe,

die ihr bis zu den Oberschenkeln reichten, Knie- und Ellenbogenschoner und sah durch und durch aus wie ein heißes Roller-Derby-Mädchen.

Mit Ausnahme des blauen Auges. Dieser Punkt bereitete ihm Sorgen.

Aber sie grinste, als sie näher kam und sich dann umdrehte, um neben ihm stehen zu bleiben. »Ja, das ist ein echtes blaues Auge. Ich bin mit einem Ellenbogen kollidiert und habe es als Andenken behalten.«

Sie sagte das ganz beiläufig, was ihm noch größere Sorgen machte, aber es stand ihm nicht wirklich zu, sich in ihr Leben einzumischen. »Ist alles okay?«

»Ja, alles bestens.« Chelsea sah sich um. »Hier ist ja heute Abend der Teufel los. Ich dachte, Hunter wäre ein sehr zurückgezogen lebender Mensch?«

»Das ist er auch, aber es macht ganz den Anschein, als wollte Gretchen die ganze Welt wissen lassen, dass sie diesen Mann liebt.«

Chelsea warf ihm einen Blick zu und kicherte. »Sie ist stolz auf ihn.«

Er kämpfte gegen sein Verlangen an, als sie ihn so vielsagend ansah. Sie war eine Freundin und hatte ihm deutlich zu verstehen gegeben, dass sie nicht das geringste Interesse an einer Beziehung hatte. Er ja eigentlich auch nicht. Innerlich erschauerte er noch immer, wenn er an Lisas Überfall vor einigen Tagen dachte. Aber Chelseas Kleid hatte einen kleinen Ausschnitt und gab einen verlockenden Blick auf ihr Dekolleté frei, und ihr Hintern sah in dem glitzernden Höschen, das sie unter dem knappen Rock trug, wirklich heiß aus. Und er war nun mal ein Mann, da konnte er nicht anders, als den Anblick einer scharfen Frau erregend zu finden, selbst wenn sie klargestellt hatte, dass sie nur Freunde sein würden. »Schickes Outfit.«

»Danke«, erwiderte sie und musterte die Menge. »Hab ich mir von einer Freundin geliehen.« Sie schaute sich um und rückte etwas näher an ihn heran, als ihr einige Männer im Vorbeigehen begehrliche Blicke zuwarfen. »Ich mag dein Kostüm auch. Was stellst du denn dar?«

»Rate mal.«

Ihr Blick wanderte über sein Nerdhemd mit dem Kugelschreiberetui für die Brusttasche und der schlecht sitzenden Hose. Über das nach hinten gegelte Haar und die dicke Brille, die am Steg geklebt war. Er holte einen Taschenrechner aus der Hosentasche, hielt ihn hoch und sah sie erwartungsvoll an. Chelsea rümpfte die Nase. »Jemand aus dieser einen Fernsehserie? *The Big Bang Theory?*«

»Falsch. Ich bin ein Mathegenie.« Er hatte sich mit Absicht für ein unspektakuläres Kostüm entschieden, in dem er unattraktiv aussah, weil er hoffte, so nicht weiter aufzufallen. Bisher hatte es allerdings nicht funktioniert. Dummerweise war er zu berühmt, und die Damen, die heute Abend anwesend waren, schienen größtenteils auf Männersuche zu sein.

Chelsea begutachtete ihn noch einmal von oben bis unten und hielt sich ihren Sporthandschuh vor den Mund, während sie leise lachte. »Ein Mathegenie? Ist das dein Ernst?«

»Wieso nicht? Sehe ich etwa nicht intelligent genug dafür aus?« Er empfand ihr Lachen nicht wirklich als Beleidigung, da sie dabei so hinreißend wirkte, und grinste sie an.

»Ein Mathegenie mit solchen Muskeln? Ach, bitte.« Sie legte eine Hand auf seinen Arm und betastete seinen Bizeps. »Du bist viel zu gut gebaut dafür.«

»Ich fühle mich seltsamerweise gleichzeitig geschmeichelt und beleidigt«, erwiderte er leichthin und steckte den Taschenrechner wieder weg.

»Das solltest du auch sein«, neckte sie ihn. Ohne die Hand

60

von seinem Arm zu nehmen, sah sie sich besorgt um. »Mann, sind hier viele Menschen.«

»Du magst keine Partys, was?« Das erstaunte ihn. Sie wirkte doch so selbstsicher.

Ein Kellner kam mit Champagnerflöten auf einem Tablett vorbei, und sie wandte ihm demonstrativ den Rücken zu. Dabei rümpfte sie die Nase und sah Sebastian an. »Mir kommt es eher vor wie eine Fleischbeschau als wie ein Zusammentreffen von Freunden. Ich glaube, ich habe vorhin sogar einen sexy Elmo gesehen.«

»Ja, sie ist zusammen mit dem sexy Krümelmonster und dem sexy Chewbacca hier aufgetaucht.«

Sie beugte sich näher zum ihm, und ihm fiel auf, dass sie nach Kirschen duftete. »Die haben all meine Ideen geklaut. Dabei wollte ich doch der sexy Chewbacca sein. Gut, dass ich noch mal nach Hause gefahren bin und mich umgezogen habe, was?«

Er grinste breit. »Was für eine erschreckende Vorstellung, genau wie eine andere Frau als heißer Wookiee herumzulaufen.«

»Ja, allerdings.« Sie verlagerte ein wenig das Gewicht und beugte sich erneut zu ihm herüber, wobei ihre Brust seinen Arm berührte. »Gut, dass ich Rollschuhe anhabe. So kann ich schnell verschwinden, falls irgendjemand versucht, mich anzubaggern.« Sie schnitt eine Grimasse. »Ein weiteres Mal.«

»Lass mich raten, du wurdest sofort angequatscht, kaum dass du durch die Tür gekommen bist?« Das hätte ihn nicht weiter überrascht. Es waren zwar genug Frauen in knappen Kostümen anwesend, aber Chelsea sah einfach umwerfend aus. Er war sich ziemlich sicher, dass er nicht der einzige Mann im Raum war, der nicht aufhören konnte, ihren Hintern anzustarren, obwohl sie ein blaues Auge hatte.

Sie nickte und seufzte. »Man kann einfach nicht anziehen,

61

was man will, ohne dass einen irgendein Idiot geifernd anstarrt.«

Verdammt. Er gab sich gerade die größte Mühe, genau das nicht zu tun. Aber wenn sie nicht wollte, dass ihr knackiger Hintern Verehrer anzog, dann würde er sie eben verteidigen. »Wie wäre es, wenn ich einen Arm um dich lege, dann kann ich heute Abend dein Sicherheits-Date sein?«

Sie legte ihm einen Arm um die Taille und schob die Finger in eine Gürtelschlaufe. »Das ist eine hervorragende Idee. Danke, Sebastian.«

»Hey, ich profitiere doch auch davon. Schließlich will ich auf gar keinen Fall, dass dieses sexy Krümelmonster auftaucht, nachdem es drei Gläser Champagner getrunken hat, und mir seinen Bibo zeigen will.«

Chelsea kicherte erneut.

Er legte einen Arm um sie, und sie seufzte zufrieden. »Ich weiß das wirklich zu schätzen, Sebastian.« Sie lehnte ihren Kopf mit dem Helm gegen seinen Arm und schaute zu ihm auf, wie es eine hingebungsvolle Freundin tun würde. Das spielte sie wirklich gut. Man kaufte es ihr ab, dass sie in ihn vernarrt war. »Soll ich dich Bastian nennen?«

»Nur, wenn du Elsea genannt werden möchtest.«

»Sebby?«

»Chelly?«

Ihr Kichern wurde zu einem richtigen Lachen. »Hast du einen Spitznamen?«

»Meine Mutter nennt mich Nugget. Jetzt weißt du, warum ich Spitznamen nicht leiden kann.«

»Ach, Nugget ist doch süß. Macht sie das, weil du ein rundliches Baby gewesen bist?«

Er warf ihr einen finsteren Blick zu und hatte für einen Augenblick die Party und alle Menschen um sie herum vergessen. »Soll das ein Witz sein? Sie hat vor vier Jahren angefangen, mich so zu nennen.«

Chelsea erstickte ihr erschrockenes Auflachen hinter einer Hand. »Im Ernst?«

»Ja, allerdings. Meiner Mutter liegt sehr viel daran, dass ihre Show einen hohen Unterhaltungswert bietet.«

»Ich hab die Show nie gesehen.«

»In ihrer Realityshow entspricht eigentlich so gut wie nichts der Realität. Wenn man nicht gerade auf Designer steht und reichen Frauen dabei zusehen will, wie sie sich bei der Maniküre streiten, verpasst man nicht viel.«

»Das klingt ja furchtbar.«

»Das ist es auch.«

»Versteckst du dich aus diesem Grund hier mit mir in der Ecke?«

»Es ist eine allgemein anerkannte Wahrheit, dass ein Junggeselle im Besitz eines schönen Vermögens nichts dringender braucht als eine Frau.«

Sie riss die Augen auf. »Hast du gerade wirklich Jane Austen zitiert?«

»Allerdings.«

»Und warum bist du doch gleich single?«, neckte sie ihn. »Hier müssen doch gerade massenweise Frauenherzen geschmolzen sein.«

»Eine meiner Schwestern ist ein großer Fan von Jane Austen.« Er verzog das Gesicht. »Vielmehr war sie das. Aber sie haben sie gezwungen, sich für die Show etwas Moderneres auszusuchen. Jetzt steht sie auf glitzernde Vampire, weil sie dafür bezahlt werden, dafür Werbung zu machen.«

»Ich dachte...«

»Dass wir sowieso schon reich sind? Das sind wir auch. Meine Schwestern haben Treuhandvermögen, und mein Bruder und ich erben mehr Geld, als je ein Mensch besitzen sollte. Sie brauchen kein Geld. Sie wollen nur Aufmerksamkeit.«

»Oh.« Sie versuchte, bei seinen Worten nicht entsetzt auszusehen, was ihr jedoch nicht gelang. »Lass mich raten: Jede Frau, mit der du ausgehst, will ebenfalls bei der Show mitmachen?«

Eine von ihnen hatte es sogar geschafft. Zum zweiten Mal, seitdem er sie kannte, war er erstaunt, wie scharfsinnig Chelsea war. »Bingo. Sie wollen nicht mich, sondern nur über mich berühmt werden.«

Chelsea erschauerte leicht. »Du armer Mann. Keine Sorge, ich will dich nur, um den Schein zu wahren.« Sie tätschelte seinen Arm.

»Darum passen wir perfekt zusammen.« Er deutete auf einen mit Speisen beladenen Tisch in der Nähe. »Jetzt aber genug von meiner Mutter. Möchtest du etwas essen?«

»Ja, gute Idee.« Sie sah ihn dankbar an und ließ seinen Arm los. »Ich habe den ganzen Tag noch nichts gegessen und könnte womöglich sonst dem nächsten Mann, der mich fragt, ob ich eine rollschuhfahrende Stripperin bin, den Arm abbeißen.«

Er musste lachen. »Möchtest du mitkommen oder willst du dich lieber weiterhin hier verstecken?«

Ihre Miene hellte auf. »Kann ich mich weiterhin verstecken, oder hasst du mich dann dafür?«

Sie sah so erfreut aus bei der Vorstellung, in der Ecke stehen bleiben zu können, dass er ihr den Wunsch nicht abschlagen konnte. »Ich würde dich nicht hassen und kann dir gern einen Teller mitbringen. Was hättest du denn gern?«

»Etwas von allem.« Sie klopfte auf ihren flachen Bauch. »Mit einer Mädchenportion komme ich nicht weit.«

Sebastian grinste. »Okay, ich bin gleich wieder da. Und … Champagner?«

Sie verzog leicht das Gesicht. »Nein, keinen Alkohol. Nur ein Wasser für mich, bitte.«

Das war interessant. »Gut, ein Wasser. Kommt sofort.«

Sebastian bahnte sich einen Weg durch die Menge und musste dabei ständig irgendjemanden begrüßen oder Paaren ausweichen, die sich bereits gefunden hatten. Chelsea hatte recht – dieser Abend schien sich zu einer regelrechten Fleischbeschau zu entwickeln. Sogar die Brautjungfern und die Trauzeugen schienen sich zu finden. Er sah, wie Magnus einer Piratin in den Garten folgte, und Greer schien förmlich an Asher zu kleben.

Es sei denn, das waren ebenfalls Sicherheits-Dates. Er sah erneut zu Greer und Asher hinüber und stellte fest, dass Asher die kleine Frau leidenschaftlich küsste und ihren Hintern durch den Stoff des knappen Kostüms umklammerte.

Nein, das war definitiv kein Sicherheits-Date. Aber jedem das Seine. Er war jedenfalls erleichtert, dass Chelsea und er in dieser Hinsicht auf derselben Wellenlänge zu sein schienen. Als er den Tisch erreichte, schnappte er sich einen kleinen Teller und häufte Essen darauf. Es gab alle möglichen Snacks, von herzhaft bis süß, und allein drei Sorten Garnelen. Er fragte sich, ob Chelsea wohl irgendwelche Allergien hatte, und drehte sich zu ihr um.

Zwei Männer hatten sich ihr genähert – was bei ihrem heißen Kostüm auch kein Wunder war. Doch anstelle von höflichem Desinteresse, womit er gerechnet hatte, spiegelte sich regelrechte Panik auf ihrem Gesicht wider. Sie drückte sich mit dem Rücken an die Wand, und in ihren Augen war kein Interesse, sondern hilflose Angst zu erkennen. Die Hände hatte sie zu Fäusten geballt, und sie wirkte, als wäre sie bereit zuzuschlagen.

Sofort machte sich sein Beschützerinstinkt bemerkbar. Er ignorierte die Person, die gerade seine Aufmerksamkeit erregen wollte, drückte sich den Teller an die Brust und machte sich unter Einsatz seiner Ellenbogen auf den Rückweg zu ihr. Einer der Männer wollte sich gerade vorbeugen, doch im gleichen Augenblick schob sich Sebastian zwischen Chelsea und die beiden Männer. »Bitte sehr, Schnuckiputz.« Er beugte sich vor, drückte ihr den Teller in die Hand, und um seinen »Besitzanspruch« noch zu untermauern, gab er ihr einen Kuss auf die Wange. Danach legte er ihr einen Arm um die Taille und sah die Männer herausfordernd an. »Neue Freunde?«

»Wir wollten gerade gehen«, erklärte der, der sich als Baseballspieler verkleidet hatte. Er stieß seinen Kumpel an, und die beiden wandten sich ab.

Chelsea hatte eine ausdruckslose Miene aufgesetzt und steckte sich einen der Minimuffins in den Mund. »Danke.«

»Ist alles okay?« Sebastian musterte sie und fand, dass sie ... merkwürdig aussah. Als wäre der ganze Spaß von zuvor auf einen Schlag verschwunden.

»Alles gut.« Sie kaute und schenkte ihm ein angestrengtes Lächeln. »Aber ich bin sehr dankbar für die Rettung.«

Wieder einmal fragte er sich, was ihr blaues Auge und die kurz in ihren Augen aufflackernde Panik bei der Begegnung mit den beiden Männern zu bedeuten hatten. »Wirklich?«

»Ja. Danke für das Essen. Möchtest du etwas abhaben?« Sie reichte ihm den Teller, konnte ihm aber nicht in die Augen sehen.

Jetzt rangen sein Beschützerinstinkt und sein gesunder Menschenverstand miteinander. Hierbei ging es um mehr als darum, dass ein Mann auf eine Frau aufpasste. Er mochte Chelsea, und sie schien Probleme zu haben. Da kam ihm eine seltsame Idee.

Aber er verwarf sie wieder.

Dann musterte er Chelsea, die an einem Keks knabberte.

Die Idee wollte einfach nicht verschwinden.

Sebastian dachte gründlicher darüber nach. Chelsea war in mehrfacher Hinsicht perfekt für ihn – hauptsächlich jedoch, weil sie gar nicht auf eine Beziehung aus war. Er brauchte jedoch eine Freundin, um Lisa loszuwerden ... auch wenn er gar keine haben wollte.

Er beobachtete Chelsea, die nervös die anderen Gäste ansah, und musterte ihr blaues Auge. Ihre Leichtigkeit schien völlig verflogen zu sein, und sie rückte etwas näher an ihn heran, woraufhin er ihr einen Arm um die Taille legte.

Sie vertraute ihm. Er fragte sich, was sie wohl von dem verrückten Plan halten würde, der ihm nicht mehr aus dem Kopf ging. *Das wirst du erst wissen, wenn du sie gefragt hast*, argumentierte sein Verstand. Daher beugte er sich zu ihr hinüber, als gerade ein neuer Song einsetzte, und wieder stieg ihm dieser Kirschgeruch in die Nase. Warum musste sie nur so verdammt gut duften? Das lenkte ihn ganz schön ab. »Was hältst du davon, wenn wir uns auf einen Balkon verdrücken?«

Sie wirkte unglaublich erleichtert. »Das ist eine großartige Idee.« Sofort reichte sie ihren Teller einem Kellner, leckte sich den Daumen ab und lächelte Sebastian an.

Jetzt würde er vermutlich den ganzen Abend über schmutzige Fantasien haben, in denen sie sich den Daumen ableckte. Doch dann fiel ihm wieder ein, wie sie vor lauter Angst erstarrt war, und er schalt sich innerlich. Es war offensichtlich, dass sie vor irgendeinem Kerl Angst hatte, und Sebastian wollte dafür sorgen, dass das aufhörte.

Das mochte vielleicht auch egoistische Gründe haben, aber was sprach denn dagegen, zwei Fliegen mit einer Klappe zu schlagen?

Er behielt den Arm um Chelseas Hüfte und führte sie in eine Ecke des Raumes. Der Balkon war voller Menschen, und einige schienen sich gerade dort zu streiten. Das war kein guter

Ort, um ihr seinen Vorschlag zu unterbreiten. Daher gingen sie weiter und den Flur entlang. Nach einigen Metern war er mit einer Kordel abgesperrt, um die anderen Partygäste vom Weitergehen abzuhalten, aber Sebastian ging davon aus, dass Hunter nichts dagegen hatte, wenn er sich darüber hinwegsetzte. Also schob er die Absperrung zur Seite und bedeutete Chelsea, durch die nächste Tür zu gehen.

Sie rollte hinein, und er zuckte innerlich zusammen, als die Rollen ihrer Rollschuhe auf dem Hartholzboden laut zu hören waren. Ach, wenn sie den Boden ruinierte, dann würde er eben einen neuen bezahlen. Das machte ihm nichts aus. Im Moment wollte er nur mit ihr allein sein und sich ungestört mit ihr unterhalten.

Bei dem Raum handelte es sich um eine Art Wohnzimmer mit zierlichen Sitzgelegenheiten und alten Gemälden an den Wänden. Vor den hohen Fenstern hingen dicke Vorhänge, und ein Kabinett mit antiken Kunstgegenständen stand an der hinteren Wand. Alles machte den Anschein eines steifen, spießigen Zimmers, das so gut wie nie genutzt wurde. In der Mitte des Raumes stand ein Schaukasten, in dem ein altes, aufgeschlagenes Buch lag, das bestimmt sehr selten und kostbar war. Sebastian interessierte sich nicht weiter dafür und schloss die Tür hinter sich. »Setz dich irgendwohin.«

»Kein Balkon?«, fragte sie und ließ sich auf eine Chaiselounge mit geschwungener Rückenlehne fallen.

»Da war mir zu viel los«, erwiderte er. »Und ich möchte mich in Ruhe mit dir unterhalten.«

Sie versteifte sich und wirkte auf einmal etwas abweisend. »Das ist nie ein gutes Zeichen.«

Er zuckte mit den Achseln, behielt seine lässige Pose bei und setzte sich ihr gegenüber. »Es ist nichts Schlimmes. Ich wollte dich nur fragen, was du davon hältst, wenn wir heiraten.«

7

Chelsea starrte ihn entgeistert an. »Entschuldige, aber ich glaube, ich habe mich verhört. Hast du gerade ... heiraten gesagt?«

Sebastian nickte und verschränkte die Finger. »Aber nicht so, wie du das vielleicht denkst. Vermutlich sollte ich es dir genauer erklären.«

»Ja, das wäre gut«, murmelte sie. Oh nein. Da hatte sie geglaubt, bei Sebastian in Sicherheit zu sein, und jetzt wollte er sie heiraten? Eine Ehe bedeutete auch Sex. Argh. Sie wollte ganz bestimmt keinen Sex haben. Vielleicht sogar nie mehr wieder. Doch vor allem wusste sie im Moment beim besten Willen nicht, was das zu bedeuten hatte. Er sollte doch ihr Sicherheits-Date sein, verdammt! Was sollte jetzt dieser Blödsinn mit dem Heiraten?

Sie war kurz davor zu weinen. Entweder das ... oder sie musste etwas kaputt schlagen. Erstens war da diese Party, die sie nervös machte. Dadurch wurden viel zu viele schlimme Erinnerungen wachgerufen. Zweitens war Pisa nicht mehr da. Drittens waren da diese Kerle, die sie in die Ecke gedrängt hatten, als sie völlig ungeschützt gewesen war, und sie war noch immer aufgewühlt, unglücklich und nervös.

Und jetzt auch noch ein Heiratsantrag? Noch dazu von jemandem, den sie für sicher gehalten hatte?

Das war doch alles nicht zum Aushalten.

Sebastian hob die Hände. »Bevor du gleich durchdrehst: Ich bin nicht verliebt. Wir sind noch immer das Sicherheits-

Date füreinander. Wir würden dabei nur einen Schritt weitergehen.«

So langsam dämmerte es ihr. Oh. Das musste der Grund dafür sein, aus dem sie sich bei Sebastian so sicher fühlte. »Du willst mich als deine Alibifrau. Verstehe.«

»Was? Nein!« Er sah bei dieser Andeutung regelrecht entrüstet aus. »Ich bin nicht schwul.«

»Okay, dann bin ich jetzt richtig verwirrt.«

»Du bist verwirrt, weil ich hetero bin?«

»Nein, ich bin verwirrt, warum du als Heteromann eine Alibifrau brauchst.«

Er sprang auf und ging vor ihr auf und ab. »Ich will keine Alibifrau. Ich bin nicht schwul, und ich brauche auch keine Frau, um den Anschein zu erwecken, hetero zu sein.« Er warf ihr einen tadelnden Blick zu. »Wenn ich schwul wäre, würde es mich nicht die Bohne interessieren, ob sich jemand daran stört. Aber ich habe eine verrückte Exfreundin und Vertragsprobleme.«

»Und … das bedeutet, dass du eine Frau brauchst.« Sie konnte ihm einfach nicht folgen. Wieso brauchte jemand, der eine verrückte Exfreundin hatte, denn gleich eine Scheinehefrau?

Sebastian legte die Hände hinter den Rücken und wirkte aufgebracht, als er weiter hin und her lief. »Vielleicht ist das ja auch eine dumme Idee. Aber ich habe dir ja von der Show erzählt, *The Cabral Empire*. Laut meines Vertrags dürfen sie mich filmen, solange einer der Hauptdarsteller ebenfalls zu sehen ist. Normalerweise kann ich mich dem Ganzen entziehen, aber sie haben beschlossen, dass sich eine der Storylines dieser Staffel darum drehen soll, wie ich wieder mit meiner Exfreundin zusammenkomme. Und das wiederum bedeutet, dass sie mich ständig belagern wird.«

Jetzt dämmerte es ihr. »Und wenn du verheiratet bist, können sie die Sache vergessen, richtig?«

Bei diesen Worten sah er auf grimmige Weise zufrieden aus. »Ganz genau.« Doch er blieb nicht stehen. »Ich habe dir diesen Vorschlag unterbreitet, weil wir uns in der Gegenwart des anderen wohlfühlen und weil wir beide dasselbe wollen: keine romantischen Verwicklungen. Würde ich jemand anderen darum bitten, müsste ich davon ausgehen, dass sie etwas Falsches hineininterpretiert. Dass sie darauf hofft, dass diese Ehe zwar anfangs nur eine Zweckehe sein mag, dass ich aber später meine Meinung ändere und mehr daraus werden könnte. Aber genau das will ich nicht.«

Chelsea erschauerte bei diesem Gedanken.

»Siehst du?« Seine Augen funkelten, und er setzte sich neben sie. »Deine Reaktion beweist, wie perfekt wir zueinanderpassen. Du begehrst mich nicht. Ich will keine Beziehung. Wir könnten heiraten und genauso weiterleben wie bisher, nur dass uns niemand mehr belästigen würde. Wenn du einen Ehering trägst, würden dich die Männer in Ruhe lassen. Sobald ich eine Frau habe, muss sich Lisa einen anderen Dummen suchen, und diese verdammte Show kann sehen, wie sie da wieder rauskommt. Was hältst du davon?«

Das war eine unfassbar haarsträubende Idee. Eine Scheinehe in der heutigen Zeit? Und trotzdem ... Sie dachte an ihre leere Wohnung. Pisa war erst seit einigen Tagen fort, aber schon jetzt fiel Chelsea das Alleinsein immer schwerer. Jedes nächtliche Geräusch bewirkte, dass sie in Panik geriet. Als in ihrem Bad eine Glühbirne durchgebrannt war, hatte sie sich die ganze Nacht nicht auf die Toilette getraut und am nächsten Morgen ihren Nachbarn gebeten, die Glühbirne auszutauschen. So handelte doch kein rational denkender Mensch.

Andererseits würde der auch keinen Mann heiraten, den er kaum kannte.

Sie musterte Sebastian. Er sah umwerfend aus mit seinem

olivfarbenen Teint, dem dichten, welligen schwarzen Haar und den durchdringenden grünen Augen. Außerdem war er gut gebaut, sehr freundlich, attraktiv, reich und schien auch noch klug zu sein.

Sie hingegen war seit dem Zwischenfall innerlich wie tot. Wenn er glaubte, dass er mehr als eine Freundin bekam, dann hatte er sich geirrt. »Das wäre eine rein platonische Beziehung, richtig?«

»Zu einhundert Prozent«, stimmte er ihr zu. »Ich will ganz ehrlich zu dir sein: Wenn ich es auf Sex abgesehen hätte, müsste ich nur zurück in den Ballsaal gehen und könnte so gut wie jede Frau haben, sobald sie herausgefunden hat, wie reich ich bin. Ich könnte sogar mit dem sexy Krümelmonster und dem sexy Elmo zusammen ins Bett gehen.«

»Wie bescheiden«, meinte Chelsea sarkastisch.

»Nein, nur realistisch«, entgegnete Sebastian. »Glaubst du etwa, ich übertreibe?«

»Nein, ich denke durchaus, dass du damit recht hast, auch wenn das irgendwie traurig ist.« Sie schnitt eine Grimasse und rückte ihren rechten Knieschoner zurecht. »Okay.«

»Okay was?«

Sie sah ihn blinzelnd an. »Okay, dann heiraten wir.«

Er lehnte sich zurück und starrte sie überrascht an. »Wirklich?«

»Du bist doch derjenige, der das vorgeschlagen hat. Ich stimme dir nur zu. Eine rein platonische Ehe ist ganz in meinem Sinne, wenn du das genauso siehst. Es könnte eine richtige Erleichterung sein, in der nächsten Zeit nicht mehr befürchten zu müssen, angebaggert zu werden.«

Sebastian starrte sie noch einen Augenblick lang an, und dann breitete sich langsam ein jungenhaftes Grinsen auf seinen Lippen aus. »Wirklich?«

»Das hast du schon mal gefragt. Wirklich«, betonte sie. »Wirklich und wahrhaftig. Ich bin mit dieser verrückten Ehe einverstanden. Aber wir müssen noch einige Details besprechen.«

»Natürlich.« Er öffnete die Hände und machte eine einladende Geste. »Schieß los.«

»Tja, fangen wir damit an, dass ich eine Mitbewohnerin brauche.« Ihre Wohnung war zwar sehr schön, aber sie würde sie sofort aufgeben, selbst wenn sie nur bei jemandem auf der Couch schlafen könnte, bloß damit sie nicht länger allein war. Außerdem brachte ihr Seifenhandel bei Etsy nicht genug ein, als dass sie sich die Wohnung allein leisten konnte. Sie verdiente gerade mal genug für die U-Bahn-Monatskarte und ihr Essen. Pisa hatte das nichts ausgemacht, aber Pisa war jetzt nicht mehr da ... Vielleicht sollte sie auch einfach mehr Seife herstellen und sich etwas einfallen lassen, um mehr Geld zu verdienen.

»Ich habe ein Stadthaus an der Park Avenue mit sechs Schlafzimmern. Du kannst bei mir wohnen.« Er zuckte mit den Achseln. »Es wäre sowieso klüger, dass wir zusammenwohnen, damit diese Scheinehe überzeugend wirkt.«

Oh, wow. So weit hatte sie noch gar nicht gedacht. »Okay, da hast du recht. Dann wohnen wir bei dir. In getrennten Zimmern, nehme ich doch mal an?« Sie klang ein wenig pikiert.

»Auf jeden Fall. Es muss ja niemand wissen, was bei uns los ist.« Er schnitt eine Grimasse. »Die Angestellten werden es aber mitbekommen.«

»Die Angestellten?«

»Ich habe Hausmädchen und einen Assistenten.« Er grinste schief. »Du hast doch nicht ernsthaft geglaubt, ich würde die sechs Schlafzimmer selbst putzen, oder?«

Da hatte er recht. Die meisten Männer, die sie kannte, hatten schon Schwierigkeiten, ihre schmutzigen Socken wegzuräumen. »Ich brauche noch ein weiteres Zimmer für meinen Job. Am besten in der Nähe des Bads oder der Küche.«

»Es gibt zwei Küchen, und du kannst eine davon haben … wenn du mir noch mal ins Gedächtnis gerufen hast, was du eigentlich genau machst.«

»Ich stelle Seife her und verkaufe sie online.«

Seine ausdruckslose Miene gab ihr zu verstehen, dass diese Idee etwas völlig Neues für ihn war. »Es gibt Leute, die online Seife kaufen?«

Sie kicherte. »Oh ja. Meine Seife ist etwas ganz Besonderes, und ich habe sogar eine vegane Produktreihe, die sehr beliebt ist.«

»Vegane Seife? Warum sollte Seife vegan sein?« Er verzog die Lippen.

»Weil manche Menschen dagegen sind, dass dafür tierische Produkte verwendet werden?«

»Okay, aber man isst die Seife ja nicht, oder?«

»Dennoch wird sie mit Glyzerin hergestellt, das aus Tierhufen gewonnen wird.« Sie beugte sich vor und stieß ihn mit dem Ellenbogen an. »Könnten wir bitte beim Thema bleiben und uns nicht von der Seife ablenken lassen? Wir waren gerade bei der Zimmerverteilung. Und da du der Milliardär bist, musst du meine Mietablösung bezahlen.«

Er zog eine Augenbraue hoch. »Bekomme ich das Geld wieder?«

»Hey, du brauchst mich. Ich brauche dich nicht«, erwiderte sie neckend. Dabei brauchte sie ihn eigentlich ebenfalls. Die Vorstellung, dass ein anderer Mensch in der Wohnung war, selbst wenn es sich dabei um seine Wohnung handelte, war derart beruhigend, dass sie sein lächerliches Angebot allein aus diesem Grund annehmen musste, auch wenn das Ganze noch so merkwürdige Ausmaße annahm.

»Da hast du auch wieder recht. Ich regle das mit deiner Miete.« Er stieß sie ebenfalls kumpelhaft mit dem Ellenbogen an. »Und du brauchst eine Küche für deine Seife. Das lässt sich leicht arrangieren. Ich lasse meine Angestellten Verschwiegenheitsvereinbarungen unterschreiben, damit sie nichts über unsere Wohnverhältnisse ausplaudern.«

»Oder wir sagen ihnen einfach, du würdest schnarchen.«

»Das könnten wir natürlich auch tun.«

Chelsea trommelte mit den Fingern auf der Armlehne herum und dachte nach. Bei einer Ehe gab es vieles zu bedenken. »Muss ich deinen Namen annehmen?«

»Keine Ahnung. Wäre es nicht verdächtig, wenn du das nicht tust?« Er rieb sich nachdenklich das Kinn.

»Wir könnten ja einen Doppelnamen tragen. Wie lange soll diese Scheinehe denn andauern? Wenn wir das nur für ein paar Monate machen, wäre es sinnlos, dass ich meinen Namen ändere.«

»Es muss schon länger als ein paar Monate dauern, sonst bewirken wir dadurch nur einen umso größeren Skandal.« Sebastian überlegte. »Wärst du mit zwei Jahren einverstanden?«

Zwei Jahre, die sie an ihn gebunden wäre? Das schien ihr eine lange Zeit zu sein … wobei es ja nur um eine rein platonische Beziehung ging. Sie hatte kein romantisches Interesse an ihm, sondern wollte nur seine Freundschaft. Und sie hatte drei Jahre lang mit Pisa zusammengewohnt, und diese Zeit war wie im Flug vergangen. »Ja, zwei Jahre gehen in Ordnung.«

Er sah sie erleichtert an. »Du scheinst das Ganze ja sehr locker anzugehen.«

Chelsea zuckte mit den Achseln. »Ich bin nicht hinter deinem Geld her, und worüber sollten wir uns denn noch streiten? Vermutlich bestehst du auf einem Ehevertrag, nicht wahr? Ich habe wirklich nicht das geringste Interesse daran, dich auszunehmen.«

»Oh ja, es wird einen knallharten Ehevertrag geben, sonst drehen meine Anwälte durch.« Er grinste. »Aber du bekommst eine Abfindung. Nenn eine Summe, die dir fair erscheint.«

»Eine Million Dollar«, sagte sie, zitierte damit Dr. Evil aus *Austin Powers* und legte einen kleinen Finger an die Lippen.

Entweder kapierte er ihren Witz nicht oder merkte gar nicht, dass sie nur Spaß machte. »Eine Million geht in Ordnung. Dir ist schon klar, dass darüber bestimmt einen oder zwei Monate lang was in den Klatschspalten stehen wird?«

Sie zuckte mit den Achseln. »Darauf könnte ich zwar verzichten, aber das habe ich mir bereits gedacht. Ich verspreche, höflich zu bleiben und den Paparazzi nur hin und wieder den Mittelfinger zu zeigen.«

Er schnaubte. »Du kannst ihnen den Finger zeigen, so oft du willst. Aber stell dich darauf ein, dass sie dir folgen werden.«

Ihr lief es kalt den Rücken herunter. »Aber du wirst bei mir sein, nicht wahr?«

»Aber natürlich. Und ich werde deine Hand halten, wie es ein frischgebackener Ehemann nun einmal so macht.« Er nahm ihre Hand in seine.

Sie schaute auf ihre Hände hinab. So merkwürdig es auch erscheinen mochte, über eine so überstürzte, sexlose Ehe zwischen Freunden nachzudenken, so ergab es für sie sehr viel Sinn, und sie würden beide davon profitieren. »Glaubst du, man wird es uns abkaufen, dass wir aus Liebe geheiratet haben?«

»Mir wird man es auf jeden Fall glauben«, erklärte er. »Du bist nämlich ziemlich heiß.«

Chelsea grinste ihn an. »Du bist auch nicht gerade von schlechten Eltern.«

»Von schlechten Eltern?« Er sah sie amüsiert an. »Warte mit solchen Aussagen, bis du sie kennengelernt hast.«

Sie starrte ihn einen Augenblick lang nachdenklich an. »Wir müssen dafür sorgen, dass man uns das wirklich glaubt, oder?«

»Zumindest wenn wir nicht noch länger in den Klatschspalten stehen wollen.«

»Dann sollten wir das Küssen üben, um sicherzustellen, dass wir es auch hinbekommen und dass es nichts bedeutet.«

Er runzelte die Stirn. »Entschuldige, aber das ist lächerlich. Wir sollen das Küssen üben? Und danach vielleicht noch den Sex, oder was?«

»Großer Gott, nein!«

Sebastian musste lachen. »So, wie du das sagst, tut es meinem männlichen Ego schon ganz schön weh.«

»Es liegt nicht an dir«, sagte sie und tätschelte seinen Arm mit der freien Hand. »Ich habe nur im Moment nicht das geringste Interesse daran, mit jemandem zu schlafen.«

Er musterte sie interessiert und zuckte dann mit den Achseln. »Du willst das Küssen üben? Nur zu.« Dann beugte er sich vor und deutete auf seine Lippen. »Ich gehöre ganz dir.«

Ihr Magen zog sich schmerzhaft zusammen. Aber sie musste das tun. Wenn er in der Öffentlichkeit versuchte, sie zu küssen, und sie durchdrehte, würden sie auffliegen. Daher musste sie sich vergewissern, dass sie das auch wirklich konnte, bevor sie noch länger über diese Scheinehe nachdachten.

Daher beugte sich Chelsea vor und drückte den Mund auf seinen. Als er die Lippen öffnete, schob sie die Zunge in seinen Mund und kämpfte dabei gegen ihre Panik an. Doch sie gab alles, drückte die Zunge gegen seine und küsste ihn innig. Als der Kuss ihrer Meinung nach lange genug gedauert hatte, löste sie sich wieder von ihm.

77

So. Das war doch gar nicht so schlimm gewesen. »Perfekt. Ich habe überhaupt nichts gefühlt.«

Sebastian rieb sich die Lippen. »Ich auch nicht.«

✳ ✳ ✳

Verdammter Mist.

Das konnte zu einem Problem werden. Sebastian fuhr sich immer wieder mit der Hand über den Mund, als sein Fahrer ihn nach der Feier nach Hause fuhr. Sie hatten sich nach dem Kuss für den nächsten Tag verabredet, um weitere Details zu besprechen und ihre Sachen zu packen. Als sie danach auf die Party zurückgekehrt waren, hatte Chelsea förmlich an ihm geklebt und seinen Arm umklammert.

Es war ziemlich offensichtlich, dass sie bei dem Kuss absolut gar nichts empfunden hatte. Ihr erleichterter Blick und wie sie aufgesprungen war, als wäre ihr etwas Schlimmes erspart geblieben, hatten ihm genug verraten.

Dummerweise hatte er jedoch nicht »nichts« gespürt, sondern sogar eine ganze Menge. In dem Augenblick, in dem ihre vollen Lippen die seinen berührt hatten, war die Wirkung wie ein Stromschlag gewesen. Dann hatte sie ihm auch noch die Zunge in den Mund gesteckt.

Da hatte er augenblicklich eine Erektion bekommen.

Aber er war nun mal ein Mann, da bekam man eben eine Erektion, wenn man eine schöne Frau küsste. Als sie sich an ihn gedrückt und ihn innig geküsst hatte, war seine Erregung aufgeflackert, auch wenn er sich immer wieder gesagt hatte, dass sie nur Freunde waren.

Doch jetzt musste er immer wieder darüber nachdenken … Was wäre, wenn sie nicht nur Freunde wären? Wenn sie eine Ehe führen und alle Vorzüge auskosten würden? Wenn sie miteinander ins Bett gingen und heißen, wilden Sex hätten … ohne irgendwelche Bedingungen? Nur aus Spaß … Er malte sich aus, wie Chelsea seinen Penis zwischen ihre vollen, sinnlichen Lippen nahm, und umklammerte den Türgriff.

Es war offensichtlich, dass sie genau das nicht wollte. Daher verdrängte er diese Idee wieder.

Sie würden eine reine Zweckehe führen, nicht mehr und nicht weniger. Das war genau das, was er brauchte, und selbst er musste sich eingestehen, dass Sex die ganze Angelegenheit nur komplizierter machen würde. Das beste Beispiel dafür hatte er ja mit Lisa.

Als ihn der Fahrer vor seinem Haus absetzte, summte sein Handy und wies ihn auf eine eintreffende Nachricht hin. Er wischte mit einem Finger über das Display, während er hineinging, und nickte dem Portier zu.

Sicherheits-Date Chelsea: Ich hatte vorhin vergessen, etwas zu erwähnen: Den Dienstag- und Donnerstagabend und den Sonntag brauche ich für mich.

Sebastian: Das lässt sich einrichten. Gibt es einen besonderen Grund dafür?

SDC: Ja.

Sebastian: Willst du ihn mir verraten?

SDC: Nein.

Sebastian: Auch gut. Dann bis morgen.

Er steckte sein Handy weg und betrat sein Stadthaus, aber irgendetwas störte ihn an Chelseas Nachricht. Sie hatte offensichtlich feste Termine. Und er musste wieder an ihr blaues Auge denken. Wenn sie einen Freund hätte, dann wäre sie nicht auf seinen Vorschlag eingegangen, nicht einmal, wenn sie misshandelt wurde.

Und sie hatte nicht auf seinen Kuss reagiert. Dabei konnte er doch verdammt gut küssen, oder nicht?

Was zum Teufel war nur los mit dieser Frau?

8

Sebastian stand am nächsten Morgen um fünf Uhr vor Chelseas Wohnung. Sie hatten sich für diese unchristliche Zeit entschieden, um den Paparazzi möglichst aus dem Weg zu gehen. Zu seiner Überraschung brannte jede Lampe in ihrer Wohnung. Chelsea war schon auf und lief im Schlafanzug herum, aber sie sah noch verschlafen und zerzaust aus. Ihr blaues Auge war schon viel besser geworden und abgeschwollen. Nur ein dunkler Ring um ihr Auge erinnerte noch daran.

»Hey«, sagte sie und gähnte. Dann winkte sie ihn herein.

Er betrat die Wohnung, schloss die Tür hinter sich und sah sich um. Zwei Dinge fielen ihm sofort auf: Sie hatte nur sehr wenig Möbel, und es war sehr hell. Zusätzlich zu den Deckenlampen hatte sie in jeder Ecke Stehlampen stehen und auch noch weitere Lichtquellen aufgestellt. Abgesehen davon schien die Möblierung im Wohnzimmer nur aus einem alten, verschlissenen Papasansessel und einem Beistelltisch zu bestehen. Im Esszimmer standen ein paar Kisten. Die Wände waren kahl. »Hast du die ganze letzte Nacht gepackt?«

»Hm?« Sie rieb sich die Augen und sah kurz so hinreißend müde aus, dass er sie sich am liebsten über die Schulter geworfen und ins Bett verfrachtet hätte – wo immer das auch stehen mochte. *Wir sind nur Freunde*, rief er sich ins Gedächtnis. *Sie darf müde aussehen, du lüsterner Idiot.* Sie kam näher, und ihre Brüste wippten unter ihrem Schlafanzugoberteil, da sie offensichtlich keinen BH trug. Er musste sich abwenden, da ihn dieser Anblick sehr erregte.

»Ach, du meinst, weil es hier so aussieht. Nein, meine letzte Mitbewohnerin ist vor ein oder zwei Wochen ausgezogen. Irgendwie bin ich noch nicht dazu gekommen, seitdem hier umzuräumen.« Sie ging in die Küche. »Daher ist es praktisch, dass wir zusammenziehen, was? Möchtest du vielleicht einen Kaffee oder so?«

»Nein, danke. Ich werde im Flieger einen Kaffee trinken. Aber nett, dass du fragst.« Er steckte die Hände in die Hosentaschen und sah sich in der kleinen Wohnung um. »Brauchst du Hilfe beim Packen?«

»Nein, ich bin fast fertig«, erwiderte sie und kam einen Augenblick später mit einem Löffel und einen Glas löslichem Kaffee aus der Küche getrabt. Sie steckte sich einen Löffel mit dem Konzentrat in den Mund, während er sie anstarrte, und schnitt eine Grimasse.

»Schmeckt das nicht scheußlich?«

»Doch, und wie«, bestätigte sie und verzog das Gesicht. »Aber es macht auch wach.« Sie deutete durch den Flur, in dem er drei Türen sah. »Ich habe alles, was ich für die Seifenherstellung brauche, in das leere Zimmer gestellt, aber das kann ich auch später noch abholen. Dasselbe gilt für die Möbel, würde ich sagen.« Sie sah ihn mit kleinen Augen an und kaute auf dem Granulat herum. »Wo wollen wir denn heiraten?«

»In Las Vegas?«

»Das ist ja schon sehr klischeehaft.«

»Dann schlag etwas anderes vor.«

Sie wurde bleich, schluckte schwer und verzog noch einmal das Gesicht. »Mann, das schmeckt ja widerlich. Aber jetzt bin ich wenigstens hellwach.« Sie stellte das Glas ab und ging in ihr Schlafzimmer. »Lass mich mal nachdenken. Heiratet man heute noch an den Niagarafällen?«

»Keine Ahnung. Auf der kanadischen oder der amerikanischen Seite?«

»Was weiß denn ich?«, erwiderte sie und schloss die Tür. »Ich ziehe mir schnell was an, aber du kannst ruhig weiterreden«, rief sie durch die Tür zu ihm hinüber. »Es sollte auf jeden Fall Spaß machen.«

»Und das gilt nicht für Las Vegas?«, rief Sebastian zurück. Er holte sein Handy aus der Tasche und tippte »ausgefallene Orte zum Heiraten« in die Suchmaschine ein. »Auf einem Weingut in Napa Valley?«

»Ich trinke keinen Alkohol«, entgegnete sie. »Denk dir etwas anderes aus.«

»Lake Tahoe? Arkansas?« Er scrollte weiter und ging die Links durch. »New Orleans?«

»Ooooh«, schrie sie durch die Tür. »Ich liebe New Orleans!« Einen Augenblick später kam sie in einer engen Jeans und einem langen, weit ausgeschnittenen grauen Top, unter dem die rosafarbenen Träger ihres BHs zu sehen waren, wieder heraus und grinste ihn überglücklich an. »Wärst du mit New Orleans einverstanden?«

»Ja, solange wir nicht von einem Voodoo-Hexendoktor getraut werden, ist mir alles recht.«

»Super«, rief sie fröhlich und hielt eine Reisetasche hoch. »Ich habe schon gepackt. Lass uns heiraten.«

Er steckte sein Handy weg und war beeindruckt, dass sie so schnell fertig war. Sie hatte ihr Haar zu einem lockeren Pferdeschwanz gebunden und sich frisch gemacht, trug aber kein anderes Make-up als Lipgloss, und während er sie ansah, leckte sie sich die Lippen. Dieses kurze Aufblitzen ihrer Zunge war überaus erotisch, und er fragte sich wieder einmal, ob er der Bedingung, dass ihre Beziehung rein platonisch sein würde, nicht zu vorschnell zugestimmt hatte. »Du hast es dir also nicht noch einmal anders überlegt?«, wollte er wissen.

Sie kniff die Augen zusammen und musterte ihn. »Na ja, wenn ich mir dein Outfit so ansehe, kommen mir zwar Zweifel, aber abgesehen davon eigentlich nicht.«

»So hatte ich das nicht ...« Er blickte auf sein marineblaues Leinenhemd und seine Cargohose herunter. »Was stimmt denn mit meiner Kleidung nicht?«

Chelsea zupfte an seinen Hemdknöpfen herum. »Das Outfit sieht nicht gerade aus wie etwas, das man anzieht, wenn man seine heiße neue Freundin heiraten will.«

Seine Mundwinkel zuckten. »Ach nein? Wie sieht es denn aus?«

»Als wolltest du dir die Aktienkurse ansehen.«

Er lachte und knöpfte den obersten Knopf auf. »Besser? Sehe ich jetzt wild und verrückt aus?«

Sie schnaubte, fuhr ihm mit den Fingern durchs Haar und zerzauste es. Sein Körper reagierte sofort auf ihre Berührung, und sein Penis wurde steif. Aber Chelsea schien es nicht zu bemerken. Sie griff nach seinen Ärmeln, krempelte sie bis zu den Ellenbogen hoch, machte dann einen Schritt nach hinten und begutachtete ihn. »Das ist schon besser. Jetzt siehst du aus wie ein Geschäftsmann im Urlaub.«

»Perfekt für eine rebellische Spontanhochzeit.«

»Ganz genau!« Sie reckte die Arme in die Luft. »Na, dann los!«

»Möchtest du noch etwas anderes einpacken?«

Sie zuckte mit den Achseln. »Ich kann den Rest holen, wenn wir wieder da sind.«

»Ich kann auch jemanden herschicken, der das für dich erledigt. Oder ein Umzugsunternehmen anrufen.«

Sie lächelte ihn an. »Das ginge natürlich auch.«

»Wir müssen auf dem Weg zum Flughafen noch bei meinem Anwalt vorbeischauen, um den Ehevertrag zu unterschreiben.«

»Cool.«

Sie sah das Ganze viel zu lässig. »Du kannst noch immer aussteigen, wenn du das möchtest. Wir sind gerade dabei, einen Zweijahresvertrag über eine Scheinehe zu schließen.«

»Nein, das geht für mich alles in Ordnung.« Sie zuckte erneut mit den Achseln. »Ich habe keine anderen Pläne, und wir profitieren doch beide davon, oder nicht?«

»Genau«, bestätigte er. Verdammt, er würde zwei Jahre lang mit dieser Frau verheiratet sein und durfte sie doch nicht anfassen. Als er ihr hinterhersah, während sie zur Tür ging, fiel ihm auf, wie geschmeidig sich ihre Hüften unter ihrem langen Shirt bewegten.

Möglicherweise war er ja derjenige, der sich das noch einmal überlegen sollte. Aber Sebastian schlug sich das sofort wieder aus dem Kopf. Er brauchte diese Scheinehe, und sei es auch nur, um Lisa loszuwerden, ebenso wie die stets präsente Kameracrew seiner Mutter. Eine Woche lang würde vermutlich das reinste Chaos ausbrechen, aber danach würde Ruhe herrschen. Himmlische, wundervolle Ruhe.

Darauf freute er sich sehr viel mehr als auf den nächsten Sex.

Als Chelsea nach draußen ging, bemerkte er, dass sie keine der Lampen ausgeschaltet hatte. »Ähm, willst du etwa das Licht anlassen?«

»Was?«, fragte sie. »Ach, das lasse ich immer an.«

Alle Lampen? Er blieb stehen und wartete darauf, dass sie ihm das erklärte. Als sie das jedoch nicht tat, beschloss er, dass ihn ihre Gründe eigentlich gar nichts angingen, und reichte ihr seinen Arm. »Wollen wir jetzt heiraten?«

Chelsea kicherte und legte ihre Hand in seine Armbeuge. »Ja, auf jeden Fall. Ich hoffe doch sehr, dass du mir einen schönen Ring gekauft hast.«

* * *

Sechzehn Stunden später befanden sie sich in New Orleans und waren verheiratet. Sebastians Assistent hatte einige Anrufe gemacht und ihnen die beste Suite im Ritz-Carlton reserviert. Jetzt waren sie allein in einem ihrer Zimmer.

Und verheiratet.

Sie hatten eine kleine Kapelle im French Quarter ausfindig gemacht, und Chelsea hatte sich in einem der Geschäfte ein locker fallendes Sommerkleid gekauft. Es hatte Spaghettiträger und einen bauschigen Rock und war fast weiß. Dazu hatte sie Sandalen getragen und einen Blumenstrauß, den sie völlig überteuert in der Kapelle gekauft hatten, und sie hatten schweigend die kurze Zeremonie durchgestanden.

Okay, nicht ganz ... Chelsea hatte mehrmals kichern müssen, und Sebastian war mit eingefallen.

Nach der Trauung waren sie durchs French Quarter geschlendert und hatten sich zwischen Feiernden und Betrunkenen die Gegend angesehen. Sie hatten in einem teuren Fischrestaurant zu Abend gegessen, und Chelsea hatte erklärt, dass sie sich gern noch etwas die Stadt ansehen würde, falls sie die Zeit dazu hatten.

Natürlich hatten sie die Zeit dazu. Sebastian hatte keinen normalen Job, und Chelsea, nun ja, Chelsea stellte Seife her. Daher konnten sie sich ihre Zeit frei einteilen. Außerdem würde bei ihnen im Bett ohnehin nichts passieren, daher hatten sie es auch nicht eilig, ins Hotel zurückzukommen. So liefen sie durch die Straßen, aßen Beignets, tranken Kaffee und amüsierten sich. Chelsea trank keinen Tropfen Alkohol und schlug auch die Flasche billigen Champagner aus, die man ihnen in der Hochzeitskapelle schenken wollte. Da sie entschlossen war, nüchtern zu bleiben, tat Sebastian es ihr nach.

»Oh, sieh mal«, rief Chelsea, als eine Gruppe auf Segways an ihnen vorbeikam. »Eine Segway-Tour! Das sieht aus, als würde es Spaß machen. Wollen wir das nicht auch machen?«

»Möchtest du gern einen Segway haben? Ich kann dir einen kaufen.«

Sie stieß ihn mit dem Ellenbogen an und schob den rosafarbenen Schleier in ihrem Haar zur Seite, den der Wind aufwirbelte. Sie hatten einen Souvenirstand für Hochzeitspaare gefunden, und jetzt trug Chelsea ein Strassdiadem mit rosafarbenem Schleier, auf dem »Braut« stand, während Sebastian einen mit »Bräutigam« beschrifteten Zylinder aufhatte. Den ganzen Nachmittag über hatten ihnen Passanten gratuliert und ihnen zugejubelt, und das war sehr spaßig. »Ich will keinen eigenen Segway, sondern nur mit einer Gruppe eine New-Orleans-Tour machen!«

Ein Regentropfen fiel auf Sebastians Hand, und er blickte zum grauen Himmel hinauf. »Ich bin mir nicht sicher, ob das eine so gute Idee ist. Das Wetter scheint schlechter zu werden.«

Sie blickte ebenfalls nach oben, und da tat sich auch schon der Himmel auf, und es fing an zu regnen. Kreischend griff sie nach seinem Arm, und zusammen rannten sie unter das nächste Vordach. Überall stellten sich die Menschen unter Balkonen oder Markisen unter, und die Straßen leerten sich schnell.

»Mist«, murmelte Chelsea und sah traurig aus. Es donnerte laut. »Sollen wir zurück ins Hotel gehen?«

»Das ist vermutlich das Beste.«

Ihr Hotel lag direkt an der Canal Street, daher riefen sie sich kein Taxi, sondern zogen die Köpfe ein und liefen durch den strömenden Regen die Straße entlang. Als sie in der Lobby des Ritz-Carlton ankamen, waren sie völlig durchnässt. Chelseas Kleid klebte ihr wie eine zweite Haut am Körper, daher zog Sebastian sein nasses Hemd aus und legte es ihr um die Schultern, während er gleichzeitig jeden Mann wütend anstarrte, der in ihre Richtung blickte.

Wenn er sie nicht anstarren durfte, dann durfte das auch kein anderer tun.

Nass und zerzaust gingen sie zum Fahrstuhl, und Chelsea kicherte erneut. »Das hat großen Spaß gemacht.«

Er grinste sie an. Sie ließ sich durch nichts die Laune verderben, und er mochte ihre beständige Fröhlichkeit. Das gehörte zu den Dingen, die er am meisten an ihr bewunderte: Sie schien mit allem spielend leicht fertigzuwerden. Die Gesellschaft eines so zurückhaltenden Menschen war eine echte Wohltat für ihn, wo doch alle anderen in seinem Leben es darauf abgesehen hatten, stets ein künstliches Drama zu erzeugen.

Als sie in ihr Zimmer kamen, erschauerte Chelsea. »Wenn es für dich in Ordnung ist, gehe ich eben unter die Dusche, um mich aufzuwärmen.«

»Aber natürlich. Ich gehe nach nebenan, dann hast du hier deine Privatsphäre.« Das war das Schöne an einer Suite – man hatte jede Menge Platz. Da sie »frisch verheiratet« waren, hatten sie nur ein Bett, aber Sebastian würde einfach auf der Couch schlafen. Schließlich war er kein gemeiner Kerl, der sie dazu zwang, das Bett mit ihm zu teilen. Eine Kissenabsperrung brachte doch sowieso nichts. Wenn man nur eine falsche Bewegung machte, konnte es schon passieren, dass man mit der Hand im Schritt des anderen landete.

Und dann – *Bämm!* – wäre es keine platonische Beziehung mehr. Da sie gerade erst geheiratet hatten, war es noch viel zu früh, um jetzt schon die Grenzen zu übertreten.

Sein Handy summte, da er eine Nachricht bekam. Als er hörte, wie das Wasser angestellt wurde, ging er ins Nebenzimmer und stöhnte, als er das Foto seiner Mutter auf dem Display sah.

Mom: Nugget, was muss ich da hören??? Du hast geheiratet?????!!!!?? Ruf mich an!!!

Ach, seine Mom. Er seufzte. Sie stand so auf diese vielen Ausrufe- und Fragezeichen. Immerhin wusste sie noch nicht, wie man Emojis einfügte, denn sonst hätte sie sein Display garantiert mit Cartoonkackhaufen und wütenden Gesichtern anstelle von Fragezeichen gefüllt.

Sebastian: Wird der Anruf in der Show zu sehen sein?

Mom: Nugget, du weißt doch, was ich darüber denke. Ich lasse alles filmen. Das ist eine Realityshow, und dies ist meine Realität.

Sebastian: Dann rufe ich nicht an. Und hör auf, mich Nugget zu nennen.

Mom: Sebastian, ruf sofort deine Mutter an!!!

Sebastian: Ich rufe dich nicht an. Wie hast du es überhaupt erfahren?

Mom: Es gibt Fotos von euch im Internet!!! Bei TMZ!!! Sie sieht aus wie eine Nutte!!! Ist sie eine Nutte??? Warum tust du mir das an!!??!

Mom: Lisa ist bestimmt am Boden zerstört!!!!!

Mom: Ich kann es nicht fassen, dass du das getan hast!!!!! Liegt es an der Show?????!! Antworte mir! RUF MICH AN!!!

Sebastian rieb sich mit einer Hand das Gesicht. Scheiße. Es gab schon Fotos von ihnen im Internet? Das konnte nur bedeuten, dass man ihnen vom Flughafen aus gefolgt war. Die Paparazzi waren anscheinend überall. Er rief die Seite von TMZ auf, und da waren mehrere Fotos von ihm und Chelsea, wie sie lachend die Bourbon Street entlanggingen und ihre albernen Kopfbedeckungen trugen. »Ein Cabral heiratet ... und keiner ist eingeladen!!!«, lautete die Schlagzeile des Artikels.

Na ja, es hatte ja irgendwann rauskommen müssen. Er würde es Chelsea schonend beibringen, wenn sie aus der Dusche kam. Sie würde es ebenso locker wie alles andere wegstecken, vermutete er. Tatsächlich konnte er sich nichts vorstellen, was sie aus der Fassung brachte.

Es donnerte laut, und das Licht flackerte. Dann folgte ein Blitz, es donnerte so gewaltig, dass die Wände zu wackeln schienen, und das Licht ging aus.

Verdammt. Das war jetzt aber lästig. Stöhnend öffnete er die Taschenlampen-App auf seinem Handy, als er einen Schrei hörte.

Der aus dem Badezimmer kam.

Chelsea.

Sofort hatte er sein Handy, den Sturm und sogar die Fotos vergessen. Er rannte quer durch die Suite zum Bad, ging zur Tür und rüttelte am Türgriff. Abgeschlossen.

Sie schrie immer weiter und klang, als wollte sie jemand ermorden. Großer Gott.

»Chelsea«, rief er und rüttelte an der Tür. »Mach die Tür auf! Das ist nur ein Gewitter. Der Strom ist ausgefallen.«

Doch ihr Schrei ging nur langsam in ein Schluchzen über. Da er nicht mehr weiterwusste, drückte er erneut gegen die Tür, aber sie ging nicht auf. Panisch holte er seine Brieftasche aus der Hosentasche, zog seine Kreditkarte heraus und schob sie in den Türschlitz. Einen Augenblick später ging das Schloss mit einem leisen Klacken auf, und er taumelte in das dunkle, dunstige Bad.

Das Wasser lief noch, und er stolperte vorwärts in die Richtung, aus der er ihr Weinen hören konnte. »Chelsea? Ist dir was passiert?«

»Neiiin«, stieß sie aus, stöhnte und schluchzte bitterlich. *»Nein. Bitte nicht. Lass mich raus! Ich bekomme keine Luft mehr!«*

»Chel?« Er ging auf die Dusche zu und entdeckte sie schließlich, wie sie sich darunter ganz klein machte, während das Wasser weiter auf sie herabprasselte. »Großer Gott, was ist denn passiert?«

Sie schlug seine Hände weg. »Fass mich nicht an! Ich kann nicht atmen! Bitte nicht...« Als sie wild mit den Händen umherfuchtelte, traf sie ihn mit der Faust am Kinn.

Sebastian biss die Zähne zusammen und schluckte den Schmerz herunter. Sie wusste nicht, was sie tat. Anscheinend war sie völlig außer sich vor Angst. »Es ist alles gut«, sagte er mit leiser, beruhigender Stimme. Ihr ängstliches Weinen brach ihm das Herz. Er stellte das Wasser ab und zog sie an sich, obwohl sie erneut um sich schlug, und versuchte, ihn noch einmal zu schlagen. »Chelsea, ich bin's, Sebastian.«

»Ich kriege keine Luft mehr«, keuchte sie ihm ins Ohr. »Ich

kann nicht atmen. Hilf mir!« Ihre Schreie wurden zu einem Wimmern. »Es ist zu dunkel. Zu dunkel.«

War das ein Asthmaanfall? Sie schien eigentlich ganz normal atmen zu können, doch seine Ohren klingelten nach ihren Schreien auch leicht. Da musste er wieder an ihre Wohnung denken – in der alle Lampen gebrannt hatten.

Hatte sie Angst vor der Dunkelheit?

»Der Strom ist ausgefallen«, versuchte er, sie zu beruhigen. »Das ist nur ein Gewitter. Das Licht geht bald wieder an.« Er tastete in der Dunkelheit herum, fand ein Handtuch und wickelte es um ihren zitternden Körper. Der süße Duft ihrer Seife, die nach Kirschen und Vanille roch, stieg ihm in die Nase und erinnerte ihn an ihre Fröhlichkeit, von der jetzt nichts mehr übrig war.

Er drückte sie an sich, hob sie hoch und trug sie aus dem Badezimmer. Sie zitterte wie Espenlaub und fing bei jedem Donnern wieder an zu wimmern.

»Sch«, murmelte er und trug sie durch das Zimmer auf den riesigen Balkon. Es war völlig unwichtig, dass es in Strömen goss, aber draußen war es hoffentlich nicht ganz dunkel. »Ich bin bei dir, Chelsea.«

»Ich kann nicht atmen«, jammerte sie. »Kann nicht atmen.«

Er nahm eine der Decken vom Bett, wickelte sie um sie und schob die Balkontür mit dem Fuß auf. Auf dem großen Balkon standen mehrere Sitzgelegenheiten, die jetzt alle nass waren. Direkt neben der Tür gab es eine kleine trockene Stelle, und er ging dort auf die Knie, drückte Chelsea an sich und wickelte sie fester in die Decke ein. »Chelsea. Chelsea. Ich bin's. Kannst du mich hören?«

Ihre Augen waren vor lauter Angst ganz glasig, das Haar klebte ihr nass am Kopf, und vor Panik zitterte sie am ganzen Körper. Sie schien in einer völlig anderen Welt gefangen zu sein. Irgendwie musste er ihr helfen, doch dann überkamen ihn Frustration und Hilflosigkeit, weil er nicht wusste, was er tun sollte.

»Sieh mal, Chelsea.« Er deutete auf die Straße und in den Regen hinaus. »Siehst du das? Da ist Licht. Sieh dir all die Lichter an.« Obwohl es draußen dunkel und stürmisch war, brannte in ganz New Orleans Licht. Da waren beleuchtete Straßenschilder, Straßenlaternen und Autoscheinwerfer. Nicht einmal der sturzbachartige Regen konnte die Canal Street in völlige Dunkelheit tauchen. »Überall ist Licht. Du bist im Freien.«

Einen Augenblick lang glaubte er schon, sie würde wieder losschreien, aber sie verspannte sich nur und begann zu zittern. Sie holte tief Luft und klammerte sich an sein Hemd, wo sie die Finger in den Stoff krallte. »S... Sebastian?«

»Ich bin's«, bestätigte er mit sanfter Stimme. Was zum Teufel war nur los mit ihr?

»Ich brauche Licht«, sagte sie keuchend, während sie mit weit aufgerissenen Augen blicklos auf die Stadt hinaussah. »Bitte.«

»Ich kann mein Handy holen. Darauf ist eine Taschenlampen-App...«

»Nein«, fiel sie ihm ins Wort und klammerte sich noch fester an ihn. »Lass mich nicht allein. Bitte!«

»Bist du sicher?«

Sie nickte und legte ihm die Arme um den Hals. »Bleib... Bleib einfach hier bei mir, okay? Ich... Ich kann nicht allein im Dunkeln sein.«

Er setzte sich auf den Balkon, zog sie auf seinen Schoß und drückte die inzwischen schon völlig durchnässte Decke enger an ihren Körper. Die ganze Zeit über tobte der Sturm, und der Regen peitschte ihnen ins Gesicht. »Wir bleiben hier draußen, bis der Strom wieder angeht, okay?«

Sie nickte und vergrub das Gesicht an seinem Hals. Ihre Brüste drückten sich dabei gegen seine Brust. Unter der Decke war sie nackt.

Wenigstens bekam er keine Erektion – das wäre ziemlich unangebracht gewesen. Stattdessen streichelte er ihr Haar und ihr Gesicht und raunte ihr beruhigende Worte ins Ohr, während sie noch immer zitterte. Die Nacht war warm und angenehm, und hier draußen kam er sich fast noch mehr wie in einer Sauna vor als vorhin im Bad. Chelseas Zittern hatte nichts mit dem Wetter oder dem Regen zu tun, sondern nur mit dem, was sich in ihrem Kopf abspielte.

Sie hasste die Dunkelheit. Sie hasste sie so sehr, dass sie in ihrer Wohnung immer das Licht brennen ließ. Er hatte geglaubt, sie hätte es einfach nur gern hell.

Aber was sollte dann das Geschrei und die Panik, und wieso sagte sie, dass sie im Dunkeln keine Luft bekäme?

Sie drückte die Nase gegen seine Kehle und entspannte sich allmählich. Ihr Zittern wurde schwächer und hörte schließlich ganz auf, während er sie beruhigte. Dabei prasselte der Regen immer weiter auf sie ein und auf die Stadt New Orleans herab.

Dies war seine Hochzeitsnacht.

Dieser Gedanke wollte Sebastian einfach nicht in den Kopf. Er hatte wirklich nicht die geringste Ahnung gehabt, was er sich mit dieser Hochzeit einbrockte. Er hatte geglaubt, er würde Chelsea heiraten, sich mit ihr amüsieren, ein paar öffentliche Auftritte an ihrer Seite absolvieren, und den Rest der Zeit könnten sie einander einfach ignorieren. Zwei Fremde, die in seiner großen Stadtwohnung zusammenlebten, sich gelegentlich mal unterhielten und so taten, als wären sie ein Paar.

Der Kuss hätte ihm eine Warnung sein sollen. Da hätte er

schon ahnen müssen, dass es nicht die einfache, platonische Beziehung werden würde, die sie vereinbart hatten.

Denn er war erregt gewesen und hatte sich zu ihr hingezogen gefühlt, während sie nichts empfand.

Chelsea war keine sorglose Frau. Irgendwas in ihrem Inneren war zerbrochen, aber sie verbarg es hinter einem Lächeln. Das hatte ihm die heutige Nacht gezeigt.

Er vermutete, dass sie diese Beziehung noch immer problemlos beenden konnten. Die Ehe ließ sich annullieren, wenn sie behaupteten, es wäre ein Fehler gewesen, und sie konnten wieder getrennte Wege gehen. Es war keine echte Beziehung, daher würde es auch keine verletzten Gefühle geben, wenn sie alles nach vierundzwanzig Stunden wieder beendeten.

Doch das stand für ihn außer Frage.

Von dem Augenblick an, in dem sie ihn in Hunter Buchanans Haus geküsst hatte, war sie die Seine gewesen.

Ihre Probleme änderten gar nichts. Sie bewirkten nur, dass er sie noch enger an sich drückte und umso entschlossener war herauszufinden, was mit ihr los war, damit er ihr helfen konnte.

Irgendwann schlief sie trotz des Regens vor Erschöpfung an seiner Brust ein. Er hielt sie weiterhin in den Armen, streichelte ihr nasses Haar und ihren ebenso nassen Arm, weil es ihr gutzutun schien.

Einige Stunden später war der Strom wieder da. Die Lampen im Zimmer hinter ihm gingen flackernd wieder an und tauchten den Balkon in grelles Licht. Chelsea rührte sich nicht. Sebastian stand auf und hob sie erneut hoch. Wieder begann sie, benommen zu wimmern. »Ich bin hier«, murmelte er sanft. »Ich bin hier, und das Licht ist wieder an. Wir gehen jetzt rein, okay?«

»Wir müssen das Licht anlassen«, sagte sie schläfrig und klammerte sich an ihn.

»Das machen wir«, versprach er ihr.

Chelsea würde nie wieder im Dunkeln sein müssen, wenn sie das nicht wollte, selbst wenn er dafür stundenlang eine Taschenlampe in den Händen halten musste.

Er legte sie auf das Bett, holte sein Handy und platzierte es auf dem Nachttisch. Die Decke war völlig durchweicht, daher holte er eine frische aus dem Schrank und wickelte Chelsea in einen der flauschigen Hotelbademäntel ein. Dabei nahm er ihre langen Beine und ihre nackte Haut gar nicht richtig zur Kenntnis. Das alles war jetzt nicht wichtig. Sie ließ benommen und im Halbschlaf wie eine Puppe alles mit sich geschehen und kam seiner Bitte nach, wenn er verlangte, dass sie einen Arm oder ein Bein anhob, damit er ihr den Bademantel anziehen konnte.

Als er sie abgetrocknet hatte, zog er sich die nasse Kleidung aus und legte sich ins Bett. Sie kuschelte sich sofort an ihn und schlief wieder ein. Er zog sie an sich und strich ihr nachdenklich mit einer Hand über das Haar. Sie war wunderschön, wenn sie schlief, aber auch so unglaublich verletzlich.

Chelsea Hall war jetzt seine Frau, und er würde sie beschützen. Er würde sie nicht enttäuschen. Es war offensichtlich, dass sie in der Vergangenheit etwas sehr Schlimmes erlebt hatte.

Aber so etwas würde nie wieder passieren.

9

Als Chelsea aufwachte, drückte sie eine Wange gegen eine warme Männerbrust, und ihr Haar hing ihr ins Gesicht. Ihr Schädel brummte und ihr Hals tat weh, und einen Augenblick lang wusste sie nicht, wo sie sich befand. Sie setzte sich auf und sah sich blinzelnd um. Ein schickes Hotelzimmer mit Himmelbett und einer modernen Couch sowie einem gigantischen Balkon vor dem Fenster. Auf dem Boden lagen Handtücher und Decken herum. Noch bevor sie richtig wach war, hörte sie das Donnern, und da fiel ihr alles wieder ein.

Oh Gott. Sie war letzte Nacht völlig durchgedreht. So richtig erinnerte sie sich nur noch daran, dass das Licht ausgegangen war, als sie unter der Dusche gestanden hatte. Danach war da nur noch abgrundtiefe Angst gewesen.

Wenn sie eine ihrer Panikattacken bekam, vergaß sie alles um sich herum und verfiel in eine Art blindes Entsetzen. Normalerweise ging sie dann auf andere los, bis sie irgendwann begriff, dass sie nicht in einem Müllcontainer lag. Dass sie in Sicherheit war.

Sie leckte sich die Lippen und war unglaublich verlegen.

Auf einmal spürte sie Sebastians Hand im Rücken, der sie durch den Bademantel hindurch streichelte. »Hey. Ist alles okay?«

Sie drehte sich zögerlich zu ihm um. Sein schwarzes Haar war völlig zerzaust und bildete einen starken Kontrast zu den weißen Kopfkissen. Seine Haut wirkte dunkler als sonst, dieser schöne Olivton, der seine Augen noch betonte. Sein nackter Oberkörper war muskulös, von einem feinen Haarflaum bedeckt, und sie sah, wie sich ein schmaler Haarstreifen nach unten fortsetzte, bis er unter der Decke verschwand.

Und er hatte einen großen blauen Fleck am Unterkiefer. Den sie ihm vermutlich zugefügt hatte. Sie neigte dazu, in ihrer Panik mit den Fäusten um sich zu schlagen, und es machte ganz den Anschein, als hätte sie Sebastian letzte Nacht getroffen.

Sie wusste nicht, was sie tun sollte. Ihre Panikattacke leugnen? Über ihre Vergangenheit sprechen? Beides schien keine gute Idee zu sein. Nur Pisa und ihre Therapeutin kannten die Wahrheit, und bei Pisa hatte Chelsea ein ganzes Jahr gebraucht, bis sie über das traumatische Erlebnis hatte sprechen können.

Mit Sebastian Cabral war sie erst seit einem Tag verheiratet.

Daher setzte sie ein strahlendes Lächeln auf und strich sich das zerzauste Haar aus dem Gesicht. »Was sollte denn nicht okay sein?«

Er stützte sich auf die Ellenbogen und runzelte die Stirn. »Na ja, letzte Nacht schien so einiges im Argen zu liegen.«

»Ich muss etwas Falsches getrunken haben«, log sie und stand auf. Oje, sie war unter dem Bademantel nackt. Das wurde ja immer peinlicher. Sie zog den Stoff enger um sich.

»Du warst den ganzen Tag in meiner Nähe und hast eigentlich nur Wasser getrunken. Willst du mir nicht erzählen, was wirklich los ist?« Er klang ausgesprochen misstrauisch.

»Es ist gar nichts ...«

»Das ist nicht wahr«, fiel er ihr ins Wort. »Du warst außer dir vor Angst und hast dich benommen, als wollte dich jemand umbringen.«

Sie zuckte bei seinen Worten zusammen. Hatte er gerade

wirklich was von umbringen gesagt? »Ich möchte nicht darüber reden, vor allem nicht heute, am ersten Tag unserer Ehe.«

»Soll das ein Witz sein? Ich finde, dass wir unbedingt darüber reden sollten, und zwar je eher, desto besser.«

»Bitte«, sagte Chelsea kaum lauter als ein Flüstern. »Ich kann nicht, okay? Zumindest noch nicht jetzt.« Vielleicht auch niemals.

Einen Augenblick lang glaubte sie schon, er würde darauf bestehen. Doch dann rieb er sich das Gesicht und warf die Arme in die Luft. »Okay. Vergiss es. Wir werden nicht jetzt darüber reden. Aber ich mache mir Sorgen um dich, hast du verstanden?«

»Es geht mir wirklich gut!« Sie ging zum Badzimmer und wollte einfach nur noch weg.

»Ach du Scheiße, was ist denn das?«

Sie erstarrte, drehte sich um und zog den Bademantel enger um sich. »Was ist was?«

»Da an deinem Bein.« Er hatte die Augen weit aufgerissen. »Wann ist denn das passiert?« Schon sprang er vom Bett auf, und sie sah, dass er nur weiße Boxershorts trug, die sehr eng anlagen, und darunter zeichnete sich ... so einiges ab. Etwas, das sie bei ihrem frisch angetrauten platonischen Ehemann eigentlich gar nicht sehen wollte. Chelsea ging langsam rückwärts, als er näher kam.

»Was hast du vor?«

»Zeig mir dein Bein«, verlangte er, kniete sich vor sie hin und schob den Bademantel zur Seite. Ihm fiel die Kinnlade herunter, als er den riesigen, dunklen Fleck an ihrer Hüfte sah. »Großer Gott, war ich das etwa?«

»Ach, das alte Ding?« Sie nannte das immer ihre »Landebahn«, weil sie jedes Mal, wenn sie beim Roller Derby umgeworfen wurde, auf dieser Stelle landete. »Das ist nur eine Prellung.«

»Nur eine Prellung?«, wiederholte er und sah sie besorgt an. »Sie geht über das halbe Bein.«

»Pff. Das stimmt doch gar nicht.« Sie zog den Bademantel wieder zu und fühlte sich unwohl, weil er sie so anstarrte. »Ich bin bloß hingefallen, das ist alles.«

»Chelsea«, sagte er und stand auf. Seine Miene war ernst geworden. Er sah sie besorgt an. »Du bist bei mir in Sicherheit, und das weißt du hoffentlich auch. Ich werde nicht zulassen, dass dir jemand wehtut.«

Sie beugte sich vor und tätschelte seine Wange. »Ach, das ist wirklich lieb.«

»Du kannst mir vertrauen.«

»Das ist schön. Ich gehe jetzt unter die Dusche.«

Er seufzte. »Gut. Dann reden wir eben ein anderes Mal darüber.« Mit diesen Worten drehte er sich wieder zum Bett um.

»Äh ... Eine Bitte noch, Sebastian.«

Er wandte sich ihr wieder zu und sah sie neugierig an.

Sie deutete in Richtung Badezimmer. »Könntest du mir bitte das Licht im Bad anmachen?« Ja, sie benahm sich wie ein Baby, aber das war ihr egal.

Er seufzte, schüttelte den Kopf und ging los, um das Licht im Bad einzuschalten.

Chelsea ließ sich im Badezimmer Zeit, duschte in Ruhe und brachte ihr verknotetes Haar in Ordnung. Ihr war bewusst, dass sie das nur tat, um Sebastian aus dem Weg zu gehen. Es fiel ihr so schwer, da rauszugehen und sich mit dem Mann zu unterhalten, wo sie doch nicht über den Grund dafür reden wollte, warum sie sich letzte Nacht so benommen hatte.

Natürlich wollte er es wissen. Das konnte sie ihm nicht verdenken. Doch sie war noch nicht bereit, über ihre Probleme zu reden. Nachdem sie den Bademantel wieder angezogen und fest zugebunden hatte, kam sie aus dem Bad und stellte fest, dass er bereits komplett angezogen war. Sein Haar war zwar noch zerzaust, aber ansonsten schien er aufbruchbereit zu sein. Er hielt sein Handy in der Hand und warf ihr nur einen Seitenblick zu, als sie ihre Reisetasche holte. »Es ist noch nicht einmal vierundzwanzig Stunden her, und wir sind schon in den Schlagzeilen.«

»Wirklich?«

»Jemand hat uns gestern Abend gesehen«, berichtete er gereizt. »Ich hoffe, du bist bereit, dich den Paparazzi zu stellen.«

Chelsea zuckte mit den Achseln und streifte sich ein bequemes Maxikleid über. »Ich wusste ja, dass das früher oder später passieren würde, wenn wir erst einmal zusammen sind. Das geht schon in Ordnung.«

»Versuch einfach, sie zu ignorieren. Und sag mir Bescheid, wenn sie dir zu nahe kommen.« Er sah sie grimmig, aber auch fürsorglich an. »Sie rücken einem ziemlich auf die Pelle, wenn man es nicht verhindert.«

»Du wirst doch bei mir bleiben, oder?« Als er nickte, fuhr sie fort: »Dann habe ich keine Angst vor ihnen.«

Er legte den Kopf schief und musterte sie. »Was hältst du davon, wenn ich dir für die nächsten Wochen einen Bodyguard besorge? Nur bis sich der Wirbel gelegt hat und unser Leben wieder normal verläuft?«

Chelsea dachte darüber nach. Ein Bodyguard kam ihr doch etwas zu übertrieben vor. Andererseits … wäre sie dann nicht mehr allein. Sie erinnerte sich an den gemeinen Fan beim letzten Spiel, der das Licht ausgemacht hatte. »Das halte ich für eine sehr gute Idee«, erklärte sie.

Sebastian sah erfreut aus. »Ich kümmere mich auf dem Rückflug darum.«

»Von mir aus können wir gleich aufbrechen.«

Sie konnte ihm ansehen, dass sie ihn überrascht hatte. »Ich dachte, du wolltest noch ein bisschen Touristin spielen?«

Nicht wenn sie dabei von Paparazzi verfolgt wurden. Nicht wenn sie mit Sebastian in diesem Zimmer festsaß und er sich ständig fragte, was eigentlich mit ihr los war.

Außerdem hatte sie morgen Abend Training. Es wäre das Beste, wenn sie sich eingewöhnte und dann ihren alten Lebensstil fortsetzte. »Nein, ich möchte doch lieber zurückfliegen. New Orleans reizt mich nicht so sehr, wie ich dachte.«

»Ich muss dich warnen: Wenn wir wieder in New York sind, wird uns meine Mutter und ihre stets präsente Kameracrew bestimmt einen Besuch abstatten.«

Chelsea grinste ihn nur schelmisch an. »Das ist doch nicht schlimm. Ich würde deine Familie gern kennenlernen.«

Er stöhnte entsetzt auf.

10

Als sie im Jet saßen und nach New York zurückflogen, summte Chelseas Handy.

Gretchen: Ich fasse es nicht!

Chelsea: Was denn?

Gretchen: Ich habe gerade dein Gesicht im Internet gesehen. Du hast geheiratet? Sebastian?

Chelsea: Oh. Ja, das habe ich! Es war ein sehr spontaner Entschluss.

Gretchen: Das. Tut. So. Weh!

Chelsea: Was? Warum denn?

Gretchen: Du hast mir nicht mal erzählt, dass ihr zusammen seid! Ich dachte, du wirst demnächst eine Roller-Derby-Nonne!

Chelsea: Ha! Nein, es war wie gesagt ganz spontan.

Gretchen: Oh Mann. Habt ihr etwa betrunken geheiratet? Ja, das kenne ich. Halt, das ist gelogen. Denn das würde ich meinen Freunden niemals antun. Falls du es nicht spürst, ich starre übrigens gerade mit fiesen, verurteilenden Blicken in deine Richtung.

Chelsea: Tut mir leid. Wir haben einfach beschlossen, es zu tun. Dabei haben wir nicht daran gedacht, irgendjemanden einzuladen.

Gretchen: Ihr müsst euch neulich bei der Party ja sofort ineinander verliebt haben. Oder? Er hat dich in deinem Derby-Aufzug gesehen und gewusst, dass er dich nicht mehr loslassen will, was?

Chelsea dachte kurz nach. Wie weit wollten sie bei ihrer Scharade gehen? Sie hatten noch gar nicht richtig darüber gesprochen. Sie sah zu Sebastian hinüber, der sich gerade etwas notierte. »Ich werde gerade von Gretchen in die Mangel genommen. Wie lautet unsere offizielle Geschichte? Sie glaubt, wir wären betrunken vor den Traualtar getreten.«

Er musterte sie, und sein Blick verharrte auf ihren Lippen. »Weiß sie nicht, dass du keinen Alkohol trinkst?«

Aus irgendeinem Grund machte es sie nervös, dass er ihren Mund anstarrte. Ihr wurde ganz warm im Bauch. »Das weiß ich ehrlich gesagt gar nicht. Früher habe ich noch getrunken.«

»Ach ja? Und dann hast du damit aufgehört?«

»Ja.« Sie beließ es dabei und hoffte, dass er nicht weiter nachfragte. Stattdessen sah sie ihn herausfordernd an, damit er das gar nicht erst wagte.

Doch er lehnte sich nur zurück und machte ein nachdenkliches Gesicht. »Welche Geschichte wäre dir denn recht?«

»Liebe auf den ersten Blick?«, schlug sie vor. »Die Sterne

standen richtig? Die Vögel haben so schön gesungen? Ein Engelschor erscholl, als ich dich zum ersten Mal gesehen habe?«

Er grinste schief und schüttelte den Kopf. »Du möchtest anscheinend, dass mich jeder als Romantiker sieht, dabei bin ich das gar nicht.«

»Wie, du bist kein Romantiker? Jetzt bin ich aber schockiert.«

»Ach, ich kann durchaus romantisch sein, wenn es sich denn lohnt.« Er hob seine Augenbrauen und musterte sie gedankenverloren. »Du kannst ihr ja sagen, du hättest eine magische Vagina.«

»Eine was?«

»Du hast mich schon verstanden. Eine magische Vagina. Oder eine, die wie eine Venusfliegenfalle funktioniert. Du hast meinen Schwanz einfach nicht wieder hergegeben.«

Sie schlug ihm auf den Arm. »Ja, klar. Ich dachte eher an etwas Glaubhaftes. Irgendetwas muss ich ihr schließlich sagen. Sie ist eine meiner besten Freundinnen.« Sie überlegte kurz und sah ihn dann wieder an. »Wie wäre es, wenn wir so tun, als wäre ich hinter deinem Geld her?«

Sebastian musterte sie schläfrig, aber auch skeptisch, und sie fragte sich, wie lange er letzte Nacht wohl wach gewesen war, um sie während ihrer Panikattacke zu beruhigen. Sie konnte sich dunkel an Regen und seine Hände auf ihren nassen Schultern erinnern und wie er sie mit sanften Worten beruhigt hatte. Er war ein guter Mann, begriff sie und bekam Schuldgefühle. Er hatte etwas Besseres als sie verdient. Sie war eine einzige Katastrophe.

»Wir brauchen eine Geschichte«, beharrte sie. Außerdem musste sie sich ablenken.

»Du kannst ihr ja sagen, dass ich vom ersten Augenblick an

wusste, dass ich dich zu der Meinen machen muss«, sagte Sebastian leise.

Aus irgendeinem Grund schlug Chelseas Herz bei seinen Worten schneller. Sie rückte ein wenig von ihm ab und tat so, als würde sie aus dem Fenster sehen. »Mir wird schon etwas einfallen.«

»Dann sag mir Bescheid, wofür du dich entschieden hast.« Als sie wieder zu ihm hinübersah, hatte er seinen Notizblock zur Seite gelegt und hielt sein Handy in der Hand. »Hunter hat mir auch gerade eine Nachricht geschrieben. Bestimmt hat ihn Gretchen dazu angestachelt.«

Chelsea dachte noch kurz nach und tippte dann ihre Antwort.

Chelsea: Es war etwas ganz Besonderes. Er hat mich angesehen, und da wusste ich Bescheid. Und er sagt, dass es bei ihm ebenso gewesen wäre. Daher haben wir beschlossen, keine Zeit zu verlieren.

Gretchen: Mein Gott! Ich weiß nicht, ob das bescheuert oder unglaublich ist. Sebastian hat auf mich nie den Eindruck eines Romantikers gemacht.

Chelsea: Ach nein? Welchen Eindruck hattest du dann von ihm?

Gretchen: Bringst du mich um, wenn ich sage: ziellos?

Chelsea sah zu dem Mann hinüber, der neben ihr saß und eine SMS schrieb.

Chelsea: Ich bringe dich nicht um, würde aber gern den Grund dafür wissen.

Gretchen: Ich bin ihm nur ein paar Mal begegnet, aber er scheint auf dem Geld seiner Familie zu sitzen und ... nichts zu tun. Er hat kein eigenes Unternehmen. Er leitet nicht das Familienunternehmen. Er ist einfach nur reich. Hunter und er trainieren zusammen, aber ich weiß nicht, womit er seine Zeit verbringt, wenn er nicht gerade seiner verrückten Familie aus dem Weg geht.

Chelsea: Er hat bestimmt einen Plan. :) Ich muss aufhören. Gehen wir morgen mittagessen?

Gretchen: Auf jeden Fall. Jetzt gib deinem neuen Ehemann einen Kuss von mir, und ich gehe Hunter über ihn ausquetschen. Und noch mehr Klatsch über dich lesen, aber vor allem muss ich mit Hunter reden. XO

Chelsea: XO

Erneut sah Chelsea Sebastian interessiert an. Er war also ziellos? Sie bezweifelte, dass Gretchen das böse gemeint hatte. Gretchen war direkt und dachte manchmal nicht darüber nach, was ihre Worte auslösten, aber sie wurde niemals gemein. Und wie hätte man auch wütend auf Sebastian sein können? Der Mann war attraktiv, höflich, witzig und durch und durch charmant. Himmel, sie war eigentlich immun gegen Männer und wurde doch immer auf kleinmädchenhafte Weise aufgeregt, wenn er sie auf diese ganz besondere Art anlächelte.

Sie hatten anscheinend beide noch Punkte, an denen sie arbeiten mussten.

Er blickte auf und sah sie misstrauisch an. »Du starrst mich an.«

Sie hob ihr Handy hoch und wechselte das Thema. »Ich habe Gretchen gerade gesagt, dass wir uns sofort zueinander hingezogen gefühlt haben und keinen Grund zum Zögern sahen.«

Sebastian nickte kurz. »Damit kann ich was anfangen. Und jeder, der dich sieht, wird es sofort glauben.«

»Was soll das denn heißen?«

»Es bedeutet, dass ich wie Erdnussbutter am Messer an dir kleben würde, wenn es keine platonische Beziehung wäre.«

»Wie Erdnussbutter am ... Messer?«

»Ist das ein schlechter Vergleich? Dann wie ein Klettverschluss an Wolle?«

»Ein Klettverschluss?«

»Ja, das passt auch nicht. Ich kann so etwas einfach nicht.« Er schnitt eine Grimasse. »Das hältst du mir doch nicht vor, oder?«

»Ich halte es dir vor wie ...«, neckte sie ihn.

»Wie ... eine Alienmaske aus einem Horrorfilm?« Er warf ihr einen hoffnungsvollen Blick zu.

»Du hast recht, du kannst es wirklich nicht.«

»Hab ich doch gesagt.«

11

Als sie aus dem Flieger stiegen, zog Sebastian Chelsea an sich und flüsterte ihr ins Ohr: »Versuch einfach, dich ganz normal zu benehmen, okay? Nichts verkauft sich besser als die Fotos eines Menschen, der sich total aufregt.«

»Okay«, erwiderte sie, legte die Finger jedoch fester um seinen Arm.

»Und ich möchte mich im Voraus entschuldigen.«

»Wofür denn?«

»Für die Hölle, die Flughäfen in Zukunft für dich darstellen werden.« Er verzog das Gesicht. »Ganz im Ernst. Eigentlich müsstest du dafür eine Gefahrenzulage bekommen.«

Sie lachte und schüttelte den Kopf. Er übertrieb doch, oder nicht? »Ich werde es schon überstehen.«

»Das hoffe ich«, meinte er, klang aber nicht überzeugt. »Möchtest du eine Sonnenbrille aufsetzen?«

»Nein, danke.«

»Deine Entscheidung.« Er legte ihr einen Arm um die Taille und blieb dicht an ihrer Seite, als sie über die Landebahn gingen.

Das Flughafengebäude schien nicht übertrieben voll zu sein. Sie sah Sebastian an und bemerkte, dass er eine Sonnenbrille aufgesetzt hatte und den Kopf einzog. Sein Arm lag fest um ihre Taille, und er schob sie vorwärts.

»Da sind sie!«, schrie jemand.

Auf einmal kam ein Mob auf sie zu, und Blitzlichter flackerten auf. Chelsea schirmte sich die Augen ab und taumelte vorwärts. Doch Sebastian war da, fing sie auf und hob einen Arm.

»Hey, lasst uns ein bisschen Platz«, fuhr er die Fotografen an, die sie umringten. »Lasst uns durch, verdammt noch mal.«

»Sebastian, hier drüben!«, riefen sie. »Chelsea, schauen Sie hierher!«

Die Lichter blendeten sie, und ständig hatte sie ein grelles Blitzlicht vor Augen. Die Stimmen fügten sich zu einer Kakofonie zusammen, die ihre Ohren klingeln ließ, und der Mob folgte ihnen, als sie weiter in Richtung Parkplatz gingen, auf dem Sebastians Limousine auf sie wartete. Chelsea klammerte sich an Sebastians Arm und war erschrocken und fast schon panisch, dass sich so viele Menschen hier versammelt hatten.

»Wir wollen einen Kuss sehen«, rief jemand.

»Geht aus dem Weg«, knurrte Sebastian, der einen Arm vor sich ausstreckte und Chelsea weiterdrängte.

»Zuerst ein Kuss!«, riefen sie zurück.

Das Ganze war so lächerlich, dass Chelsea kichern musste. Sie konnte einfach nicht anders. Die Vorstellung, dass all diese Leute hier waren, weil sie sehen wollten, wie Sebastian und sie sich auf einem Flughafen küssten, war so absurd. Gab es denn einen unromantischeren Ort? Sie lachte weiter, und schließlich drehte sich Sebastian mit finsterer Miene zu ihr um.

»Nur ein Kuss«, rief jemand.

»Lasst ihr uns in Ruhe, wenn wir uns küssen?«, rief sie zurück.

»Ja!«, antworteten alle. Kameras wurden hochgehoben, und für einen Augenblick wurde Chelsea nicht mehr von Blitzlichtern geblendet.

Amüsiert blieb sie stehen und sah Sebastian an. »Und?«

»Das ist nicht dein Ernst, oder?«

Sie trat an ihn heran und flüsterte: »Sie werden uns so oder so fotografieren, oder nicht? Dann können wir das auch zu unserem Vorteil nutzen.«

Er musterte sie. »Mir ist gerade nicht klar, ob du ein verrücktes Genie oder einfach nur verrückt bist.«

»Wahrscheinlich ein bisschen von beidem. Und jetzt küss mich.« Sie packte seinen Kragen, warf den Fotografen einen vielsagenden Blick zu und küsste Sebastian.

Einhundert Kameras schienen auf einmal ein Foto von ihnen zu machen.

Einen Augenblick später, als sie sich wieder von ihm löste, schoss ihr durch den Kopf, wie schade es doch war, dass sie nicht das Geringste dabei empfinden konnte. Denn Sebastian hatte einen wunderbaren Mund, der zum Küssen einlud, und sie mochte es, wie seine grünen Augen aufflackerten, wenn sie ihn berührte.

Zu schade, dass sie innerlich so zerbrochen war.

Sie sah zu den Paparazzi hinüber. »Jetzt habt ihr euren Kuss und könnt uns in Ruhe lassen.«

»Sollen wir ihnen zur Sicherheit nicht noch einen liefern?«, flüsterte ihr Sebastian frech ins Ohr.

Sie schlug ihm spielerisch auf den Arm. »Sehr witzig.«

＊ ＊ ＊

Auf der Fahrt in der Limousine durch Manhattan sagten sie beide nicht viel. Zumindest nicht bis sie in eine Straße abbogen, woraufhin Sebastian stöhnte und sich an die Stirn fasste. Chelsea sah aus dem Wagenfenster, als sie vor einem Haus vorfuhren, vor dem sich bereits eine Menschenmenge und mehrere Kameraleute versammelt hatten.

»Noch mehr Paparazzi?«, fragte sie.

»Nein«, erwiderte Sebastian grimmig. »Dieses Mal ist es meine Mutter.«

Chelsea riss die Augen auf. »Oje.«

»Ja. Wolltest du jemals ins Fernsehen kommen? Gleich ist es so weit.« Er klang alles andere als begeistert.

»Ich komme schon klar«, versicherte sie ihm und tätschelte seine Hand. Zu ihrer Überraschung verschränkte er die Finger mit ihren und drückte sie. Das war irgendwie süß.

Er sah sie ernst an. »Ich möchte mich schon mal im Voraus für den ganzen Mist entschuldigen, den du gleich erleben wirst. Ich versuche, uns so schnell wie möglich ins Haus zu bekommen.«

Sie kicherte. »Ich halte dich für schuldlos, wenn dich das beruhigt.«

»Das tut es allerdings.« Er öffnete die Wagentür, und sie sah durch die getönte Fensterscheibe, wie sich die Menge sofort auf ihn stürzte. Dann hob er eine Hand, und sie wusste, dass die Zeit für ihren Auftritt gekommen war.

Chelsea legte ihre Hand in seine und ließ sich von ihm beim Aussteigen helfen, und augenblicklich waren die Kameras auf sie gerichtet. Eine Frau in einem rot-schwarz gestreiften Hosenanzug stürmte auf sie zu. Sie hatte sich einen kleinen Hund unter den Arm geklemmt, und ihr Haar war zu einem modernen silbernen Bob frisiert, den lilafarbene Strähnchen zierten. Sie beugte sich vor, gab Sebastian einen Kuss auf die Wange und sah ihn dann abschätzig an. »Nugget, ich bin sehr wütend auf dich.«

Sebastian umklammerte Chelseas Hand etwas fester. »Nenn mich nicht so, Mutter. Müssen die Kameras wirklich dabei sein?« Er deutete auf die drei Kameras, die über die Schulter seiner Mutter hinweg filmten.

»Ich drehe eine Realityshow, Nugget. Sie zeichnen meine Realität auf.« Sie deutete hochnäsig auf die Kameras und starrte Chelsea dann mit zusammengekniffenen Augen an. »Ist das die Nutte?«

»Großer Gott, Mutter. Sie ist keine Nutte. Das ist meine Frau Chelsea.«

Chelsea musste unwillkürlich lachen. Sie streckte eine Hand aus. »Freut mich, Sie kennenzulernen, Mrs Cabral. Sebastian hat mir schon viel von Ihnen erzählt.«

Mrs Cabral zog eine perfekt gezogene Augenbraue hoch. »Wenn das der Fall wäre, dann wüssten Sie, dass ich es vorziehe, Mama Precious genannt zu werden.«

»Und ich habe ihr gesagt, dass ich dich nicht so nenne«, knurrte Sebastian. »Musstest du mich wirklich vor meiner Haustür überfallen? Was ist mit meiner Privatsphäre, Mutter?«

»Du wolltest deine Mama Precious ja nicht besuchen, Nugget. Wie sollte ich dich denn sonst sehen können? Du hast mich ja nicht mal zu deiner Hochzeit eingeladen.«

»Das dürfen Sie ihm nicht übel nehmen, Mrs Cabral«, schaltete sich Chelsea ein. »Wir haben meine Eltern auch nicht eingeladen. Es war ein sehr spontaner Entschluss.«

»Warum?«, wollte Mrs Cabral wissen und versuchte, ihre aufgepumpten Lippen zu schürzen. »Liegt es daran, dass Sie nach Stunden bezahlt werden und er nicht genug Bargeld bei sich hatte?«

»Sie ist keine Hure, Mutter. Ich bezahle sie nicht, und du beleidigst uns beide damit, also hör endlich auf.«

Chelsea konnte nicht aufhören zu kichern. Es wäre ja beleidigend gewesen, wenn es nicht so verdammt witzig wäre. Dieser lächerliche Cruella-De-Vil-Verschnitt mit dem winzigen Hund war ihre Schwiegermutter? »Jedenfalls freue ich mich sehr, Sie kennenzulernen«, säuselte Chelsea mit zuckersüßer Stimme. »Sie sehen viel zu jung aus, als dass Sie Sebastians Mutter sein können.«

Das entsprach sogar der Wahrheit. Ihr Gesicht war so oft geliftet, gepeelt und aufgespritzt worden, dass ihre Haut schlichtweg perfekt war. Trotz der kunstvollen grauen und

113

lilafarbenen Haare sah sie keinen Tag älter aus als vierzig und somit viel zu jung, um Sebastian Cabrals Mutter zu sein.

Wieder zog Mrs Cabral die Augenbrauen hoch und musterte Chelsea. »Hmpf.« Dann wandte sie sich ihrem Sohn zu. »Ich muss dir leider mitteilen, dass du Lisa das Herz gebrochen hast. Sie hat aus dem Internet von deiner Hochzeit erfahren. Was glaubst du wohl, wie sie sich jetzt fühlt?«

»Da wir vor über zwei Jahren gerade mal einen Monat lang zusammen waren und ich sie seitdem nicht mehr gesehen habe, ist mir das ehrlich gesagt ziemlich egal.«

»Du weißt genau, dass sie sich wieder mit dir versöhnen wollte, Nugget ...«

»Dann kann sich ihre Storyline jetzt ja darum drehen, wie sie darüber hinwegkommt, dass ich Chelsea geheiratet habe.« Er lächelte verkrampft und führte Chelsea an den Kameras vorbei zur Haustür. »Ich liebe dich, Mutter, aber ich spiele dabei nicht mit. Diesmal nicht.«

»Willst du deine Mutter nicht hereinbitten, damit sie deine Frau etwas besser kennenlernen kann?«

»Du bist herzlich eingeladen, Mutter. Aber deine Kameracrew nicht.« Er ging mit Chelsea weiter, blieb dann aber abrupt stehen.

Auf den Stufen vor dem Haus saß eine Frau. Sie blickte auf, als Sebastian und Chelsea näher kamen, und man sah die Mascaraspuren auf ihrem Gesicht. Sie war hübsch, hatte aber schon häufiger unter dem Messer eines Schönheitschirurgen gelegen. Und sobald sie Sebastian sah und die Kameras sich auf sie richteten, fing sie an zu schluchzen.

Sebastian stöhnte genervt und deutete auf die Frau. »Chelsea, darf ich dir Lisa vorstellen?«

✳ ✳ ✳

Das war ein ziemlich merkwürdiger Nachmittag, dachte Chelsea, als sie in ihrem neuen Zimmer ihre Tasche auspackte. Zwar hatte sie von vornherein gewusst, dass diese Ehe kein Zuckerschlecken werden würde, aber sie hatte doch nicht damit gerechnet, von ihrer verrückten Schwiegermutter als Hure bezeichnet zu werden und dann noch der schluchzenden verschmähten Exfreundin gegenüberzustehen. Oder vielmehr der Frau, die sich einbildete, sitzen gelassen worden zu sein. Obwohl ihr klar gewesen war, dass das alles nur eine Szene war, die für das Fernsehen gedreht wurde, hatte sie doch irgendwann neben Lisa auf der Treppe gesessen und versucht, sie zu trösten, während Sebastian frustriert die Hände in die Luft warf.

Letzten Endes hatte sie Lisa versprochen, mal mit ihr essen zu gehen, was bestimmt auch gefilmt werden würde. Doch das war Chelsea egal.

Irgendwann war es ihnen gelungen, »Mama Precious« und Lisa loszuwerden und das Haus zu betreten. Sebastian hatte sie herumgeführt und in jedem Zimmer das Licht eingeschaltet. Es war sehr lieb von ihm, dass er an ihre Paranoia dachte. Das Stadthaus war recht spärlich eingerichtet, hatte blassgraue Wände, einige abstrakte Gemälde an den Wänden und kantige, düstere Möbelstücke. Eigentlich ähnelte es eher einem Firmenbüro als einem Zuhause. Aber zumindest war es überall hell dank der vielen Lampen und der Fenster, die auf die Straße hinausgingen.

Im Haus gab es mehrere Schlaf- und Badezimmer, und Chelsea war jeweils eins versprochen worden. Sie suchte sich das Schlafzimmer aus, das am besten beleuchtet war, auch wenn es sich um das kleinste handelte. Darin stand ein Doppelbett aus Kirschholz mit dazu passendem Kleiderschrank sowie eine Vase mit künstlichen Blumen, die nur ein Innenarchitekt dort platziert haben konnte. Direkt daneben lag das

Badezimmer, das zwar klein war, aber immer noch groß genug, dass sie ihre Seifenküche zumindest vorerst darin aufbauen konnte. Auch wenn es in diesem Haus zwei Küchen gab, kam es ihr irgendwie so vor, als würde sie zu viel Platz beanspruchen. Als würde sie sich in sein Leben drängen. Daher wollte sie sich vorerst mit dem Badezimmer zufriedengeben.

Selbst das war ihr schon unangenehm. Es war komisch, sich im Haus eines Fremden einzurichten. Insbesondere wenn das Haus so viel größer war als ihre letzte Wohnung. Das letzte Apartment, das sie sich mit Pisa geteilt hatte, war gerade mal fünfundfünfzig Quadratmeter groß und verfügte über zwei Schlafzimmer. Hier gab es allein drei Stockwerke und sehr viele Schlafzimmer sowie ein Medienzimmer, ein Esszimmer, ein Arbeitszimmer und einen Raum, den sie nicht betreten durfte.

Ganz im Ernst. Sebastian hatte sie herumgeführt und dann erklärt, dass der Raum am Ende des Flurs für sie tabu war. Sogar die Tür war verriegelt.

Okay, das war irgendwie unheimlich. Aber als sie ihm das gesagt hatte, schien er verärgert zu sein. Er hatte erwidert, es wäre ein privates Arbeitszimmer, in dem großes Chaos herrschte, und versprochen, es ihr zu zeigen, sobald er aufgeräumt hatte. Dennoch war ihr das nicht ganz geheuer. Vielleicht sollte sie heute Abend vorsichtshalber etwas vor die Tür schieben ...

Aber als sie sich bettfertig machte und es immer später wurde, nahm ihre Nervosität zu. Sie hatte sämtliche Lampen in ihrem Zimmer eingeschaltet, aber sie musste immer wieder an den Stromausfall in New Orleans denken und fühlte sich einfach nicht sicher. Was, wenn der Strom auch hier ausfiel? Dann wäre sie an diesem seltsamen Ort, der ihr völlig fremd war. Als sie so darüber nachdachte, wurde sie noch besorgter, und als sie schließlich in das fremde Bett stieg, zitterte sie fast schon vor Angst, obwohl das Zimmer hell erleuchtet war.

Sie starrte eine gute halbe Stunde lang die Decke an und bekam immer mehr Panik. Es war still im Haus. Hin und wieder war zu hören, wie draußen ein Wagen vorbeifuhr, aber in dieser Wohnstraße herrschte sehr viel weniger Verkehr als vor ihrer alten Wohnung, und sie fühlte sich wie von der Außenwelt abgeschnitten. Sie hatte Angst.

Mehr und mehr fragte sie sich, was Sebastian wohl gerade machte und ob er etwas gegen ihre Gesellschaft einzuwenden hätte.

In Nächten, in denen es ihr nicht gut ging, war sie früher oft zu Pisa ins Bett gekrabbelt, um mit ihr zu kuscheln wie mit einer Schwester. Dabei war nichts passiert, sie hatte nur die beruhigende Nähe eines anderen Menschen spüren und sich beschützt fühlen müssen. Aber Pisa war jetzt in Austin, und laut der Textnachricht, die ihr ihre Freundin im Laufe der letzten Woche geschickt hatte, gefiel es ihr dort sehr gut. Chelsea setzte sich auf, griff nach ihrem Handy auf dem Nachttisch und überlegte, ob sie Pisa eine Nachricht schicken sollte.

Aber dann wäre sie noch immer allein.

Wieder musste sie an Sebastian denken. Im Hotel hatte es ihm nichts ausgemacht, mit ihr in einem Bett zu schlafen. Sie fragte sich, ob sie ihn erneut darum bitten konnte. Einerseits schämte sie sich dafür, dass sie so schwach war, andererseits war es ihr auch egal. Sie wollte nur ihre Angst loswerden.

Daher stieg sie aus dem Bett und zog sich eine Flanellschlafanzughose an. Normalerweise schlief sie in Tanktop und Slip, aber sie vermutete, dass Sebastian nicht gerade begeistert reagieren würde, wenn sie halb nackt in sein Zimmer kam und in sein Bett steigen wollte.

Das war das Gute an Sebastian: Er dachte nicht mit seinem Schwanz und war daher eine sichere Option für sie.

Chelsea verließ ihr Zimmer und ging durch den hell erleuchteten Flur zu Sebastians Zimmer – nicht dem geheimnisvollen verschlossenen Zimmer, sondern zu seinem Schlafzimmer. Die Tür war geschlossen, und sie klopfte leise an.

Einen Augenblick später öffnete er die Tür und stand in Unterhemd und Boxershorts vor ihr. Er hielt einen Notizblock und einen Stift in der Hand, und sein Haar war zerzaust, als hätte er gerade ins Bett gehen wollen. »Ist alles okay?«

Sie wippte unruhig mit den Füßen auf dem Parkettboden hin und her und faltete die Hände vor den Brüsten. »Kann ich heute Nacht bei dir schlafen?« Als er sie überrascht ansah, fügte sie hinzu: »Das ungewohnte Zimmer macht mich nervös, aber bei dir weiß ich, dass ich in Sicherheit bin.«

Sebastian sah ihr kurz ins Gesicht, nickte dann und öffnete die Tür etwas weiter.

Sie krabbelte in sein riesiges Bett und bemerkte, dass die Einrichtung hier nicht so steril und grau war wie im Rest des Hauses. Er hatte ein Dutzend weicher Kissen auf dem Bett, das aussah, als hätte er nur in einer Ecke gesessen. Daher entschied sie sich für die andere Seite und fühlte sich wie ein Kind, das bei einem Freund übernachten darf, als sie sich ein Kissen nahm. »Das ist sehr lieb von dir, Basty.«

»Basty?« Er schnaubte. »Das ist ja noch schlimmer als Nugget.«

Sie gähnte und zuckte mit den Achseln. Als er wieder ins Bett kam, kuschelte sie sich neben ihn. Sebastian war warm und sicher, und sie entspannte sich augenblicklich. »Wenn du an deinen Vergleichen arbeitest, denke ich mir bessere Spitznamen aus.«

Chelsea war schon eingeschlafen, bevor er etwas erwidern konnte.

12

Die Ehe mit Chelsea machte ihm ganz schön zu schaffen.

Ihre spontane Trauung war jetzt eine Woche her, und seitdem waren die Tage voller Geheimnisse, Heimlichtuereien und unerfülltem Verlangen.

Ach ja, und sein Haus roch nach Blumen.

Geheimnisse, weil Chelsea ständig das Haus verließ, ohne ihm zu verraten, wohin sie ging, und dabei immer eine große Tasche über der Schulter trug. Sie verschwand tagsüber für etwa eine Stunde, kehrte wieder zurück und machte sich danach direkt an die Seifenherstellung, bei der sie Kopfhörer aufsetzte und stundenlang Rockmusik hörte, während sie Seifenrezepte zusammenrührte und danach die Blöcke in Stücke schnitt. Diese Woche war Fliederwoche, hatte sie ihm mitgeteilt. Dementsprechend roch das ganze Haus nach Flieder. Nach ganzen Bergen von Flieder. Der Geruch drang in seine Kleidung und war derart intensiv, dass er sich im Fitnessstudio von den anderen Männern schon irritierte Blicke zuzog.

Heimlichtuereien, weil Chelsea, wenn sie nicht tagsüber verschwand, an mehreren Abenden pro Woche das Haus verließ und erneut ihre große Tasche dabeihatte. Sie verriet ihm nicht, wohin sie ging, und ignorierte seine Fragen. Dabei blieb sie allerdings immer höflich, zwinkerte ihm zu, lachte fröhlich und sagte, das wäre Teil ihrer Vereinbarung, und wenn er nicht bereit wäre, ihr sein verschlossenes Zimmer zu zeigen, würde sie ihm auch ganz bestimmt nicht sagen, wohin sie ging.

Aber sein Zimmer war nur voller Zeichnungen, die noch

dazu nicht einmal besonders gut waren. Wenn sie hingegen nach Hause kam, hatte sie meist mehrere frische blaue Flecken.

Daher war es eine Untertreibung zu behaupten, dass er besorgt war.

Die Nächte waren eine Folter, die er nicht vorhergesehen hatte. Sie tauchte jeden Abend vor seiner Tür auf, sodass er schließlich nicht mehr damit rechnete, die Nächte ohne sie in seinem Bett zu verbringen. Nach einigen Abenden hatte sie auch noch damit aufgehört, sich »schick zu machen«. Da er immer in Boxershorts schlief, kam sie jetzt in einem engen Tanktop, das eng an ihren Brüsten anlag und ihre Brustwarzen erkennen ließ, sowie einem knappen Slip zu ihm. Und er versuchte, sich einzureden, dass das okay wäre.

Es machte ihm nichts aus, dass Chelsea mit ihm in einem Bett schlief. Er hatte auch nichts gegen ihre spärliche Bekleidung. Auch dass sie sich im Schlaf an ihn kuschelte, störte ihn ebenso wenig wie die Tatsache, dass er oft aufwachte und sie die Arme um seinen Arm gelegt hatte und die Brüste an seinen Bizeps presste oder dass eines ihrer Beine auf seinen lag.

Sie war wunderschön und halb nackt. Er hätte schon verrückt sein müssen, um sich daran zu stören. Aber das war Teil des Problems. Sie sollten eigentlich nur Freunde sein, doch das, was er fühlte, hatte schon längst den Bereich des Platonischen verlassen. Jeden Morgen wachte er mit einer steinharten Erektion auf, die sich nur schwer verbergen ließ. Jede Nacht hatte er erregende, unglaubliche Träume, in denen sie die Hauptrolle spielte. Seine Gedanken drehten sich ständig um sie, er hielt sie in seinen amateurhaften Skizzen fest, und sie war der Grund dafür, dass er im Verlauf der Woche mehrmals kalt geduscht hatte.

Und diese platonische Beziehung sollte noch ganze zwei Jahre andauern.

Das würde er nicht überleben. Irgendwann würde er an Samenstau sterben.

Doch das Schlimmste von allem war, dass sie ihn ständig als »sicher« bezeichnete. Als wäre er eine Art geschlechtloser Teddybär, mit dem sie kuscheln konnte, ohne sich deswegen Gedanken machen zu müssen. Als wäre er kein heißblütiger Mann, der Sex brauchte.

Es fiel ihm zunehmend schwerer, ihre Beziehung platonisch zu halten, denn je öfter er sie sah, desto größer wurde sein Wunsch, sie im Bett zu sich umzudrehen und zu küssen. Seinen Mund auf diese vollen, wunderbaren Lippen zu pressen, auf ihre Brüste, ihre verlockenden Brustwarzen, ihren knackigen, scharfen Hintern, der in diesem knappen Höschen so verlockend war, und sie einfach überall zu erkunden. Ihre Persönlichkeit, ihr Körper und ihr Lachen hatten ihn durch und durch in ihren Bann geschlagen.

Aber er konnte – und würde – das nicht tun, weil er sich noch sehr genau daran erinnerte, wie panisch sie im Hotel gewesen war. Er musste zuerst wissen, was mit ihr los war, bevor er etwas unternehmen konnte.

Aus genau diesem Grund folgte er auch dem Bodyguard, den er zu ihrem Schutz eingestellt hatte.

Denn das war noch etwas, das diese Woche völlig schiefgelaufen war.

Hunter, der bei öffentlichen Auftritten ebenfalls von einem Bodyguard beschützt wurde, hatte ihm ein Unternehmen empfohlen. Sebastian hatte dort angerufen, erklärt, was er brauchte, und man hatte ihm einen Mann namens Rufus geschickt.

Rufus war eine beeindruckende Erscheinung. Er war einen Meter dreiundachtzig groß, wog bestimmt einhundertundachtzig Kilogramm, konnte so grimmig gucken, dass jeder vor ihm zurückwich, und seine Arme, sein Hals und seine Ohren waren mit Tattoos bedeckt. Er war perfekt für den Job geeignet, und Chelsea schien ihn zu mögen. Wann immer sie das Haus verließ, war er an ihrer Seite, und zu seinen Aufgaben gehörte auch, dass Rufus Sebastian Bericht erstattete.

Doch Chelsea hatte Rufus gebeten, das nicht zu tun.

Wenn er Rufus jetzt fragte, wie es so lief, starrte der ihn nur mit ausdrucksloser Miene an. Dabei schien es völlig unwichtig zu sein, dass Sebastian derjenige war, der sein Gehalt bezahlte – Rufus' Loyalität galt allein Chelsea. Eigentlich ging das für Sebastian auch in Ordnung.

Dummerweise ließ ihm jedoch seine Neugier keine Ruhe. Aus diesem Grund war er ihnen gefolgt, als sie in die U-Bahn gestiegen und quer durch die Stadt zu einem College gefahren waren. Chelsea hatte wie immer ihre große Tasche über der Schulter hängen und unterhielt sich angeregt mit Rufus, was vermutlich auch der Grund dafür war, dass die beiden ihn nicht entdeckt hatten.

Die Sache mit dem College irritierte ihn. Belegte sie dort Kurse? Aber es war Samstagabend, da fanden doch keine Kurse statt, oder? Außerdem wäre das noch lange keine Erklärung für ihre blauen Flecken.

Seine Verwirrung wurde umso größer, als sie auf die Sporthalle zustrebten. Chelsea ging durch eine Hintertür hinein und nickte dem dort postierten Wachmann freundlich zu. Anstatt ihnen zu folgen, marschierte Sebastian zum Haupteingang und stellte sich in der Schlange an, die sich langsam vorwärts bewegte.

Es gab Stände, an denen Flyer verteilt und T-Shirts verkauft wurden, und er sah sich alles an, war sich jedoch noch nicht ganz sicher, was das zu bedeuten hatte. Überall waren knallhart aussehende junge Frauen auf Rollerskates zu sehen. Neugierig nahm er einen Flyer in die Hand.

»Haben Sie ein Ticket für den Bout heute?«

Sebastian blickte auf. Die Frau hinter dem Stand hatte unzählige Tätowierungen und Piercings, aber auch ein freundliches Lächeln.

»Nein, ich suche eigentlich eine Freundin.«

»Ist sie eine der Spielerinnen?« Die Frau deutete auf einen Tisch voller übergroßer Sammelkarten.

»Das bezweifle ich«, erwiderte er und beäugte die Fotos der Spielerinnen. Einige waren groß, kräftig gebaut und muskulös, andere wiederum zart und posierten mit angespanntem Bizeps. Manche hatten einen Stern auf dem Helm, und viele waren tätowiert. Einige machten eine sehr grimmige Miene, während andere stark geschminkt waren und ihre Uniformen angepasst hatten, um sexyer und provokativer zu wirken. Er musterte die Gesichter auf den Karten und ging zu denen mit lila- und rosafarbenem Rand über, da diese Farben auch auf Chelseas Tasche zu finden waren.

Da hatte er sie auch schon gefunden, seine frisch angetraute Ehefrau, die mit Zöpfen und einem grimmigen Gesicht posierte. Sie gehörte zu den Spielerinnen mit einem provokativen Kostüm, und ihres hatte einen tiefen Ausschnitt und einen sehr kurzen Faltenrock. Sie trug gestreifte, kniehohe Stümpfe und reckte eine Faust in die Luft, als wäre sie bereit, jemandem damit die Nase einzuschlagen.

Sie sah unfassbar heiß und sexy aus.

Chesty LaRude, Nummer 34DD. Broadway Rag Queens.

»Ich hätte gern diese Karte«, sagte er und zückte seine Brieftasche.

Zehn Minuten später stand er mit einem Bier in der Hand in dem kleinen Stadion, während ihm unzählige Fragen durch den Kopf gingen. Er setzte sich sehr weit oben auf eine der Tribünen und schaute sich um. Der Boden der Arena war mit einem seltsamen blauen Belag bedeckt, auf dem in Pink die Bahnen markiert waren. In den Ecken standen Stühle, und Frauen fuhren auf Rollschuhen herum und wärmten sich auf. Er konnte Chelsea nirgends entdecken, aber die Uniformen hatten auch die falsche Farbe. Daher nippte er einfach an seinem Bier und wartete.

Roller Derby. Das ergab einerseits keinen Sinn, andererseits aber schon. Seine fröhliche, heitere Chelsea, die für jeden ein Lächeln übrig hatte, sich mit ihm verstand wie Erbsen mit Möhren (an seinen Vergleichen musste er wirklich noch arbeiten), die duftende Seifen verkaufte ... spielte mit diesen derben und rabiaten Frauen Roller Derby? Sie schien gar nicht der Typ dafür zu sein. Als eine Frau mit einem Irokesenschnitt und einem beachtlichen Bizeps vorbeirollte, die wie eine Rausschmeißerin aussah, wunderte er sich nicht mehr darüber, dass Chelsea ständig blaue Flecken hatte.

Eine Frau mit einem Bier in der Hand und einem blau gefärbten Buzzcut setzte sich neben ihn und nickte ihm zu. »Derby-Jungfrau?«

»Was?«

»Sind Sie eine Derby-Jungfrau?« Sie grinste ihn an. »Sie scheinen hier nicht recht reinzupassen.«

»Ja, das ist mein erstes Spiel.«

»Ist ja süß«, erwiderte sie. »Und es ist ein Bout, ein Kampf – kein Spiel. Wie beim Boxen.«

»Boxen mit Rollschuhen. Verstehe.« Er reichte ihr die Hand. »Sebastian.«

»Ich weiß«, erwiderte sie mit fiesem Grinsen. »Ich sehe mir immer die Sendung mit Ihrer Mutter an. Diese Frau ist völlig verrückt, ist Ihnen das klar?«

»Ja, das weiß ich.«

»Ich bin Diane.« Sie deutete nach unten in die Arena.

124

»Meine Frau ist Morning Whorey, Nummer neunundsechzig der Rag Queens.«

»Das hier ist meine Frau«, sagte er und hielt Chelseas Trading Card hoch.

»Ach du Scheiße, Chesty hat geheiratet? Mann, das ist ja super. Herzlichen Glückwunsch!« Diane sah begeistert aus. »Es macht Spaß, ihr auf der Strecke zuzusehen. Sie ist eine tolle Spielerin und geht ordentlich ran. Wenn sie schlechte Laune hat, kassiert sie immer jede Menge Strafen.«

Das ... klang so gar nicht nach der Chelsea, die er kannte. Aber er bekam zunehmend den Eindruck, dass er sie längst nicht so gut kannte, wie er geglaubt hatte. Er deutete mit dem Kinn auf die Strecke. »Wie genau läuft das Spiel eigentlich ab?«

»Der Bout, mein Freund, der Bout«, korrigierte sie ihn. »Wenn Sie nicht langsam anfangen, Bout zu sagen, landet mein Bier bald auf Ihrem Kopf.«

Er schnitt eine Grimasse. »'schuldigung.«

»Okay, ich werde versuchen, nicht zu vergessen, dass Sie noch Jungfrau sind.« Sie nippte an ihrem Bier und deutete auf die Mitte der Arena. »Vielleicht schaffe ich es ja, Ihnen das zu erklären. Wenn der Schiri pfeift, fahren alle los, okay? Jedes Team besteht aus vier Spielerinnen. Eine ist der Pivot, aber dazu kommen wir später, denn das würde Sie nur verwirren. Sehen Sie die zweite Linie da unten? Das fünfte Mädchen jedes Teams startet dort, und die beiden haben einen Stern auf dem Helm. Das sind die Jammer. Wenn sie es durch das Pack schaffen, müssen sie erneut um die Strecke fahren und das Pack ein zweites Mal überholen. Gelingt ihnen das, erzielen sie einen Punkt für jede Spielerin des gegnerischen Teams, die sie überholen. So weit verstanden?«

»Ich glaube schon«, erwiderte er und starrte die Karte in seiner Hand an. »Dann muss der Jammer also klein und schnell sein, richtig? Ist das die Position, die Chelsea spielt?«

»Chesty?« Diane grinste breit. »Oh nein. Sie ist im Pack und spielt einen Blocker, und sie ist verdammt gut darin. Warten Sie es nur ab.«

Einige Minuten später drang Musik aus den Lautsprechern, und der Ansager setzte sich ans Mikrofon. »Dann wollen wir mal das erste Team für den heutigen Bout hereinbitten ... die Broadway Rag Queens!«

Die dröhnenden Beats von Destiny's Childs *Bootylicous* ertönten, und mit einem Mal waren lauter Frauen in Lila und Pink auf der Strecke, drehten ihre Runden und machten Faxen für das Publikum. Sie trugen Helme und bewegten sich so schnell, dass Sebastian den Hals reckte, während er versuchte, Chelsea unter ihnen zu entdecken.

Dann wurden die einzelnen Namen aufgerufen.

Good Whip Lollipop.
Morning Whorey.
Drool Whip.
Lady ChaCha.
Kid Vicious.
Sandra Flea.
Tail Her Swift.

Sebastian lachte laut, als er die Namen hörte, die witzig und gleichzeitig gefährlich klangen. Jede Spielerin, deren Name fiel, wurde von den anderen bejubelt und posierte für das Publikum.

Chesty LaRude.

Chelsea hüpfte ein wenig und wackelte mit den Brüsten, woraufhin die Menge johlte. Dann leckte sie sich den Daumen, presste ihn auf ihren Arm und tat so, als wäre sie heiß.

Verdammt! Wieder lachte er und klatsche mit einer Hand

gegen die andere, die sein Bier hielt. Warum hatte sie ihm das verschwiegen? Er wusste nicht das Geringste über diese Sportart, aber es war unglaublich, sie dort unten mit den anderen Frauen zusammen zu sehen. Es war so völlig anders als das, was er erwartet hatte, aber als er sie jetzt in ihrer Derby-Uniform sah, die er für ein Halloween-Kostüm gehalten hatte, passte einfach alles.

Und es passte zu ihr.

Das gegnerische Team wurde aufgerufen und ebenfalls einzeln vorgestellt, während die Musik dieser Spielerinnen lief.

»Der Bout fängt gleich an«, sagte Diane einige Minuten später. »Machen Sie sich bereit, ein paar heiße Moves zu sehen.«

Die Teams gingen in Position, und er stellte fest, dass Chelsea von Anfang an spielte. Beim Bout dabei war. Wie auch immer man das nannte ... Die Frauen machten sich bereit, und Sebastian rutschte auf die vorderste Sitzkante.

Der Schiedsrichter pfiff.

Schon fuhren die Frauen los, und Chelsea bleckte sofort die Zähne, wobei man ihren rosafarbenen Mundschutz sehen konnte. Sie stürzte sich förmlich auf die Frau neben sich, woraufhin sie beide zu Boden gingen. Das Mädchen mit dem Stern auf dem Helm – der Jammer – sprang über die beiden hinweg und fuhr voraus.

»Wow«, murmelte Diane neben ihm. »Chesty vergeudet heute wirklich keine Zeit.«

Er sah völlig fasziniert zu, wie Chelsea sich wieder aufrappelte und dem Pack hinterherlief, um sich den anderen Frauen erneut anzuschließen. Auch während der restlichen Runden stürzte sie sich ohne Rücksicht auf Verluste auf ihre Gegnerinnen, rammte sie und fuhr anderen in den Weg, um sie zu blocken. Sie wurde geschubst. Sie wurde zur Seite gestoßen. Sie ging zu Boden. Sie bekam einen Ellenbogen ins Gesicht und machte einfach weiter.

Dann stemmte die Jammerin die Hände in die Hüften, und die Pfeife ertönte.

»Ende des Jams«, sagte Diane. »Sie haben vier Punkte erzielt. Das ist gut.«

Während der ersten Hälfte des Bouts beobachtete Sebastian, wie Chelsea mehr Tackles einsteckte als viele Footballspieler, häufiger stürzte als jemand, der zum ersten Mal auf Schlittschuhen stand, und immer wieder aufstand und einfach weitermachte. Sie war brutal. Völlig brutal. Zwar setzte sie nicht die Ellenbogen ein, aber auf der Bahn ging sie richtig zur Sache, machte ihren Gegenspielerinnen das Leben schwer, schrie sie an, schob sie zur Seite, um ihrer Jammerin Platz zu machen, und tat, was sie konnte, um ihre Jammerin um jeden Preis durchzulassen.

Das Publikum schien sie gleichzeitig zu lieben und zu hassen. Sie wurde ausgebuht, wann immer sie jemanden zu grob anging, aber das schien Chelsea nicht weiter zu interessieren. Sie hängte sich einfach weiter rein.

Nachdem sie zwei Meter weit gerutscht und von der Spur abgekommen war, rappelte sie sich wieder auf, und Sebastian stürzte sein Bier herunter und konnte den Blick einfach nicht mehr abwenden. Kein Wunder, dass sie ständig blaue Flecken hatte. Du liebe Güte! Sie bekam auch mehrere Strafen aufgebrummt, die sie absitzen musste, was sie nur noch wütender zu machen schien. Ihm fiel auf, dass einige ihrer Teamkameradinnen nicht gerade glücklich mit ihr zu sein schienen.

Seine Besorgnis wuchs.

Keine der anderen Spielerinnen spielte so hart wie sie. Selbst Diane gab einen Kommentar dazu ab, dass Chelsea an diesem Abend derart brutal war. Als sie die zweite Strafe bekam und sich von ihren Mit- und den Gegenspielerinnen böse Blicke einfing, machte er sich noch größere Sorgen um ihren Geisteszustand.

Das hier war kein Spaß für sie, sie machte daraus ... einen Krieg.

Zur Halbzeit war sie völlig durchgeschwitzt und stinksauer. Als sich die Rag Queens versammelten und in ihrer Umkleidekabine verschwanden und die Cheerleader auftauchten, stand er von der Tribüne auf.

Er musste mit Chelsea reden.

Sie spielte hier nicht nur ein Spiel, das ihr Spaß machte. Vielmehr ließ sie ihre Wut am anderen Team aus. Sogar ihre eigenen Teamkameradinnen schienen deswegen besorgt und irritiert zu sein.

Irgendetwas stimmte nicht, und er musste mit seiner Frau reden.

»Halten Sie mir den Platz frei«, bat er Diane. »Ich bin gleich wieder da.« Dann ging er die Stufen hinunter und lief in Richtung Kabinen.

Sobald er die Arena verließ, entdeckte er auch schon Rufus, der den Frauen folgte. Sebastian ging dem Mann hinterher, und als er sich vor einer Tür aufbaute, wartete Sebastian.

Rufus starrte Sebastian an, als wüsste er, was sein Arbeitgeber hier machte, und würde es nicht gutheißen.

Tja, das war sein Problem. Sebastian brauchte jetzt Antworten. »Ist Chelsea da drin?« Er deutete auf die Kabinentür.

Rufus starrte ihn nur an.

»Verdammt, mir ist klar, dass ich Sie als ihren Bodyguard eingestellt habe, aber ...« Er stockte, als die Tür aufging und mehrere Frauen herauskamen, die sich die schweißnassen Gesichter abwischten und sich unterhielten. Unter ihnen war auch Chelsea, deren Zöpfe sich vom Schweiß dunkel verfärbt

129

hatten. Sie bemerkte ihn nicht und fuhr an ihm vorbei. »Chelsea«, rief er.

Daraufhin blieb sie abrupt stehen und drehte sich mit entsetzter Miene zu ihm um. »Sebastian?« Sie sah sich um und kam dann näher, während sich ihr Schreck in Wut zu verwandeln schien. »Bist du mir gefolgt? Was soll das?«

»Ich wollte wissen, was los ist«, erwiderte er und bemerkte, dass seine Stimme ebenso wie ihre schriller wurde. »Warum wolltest du das denn geheim halten?«

»Weil ich nicht damit aufhören werde und du mich auch nicht dazu zwingen kannst!«

Er schüttelte den Kopf. »Warum sollte ich das denn tun? Ich finde es großartig.«

Das schien sie zu verblüffen. »Wirklich?«

»Oooooh.« Eine ihrer Teamkameradinnen kam näher und umkreiste sie. »Hast du ein heißes Date, Chelsea?«

»Er ist kein Date«, erwiderte sie mit ausdrucksloser Stimme.

Aus irgendeinem Grund ärgerte er sich darüber. »Wir sind verheiratet.«

Die Frau riss die Augen auf. »Das ist ja ein Ding.« Sie sah Chelsea an, und als diese es nicht leugnete, keuchte die Frau auf und machte einen Schritt nach hinten. »Das muss ich den anderen sagen.«

Chelsea stöhnte, und die Frau entfernte sich. Sie legte Sebastian eine Hand auf den Arm und führte ihn von den anderen Rollschuhfahrerinnen, Fans und allem anderen weg in einen ruhigeren Bereich. »Musstest du das Gilmore unbedingt erzählen? Sie ist so ein Tratschweib.«

»Wäre es dir lieber gewesen, wenn ich es nicht erwähnt hätte?« Warum machte es ihn so wütend, dass sie es den anderen nicht erzählt hatte?

130

»Hör mal, das ist nichts Persönliches«, erwiderte sie abwehrend. »Beziehungen und Roller Derby, das passt einfach nicht zusammen. Man muss für diesen Sport viel trainieren und Hingabe zeigen, und es ist schon oft vorgekommen, dass sich eines der Mädchen von ihrem Freund getrennt hat, weil es ihm nicht gefiel, dass sie so viel Zeit damit verbrachte.«

»Habe ich auf dich jemals den Eindruck eines übermäßig besitzergreifenden oder klammernden Kerls gemacht?«

»Nein, aber das ist auch keine richtige Beziehung.«

Auch darüber ärgerte er sich. Aber auch das tat er als irrational ab. Denn, verdammt noch mal, er benahm sich höchst irrational. Aber irgendetwas an dieser ganzen Sache passte ihm nicht und traf einen Nerv. »Das weiß keiner außer uns beiden, und wenn du weiterhin Geheimnisse vor mir hast, wird diese Sache nie funktionieren.«

»Ach nein? Das sagt der Richtige, Blaubart.« Sie pikte ihm mit einem spitzen Finger gegen die Schulter.

»Blaubart?«

»Ja, was ist denn mit deinem geheimnisvollen verschlossenen Zimmer? In dem sich angeblich gar nichts befindet, das ich aber trotzdem nicht sehen darf?«

»Das ist nur ein Arbeitszimmer!«

»Und Dexter hat nur Blutflecken analysiert!«

»Darin ist wirklich nichts, das schwöre ich.« Aus irgendeinem Grund war ihm nicht wohl dabei, ihr das Zimmer zu zeigen. Seine Zeichnungen hatte noch niemand zu Gesicht bekommen. Keiner verstand sie. Niemand begriff, dass er dieses obsessive Bedürfnis verspürte, zu zeichnen und sich dadurch weiterzuentwickeln. Aus seiner Familie hatte es nie einer kapiert, daher hatte er schon vor langer Zeit damit angefangen, es im Geheimen zu tun.

»Na, mit dieser Einstellung steuern wir zielstrebig die

Scheidung an«, meinte sie und starrte ihn wütend an. Das war derselbe Blick, den sie auch im Spiel aufsetzte, und er erschrak. Die Roller-Derby-Chelsea war eine völlig andere Frau als die, die er kannte.

»Wollen wir mal über unsere Einstellungen sprechen?«, forderte er sie heraus und deutete hinter sich in die Arena, aus der die Musik der Halbzeitshow zu hören war. »Was ist bitte schön mit dieser Einmannarmee, die da draußen zu sehen war?«

Sie stemmte die Hände in die Hüften und schnaufte. »Du weißt nicht das Geringste über diesen Sport. Dabei muss man aggressiv sein.«

»Es gibt einen Unterschied zwischen Aggressivität und dem, was du da tust und was deinen Teamkameraden Angst einjagt!«

Sie leckte sich die Lippen und schien zum ersten Mal etwas unsicher zu werden. »Ich stehe diese Woche nur ein bisschen neben mir. Das ist nicht weiter schlimm.«

»Doch, das ist es. Du gehst da draußen auf jeden los, als hättest du noch eine Rechnung zu begleichen.«

»Da hat er recht«, rief eine Frau, fuhr an ihnen vorbei und schlug Chelsea mit einem Handtuch auf den Hintern.

Sie runzelte die Stirn und trat näher an Sebastian heran. Ihre Stimme wurde zu einem Flüstern, damit sie niemand anderes hören konnte. »Hör mal, der Sport ist meine Therapie. Da unten kann ich mich abreagieren und Dampf ablassen.«

»Was in aller Welt ist denn passiert, dass du dich abreagieren musst, indem du so viele andere Leute angreifst?« Er verschränkte die Arme vor der Brust. »Das ergibt doch keinen Sinn, Chelsea. Mir ist klar, dass wir Freunde sind, aber du bist mir wirklich ein Rätsel. Du willst eine platonische Beziehung führen, steigst aber zu mir ins Bett. Du lässt das Licht an wie ein verängstigtes Kleinkind, hast aber einen Derby-Namen, der einer Stripperin würdig wäre. Du verschweigst etwas so Aufregendes wie die Tatsache, dass du Roller Derby spielst, greifst aber deine Teamkameradinnen an. Ich begreife wirklich nicht, was mir das alles sagen soll ...«

Sie beugte sich vor, biss die Zähne aufeinander und ballte die Fäuste. »Ich bin vergewaltigt worden. Ist es das, was du hören wolltest?«

Ihre Worte ernüchterten ihn auf einen Schlag, und er machte einen Schritt nach hinten. »Du bist ... was?«

Sie atmete schwer, und auf ihrem Gesicht zeichneten sich die unterschiedlichsten Gefühle ab. »Du willst wissen, was ich verarbeiten muss? Vor ungefähr drei Jahren hat mir jemand in einer Bar K.-o.-Tropfen gegeben, und ich bin in einem Müllcontainer wieder aufgewacht. Man hat mich einfach wie Abfall weggeworfen. Wenn ich also auf der Bahn etwas ›zu aggressiv‹«, sie malte Anführungszeichen in die Luft, »sein sollte, dann kannst du dir jetzt vielleicht denken, warum ich das bin.«

»Willst du hier den ganzen Abend rumstehen und quatschen, oder was?«, rief ein Mann in einem lilafarbenen Polohemd zu ihnen herüber. »Schwing deinen Arsch hierher, Chesty! Die Pinkelpause ist vorbei! Jetzt ist Teambesprechung.«

»Ich muss gehen«, sagte Chelsea mit ausdrucksloser Stimme zu Sebastian. »Wir müssen noch den halben Bout durchstehen.«

»Wir sehen uns dann zu Hause«, erwiderte Sebastian. »Dann können wir uns unterhalten.«

Sie fuhr weg und sagte nichts weiter dazu.

Das war ihm auch recht, da er im Augenblick keinen klaren Gedanken mehr fassen konnte. Ihre Worte hatten ihn umgehauen und seine Hoffnungen für das, was aus ihrer Beziehung einmal werden könnte, auf einen Schlag zunichtegemacht.

Mit dem Roller Derby wurde er fertig.

Aber die Vorstellung, dass man Chelsea unter Drogen gesetzt und ihr sonst was angetan hatte, war kaum zu ertragen.

Er fühlte sich unglaublich hilflos. War wütend. Jetzt begriff er, warum sie so spielte. Warum sie sich ins Getümmel stürzte, ohne an ihre eigene Sicherheit zu denken. Warum sie in der Arena alles gab.

Im Moment hätte er am liebsten dasselbe getan.

Doch das konnte er nicht, daher machte er auf dem Absatz kehrt und verließ das Gebäude.

Er musste nachdenken und das Gehörte verarbeiten.

Irgendwie.

13

Sebastian lag wach im Bett, starrte die Decke an und wartete darauf, dass Chelsea nach Hause kam. Er hörte, wie sie die Treppe hinaufging, aber anstatt in sein Schlafzimmer zu kommen, ging sie unter die Dusche, und er hörte, wie das Wasser lief. Es kam ihm wie eine Ewigkeit vor. Der Duft von Seife und Kirschen drang herein, und er rieb sich wieder einmal mit der Hand das Gesicht. An diesem Abend zeichnete er nicht. Es entspannte ihn nicht, da er immer nur Chelsea skizzieren wollte.

Doch jedes Mal, wenn er an ihr Gesicht dachte, sah er ihre dunklen, gepeinigten Augen vor sich, als sie ihm ihr Geheimnis anvertraut hatte.

Man hat mir K.-o.-Tropfen gegeben und mich in einen Müllcontainer geworfen.

Er hasste sich dafür, aber er musste mehr darüber wissen. Was genau war passiert? Wusste sie, wer ihr das angetan hatte? War das der Grund dafür, warum sie keinen Freund hatte? Warum sie Männer ängstlich und wütend anstarrte, wenn sie sich ihr näherten? All diese Fragen nagten an ihm.

Das Wasser wurde abgestellt, und er setzte sich im Bett auf und wartete. Würde sie trotzdem die Nacht bei ihm verbringen wollen oder hatten sie seine Worte, die er ihr voller Wut an den Kopf geworfen hatte, verschreckt?

Das wollte er nicht glauben. Vielleicht musste er ja den ersten Schritt machen und sich bei ihr entschuldigen. Sebastian stieg aus dem Bett ...

... und da klopfte Chelsea an seine Tür. Sie steckte den Kopf durch den Spalt, und ihre sonst immer so fröhliche Miene war verschwunden. »Können wir reden?«

»Komm rein«, erwiderte er und deutete auf das Bett, das er gerade verlassen hatte.

Sie betrat das Zimmer und trug nichts als ein kurzes Höschen und ein Tanktop, dieses Mal in Lila und mit dem Logo ihres Derby-Teams. Sie setzte sich im Schneidersitz auf das Bett und schien sich nicht hinlegen zu wollen, bevor sie sich nicht ausgesprochen hatten. Na gut, da konnte er ihr auch entgegenkommen. Er ließ sich ihr gegenüber nieder, ebenfalls im Schneidersitz, sodass seine Schlafanzughose an den Knien spannte. Dann rieb er sich den nackten Oberkörper. »Wäre es dir lieber, wenn ich mir etwas anziehe?«

»Was?« Sie winkte ab. »Pff, nein. Das ist völlig in Ordnung. Ich habe dich schon mit weniger am Leib gesehen.«

»Ich war mir nicht sicher, nachdem …«

»Nachdem ich dir erzählt habe, dass ich vergewaltigt worden bin?« Sie sah ihn ruhig an. »Wir können auch darüber sprechen. Ich bin nicht besonders gut darin, mich anderen anzuvertrauen, aber je länger ich darüber nachdenke, desto mehr denke ich, dass es eine gute Idee ist, mit dir darüber zu sprechen.« Ihre Hände, die in ihrem Schoß lagen, zuckten. »Vielleicht wäre es das Beste, wenn du mich erzählen lässt und mich nicht unterbrichst, okay?«

»Das geht in Ordnung. Nur eines möchte ich noch wissen, bevor du anfängst: Habt ihr heute gewonnen?«

Sie sah überrascht und erfreut aus. Als sie die Lippen zu einem Lächeln verzog, fiel ihm erst auf, dass sie dort eine Schwellung hatte, und schon jetzt zeichneten sich mehrere blaue Flecken auf ihren Beinen und auf einem Arm ab. Ihre Augen funkelten vor Freude. »Wir haben sie vernichtet. Nett, dass du fragst.«

Sebastian lachte. Was immer auch bei der ganzen Sache herumkam, sie hatte auf jeden Fall sehr viel Spaß an diesem Sport. »Das freut mich.«

»Aber du hattest recht, ich habe rücksichtslos und gemein gespielt. Der Coach hat mich deswegen zurechtgewiesen.« Sie schnitt eine Grimasse und blickte auf ihre Hände hinab. »Aber wenn ich so aufgewühlt bin, dann gehe ich immer in den Kampfmodus über. In letzter Zeit war alles ein bisschen viel für mich. Zuerst ist meine Freundin Pisa nach Austin gezogen. Sie war meine Mitbewohnerin und meine beste Freundin. Ich habe sie immer als meine Derbyfrau bezeichnet. Sie hat in der Arena auf mich aufgepasst und mir immer gesagt, was ich falsch mache, aber jetzt ist sie nicht mehr da.« Sie seufzte leise. »Deswegen, wegen der Hochzeit und meiner neuen Wohnsituation stehe ich wohl ziemlich neben mir, mehr, als ich gedacht habe. Aber das ist nicht das, worüber wir reden wollten, richtig?« Sie blinzelte mehrmals schnell und sah ihn an, als würde sie auf eine Antwort warten.

»Du hast gesagt, ich soll dich nicht unterbrechen«, rief er ihr in Erinnerung.

»Ach ja. Stimmt. Ich neige zum Schwafeln, wenn ich nervös bin. Okay. Wo soll ich anfangen?« Sie schürzte die Lippen, dachte nach und stieß dann die Luft aus. »Gut. Okay. Also vor etwa drei oder vier Jahren habe ich noch mit Gretchen, Greer und Asher zusammengewohnt.« Sie nickte, als er sie verwirrt ansah. »Ja, genau, mit dem Asher. Aber es war eine rein platonische Angelegenheit. Er hatte nie was mit einer von uns. Wir waren nur Collegefreunde, die gern zusammen etwas unternommen haben.« Sie zuckte mit den Achseln. »Irgendwann lief der Mietvertrag aus, und wir haben uns getrennt was gesucht. Ich weiß nicht mehr, was Asher gemacht hat, aber ich glaube, Gretchen und Greer haben weiter zusammengewohnt.

137

Ich hatte einen Freund und habe mir mit ihm zusammen ein Apartment in Brooklyn gesucht, doch dann hat er sich schon vor dem Einzug von mir getrennt. Da ich den Mietvertrag unterschrieben hatte, bin ich trotzdem dort eingezogen. Was eine blöde Idee war, wie sich später herausgestellt hat.«

Sebastian verkrampfte sich am ganzen Körper und wartete darauf, dass sie weitersprach. Sein Magen zog sich unangenehm zusammen. Er verspürte den starken Drang . . . auf etwas einzuprügeln. Vielleicht ging es ihr ja genauso.

Sie leckte sich die Lippen und fuhr fort, während sie auf ihre Hände herabblickte. »Etwa eine Woche nach meinem Umzug habe ich mich mit ein paar Freunden in einer Bar getroffen. Ich bin regelmäßig dorthin gegangen, und ich glaube, der Barkeeper stand auf mich, weil er immer meinen Lieblingsdrink bereitstehen hatte, wenn ich reinkam. Ich habe mir nichts dabei gedacht, verstehst du? Es war wie bei der Fernsehserie *Cheers*. Man ging dorthin, blieb ein paar Stunden dort, und jeder kannte deinen Namen.« Sie holte tief Luft, hielt inne und dachte nach.

Sebastian hielt ebenfalls den Atem an und wartete, dass sie weitersprach.

»Und weil ich immer dasselbe getrunken habe und mich dort wohlfühlte, habe ich wahrscheinlich nicht besonders darauf geachtet, was ich getrunken habe«, sagte sie langsam und starrte ihr Knie an. Ihr feuchtes Haar fiel ihr auf die Schultern. »Ich weiß nicht, ob jemand was in mein Glas getan hat, bevor ich überhaupt da war, oder ob ich einfach nicht aufgepasst habe. Jedenfalls dachte ich immer, mir könnte nichts passieren. Ich wäre sicher. Ich weiß nur noch, dass ich mein Glas geleert und mich mit einem Mann unterhalten habe, der mit mir geflirtet hat.« Ihre Stimme klang, als wäre sie weit weg. »Danach erinnere ich mich an gar nichts mehr. Nur noch daran, dass ich

aufgewacht bin, dass mir alles wehgetan hat und dass es stock-
dunkel war. So unglaublich dunkel. Und dass ich keine Luft
mehr bekommen habe.«

Großer Gott. Was war er für ein Mistkerl, dass er sie dazu
zwang, das alles noch einmal durchleben zu müssen, nur damit
seine Neugier befriedigt wurde. Sie musste ihm das nicht erzählen, wenn sie das nicht tun wollte. »Chelsea, du . . .«

»Nein, es geht schon«, fiel sie ihm mit leiser Stimme ins
Wort. Sie sah ihn mit glasigen Augen an. »Meine Therapeutin
hat mir gesagt, dass es mir hilft, meine Gefühle unter Kontrolle
zu bekommen, wenn ich öfter darüber rede, verstehst du? Daher muss ich das tun.« Sie schluckte schwer und schauderte.
»Das Gute ist, dass ich das Bewusstsein verloren hatte, weil ich
unter dem Einfluss dieser K.-o.-Tropfen stand, und mich an
gar nichts erinnere. Ich weiß nur noch, dass ich völlig verängs-
tigt in der Dunkelheit aufgewacht bin.« Sie verkrampfte die
Hände. »Es war heiß und hat gestunken, und ich konnte mich
nicht bewegen. Mir war speiübel, und alles tat weh. Ich glaube,
das war das Schlimmste: diese Verwirrtheit und die Hilflosigkeit.« Als sie die Hände öffnete, sah er, dass sie zitterten.
»Ich . . . Ich denke nicht gern daran zurück.«

Und deshalb hatte sie solche Angst vor der Dunkelheit. Er
konnte sich noch gut an ihre Panik erinnern. *Ich kann nicht
atmen.*

»Irgendjemand hat mich gefunden und mir da rausgeholfen,
und dann kam die Polizei und hat mich ins Krankenhaus
gebracht. Ich habe eine Aussage gemacht und bin ein paar Tage
bei meiner Familie untergekommen. Doch sie haben mich
behandelt, als wäre es mein Fehler gewesen, dass ich nicht auf
mein Glas geachtet habe, und mir das Gefühl gegeben, es wäre
allein meine Schuld. Vielleicht war es das ja auch. Ich weiß es
nicht.« Sie rieb sich die Arme.

139

»Es war nicht deine Schuld«, erklärte Sebastian mit rauer Stimme. Himmel, wie konnte sie nur auf eine solche Idee kommen? Er hätte jedem, der ihr das eingeredet hatte, am liebsten den Hals umgedreht.

Sie kaute auf ihrer Unterlippe herum und sprach dann weiter. »Ich konnte nicht mehr in dieser Wohnung bleiben. Ich wusste ja nicht einmal, ob ich den Mann nicht mitgenommen hatte, weil ich glaubte, ich wäre betrunken, anstatt unter Drogeneinfluss zu stehen. Es war irgendwie nicht mehr mein Zuhause. Weder die Bar noch das Apartment kamen mir noch sicher vor. Es war, als wäre alles, was ich bisher gekannt hatte, mit einem Mal unsicher geworden. Ich habe gekündigt und mir eine neue Wohnung in einem Haus mit Portier gesucht. In einer gut beleuchteten Gegend. Ich habe all meine Ersparnisse aufgebraucht und meine Wohnung sechs Monate lang nur verlassen, um die Termine bei meiner Therapeutin wahrzunehmen und mir Beruhigungsmittel verschreiben zu lassen. Als ich eines Tages aus der Apotheke kam, fuhr ein Mädchen auf Rollschuhen an mir vorbei. Sie verteilte Flyer für Derby-Testspiele. Und sie sah so stark, zäh und selbstbewusst aus, dass ich mir einen Moment lang gewünscht habe, ich könnte in ihrer Haut stecken, verstehst du? Weil ich dachte, dass sich jemand wie sie nicht so leicht runterziehen und sich das Leben ruinieren lassen würde. Also bin ich hingegangen. Aber ich hatte solche Angst, dass ich die ganze Zeit gezittert habe. Ich ging zum Training, und in dem Augenblick, in dem ich auf der Strecke stand, war es, als hätte sich etwas in mir verändert. Es war, als ... als wäre es hier okay, sich zu wehren. Hier wurde es von mir erwartet. Und so fing ich an, mich richtig reinzuhängen.« Ihr sanftes Lächeln wurde zu einem stolzen Grinsen. »Es ist mein voller Ernst, wenn ich sage, dass mir das Roller Derby das Leben gerettet hat. Dadurch hatte ich auf einmal einen

Grund, wieder vor die Tür zu gehen. Mein Einsiedlerdasein aufzugeben. Keine Angst mehr zu haben.«

»Du hast dich rausgekämpft«, stellte er mit von Emotionen rauer Stimme fest. Großer Gott, sie war so stark. Er war unglaublich beeindruckt von ihr.

»Pisa und ich haben uns angefreundet und sind irgendwann zusammengezogen. Es hat ihr nichts ausgemacht, dass ich nur schlafen konnte, wenn das Licht brannte, oder dass ich nicht gern allein war. Schließlich hat jeder irgendeine Macke, oder nicht? Aber dann ist Pisa weggezogen …« Sie spreizte die Finger. »Und jetzt bin ich hier bei dir.«

Sie sah ihn so ruhig und gelassen an, dass seine Bewunderung für sie noch größer wurde. Derart ruhig zu bleiben, während man ein so schlimmes Trauma beschrieb, das war schon sehr beeindruckend. Sein Leben war im Vergleich zu ihrem ein Zuckerschlecken gewesen. Sein größtes Problem war seine Mutter mit ihrer Kameracrew. Aber Chelsea hatte Schlimmes durchgestanden und war dadurch nur noch stärker geworden.

»Und so bin ich jetzt eine Derby-Spielerin und stelle Seife her, weil ich ja irgendwie die Miete bezahlen muss.« Ihr Lächeln kehrte zurück und ließ ihr niedliches Grübchen erkennen. »Ich bin eine sehr gute Spielerin, aber eine lausige Geschäftsfrau. Mir fehlt einfach das Gespür dafür. Ich habe nicht mal eine eigene Webseite. Ich verkaufe nur über Etsy und auf einigen Jahrmärkten und so.« Sie zuckte mit den Achseln. »An den meisten Tagen wäre ich lieber Chesty LaRude als Chelsea.«

»Mir gefallen beide Seiten von dir. Wieso kannst du nicht beides sein?«

Ihr Lächeln verblasste ein wenig. »Chesty ist sehr offen mit ihrer Sexualität. Sie posiert vor den Kameras und dem Publi-

kum, und dabei ist es ihr egal, ob sie bejubelt wird oder nicht.«
Wieder zuckte sie mit den Achseln. »Es fällt mir leichter, wenn
ich den Helm aufhabe und die Rollerskates trage. Es ist, als
würde ich eine andere Persönlichkeit anlegen, eine heiße und
witzige. Auf diese Weise bekomme ich zumindest ein Stück
meines alten Ichs zurück.«

»Ich fand dich toll.« Er konnte es kaum erwarten, sie zu
zeichnen.

Ihre Miene verhärtete sich, und sie blickte in die Ferne.
»Sehr viele Männer machen einer Frau Vorwürfe, wenn sie
sich sexy anzieht und flirtet. Sie sagen dann, sie würde es darauf anlegen. Und wenn sie vergewaltigt wird, hat sie es verdient, weil sie die Männer provoziert hat. Aber es ist mein
Körper, verdammt. Ich möchte anziehen, was ich will, ohne
dass andere sich einbilden, sie könnten mir sagen, was ich tun
soll oder wie ich zu sein habe.«

»Du kannst tragen, was du willst, und dich benehmen, wie
du willst, wenn wir zusammen sind«, versicherte Sebastian
ihr.

Sie sah ihn herausfordernd an. »Das weiß ich. Ich brauche
deine Erlaubnis nicht.«

Er kratzte sich am Kopf und kam sich töricht vor. »So war
das nicht gemeint.«

Sie streckte eine Hand aus und tätschelte sein Knie – der
erste Körperkontakt, den sie an diesem Abend erlaubte.
»Schon okay. Ich weiß, dass dich dein Penis glauben lässt, du
könntest alle Entscheidungen treffen.«

Er schnaubte. »So ist das zwar nicht, aber es ist schön, dass
du so nachsichtig mit mir bist.« Etwas an ihrer Geschichte irritierte ihn allerdings noch. »Dieser Kerl … War es der Barkeeper?«

Sie zuckte mit den Achseln. »Ich weiß es nicht.«

»Sie haben ihn nicht erwischt?«

Ihr Blick zuckte zur Seite, und sie presste die Lippen aufeinander. Dann schüttelte sie den Kopf. »Nein. Ich konnte ihn ja nicht identifizieren. Die Spuren wurden bei der Polizei verunreinigt und waren als Beweise nicht mehr zu gebrauchen. Manchmal funktioniert das System und manchmal eben nicht. Ich habe mich damit abgefunden.«

Seine Wut flackerte wieder auf. »Ist das dein Ernst? Dieser Kerl läuft noch frei herum? Ich werde gleich morgen früh meinen Anwalt anrufen. Wir setzen ein ganzes Team an diese...«

»Nein«, fiel sie ihm ins Wort, nahm seine Hand und drückte sie. »Ich will den Fall nicht wieder aufrollen. Ich will das alles nicht noch einmal durchmachen müssen. Das ist nicht der Grund, warum ich es dir erzählt habe.«

Sebastians Nasenflügel flatterten, und er drückte ihre Hand. Der Drang, ihre Argumente zu übergehen und ihr dennoch zu helfen, war beinahe übermächtig. Er wollte, dass ihr Gerechtigkeit widerfuhr. Aber als er ihr betrübtes Gesicht sah, schluckte er die Worte, die ihm bereits auf der Zunge lagen, wieder herunter. »Ich... werde nichts tun, ohne dass du damit einverstanden bist.«

»Danke«, erwiderte sie leise. »Es fällt mir schon schwer genug, mit jemand anderem als Pisa darüber zu sprechen.«

»Dann weiß sonst niemand davon? Nicht einmal Gretchen oder einer deiner Freunde?«

Sie schüttelte den Kopf und stieß zittrig die Luft aus, und wieder machte sich sein Beschützerinstinkt bemerkbar. Weil sie gerade ihm dieses furchtbare Geheimnis anvertraut hatte.

Ihre Finger strichen über seine, und sein blöder Penis reagierte sofort darauf. Aber er zwang sich, ganz ruhig zu bleiben und es zu ignorieren, und drückte noch einmal ihre Hand. »Ich kann dich jetzt etwas besser verstehen, Chelsea. Aber...

ich muss dich das einfach fragen. Warum hast du dieser Ehe zugestimmt?«

»Weil eine verheiratete Frau nicht angebaggert wird. Sie ist tabu. Dank dir bin ich in Sicherheit.«

Sie lächelte ihn an.

Er zog sie an sich und umarmte sie, und sie ließ es vertrauensvoll geschehen. Sie seufzte noch einmal und legte ihm die Arme um die Taille. »Ich bin sehr froh, dass wir diese Übereinkunft getroffen haben, Sebastian.«

Er war sich nicht so sicher, ob er das genauso sah. Zwar wuchs sie ihm zunehmend ans Herz, aber ihre Ehe gefiel ihm immer weniger.

14

Eine Woche später

Sebastian warf mit Popcorn nach dem Flachbildfernseher, während romantische Musik aus den Lautsprechern drang. »Dieser Film ist unglaublich schlecht.«

Chelsea kicherte und pikte ihn in den Arm, um sich dann eine Hand voll Popcorn aus der Schüssel zu nehmen, die auf seinem Schoß stand. »Du hast gesagt, dass ich dieses Mal den Film aussuchen darf, und das war meine Entscheidung. Ich habe *The Fast and the Furious* mit dir geguckt, und dafür musst du jetzt *Wie ein einziger Tag* mit mir gucken.«

»Mir war nicht klar, dass du mich foltern willst«, beschwerte er sich.

Sie kicherte nur, legte die Wange auf seinen Arm und schaute weiter den Film. »Sei still. Das ist romantisch.«

Er gab einen Schmerzenslaut von sich, den sie geflissentlich ignorierte.

Die letzte Woche mit Sebastian war großartig gewesen. Nach ihrem Geständnis hatten sie eine neue Leichtigkeit hinzugewonnen, und ihre Freundschaft schien jetzt einfacher zu sein. Sie fühlte sich ... frei, da er ihr Geheimnis jetzt kannte. Er hatte nicht über sie geurteilt, ihr nicht gesagt, dass sie es herausgefordert hatte, oder sie gescholten, weil sie nicht klüger gewesen war. Er hatte auch nicht verlangt, dass sie jetzt endlich darüber hinwegkommen musste. Vielmehr hatte er sich ihretwegen aufgeregt, und das war genau das gewesen, was sie gebraucht hatte.

Seitdem schliefen sie in einem Bett, und ihre Ehe hatte sich in eine intensive Freundschaft verwandelt. Es war fast so, als könnte sie alle Vorteile einer Beziehung genießen, ohne sich wegen des Sex Sorgen machen zu müssen, und Chelsea genoss das sehr. Sie gingen zusammen mit Freunden essen, er kam zu ihren Roller-Derby-Bouts, und sie hatten angefangen, auf der Couch zu kuscheln und sich Filme anzusehen. Wenn sie voneinander getrennt waren, schrieben sie sich ständig Nachrichten.

Sie genoss es wirklich sehr. Es war, als könnte sie das Beste aus beiden Welten haben: die Zuneigung und Aufmerksamkeit eines Mannes, und gleichzeitig musste sie sich wegen des sexuellen Teils keine Sorgen machen. Dieser Trieb schien seit der Vergewaltigung in ihr abgestorben zu sein. Sie musste sich nicht einmal Ausreden einfallen lassen. Zwar kam es vor, dass sie Sebastians Hintern etwas zu lange anstarrte, wenn er aus dem Bett aufstand, oder sie seine vollen, perfekten Lippen musterte, wenn er schlief, und sich fragte, wie es wohl sein mochte, ihn richtig zu küssen, aber eigentlich war ihr das nicht wichtig.

Für sie zählte, dass sie sich amüsierte. So wie jetzt.

Sebastian stöhnte genervt und starrte den Fernseher an. »Sie küssen sich im Regen. Hat der Kerl denn gar keine Eier?«

»Er ist verliebt!«, rief sie, musste aber trotzdem lachen.

Sie sahen mit an, wie sich die beiden Gestalten umklammerten und innig küssten.

»Das reicht«, erklärte Sebastian, reichte ihr die Schüssel und stand auf. »Ich gehe auf die Toilette.«

»Aber jetzt kommt der romantischste Teil!«

»Du kannst es mir ja hinterher erzählen.«

Sie runzelte die Stirn und sah ihm hinterher. Gleich rechts den Flur entlang lag das nächste Badezimmer. Warum ging er nicht dorthin? Sie musterte seinen Platz auf der Couch, auf der sie den Großteil des Nachmittags gekuschelt hatten. Da lag noch immer das Notizbuch, das sein ständiger Begleiter war.

Neugierig griff sie danach. Ihr war aufgefallen, dass er sich immer wieder Notizen darin machte, wenn er glaubte, dass sie es nicht mitbekam. Er nahm es auch überall mit hin. Sie ging davon aus, dass dies seine »Macke« war, so wie sie immer ins Schwafeln geriet, wenn sie nervös war. Sebastian machte sich eben Notizen. Es war keine große Sache.

Nur dass er nie darüber sprach, was er sich da notierte. Er zeigte es ihr nie, und sie fragte nicht danach, ebenso wenig wie nach seinem verschlossenen Arbeitszimmer. Sie wusste, dass es kein großes Geheimnis sein konnte, weil er erst vorgestern eines der Hausmädchen hineingelassen hatte, um dort zu putzen, und sie nicht schreiend wieder rausgerannt war. Aber was immer er dort auch machte, es schien etwas sehr Persönliches zu sein, über das er mit ihr noch nicht sprechen wollte.

Sie wusste, wie das war. Nur dass sie sich ihm inzwischen anvertraut hatte, er aber weiterhin schwieg.

Sie überlegte kurz und schlug sein Notizbuch dann auf.

Sofort keuchte sie auf. Er fertigte Skizzen an. Genauer gesagt: Skizzen von ihr.

Und er war erstaunlich gut.

Auf der ersten Seite sah sie ihr Gesicht, entspannt im Schlaf und wie ihr das Haar in die Stirn fiel. Die Zeichnung war mit zarten Linien und Schattierungen gestaltet, und feine Striche deuteten die Schatten an. Sie sah ihr sehr ähnlich. Verblüfft blätterte sie weiter und sah eine weitere Zeichnung von sich, auf der sie dieses Mal auf Rollschuhen durch die Arena sauste und ihr Rock um ihre Beine flatterte. Auf dem Bild danach war die alte Frau zu sehen, die nebenan wohnte, wie sie mit einer

147

Einkaufstasche in der Hand auf der Treppe stehen geblieben war, um eine Katze zu streicheln.

Chelsea hielt den Film an und blätterte weiter, auch wenn sie wusste, dass sie das eigentlich nicht tun sollte, aber sie konnte einfach nicht anders. Himmel, er war so unglaublich gut. Wieder und wieder hatte er die Gesichter von Menschen skizziert, die sie genau erkennen konnte. Da war Gretchen in ihrem Ursula-Kostüm von der Verlobungsparty, die Faxen machte. Ihre schwangere Schwester Audrey, die sich lächelnd eine Hand auf den Bauch legte. Und unzählige Skizzen von Chelsea, wie sie lachte, wie sie weinte, wie sie schlief oder tief in Gedanken versunken war.

Aber warum machte er ein solches Geheimnis darum? Sie stand auf, steckte sich das Notizbuch unter den Arm und ging nach oben, um ihn zu suchen. Sie wusste, dass dies eine sehr persönliche Sache war, aber sie musste einfach mehr darüber wissen. Aus welchem Grund verheimlichte er sein Talent und gab vor, sich Notizen zu machen?

Als sie oben ankam, stellte sie fest, dass die Badezimmertüren offen standen. Wo zum Teufel steckte er? Aus einer Ahnung heraus ging sie zum Schlafzimmer.

Die Tür war nur angelehnt, und sie konnte seinen Rücken sehen. Neugierig steckte sie den Kopf durch die Tür. Seine Hose saß ihm locker auf der Hüfte, und sie sah, dass er eine Hand vor sich bewegte. Er stöhnte und legte den Kopf in den Nacken, und ihr klappte die Kinnlade herunter. Er masturbierte.

»Sebastian?« Sie stieß die Tür ganz auf und starrte ihn an, während die widersprüchlichsten Gefühle in ihr tosten. Sie war schockiert, ein bisschen fasziniert, fühlte sich aber gleichzeitig auch verraten.

Denn im Verlauf der letzten Woche war er gelegentlich

nachts oder wenn sie sich einen Film ansahen aufgestanden und hatte gesagt, er müsste auf die Toilette. Tatsächlich war das sogar recht häufig vorgekommen, und jetzt fragte sie sich, ob er dann immer masturbiert hatte.

Dieser Gedanke war schmerzlich, denn ihre Beziehung sollte doch rein platonisch sein, oder nicht? Das war schon wieder etwas, das sie einander vorenthielten.

Auf einmal war sie die Sache so leid.

Er drehte sich zu ihr um und hatte natürlich die Hand an seinem Penis, der aus seiner Hose herausragte. Es war ein sehr großer, dicker Penis mit perfekt geformter purpurfarbener Eichel. Nicht dass sie so etwas bemerken würde. Er bewegte die Hand weiter, als könnte er einfach nicht aufhören. »Das ist nicht das, wonach es aussieht.«

»Es sieht so aus, als hätte dich der Film in Stimmung gebracht«, erwiderte sie und wusste selbst nicht, ob das witzig oder ärgerlich war. Sie beschloss, es vorerst auf die leichte Schulter zu nehmen.

»Ganz bestimmt nicht«, meinte er. »Ich … brauche nur einen Augenblick für mich. Könntest du bitte die Tür schließen?«

»Nein!«

»Was, willst du etwa zusehen?« Er streichelte sich weiter.

»Was?« Sie starrte ihn entsetzt an. »Du … Du willst, dass ich zusehe?«

Sebastian presste die Lippen aufeinander. »Na ja, ich könnte ja so tun, als würde mich dieser dämliche Film erregen, aber allein bei dieser Vorstellung erschlafft er schon wieder. Ich … Ich brauche einfach einen Augenblick für mich.«

Ihr Herz schlug schneller. »Meinetwegen?«

Er sah sie verzweifelt an. »Das musst du mich noch fragen? Mach endlich die Tür zu, damit ich in Ruhe fertig werden kann.«

»Aber ...«

»Verdammt noch mal, Chelsea, nicht jetzt, okay?« Er ließ seinen Penis los, zog seine Hose hoch und kam auf sie zu. »Entweder du verschwindest oder...« Er sprach nicht weiter.

Sie kreischte auf, schloss schnell die Tür hinter sich und rannte die Treppe hinunter. Ihr schlug das Herz bis zum Hals.

Entweder du verschwindest oder...

Oder was? Sollte sie ihm etwa helfen? Aber ... zwischen ihnen sollte doch nichts als Freundschaft sein, oder?

Sie setzte sich wieder aufs Sofa, während in ihrem Inneren ein heilloser Aufruhr herrschte. Sie hielt sein Notizbuch noch immer in der Hand, auch wenn seine Zeichnungen im Moment an Bedeutung verloren hatten. Daher warf sie es beiseite, kuschelte sich an ihr Ende der Couch und war völlig durcheinander.

Sie war eine Idiotin, nicht wahr? Die ganze Zeit hatte sie sich an einen attraktiven, heißen Kerl gedrückt und war davon ausgegangen, dass er auch keinen Sex wollte. Aber natürlich wollte er den. Er wollte nur nicht die Probleme, mit denen man sich in einer Beziehung herumschlagen musste.

Was aber auch bedeutete, dass er sie nicht begehrte, denn sonst hätte er sie doch kaum geheiratet, oder?

Eigentlich hätte das eine Erleichterung sein sollen, aber trotzdem fühlte sie sich jetzt verwirrt und verletzt. Glaubte er etwa, sie wäre ... befleckt wegen dem, was sie ihm gestanden hatte?

Sie wusste nicht, was sie denken sollte, daher rang sie nur verzweifelt die Hände und wartete darauf, dass er wieder herunterkam.

Auf einen Schlag waren das Glück und die Zufriedenheit,

die ihre angebliche Scheinehe mit sich gebracht hatten, wie eine Seifenblase zerplatzt. Wieso nur hatten sie geglaubt, dass das so funktionieren könnte?

Einige Minuten später kam Sebastian wieder herein, komplett angezogen, und sah ganz normal aus. Seine Frisur saß perfekt, und Chelsea wurde puterrot, als sie ihn wieder vor sich sah, wie er seinen Penis streichelte und sie ihn dabei erwischte.

Das war so peinlich. Von jetzt an würde alles anders werden, das war ihr sofort klar. Sie hätte am liebsten geweint. Endlich hatte sie einen Mann gefunden, bei dem sie sich sicher fühlte und der keine Forderungen an sie stellte. Doch damit war es jetzt vorbei.

Er ließ sich schwer neben sie auf die Couch fallen, rieb sich das Gesicht und sagte keinen Ton.

Chelsea sah ihm in den Schritt. Hatte er . . . ?

»Falls du dich das fragst, so lautet die Antwort Nein. Als du einfach so weggelaufen bist, konnte ich nicht mehr weitermachen.« Er musterte sie ernst. »Es tut mir sehr leid, dass du das gesehen hast. Ich habe mich immer um Diskretion bemüht.«

Es schnürte ihr die Kehle zu. »Dann ist das öfter passiert?«

Er schwieg einen Moment lang und sah ihr dann in die Augen. »Ich habe wirklich geglaubt, ich könnte es. Ich könnte eine platonische Beziehung führen und kein Arschloch sein. Doch dann musstest du mich im ungünstigsten Augenblick erwischen.« Er beugte sich vor und stützte den Kopf in die Hände. »Es tut mir leid, dass es nicht das ist, was du brauchst, aber ich kann keine Ehe ohne Sex führen. Eigentlich wusste ich das schon seit diesem Kuss . . .«

»Seit welchem Kuss?« Sie legte neugierig den Kopf schief. »Dem auf dem Flughafen?«

»Nein, dem in der Bibliothek, als wir uns auf diese Sache verständigt haben.«

Sie riss die Augen auf. »Augenblick mal. Du wusstest, dass du keine platonische Beziehung führen kannst, wolltest es aber trotzdem versuchen?«

»Es schien doch die perfekte Lösung für unsere Probleme zu sein, oder nicht?« Seine Miene zeigte, wie unangenehm ihm das Ganze war. »Zu schade, dass ich nicht aufhören kann, mit dem Schwanz zu denken. Ich hatte darauf gehofft, dass du dich irgendwann auch zu mir hingezogen fühlen würdest. Dass vielleicht mehr daraus werden könnte, wenn ich nur geduldig bin. Aber nachdem du mir erzählt hast...« Er schüttelte den Kopf. »Das beweist nur, wie dumm ich gewesen bin.«

Ihr stiegen die Tränen in die Augen. »Und seitdem du weißt, dass ich vergewaltigt wurde, fühlst du dich nicht mehr zu mir hingezogen?«

Sebastian starrte sie schockiert an. »Was? Nein, das ist Unsinn.« Er zog sie an sich und streichelte ihr beruhigend den Rücken. »Wenn überhaupt, dann fühle ich mich seitdem noch mehr zu dir hingezogen, weil du so unglaublich stark bist. Aber ich käme mir vor wie der mieseste Typ der Welt, wenn ich versuchen würde, dich zu mehr zu überreden, wo ich dir doch eine rein platonische Beziehung versprochen habe. Das kann ich dir nicht antun. Nicht, wo du dich doch nur nach Sicherheit sehnst.«

Es fühlte sich so gut an, in seinen Armen zu liegen, und sie fühlte sich so geborgen. Ihr wurde bewusst, dass ein Freund genau das in einer Beziehung für sie tun würde. Sie bekam alles, was sie sich von dieser Ehe erhofft hatte ... er jedoch nicht.

Sie war hier diejenige, die sich unfair verhielt. Dennoch ...

»Ich weiß nicht, ob ich dir das erzählt habe, Sebastian, aber ...

nach diesem Zwischenfall musste ich sehr viele meiner Gefühle verdrängen, um noch irgendwie klarkommen zu können. Dazu gehört auch ein Großteil meiner Sexualität.«

Er rieb ihr die Schulter. »Du musst mir nichts erklären, Chelsea.«

»Ich wünschte, ich könnte so sein, wie du mich gern hättest«, sagte sie traurig. »Das wünsche ich mir wirklich. Aber dieser Teil von mir ist tot. Ich war keine Jungfrau mehr, als es passiert ist. Ich hatte vorher schon Sex, und er war gut.« Sie hatte sogar Orgasmen gehabt, wobei das immer vom jeweiligen Partner abhängig gewesen war. Doch sie hatte vor allem das Küssen geliebt, was ihr jetzt sehr fehlte. Himmel, hatte sie früher gern geküsst. »Aber seit diesem Ereignis kann ich keinen Mann mehr so ansehen. Dieser Teil von mir ist tot, Sebastian. Und du hast jemanden verdient, der dir das geben kann, was du brauchst.«

Er schüttelte den Kopf und drückte sie enger an sich, und sie presste sich an seine Brust. »Ich sollte derjenige sein, der sich bei dir entschuldigt, Chelsea. Dies sollte in unserer Scheinehe nicht einmal zur Debatte stehen. Ich bin der größte Mistkerl der Welt, weil du dir eine platonische Beziehung wünschst und ich sie dir nicht geben kann.«

»Ich ...« Sie seufzte und wurde nachdenklich. »Ich wünschte, ich wäre nicht so zerbrochen. Denn wenn ich jemanden küssen wollen würde, dann wärst du das, Sebastian. Du bist so gut zu mir, und du bist sexy und witzig. Aber ... ich glaube nicht, dass ich es kann.«

»Hast du es denn versucht?«, fragte er sanft.

Sie schüttelte kaum merklich den Kopf. Allein die Vorstellung war beängstigend. Die Erinnerung an die erdrückende Schwärze kam wieder hoch, aber sie verdrängte sie und schob sie in die Ecke ihres Verstands, die sie niemals beachtete.

Wieder und wieder streichelte er ihr den Rücken. Dann wurde er immer langsamer und hielt schließlich still. »Möchtest du es denn versuchen?«

Chelsea richtete sich auf und starrte ihn an. »Was denn? Mit einem Mann zu schlafen? Soll das ein Witz sein? Denkst du, du wärst der Mann mit dem magischen Penis, der mich heilen kann?« Sie war richtiggehend entsetzt.

Er sah sie entgeistert an. »Nein. Das habe ich doch gar nicht gemeint! Aber ich dachte … Du fühlst dich bei mir doch sicher, oder?« Als sie nickte, fuhr er fort: »Mit wem könntest du dann besser experimentieren? Ich setze dich nicht unter Druck.«

»Aber du masturbierst.«

Er grinste. »Ich bin nun mal ein Mann. Allerdings habe ich versucht, die Sache auf eine Weise zu regeln, die dich nicht stört oder die dir unangenehm ist. Ob du es glaubst oder nicht, ich sehe dich wirklich als meine Freundin und möchte, dass du glücklich bist. Du könntest das Tempo vorgeben, und es wäre alles ganz allein deine Entscheidung.«

»Und wenn ich nicht glücklich bin und doch wieder eine platonische Ehe führen möchte? Was ist, wenn ich diese Experimente nicht ertrage?«

»Dann finden wir einen anderen Weg. Zur Not lassen wir die Ehe eben annullieren. Es sind ja wie gesagt keine Gefühle im Spiel, daher wirst du meinen Stolz auch nicht verletzen, wenn du mir zu verstehen gibst, dass du dich von mir nicht angezogen fühlst. Okay?« Er drückte sie erneut an sich.

»Ach, bitte. Du weißt ganz genau, dass du attraktiv bist.« Sie verdrehte die Augen.

»Na, jetzt fühle ich mich aber geschmeichelt.«

»Ich muss darüber nachdenken.«

»Natürlich. Ich möchte nur, dass du mir vertraust. Wir sollten doch in der Lage sein, einander zu vertrauen, oder nicht?«

Vertrauen? Allein die Tatsache, dass er dieses Wort in den Mund nahm, entlockte ihr ein Schnauben. »Das sagt der Richtige. Und was ist hiermit?« Sie setzte sich auf und sah ihm in die Augen. »Wenn du mir dein geheimes Zimmer zeigst und mir verrätst, was du mit den ganzen Notizbüchern machst, dann bin ich einverstanden, diese Sexsache zu versuchen. Auf diese Weise öffnen wir uns beide und teilen etwas miteinander. Was sagst du dazu?«

Seine Nasenflügel flatterten. Einen Augenblick lang glaubte sie schon, er würde sich weigern. Doch stattdessen stand er auf. »Du willst es sehen? Gut.«

15

Sebastian führte sie durch den Flur zu dem Zimmer, dessen Tür immer verschlossen war. Er hob eine Hand, ließ die Finger über den Rahmen des Bildes gleiten, das neben der Tür hing, und nahm einen Schlüssel herunter. Aha. Sie beobachtete, wie er den Schlüssel ins Schloss steckte, und versuchte, nicht zu ungeduldig zu sein. Nachdem sie ihm so viele Geheimnisse anvertraut hatte, würde sie jetzt endlich auch seine sehen.

Er zögerte, während er die Hand schon auf dem Türgriff liegen hatte. »Würdest du mir einen Gefallen tun, Chelsea?«

»Hmm?«

»Lach nicht, okay? Mir ist klar, dass es nach nicht viel aussieht, aber für mich ist das eine sehr persönliche Sache.« Bei diesen Worten drückte er die Tür auf und trat zur Seite, damit sie eintreten konnte.

Sie ging hinein und sah sich überrascht um. Es war in der Tat ein Arbeitszimmer, und besonders ordentlich war es auch nicht. An den Wänden hingen unzählige Frauenskizzen. Einige der Frauen waren berühmt und leicht zu erkennen. Sie sah Angelina Jolies volle Lippen auf einem und Kirsten Dunsts kräftiges, eckiges Kinn auf einem anderen Bild. Da waren Skizzen von Frauen in verschiedenen Posen, einige nackt, andere bekleidet. Alles war sehr geschmackvoll.

Jedes einzelne Bild war großartig und so gekonnt gezeichnet, dass sie nur staunen konnte.

Überall im Zimmer lag Papier herum, Aberhunderte von Skizzen, für die er unzählige Stunden gebraucht haben musste.

Eine halb fertige Skulptur von Frauenschultern stand auf einem Regal neben einer Gliederpuppe.

Sie trat an den mit Blättern übersäten Schreibtisch und sog die Luft ein, als sie eine weitere Zeichnung von sich entdeckte, auf der sie eine Hand an die Wange legte und den Betrachter anlächelte. Darauf sah sie so sanft und sinnlich aus.

Sah er sie etwa so? Chelsea errötete vor Freude. Sie drehte sich um und sah ihn überrascht an. »Warum sollte ich denn lachen?«

Er zuckte mit den Achseln, verschränkte die Arme vor der Brust und wirkte mit einem Mal überraschend verletzlich. »Weil ich ein erwachsener Mann bin und mich für Aktienkurse interessieren sollte, anstatt Frauen zu zeichnen?«

»Aber deine Werke sind wunderschön«, erklärte Chelsea und hob die Skizze von sich hoch. »Dieses Bild sieht mir so unglaublich ähnlich.«

»Ich habe die Augen nicht richtig hinbekommen«, erklärte er, trat näher und nahm ihr das Bild aus der Hand. »Dein Lächeln reicht immer bis in deine Augen, und das wollte ich festhalten, aber es ist mir nicht wirklich gelungen.«

»Sebastian, die Bilder sind wunderschön. Wirklich. Warum hältst du das geheim?«

Er legte die Skizze wieder auf den Schreibtisch, rieb sich den Hals und wirkte verlegen. »Keiner aus meiner Familie heißt das gut. Für sie ist eine künstlerische Gabe Verschwendung. Es sei denn, es handelt sich dabei um Mode«, fügte er mit sarkastischem Unterton hinzu. »Dann ist es was anderes.«

»Ich würde darüber niemals lachen«, erwiderte Chelsea, die es kaum glauben konnte. »Du musst verrückt sein, wenn du glaubst, dass das keine guten Bilder sind. Du bist so talentiert.«

»Und dennoch hast du mir verschwiegen, dass du Roller

Derby spielst, nicht wahr?« Er sah sie an, und seine Mundwinkel zuckten. »Weil du Angst hattest, dass ich es nicht verstehen würde oder dass ich versuchen könnte, dich davon abzuhalten, richtig?«

Chelsea nickte langsam und verstand, was er ihr sagen wollte. Wenn man etwas so sehr liebte, es aber zuvor schon einmal von anderen schlecht gemacht worden war, dann fiel es einem schwer, darüber zu reden. Man wollte es am liebsten für immer für sich behalten. »Ich bin jedenfalls beeindruckt und würde mich freuen, wenn du mich zeichnest.«

Er musste lachen. »Ich zeichne dich sowieso ständig.« Bei diesen Worten nahm er einige Blätter vom Schreibtisch und zeigte ihr mehrere Skizzen, auf denen sie in verschiedenen Posen und Kleidungsstücken, die sie während der vergangenen Woche getragen hatte, zu sehen war. Auf einer der Skizzen an der Wand trug sie das champagnerfarbene Kleid, das sie bei ihrer ersten Begegnung auf der Dinnerparty angehabt hatte, kauerte unter dem Schreibtisch und blickte mit frechem Blick darunter hervor.

Dann war ihm dieser Augenblick also im Gedächtnis geblieben, und er hatte später daran zurückgedacht. Das war … schmeichelhaft. Ihre Zuneigung zu ihm wurde noch größer, gleichzeitig verspürte sie aber auch eine gewisse Wehmut. Sie bedauerte es, dass sie nicht die Frau sein konnte, die er in ihr sah.

»Tja«, meinte sie gelassen, wandte sich von den wunderschönen Bildern ab und erneut ihm zu. »Du hast mir deine Geheimnisse anvertraut, dann kann ich dir wohl vertrauen. Wann wolltest du dieses Experiment angehen?«

Er hob die Hände. »Warum nicht jetzt gleich?«

»Jetzt?« Ihre Stimme klang auf einmal piepsig und nervös. Sie räusperte sich und sah auf die Uhr an der Wand. »Es ist schon spät.«

Er verzog die Lippen zu diesem frechen Grinsen, das sie schon so oft bei ihm gesehen hatte und das ihr langsam ans Herz wuchs. »Ich verspreche dir, dass ich sehr behutsam sein werde. Wir können auch einfach ins Bett gehen und kuscheln, wenn du das möchtest. Wie gesagt: Du triffst die Entscheidungen.«

»Willst du den Film etwa nicht zu Ende gucken?«, neckte sie ihn.

Er warf ihr einen vernichtenden Blick zu. »Du hast den Film doch nur ausgesucht, um mich zu quälen. Gib es zu.«

»Das stimmt überhaupt nicht. Es ist ein sehr schöner Film.«

»Du hast ihn also schon gesehen? Dann müssen wir ihn ja wirklich nicht zu Ende gucken.«

»Ich habe ihn schon sechsmal gesehen«, erwiderte sie, und als er sie entsetzt ansah, lief sie kichernd aus dem Zimmer.

»Du zwingst mich, mir diesen Mist anzusehen, und hast ihn schon sechsmal gesehen?«, brüllte er, während sie durch den Flur lief. Sie hörte, wie er die Tür seines Zeichenzimmers schloss, und rannte kreischend weiter zum Schlafzimmer. Kissen gaben gute Waffen ab, und sie brauchte dringend eine. Sie sprang auf das Bett und hatte sich gerade ein Kissen geschnappt, als Sebastian sie von hinten umklammerte. Doch bei ihrem überraschten Aufkreischen ließ er sie sofort los und machte einige Schritte nach hinten. »Entschuldige, Chelsea. Das tut mir so leid.«

Sie drehte sich zu ihm um und verpasste ihm einen Schlag mit dem Kissen. »Was denn?« Als sie seine zerknirschte Miene sah, seufzte sie frustriert. »Es ist nichts passiert.«

»Ich habe dich gepackt.«

»Und das war kein Problem. Müssen wir das jetzt ständig machen?«

159

»Was?«

»Mich in die Opferrolle schieben?«, fauchte sie. Als sie ihn jetzt mit dem Kissen schlug, war sie wirklich sauer. »Ich kann mich auch amüsieren, ohne gleich durchzudrehen.«

»Aber ich dachte ...«

»Es gibt keinen Leitfaden für Vergewaltigungsopfer. Manche Dinge sind vielleicht in Ordnung und andere nicht. Solange du mich nicht in einen dunklen Schrank steckst und mich nicht mehr rauslässt, ist alles okay, verstanden?«

Er sah sie schockiert an. »Ich würde niemals ...«

»Ganz genau. Also hör auf, mich mit Samthandschuhen anzufassen.«

»Aber ich will dich auf gar keinen Fall erschrecken oder dir wehtun.« Er schnippte mit den Fingern und ging zum Bett. »Wir brauchen ein Safeword.«

Das klang vernünftig. »Wie wäre es mit Derby?«

Er schüttelte den Kopf und hob eines der Kissen vom Boden auf. »Ich habe irgendwie das Gefühl, dass du im Bett durchaus mal vom Roller Derby sprechen könntest. Was ist stattdessen mit Kissen?«

Sie stieß eine Kombination aus Schnauben und Kichern aus und schlug mit dem Kissen nach ihm. »Du denkst wirklich, ich würde im Bett darüber sprechen?«

»Ja, das tue ich«, erwiderte er. »Du redest sogar im Schlaf davon.« Er stieß sie halbherzig mit dem Kissen an.

Das war seine Vorstellung von einer Kissenschlacht? Sie verpasste ihm einen ordentlichen Schlag mit ihrem Kissen und lief schnell auf die andere Seite des Bettes, bevor er sich revanchieren konnte. »Das stimmt doch gar nicht! Was habe ich denn gesagt?«

»Irgendwas über Ellenbogen und darüber, dass du die Schlampen zu Fall bringen wirst, wenn sie den Jammer nicht durchlassen.« Er kroch über das Bett auf sie zu und hielt sein Kissen bereit.

Okay, das klang ganz nach ihr. Sie schlug ihn erneut mit dem Kissen. »Das heißt aber noch lange nicht, dass ich beim Sex davon sprechen würde.«

»Du vielleicht nicht, aber ich. Oh, Chelsea, Baby, setz deinen Sternenhut für mich auf.«

»Sternenhut? Sternenhut?« Sie hielt sich vor Lachen den Bauch. »Wir tragen Helme, du Pappnase. Und den Stern kriegt nur die Jammerin.«

Er packte ihr Bein, während sie sich noch vor Lachen krümmte, und sie fiel aufs Bett. Im nächsten Augenblick lag sie auch schon auf dem Rücken, und er ragte über ihr auf. Seine Lippen umspielte ein jungenhaftes Grinsen. »Helme im Bett klingt doch sexy.«

»Das liegt aber nur daran, dass du ständig an Sex denkst«, konterte sie. Sein Gesicht war so dicht vor ihrem, dass sie seine wunderschöne olivfarbene Haut, die hellen Stoppeln an seinem Kinn und die dunkelbraunen Flecken in seinen grünen Augen bewundern konnte.

»Das stimmt sogar, denn du bringst mich dazu, ständig daran zu denken«, murmelte er und starrte ihre Lippen an. »Ich denke sogar jetzt daran.«

Sie erschauerte, und Sorge stieg in ihr auf. Sie amüsierten sich, und jetzt würde sie es ruinieren. »Sebastian ...«

»Ich weiß. Es ist schon okay.« Er legte ihr einen Arm um die Taille, zog sie an sich und drehte sich auf den Rücken. In der nächsten Sekunde lag sie auch schon auf ihm. »So ist es besser. Jetzt kannst du nach Lust und Laune über mich verfügen.«

Chelsea zögerte. »Ich ... Ich weiß nicht.«

»Ich vertraue dir. Du kannst mir auch vertrauen, oder

nicht? Ich werde gar nichts machen. Wir können uns einfach nur küssen.«

Sie biss sich auf die Unterlippe. »Ich weiß nicht, ob ich überhaupt noch gern küsse.«

»Hast du es schon mal wieder probiert?«

»Ich habe dich auf der Party geküsst, oder nicht?«

Er schnitt eine Grimasse und legte eine Hand an seine Brust. »Autsch. Das hat wehgetan.«

»Ach, bitte. Ich weiß ganz genau, dass dein Ego nicht so empfindlich ist.« Sie setzte sich rittlings auf ihn und konnte seine Erektion unter sich spüren, aber er verschränkte die Finger, legte die Hände über den Kopf und tat so, als wäre alles ganz normal.

»Soll ich die Augen schließen?« Er tat es und schob die Lippen vor, als würde er auf einen Kuss warten.

Wieder musste sie kichern. Er war so unglaublich albern, aber er schaffte es dadurch auch, dass sie sich entspannte. Eigentlich hätte sie sich total verkrampfen müssen, aber das tat sie nicht. »Wie sollen wir das anstellen?«

»Ich will ja nicht prahlen, aber ich habe gehört, dass es am besten funktioniert, wenn sich die Lippen berühren.« Wieder machte er einen Kussmund.

Sie kicherte, beugte sich vor und gab ihm einen lautstarken Schmatzer. »So.«

»Siehst du? Das war doch gar nicht so schwer.« Er schlug die Augen nicht auf.

»Stimmt«, bestätigte sie. Bei ihm fiel es ihr ganz leicht. Eigentlich machte es sogar Spaß. Daher beugte sie sich vor und drückte erneut den Mund auf seinen. Er öffnete leicht die Lippen, und sie drückte kurze, sanfte Küsse auf seinen Mund, was sie vor allem deshalb tat, weil sich seine Lippen so gut anfühlten. Es waren wundervolle Lippen, so voll und weich. Sie hätten bei einer Frau sinnlich gewirkt, doch er sah dennoch maskulin und sexy aus. Und es ... es war nicht übel. Sie drehte zwar nicht vor Verlangen durch, aber sie drehte auch sonst nicht durch, und das war gut. Es war ... ein Fortschritt.

Vielleicht musste sie den Kuss vertiefen, damit ihr Gehirn umschaltete. Als er die Lippen öffnete, knabberte sie leicht an seiner Unterlippe. Mann, sie war ja völlig eingerostet. Das fühlte sich alles so schrecklich unbeholfen an. War es Zeit, die Zunge ins Spiel zu bringen? Sie ließ ihre zaghaft vorschnellen.

Er stöhnte, legte ihr die Hände auf den Rücken und zog sie an sich. Dabei rieb er seine Zunge an ihrer.

Auf einmal war ihr alles zu viel. Sie löste sich atemlos und ängstlich von ihm. »Derby. Derby. Derby. Kissen. Wie auch immer das Wort war.«

Sebastian schlug die Augen auf, und seine glasigen Augen wurden sofort wieder klar. Er nahm ruckartig die Hände weg. »Mist. Entschuldige.«

»Schon okay«, erwiderte sie und setzte sich auf.

»Aber das war gut«, sagte er. »Hat es dir Spaß gemacht?«

Sie leckte sich nachdenklich die Lippen. »Es war ... ganz okay?«

Er rieb sich mit einer Hand das Gesicht. »Verdammt. Ich wollte gerade kalt duschen gehen, aber bei diesem Lob ist das nicht mehr nötig.«

»Tut mir leid.«

»Das muss es nicht.« Er breitete die Arme aus. »Soll ich dich in den Arm nehmen?«

Chelsea lachte und legte die Arme um seinen Hals. »Gegen Kuscheln habe ich nichts einzuwenden.«

»Dann machen wir das eben für den Rest der Nacht«, erklärte er, legte die Arme um sie und streichelte ihren Rücken.

»Ich habe dir ja versprochen, dass wir es langsam angehen lassen, und wenn es Monate dauert, dann geht das auch in Ordnung.«

»Und wenn es Jahre sind?«

»Dann eben Jahre«, meinte er.

Sie drückte das Gesicht an seinen Hals und atmete seinen Geruch ein. Er war wirklich der beste Mann der Welt.

* * *

Er würde definitiv an Samenstau sterben. Sebastian drückte Chelsea an sich und streichelte ihren Rücken, während sie döste.

Jahre. Großer Gott.

Sie hatte den Kuss nicht genossen. Das war ihm sofort klar gewesen, als er die Augen aufgeschlagen und ihr frustriertes Gesicht gesehen hatte. Stattdessen hatte sie ihn analysiert, als wäre er ein Problem. Wie eine Gleichung: Lippen plus Zunge gleich Spaß. Er fragte sich, ob sie vielleicht zu viel nachdachte und es deshalb nicht genießen konnte.

Oder ob er das Problem war.

Das war ein heftiger Schlag für sein Ego. Er wusste, dass er recht gut aussah, und außerdem war er reich. Und (zu seinem eigenen Missfallen) ansatzweise berühmt. Normalerweise zog das mehr Frauen an, als ihm lieb war. Doch jetzt wollte er eine, und sie hatte nicht das geringste Interesse an Sex.

Aber eines stand fest: Er würde sie nicht unter Druck setzen. Sie hatte die Zügel in der Hand, und er würde ihr die komplette Kontrolle überlassen, damit sie bestimmen konnte, was sie wollte und wie lange.

Zwar würde das für ihn zuweilen eine ziemliche Qual werden, aber es wäre die wunderbarste Art der Folter. Schon jetzt zermarterte er sich den Kopf, wie er sie das nächste Mal zum Vorspiel überreden konnte.

Irgendwann musste der Bann bei ihr doch brechen, oder nicht? Irgendwann würde sie doch das wiederfinden, was sie verloren hatte ...

Doch es war nun einmal so, wie sie gesagt hatte. Es gab keinen Leitfaden für Vergewaltigungsopfer, der ihnen sagte, wie sie sich fühlen sollten. Sie war durch die Hölle gegangen und hatte es überstanden. Wenn sie jetzt etwas länger brauchte, bis sie die Lust am Sex wiederfand, dann musste er eben solange warten.

Sebastian strich ihr mit den Händen über den Rücken und spürte ihre Wirbelsäule unter ihrer weichen Haut. Einige Menschen waren es wert, auf sie zu warten, und Chelsea gehörte ganz eindeutig dazu.

16

Ich bin immer noch wütend auf dich«, sagte Gretchen und spießte ein Salatblatt auf. »Einfach so zu heiraten und keinem deiner Freunde etwas zu sagen. Ich meine, hallo? Wenn es schon eine Las-Vegas-Hochzeit sein soll, dann lass mich doch wenigstens das Elvis-Double mitbringen.«

»Das könnte der Grund dafür sein, dass wir nicht in Las Vegas geheiratet haben«, erwiderte Chelsea und rührte in ihrer Suppe. Sie aßen zu Mittag in einem beliebten kleinen Restaurant im Herzen von Manhattan nicht weit von Cooper's Cuppa entfernt, nachdem sie den ganzen Vormittag shoppen gewesen waren. Chelsea hatte jetzt einige Designerseifen (zu Vergleichszwecken) und neue Kniestrümpfe. Gretchen hatte nicht viel gekauft, sondern Chelsea stattdessen wegen der Hochzeit ein Ohr abgekaut, ihr von ihren Problemen erzählt und wie stressig alles war.

»Ja, aber New Orleans? Widerlich. Als ich das letzte Mal da war, hat mich jemand angekotzt.« Sie rümpfte die Nase und stocherte wieder in ihrem Salat herum. »Mann, dieser Salat ist so langweilig.«

»Die Suppe ist sehr lecker. Wollen wir tauschen?«, bot Chelsea an.

»Nein, ich muss bis zur Hochzeit noch ein paar Kilo abnehmen«, entgegnete Gretchen bedrückt. »Eine der Schneiderinnen hat gesagt, ich hätte dicke Oberschenkel.«

»Was? Aber das stimmt doch gar nicht«, protestierte Chelsea. Gretchen war recht robust gebaut, aber sie übte auch eine sitzende Tätigkeit aus und hatte einen Verlobten, der sie vergötterte. »Und die Hochzeit findet erst in einem Jahr statt.«

»Ach, ich dachte, ich fange jetzt schon mal eine Diät an, dann kann ich bis dahin ein dutzend Mal sündigen. Ich hoffe nur, dass ich letzten Endes ein paar Pfund weniger auf den Rippen habe als jetzt.« Gretchen zuckte mit den Achseln. »Aber genug von mir und meiner Hochzeit. Ich möchte wissen, wie es ist, mit Sebastian verheiratet zu sein. Irgendwie kann ich das immer noch nicht ganz fassen. Ist er nicht mit dieser Schlampe mit den Entenlippen aus dieser Show zusammen gewesen?«

»Mit welcher Schlampe aus welcher Show?«

»Na die, die seine Familie dreht?«

Ach ja, genau. Das hatte sie ganz vergessen.

Aber Gretchen musterte sie irritiert. »Du hast *The Cabral Empire* noch nie gesehen? Im Ernst? Und dann heiratest du einen Cabral?« Als Chelsea den Kopf schüttelte, nahm sich Gretchen ein Stück Brot und biss hinein. »Der Felsen, unter dem du dich verkrochen hattest, vermisst dich bestimmt sehr.«

»Ich bin seiner Mutter und einer Exfreundin begegnet. Sie haben uns förmlich überfallen, als wir nach der Hochzeit zurückgekehrt sind.« Chelsea rührte erneut in ihrer Suppe herum und versuchte, den Anschein zu erwecken, als würde sie etwas essen. Das Problem war nicht etwa, dass die Suppe nicht schmeckte, vielmehr konnte sie sich gerade nicht aufs Essen konzentrieren.

»Oh Mann, seine Mutter.« Gretchen beugte sich vor. »In der einzigen Folge, die ich von der Show gesehen habe, ließ sie sich den Anus bleichen. *Im Fernsehen!* Wer macht denn so was?«

»Offensichtlich seine Mutter«, erwiderte Chelsea matt.

»Jeder weiß doch, dass man so etwas nicht in der Öffentlichkeit macht.« Als Chelsea sie mit aufgerissenen Augen anstarrte, winkte Gretchen ab. »War nur Spaß. Größtenteils jedenfalls. Vielleicht lasse ich das für die Hochzeit machen.«

»Äh . . .«

»Immer noch Spaß.« Gretchen biss von der Brotscheibe ab. »Und, wie gefällt dir das Eheleben? Für jemanden, der frisch verheiratet ist, siehst du nicht besonders zufrieden aus. Müsstest du nicht glücklich sein und strahlen?«

Chelsea legte den Löffel weg und dachte nach. Sie hatte Gretchen nie von ihrem . . . Trauma erzählt. Dabei sehnte sie sich doch danach, über ihre merkwürdige Situation sprechen zu können. Mit jemand anderem als Sebastian. Daher beschloss sie, zumindest ein wenig zu erzählen. Nur so viel, dass sie ihre Freundin bei einem lockeren, entspannten Mittagessen nicht schockierte. »Tatsächlich gibt es da ein kleines Problem. Ich habe Schwierigkeiten mit . . . Intimitäten.«

Gretchen riss die Augen auf und legte eine Hand auf Chelseas. »Oh mein Gott. Habt ihr aus dem Grund geheiratet? Ist er impotent und möchte sein Vermögen jemandem vermachen?«

»Ich sagte, dass ich Probleme habe, nicht er. *Ich*.«

»Oh.« Gretchen dachte kurz nach und schüttelte dann den Kopf. »Hm, das verstehe ich nicht. Tut mir leid. Da brauche ich mehr Details. Macht er dich nicht heiß?«

Chelsea schüttelte den Kopf. »Ich stehe . . . auf das Ganze nicht. Überhaupt nicht.«

»Auf nichts davon?« Gretchen schien entsetzt zu sein. Sie legte die Gabel auf den Teller und hatte ihren Salat ganz vergessen. »Aber . . . Aber Sex ist so toll. Keine Orgasmen? Kein Küssen? Du küsst doch gern, oder nicht?«

Chelsea schnitt eine Grimasse. »Ich mag kuscheln.«

»Du liebe Güte. Das ist ja tragisch.« Sie beugte sich vor und zischte: »Liegt es an Sebastian? Ist er ein schlechter Liebhaber? Denn das kann ich mir gut vorstellen. Die heißen Typen müssen sich nie Mühe geben ...«

»Es liegt nicht an ihm. Es liegt an mir. Ich ... Ich habe einfach keine Lust darauf. Er ist unglaublich geduldig und sagt, dass es ihm nichts ausmacht, aber ich mache mir Sorgen, verstehst du?«

»Ich hänge noch immer am ersten Teil fest. Was ist denn mit Masturbieren? Du masturbierst doch, oder nicht?«

Nicht in den letzten drei Jahren. »Eigentlich nicht.«

Gretchen starrte sie entgeistert an. »Und Spielzeug? Was ist mit Sexspielzeug? Oder ...«

»Das wird alles nichts bringen, verstehst du? Ich und mein Kopf, da liegt das Problem.« Sie deutete auf ihre Schläfe und versuchte, bei dem Gedanken, dass sie derart verkorkst war, nicht zu weinen. »Der Grund dafür ist in meinem Gehirn verankert, und ich kann es einfach nicht ausschalten, um die Sache zu genießen.«

»Das ist ja furchtbar«, erklärte Gretchen und drückte Chelseas Hand. »Ich bin so schlecht darin, Mitgefühl zu zeigen. Das war schon immer Audreys Spezialität. Aber es muss doch irgendetwas geben, das du unternehmen kannst.«

»Ich wünschte, es wäre so.« Sie blinzelte mehrmals schnell. »Ich mag Sebastian wirklich sehr, und ich vertraue ihm. Und ich möchte, dass wir den nächsten Schritt machen, verstehst du? Aber ich kann diesen Teil unserer Beziehung einfach nicht genießen.«

»Vielleicht würde es dir mit den richtigen Spielzeugen leichterfallen. Ich kenne da einen Laden, wo wir nach dem Essen vorbeigehen können. Die verkaufen da lauter verrücktes Zeug. Dort finden wir bestimmt irgendwas, das deine Libido wieder in Wallung bringt.«

»Kann schon sein«, murmelte Chelsea bedrückt. Warum hatte sie dieses Thema Gretchen gegenüber bloß angeschnitten? Jetzt fühlte sie sich noch schlechter als vorher. »Lass uns einfach vergessen, dass ich dir das erzählt habe, okay?«

»Auf gar keinen Fall«, protestierte Gretchen. Sie rutschte näher an Chelsea heran und beugte sich vor. »Pass mal auf. Glaubst du, Hunter wäre im Bett ein leidenschaftlicher Hengst? Er war total scheu, als wir zusammengekommen sind.«

»Ich weiß nicht, ob ich das wirklich hören will ...«

»Ich musste den ersten Schritt machen, verstehst du? Ich musste ihm zu verstehen geben, dass es völlig in Ordnung ist, mit mir zu schlafen. Ist das vielleicht das Problem? Sendest du Sebastian die falschen Signale?«

Chelsea schüttelte den Kopf und hoffte darauf, dass sich der Boden auftat und sie verschluckte, weil Gretchen vor lauter Enthusiasmus die Stimme hob und die Leute an den Nachbartischen schon zu ihnen herübersahen. »Vielleicht sollten wir lieber das Thema wechseln.«

»Es könnte auch etwas mit Kontrolle zu tun haben. Möglicherweise musst du die Situation unter Kontrolle haben, damit sich bei dir da unten was tut.« Sie schnippte mit den Fingern und deutete auf Chelsea. »Wir gehen gleich zum Sexshop und kaufen dir Handschellen!«, rief sie laut.

Jemand am Nachbartisch kicherte.

Chelsea schüttelte nur den Kopf. »Ich bezweifle, dass das funktioniert.«

»Das mag sein, aber wenn du sie nicht benutzt, kann ich sie mir wenigstens ausborgen.« Sie zwinkerte Chelsea übertrieben zu und stöhnte dann auf. »Oh Gott. Wenn man von Menschen mit Kontrollproblemen spricht ... Deine Schwiegermutter ist hier und kommt auf uns zu.«

Chelsea erstarrte. »Ach, verdammt.« Ausgerechnet heute

hatte sie ihren Bodyguard nicht mitgenommen. Das war ja mal wieder typisch.

»Ich weiß. Und sie hat eine Kameracrew dabei. Setz dein bestes Lächeln auf.« Gretchen grinste gespielt und rieb sich mit einem Finger über die Zähne, um Chelsea dann zu bedeuten, dass sie dasselbe machen sollte.

Chelsea nahm ihre Serviette und wischte sich den Mund ab, um dann aufzustehen, als Mrs Cabral an ihren Tisch kam. Heute war ihr graues Haar von schwarzen und rosafarbenen Strähnen durchzogen, und sie hatte denselben Hund wie das letzte Mal und eine riesige rote Birkin-Tasche unter dem Arm, mit der sie im Vorbeigehen einigen anderen Gästen einen Schlag verpasste. Ihr Designerkostüm war rot, und sie trug Schuhe mit unfassbar hohen Absätzen. Neben ihr lief jemand her, den Chelsea ebenfalls kannte: Lisa. Zwei Kameras filmten die Frauen dabei, wie sie das Restaurant betraten und auf Chelseas Tisch zuhielten.

»Jemand muss dich verpfiffen haben«, murmelte Gretchen. »Ist ja super.« Ihre Stimme klang ausdruckslos.

Chelsea war ganz ihrer Meinung. Das Restaurant war zwar gut besucht, aber kein Treffpunkt der Reichen oder Berühmten. Sie hatten sich dafür entschieden, weil das Essen gut schmeckte und es in der Nähe ihrer Lieblingsläden lag. Die Tatsache, dass Sebastians Mutter hier auftauchte, sagte ihr, dass sie nur auf eine solche Gelegenheit gewartet hatte. Und da sie Lisa im Schlepptau hatte, konnte sich Chelsea auch sehr gut denken, worum es hierbei ging.

»Oh, schau mal, meine neue Schwiegertochter«, säuselte Mrs Cabral gespielt freundlich. Sie zog eine Augenbraue hoch und deutete auf den kleinen Tisch, an dem Chelsea und Gretchen saßen. »Ist da noch Platz für uns? Wir würden uns gern dazusetzen.«

Chelsea klappte den Mund auf und warf Gretchen einen hilflosen Blick zu.

»Solange ich nicht gefilmt werde, habe ich nichts dagegen«, meinte Gretchen.

»Nein, wir schneiden Sie raus.« Mrs Cabral schnippte mit den Fingern vor dem Kameramann herum. »Nicht die Zerzauste.«

Sehr nett.

»Sie haben die Frau gehört«, sagte Gretchen und stocherte in ihrem Salat herum. »Nicht die scharfe Zerzauste, die mit dem Milliardär verlobt ist, der nur zu gern andere verklagt.« Bei diesen Worten lächelte sie süßlich.

»Auf gar keinen Fall die Zerzauste«, beharrte Mrs Cabral.

Der Kellner kam mit besorgter Miene zu ihnen herüber.

»Oh, gut, sind Sie hier, um uns Stühle zu besorgen? Wir brauchen vier, einen für mich, einen für Lisa, einen für meine Handtasche und einen für die süße Raquel hier.« Sie gab dem winzigen Hund einen Kuss auf den Kopf.

»Eigentlich sind hier nur Blindenhunde erlaubt«, erwiderte der Kellner. »Sie werden den Hund nach draußen bringen müssen.«

»Sie ist mein emotionaler Blindenhund«, erklärte Mrs Cabral hochnäsig und sah ihn herausfordernd an. »Was ist jetzt mit den Stühlen?«

Der Mann überlegte kurz, zog schließlich mehrere Stühle vom leeren Nachbartisch herüber und platzierte sie um Chelseas kleinen Tisch. Tja, damit war die Sache offenbar entschieden.

Mrs Cabral ließ sich mit übertriebener Geste auf einen Stuhl sinken, und die Kameraleute bauten sich rings um den Tisch auf. Chelsea schob ihren Suppenteller von sich weg. Nun war ihr der Appetit endgültig vergangen.

»Ich bin so froh, dass wir dich gefunden haben«, sagte Mrs Cabral. »Wir müssen uns dringend unterhalten. Wie war dein Name doch gleich? Ich muss wohl erst einmal aufhören, dich ›Hure‹ zu nennen, da ihr noch nicht geschieden seid, und ›geldgeile Schlampe‹ klingt in einer Unterhaltung irgendwie negativ.«

Großer Gott. »Chelsea.«

Gretchen riss die Augen auf und stopfte sich schnell noch mehr Salat in den Mund.

Mrs Cabral schniefte. »Nun, ich bin jedenfalls hier, um zwischen dir und Lisa zu vermitteln, da du ihr den Mann ausgespannt hast und sich mein Sohn weigert, sich vernünftig mit seiner Familie zu unterhalten.«

»Ich kann mir gar nicht vorstellen, warum er das tut«, murmelte Gretchen.

»Darf ich anmerken, dass ich keine Hure bin und dass wir einen Ehevertrag unterschrieben haben? Ich habe Sebastian nicht wegen seinem Geld geheiratet.«

Lisa schluchzte theatralisch, nahm eine der Servietten vom Tisch und tupfte sich damit das Gesicht ab. Gretchen riss die Augen noch weiter auf und kaute fasziniert auf ihrem Salat herum.

»Wusstest du, dass wir zusammen waren, als du ihn mir ausgespannt hast?«, fragte Lisa mit tränenerstickter, leiser Stimme. Ihre aufgeblähten Lippen waren in einem grellen Pink geschminkt und sahen in ihrem schmalen Gesicht lächerlich aus. Aber sie passten zu ihrem hautengen Wickelkleid.

»Sebastian hat mir erzählt, dass er dich zwei Jahre lang nicht gesehen hat.«

»Das ist gelogen, er war letzte Nacht bei mir.«

»Ich wüsste nicht, wie das möglich sein sollte, da er mit mir im Bett war«, konterte Chelsea. Gut, sie hatten zwar eine Kissenschlacht gemacht und keinen Sex gehabt, aber so langsam ging ihr die armselige Geschichte, die sich Lisa da zusammenspann, auf die Nerven.

»Oh, wow, jetzt wird es interessant«, sagte Gretchen, schaufelte sich noch mehr Salat in den Mund und sah zwischen Chelsea und Lisa hin und her.

Lisas Gesicht bekam rote Flecken, und ihre Wimpern klebten aneinander. »Er war bei mir ...«

»Das war er nicht, also solltest du es lieber mit einer anderen Taktik versuchen. Oder muss ich diese ›Guter Bulle, böser Bulle‹-Taktik, die ihr beide draufhabt, noch sehr viel länger ertragen?«

Die beiden Frauen plusterten sich auf.

»Hör mir mal gut zu, Hure«, setzte Mrs Cabral an. Sie beugte sich vor, und ihr kleiner Hund wimmerte. »Ich werde dir eins sagen ...«

»Nein, ich werde Ihnen jetzt mal was sagen«, fiel ihr Chelsea ins Wort und stand auf. »Sie stören mich beim Mittagessen mit einer Freundin, nur damit Sie eine Szene für Ihre Show drehen können. Wollen Sie eine Szene? Die können Sie haben! Hören Sie auf, mich Hure zu nennen! Ich bin Ihre Schwiegertochter, und Sie werden mich bis ans Ende Ihrer Tage zu den Feiertagen ertragen müssen, also gewöhnen Sie sich einfach daran. Und wenn Sie nicht wollen, dass ich anfange, Sie ›Granny‹ zu nennen, lassen Sie die Schimpfwörter lieber stecken.«

Mrs Cabral keuchte auf. Ebenso einige Leute an den Nachbartischen. Irgendjemand machte: »Ts, ts, ts.«

Aber das war vermutlich Gretchen.

Chelsea öffnete ihre Handtasche und warf ein paar Zwanziger auf den Tisch. Dann schlang sie sich den Riemen über die Schulter. »Wenn Sie uns entschuldigen würden. Meine

Freundin und ich werden jetzt unsere Shoppingtour fortsetzen.«

»Ganz genau«, sagte Gretchen laut und stand auf. »Wir gehen in den Sexshop.«

Lisa brach in Tränen aus.

Mrs Cabral stand auf und tobte. »Du bist es nicht wert, mich Mama Precious zu nennen.«

Chelsea sah sie seelenruhig an. »Das ist gut, denn das hatte ich auch nicht vor, *Mrs Cabral*.«

»Ich will, dass du dich von Sebastian scheiden lässt. Du bist nicht gut genug für ihn.«

»Hier geht es nicht darum, was Sie wollen«, entgegnete Chelsea. »Es geht um das, was Sebastian will.« Sie nahm Gretchens Arm und zerrte sie fast schon aus dem Restaurant.

Als sie auf der Straße standen, war sie stinksauer. Und zugegebenermaßen auch ein bisschen verletzt. Für wen hielt sich diese Frau denn? Wie konnte sie es wagen, Chelsea so zu überfallen und zu versuchen, eine Szene für ihre dämliche Show zu drehen?

Das Schlimmste war jedoch, dass sie glaubte, Chelsea wäre nicht gut genug für Sebastian. Das tat weh, vor allem, weil Chelsea innerlich etwas Ähnliches befürchtete.

Sie war eine Frau, die nichts in die Beziehung mitbrachte außer einem verwirrten Verstand und der Unfähigkeit, Sex zu haben. Hatte Sebastian nicht etwas Besseres verdient?

In dieser Hinsicht könnte Mrs Cabral tatsächlich recht haben. Möglicherweise wäre er mit Plastik-Lisa besser dran.

»Komm mit«, sagte Gretchen und schob Chelsea die Straße entlang. »Ich sehe doch, was du für ein Gesicht machst, und ich kenne das perfekte Gegenmittel dafür.«

»Schokolade?«

»Eigentlich wollte ich ›Handschellen aus dem Sexshop‹

sagen, aber mit Schokolade bin ich auch einverstanden.« Gretchen grinste und steuerte auf eine Bäckerei zu.

»Was ist mit deiner Diät?«

»Ich fange morgen wieder damit an.«

✻ ✻ ✻

Mehrere Stunden später kehrte Chelsea mit ihren Einkaufstüten in das Stadthaus zurück. Sie hatte sexy Dessous, einen Vibrator, Handschellen und duftendes Gleitgel gekauft. Nur unter Aufbietung all ihrer Kräfte war es ihr gelungen, Gretchen davon abzuhalten, ein Exemplar jedes einzelnen Sexspielzeugs für sie zu kaufen, damit sie »ihre Gefühle erkunden konnte«. Am liebsten hätte sie das ganze Zeug einfach in den Müll geworfen.

Aber sie musste doch versuchen, ihre Probleme zu bewältigen, oder nicht? Das war sie Sebastian ihrer Meinung nach schuldig.

Du bist nicht gut genug für Sebastian.

Verdammt. Jetzt würde sie immer Mrs Cabrals sauertöpfisches Gesicht vor Augen haben, wenn sie an Sebastian dachte. Sie holte die Handschellen aus der Tüte und wurde immer nachdenklicher.

Hatte Gretchen recht? Ging sie die Sache völlig falsch an und sollte sich lieber darauf konzentrieren, verschiedene Fetische auszuprobieren? Musste sie häufiger masturbieren? Musste sie sich selbst wiedererwecken, anstatt damit zu rechnen, dass Sebastian das aus ihr hervorlockte, was seit Jahren eingeschlafen zu sein schien?

Sie seufzte frustriert und versteckte ihre Einkäufe in der obersten Kommodenschublade. Warum konnte sie nicht wie eine normale Frau einen Mann küssen und das Beste hoffen?

Dieser Gedanke störte sie mehr denn je, als sie in das Badezimmer ging, in dem sie ihre Seifenwerkstatt aufgebaut hatte. Normalerweise war sie immer ganz aufgeregt, wenn sie sich ein paar Designerseifen gekauft hatte. Sie begutachtete die Zutatenliste und die Düfte und testete die Textur der Seife und wie lange der Seifenschaum und der Duft anhielten. Aber heute war sie irgendwie zerstreut. Die Seifen boten ihr keine angenehme Ablenkung.

Sie musste immer wieder an Sebastian denken. Und an ihr »Problem«.

Sebastian hielt sich vermutlich in seinem Arbeitszimmer auf. Er verbrachte jeden Tag viele Stunden dort, zeichnete und hörte Musik. Selbst jetzt konnte sie leise klassische Musik durch die Wände schallen hören – ein starker Kontrast zu der *Spin-Doctors*-CD, die sie gerade hörte. Manchmal gingen sie auch zusammen in den Park und beobachteten andere Leute, wobei sie sich entspannte und Sebastian zeichnete.

Es kam immer häufiger vor, dass sie sich nach seiner Nähe sehnte, und das machte ihr Sorgen. Was würde passieren, wenn sie ebenso abhängig von ihm wurde, wie sie es von Pisa gewesen war? Was war, wenn sie ohne ihn nicht mehr klarkam?

Was würde passieren, wenn ihre Vereinbarung endete, er sich eine neue Freundin suchte und sie wieder allein leben musste? Dann wäre sie noch immer ein halber Mensch – oder eher eine völlig frigide, wie ein Roboter funktionierende Frau.

Diese Vorstellung konnte sie kaum ertragen.

Sie legte das dicke Stück Lavendelseife beiseite und wischte sich die Hände ab. Dann kehrte sie ins Schlafzimmer zurück und zog die Schublade auf, die sie für sich beanspruchte, da sie sich ohnehin kaum mehr im Gästezimmer aufhielt, sondern hier bei ihm schlief. Sie holte die Tüte mit den »lustigen Dingen« heraus, die sie auf Gretchens Beharren hin gekauft hatte. Darin befand sich ein Spitzenhöschen, das am Hintern einen herzförmigen Ausschnitt hatte, aber eigentlich ganz niedlich aussah. Außerdem waren da die Handschellen. Auf die würde sie später zurückkommen.

Vielleicht musste sie es einfach nur versuchen und das Beste hoffen.

Sie musste Sebastian vertrauen.

Und so zog sie sich aus.

17

Chelsea ging mit nichts als dem Herzhöschen bekleidet die Treppe hinunter. Ihre nackten Brüste wippten bei jedem Schritt, und sie trug ihr Haar offen, sodass es ihr auf die Schultern fiel. Sie hatte einige blaue Flecken am Bein vom letzten Spieltag, aber sie verblassten langsam, und sie wusste, dass sie durch das Rollschuhfahren sehr schöne Beine hatte.

Sie umklammerte die Handschellen fest mit einer Hand und bemerkte, dass sie schweißnasse Handflächen hatte. In der anderen Hand hielt sie das Gleitgel und ein Kondom. Sie konnte das. Sie würde es schaffen. Das war doch keine große Sache.

Ihr Plan sah folgendermaßen aus: Sebastian ans Bett fesseln. Die Kontrolle übernehmen. Sich auf ihn setzen und mit ihm schlafen.

Problem gelöst, alle geheilt.

Dummerweise war sie gerade schrecklich nervös. Vor lauter Nervosität war ihr schon fast übel. Und das war nicht gut, wenn sie einen Mann verführen wollte. Am liebsten hätte sie sich ihre Rollschuhe angezogen, da sie sich darin immer sehr selbstsicher fühlte. Doch stattdessen war sie barfuß und fühlte sich unbeholfen.

Wahrscheinlich war es das Beste, die Sache einfach hinter sich zu bringen. Ein Pflaster musste man ja auch schnell abreißen, und genauso würde sie das sehen. Das war zwar nicht besonders erotisch, aber vernünftig. So holte sie tief Luft, wappnete sich und klopfte an seine Tür.

»Herein«, rief er über die Violinenklänge hinweg.

Sie hätte ja gern die Tür geöffnet, hatte aber keine Hand dafür frei. Kurz betrachtete sie den runden Türknauf und die Dinge in ihren Händen, dann wartete sie.

»Ich sagte, herein«, rief er noch einmal, und sie hörte, wie er vom Schreibtisch aufstand. »Chelsea, was . . . «

Die Tür wurde geöffnet.

Sie vergaß völlig, sich in Pose zu werfen, sondern stand einfach nur da, so gut wie nackt, mit freiem Oberkörper, und umklammerte eine Tube Gleitgel, ein Kondom und Handschellen.

»Was . . . «, setzte er mit heiserer Stimme an, wischte sich mit einer Hand über das Gesicht und hinterließ eine schwarze Linie auf seiner Wange.

»Überraschung«, sagte sie mit zittriger Stimme und hielt hoch, was sie mitgebracht hatte. »Ich dachte, wir könnten uns vielleicht ein bisschen amüsieren?«

Er riss die Augen auf und musterte sie von oben bis unten. Ihre Brustwarzen kribbelten, und sie bekam eine Gänsehaut. Sie wusste nicht, ob aus Angst, Nervosität oder Erregung.

Letzteres war eigentlich auszuschließen, da sich ihr der Magen umdrehte und ihr gar nicht gut war.

»Chelsea . . . Bist du dir sicher?«

»Warum nicht?«

»Weil wir uns bisher nur geküsst haben. Ich dachte, du willst die Sache langsam angehen?« Er deutete auf sie. »Das . . . ist atemberaubend, aber ganz bestimmt nicht langsam.«

»Mach dir keine Sorgen«, versicherte sie ihm und hoffte, dass ihr Körper mit ihrem Verstand mitziehen würde. Sie deutete in Richtung Treppe. »Wollen wir ins Schlafzimmer gehen?«

»Auf jeden Fall.«

»Na, dann los.« Ohne darauf zu warten, ob er ihr folgte, rannte sie die Treppe hinauf. Ihre Nerven machten ihr gerade ziemlich zu schaffen, denn sie benahm sich wie eine Idiotin. Es war ja nicht so, als wäre Sex etwas völlig Neues für sie. Sie hatte schon mehrmals mit einem Mann geschlafen.

Aber als er von hinten die Arme um sie legte und ihren Hals küsste, wäre sie am liebsten weggerannt. Dabei war Sebastian überhaupt nicht das Problem, sondern sie.

Sie wand sich aus seiner Umarmung und hielt die Handschellen hoch. »Wir werden die hier benutzen, okay? Ich bin noch immer sehr nervös und muss die Kontrolle haben. Die vollständige Kontrolle. Falls du damit einverstanden bist.«

Er beäugte erst die Handschellen, dann sie und nickte schließlich. »Ich vertraue dir. Wo soll ich mich hinlegen?«, wollte er wissen und deutete auf das Bett.

Sie konnte wohl kaum sagen: »Auf der anderen Seite des Hauses.«, oder? Vielleicht wäre es doch besser gewesen, mit dem Masturbieren anzufangen. Um sich ganz langsam wieder an die Sexualität zu gewöhnen. Aber dafür war es jetzt zu spät. Chelsea kaute auf ihrer Unterlippe herum und fühlte sich unbeholfen und unangenehm entblößt. »Auf dem Bett mit den Händen über dem Kopf, bitte.«

»Angezogen oder nackt?«

Sie überlegte kurz. »Angezogen.«

»Geht klar.« Er sprang auf das Bett, legte sich flach auf den Rücken und streckte die Arme über dem Kopf aus. An seiner rechten Hand waren noch Bleistiftspuren, und er hatte noch immer den Fleck auf der Wange. Sie rieb seine Haut ab, bevor sie seine Hände mit den Handschellen an die Holzstreben des Kopfbretts fesselte.

»Möchtest du ein Safeword festlegen?«, fragte sie beklommen. Warum war das nur so kompliziert? Warum freute sie sich nicht darauf, mit ihm zu schlafen? Warum konzentrierte sie sich eigentlich nur darauf, dass sie die Sache vermutlich irgendwie ruinieren würde?

Ach, warum hatte sie nicht beschlossen, sich vorerst mit dem Küssen zufriedenzugeben? Küssen war doch gar nicht so schlimm. Es gab ihr zwar nichts, tat aber auch nicht weiter weh.

»Mein Safeword könnte ›Schnulze‹ sein, denn wenn ich an diesen Film denken muss, den ich mit dir gucken musste, während ich ans Bett gefesselt bin, dann habe ich definitiv Probleme.« Er spannte die Hände in den Handschellen an.

Sie kicherte, obwohl sich ihre Gedanken vor Panik förmlich überschlugen. Himmel, er war so unglaublich und brachte sie immer zum Lachen, sodass sie sich wider Erwarten wohlfühlte. »In Ordnung. Sollen wir anfangen?«

»Ja, bitte.« Er rutschte etwas auf dem Bett herum und streifte seine Slipper ab. Ihr Blick wanderte über seinen Körper, und sie sah, dass sich seine Hose im Schritt wölbte, was ein sicheres Zeichen dafür war, dass ihn ihr Spiel erregte. Das war ermutigend. Dann machte sie zumindest etwas richtig.

Chelsea kletterte aufs Bett, kniete sich hin und überlegte. »Womit soll ich anfangen?«

»Mach, was immer du willst.« Seine Stimme klang heiser, und die Art, wie er sie mit seinen grünen Augen ansah ... Sofort fühlte sie sich besser. Mächtiger. Sie hatte die Kontrolle. Vielleicht hatte Gretchen ja recht, und das war genau das, was sie brauchte.

Sie beugte sich über ihn und knöpfte sein Hemd auf, wobei sie sehr stolz darauf war, dass ihre Finger nicht zitterten. Zumindest nicht allzu sehr.

»Ich weiß, dass es ein Klischee ist, aber du bist wirklich wunderschön«, sagte Sebastian ehrfürchtig. »Du hast großartige Brüste und sogar noch bessere Beine. Und dein Hintern ist der Hammer.«

»Das sagst du nur, damit ich mit dir ins Bett gehe«, neckte sie ihn und knöpfte rasch die letzten Knöpfe auf. Dann schob sie den Stoff auseinander. Darunter trug er ein Unterhemd, das sie ihm aus der Hose zog, um seinen Bauch zu entblößen.

Sie wusste, dass er viel trainierte und klettern ging. Er hatte sich ein paar Mal mit Hunter Buchanan zum Klettern getroffen, seitdem sie mit ihm zusammenwohnte ... seitdem sie verheiratet waren ... was auch immer. Er hielt sich fit, und als sportlicher Mensch wusste sie das zu schätzen. Sein Bauch war flach, und unter seiner Haut zeichneten sich seine Muskeln ab. Wow, er gab wirklich einen umwerfenden Anblick ab. Und er war warm. Sie strich mit den Fingern über seinen Bauch.

Sebastian stöhnte, schloss die Augen und neigte den Kopf nach hinten. »Das fühlt sich unglaublich an, Chelsea. Was immer du mit mir machen willst, ich bin dabei. Berühr mich, wo immer du möchtest.«

Als er die Muskeln anspannte, stieg ihre Bewunderung noch weiter. Die Versuchung war groß, die Wange auf seine Brust zu legen und mit ihm zu kuscheln, aber sie musste ihre Blockade überwinden.

Sonst hätte seine Mutter letzten Endes doch recht und Chelsea war nicht gut genug für ihn. Aus irgendeinem Grund war dieser Gedanke ausgesprochen schmerzlich.

Wäre sie nicht so verkorkst, hätte sie sich vermutlich längst bis über beide Ohren in ihn verliebt.

»Ist alles okay?«, erkundigte er sich.

Sie blickte auf und bemerkte, dass er sie besorgt ansah. »Ja. Alles gut.«

»Du siehst nachdenklich aus.«

Chelsea leckte sich die Lippen. »Es ist eine Weile her, weißt du?«

Er zerrte an den Handschellen. »Dann mach mich los. Wir müssen das nicht tun.«

»Nein, ich möchte es versuchen«, erwiderte sie und legte die Hände an seinen Gürtel.

»Chelsea . . . «

Sie hob ein Kissen hoch und legte es ihm auf das Gesicht, nur um dann zu kichern, weil er erneut an seinen Fesseln rüttelte. »Ich habe hier das Sagen. Hast du das etwa schon vergessen?«

»Könntest du wenigstens das Kissen wegnehmen?«, bat er sie mit gedämpfter Stimme.

»Gut, aber du musst dich benehmen.«

»Versprochen«, erwiderte er, und sie schob das Kissen weg, damit sie seine grünen Augen wieder sehen konnte. Sein Blick fiel sofort auf ihre Brüste, und er leckte sich die Lippen. »So kann ich dich wenigstens ansehen, und das genieße ich sehr.«

»Selbst wenn du mich nicht berühren darfst?«

»Sogar dann. Ich könnte deinen wunderschönen Körper rund um die Uhr anstarren.«

Chelsea freute sich über das Kompliment und fuhr mit den Händen über ihre Brüste und ihren Bauch. Er stöhnte und schloss halb die Augen. Oh, das gefiel ihr. Sie mochte es, das Sagen zu haben. Das konnte ja doch Spaß machen. Sie umfing ihre Brüste, streichelte die Brustwarzen mit den Daumen und genoss es, Sebastian erneut begierig stöhnen zu hören.

Aber jetzt wollte sie mit ihm spielen. So langsam fand sie Gefallen an der Sache. Daher beugte sie sich vor und presste die Lippen auf seine warme bronzefarbene Haut. Als sie den Mund über seine Rippen wandern ließ, stöhnte er wieder und hob das Becken an. Sollte er sich doch anstrengen, so viel er wollte – sie hatte hier die Kontrolle. Chelsea küsste seine Haut weiter und knabberte daran, wobei sie den Stoff nach Belieben zur Seite schob, um an die gewünschten Stellen heranzukommen. Seine Brust war mit einem dunklen Haarflaum bedeckt, und sie fuhr mit den Fingern darüber, bevor sie sich vorbeugte und seine rechte Brustwarze küsste.

Er zuckte heftig. »Ach, verdammt. Ich wäre beinahe in meiner Hose gekommen.«

»Nur beinahe?«, neckte sie ihn und spürte, wie sich in ihr etwas regte. »Dann habe ich wohl was falsch gemacht und sollte noch ein wenig üben.« Wieder leckte sie über die Brustwarze, ließ die Zunge darum kreisen und biss dann sanft hinein.

»Wow«, stieß er keuchend aus. »Ich weiß nicht, ob ich will, dass du damit weitermachst, oder ob du aufhören sollst.«

»Du hast das überhaupt nicht zu entscheiden.« Sie knabberte noch einmal zärtlich an seiner Brustwarze. »Hier bestimme immer noch ich.« Huch, wurde sie etwa gerade feucht? Sie schob eine Hand in ihr Höschen. Tatsächlich. Zwar war das gerade mal ein Anfang, aber sie war immerhin erregt. Ermutigt leckte sie erneut über seine Brustwarze und bahnte sich dann eine Spur aus Küssen über sein Brusthaar bis hinunter zum Bauchnabel.

Er hob den Kopf und sah sie benommen an. »Streichelst du dich da gerade?«

Sie hatte noch immer die Hand in ihrem Höschen und erstarrte bei seiner Frage. »Vielleicht.«

»Könntest du das Höschen ausziehen, damit ich zusehen kann? Du bist so unglaublich sexy.«

»Vielleicht«, erwiderte sie keck, bewegte die Hand und streichelte ihre Klitoris. »Wenn du artig bist.«

»Du Folterknecht«, stieß er keuchend aus, wandte den Blick jedoch nicht ab. Sie empfand es durchaus als erregend, dass er so fasziniert war. Langsam beugte sie sich vor und tauchte die Zunge in seinen Bauchnabel, um dann weiter Küsse auf seinen Bauch und seine Brust zu drücken, wobei sie gleichzeitig mit den Brustwarzen über seine Haut strich.

Sebastian stieß ein gepeinigtes Geräusch aus und hob erneut die Hüften an, wobei seine Gürtelschnalle klirrte.

Das erinnerte sie daran, dass sie ihn noch gar nicht ganz ausgezogen hatte. Bisher hatte sie nur mit ihm geflirtet und seine Brust liebkost. Es wurde Zeit, das zu ändern. Sie nahm die Hand aus ihrem Höschen und öffnete seinen Gürtel. Dabei fiel ihr auf, dass sich im Schritt seiner Hose ein kleiner feuchter Fleck von seinem Präejakulat abzeichnete. Sein Penis war bereits so feucht, dass es durch den Stoff sickerte.

Das war … schon ziemlich heiß.

Sie nahm eine Hand von seinem Hosenbund und rieb durch den Stoff seiner Hose über seine Erektion. »Denkst du noch nicht an die Schnulze?«

»Großer Gott, nein. Oh, deine Hände. Das ist so gut.« Er schloss die Augen, und sein Körper zuckte. »Ich werde vielleicht nie wieder an diesen Film denken.«

»Weil du nicht willst, dass ich aufhöre?«

»Nein, denn wenn du aufhörst, dann wirst du hier einen erwachsenen Mann weinen sehen.« Wieder bewegte er die Hüften und rieb sich an ihrer Hand.

»Das wollen wir doch lieber vermeiden.« Ihre Stimme war ganz heiser vor Verlangen, und sie drückte die Oberschenkel zusammen, während sie ganz langsam seinen Reißverschluss herunterzog. Das war eine herrliche Folter. Es war erregend … und sie genoss es. Die Handschellen waren eine gute Idee gewesen. Sie schob seine Hose auseinander und enthüllte die beachtliche Wölbung, die sein Penis in seinen Boxershorts erzeugte. Der weiche Baumwollstoff ließ jedes Detail erkennen, bis zu seiner prallen Eichel. Wieder strich sie mit einer Hand darüber. »Sollen wir dich ganz ausziehen oder nicht?«

»Das ist deine Entscheidung«, erwiderte er gepresst.

Das war die beste Antwort, die er hatte geben können. »Ja, ich habe hier das Sagen, nicht wahr?« Chelsea betrachtete ihn kurz und schob dann die Finger unter den Hosensaum. »Heb das Becken an, damit ich dir die Hose runterziehen kann.«

Er kam ihrer Bitte nach, und sie zerrte den Stoff herunter, bis sein Penis daraus hervorschnellte.

Oh, sie hatte ganz vergessen, wie groß er war, wie prall die Eichel und wie dick der Schaft waren. Neugierig nahm sie ihn in die Hand und stellte fest, dass sie ihn nicht ganz umfassen konnte. »Du bist sehr groß.«

»Und du folterst mich noch immer.« Er hatte die Augen wieder geschlossen, als wäre die Berührung zu viel für ihn, als könnte er sie mit offenen Augen nicht ertragen.

Möglicherweise tat sie das durchaus. Sie musste sich eingestehen, dass ihr das sehr gefiel, ihn durch ihre Berührungen verrückt zu machen und ihn zu necken. Und sie hatte nicht vor, damit aufzuhören. Wo sie doch zum ersten Mal seit gefühlt hundert Jahren endlich wieder dieses Pochen zwischen den Beinen spürte.

»Du solltest mich losmachen, damit ich deine wundervollen Brüste berühren kann.«

»Nein«, entgegnete sie, beugte sich vor, legte die Hand fester um sein Glied und ließ die Zunge über die Eichel schnellen. »Ich kann mit dir spielen, so viel ich will.«

Er stieß zischend die Luft aus, als sie darüber leckte. »Oh, großer Gott, Chelsea.«

»Was war das? Soll ich das noch mal machen?« Sie wiederholte es.

»Ah. Ja, verdammt, ja. Das ist gut.«

Bei seinen Worten presste sie unwillkürlich ihre Oberschenkel zusammen. Sie hatte den Geschmack seines Präejakulats auf der Zunge und leckte ihn wieder und wieder, um jeden einzelnen Tropfen zu erwischen, sobald er dort auftauchte. »Ob ich ihn mal in den Mund nehmen soll?« Ihre Stimme war ein sinnliches Säuseln.

»Wenn ich Ja sage, wirst du es nicht tun, oder?«, fragte er mit heiserer Stimme.

Als sie den Kopf hob, sah sie, wie er an seinen Fesseln zerrte und sich das Metall in seine Handgelenke bohrte. Er hatte die Augen jedoch fast komplett geschlossen, und sie leckte noch einmal über seine Eichel, während sie ihn ansah. Seine Nasenflügel flatterten, und er spannte die Kiefermuskeln an.

»Weißt du was? Ich werde dich gar nicht erst fragen«, erklärte sie gelassen. »Ich mache einfach, was ich will.« Langsam beugte sie sich vor, sodass ihr das Haar über die Schultern rutschte, drückte die Lippen auf die Eichel und nahm sie dann in den Mund.

Sebastians langes, genüssliches Stöhnen war wie Musik in ihren Ohren. Sie nahm sein Glied weiter in den Mund, saugte und leckte daran und fuhr mit der Zunge an der Unterseite entlang. Er hob die Hüften an und bäumte sich auf, während sie eine Hand an die Peniswurzel legte und gleichzeitig pumpte und ihn mit dem Mund verwöhnte.

»Himmel, bist du gut darin«, murmelte er. »Ich kann es kaum abwarten, dich unter mir zu haben, Chelsea. Ich werde dich als Dank für das, was du da mit mir machst, stundenlang lecken.«

Sie schob wieder die Hand in ihr Höschen. Seine schmutzigen Worte störten sie nicht, da er nur reden, aber nicht handeln konnte. Sie leckte und liebkoste weiter seinen Penis, leckte und saugte daran. Er fühlte sich gut an. Sein Penis war so steif, dass die Haut wie Seide über einem Eisenbarren wirkte, und

188

das war faszinierend. Sie saugte ihn tief in den Mund und ließ ihn wieder herausgleiten.

»Ich komme gleich«, stieß er knurrend aus. »Komm her und küss mich. Und dann will ich in dich eindringen. Ich will in dir sein, wenn ich komme.«

Sie nickte und gab seinen Penis frei, wobei ihre Lippen ein lautes Ploppgeräusch machten, bei dem er ein weiteres Mal aufstöhnte. Dann rückte sie weiter nach oben, um ihn zu küssen. Ihre Zunge umgarnte die seine, und das fühlte sich ... komisch an.

Irgendwie verlor sie den Faden. Sie musste in diesen geistlosen Zustand zurückkehren. Schnell rutschte sie wieder herunter und nahm seinen Penis in den Mund.

»Nein, Baby, komm wieder her«, sagte er und zerrte fest an den Handschellen. »Ich will dich berühren.«

Chelseas Atem ging schneller, und sie setzte sich auf, da Panik in ihr aufstieg. Seine Handgelenke waren an den Stellen, an denen sich das Metall in seine Haut bohrte, rot und aufgescheuert, und sie wusste, dass sie ihn losmachen musste. Aber bei dem Gedanken war es augenblicklich um ihre Erregung geschehen. »Ich ... Ich glaube, ich kann das nicht.«

Sofort veränderte sich sein Gesichtsausdruck, und er verspannte sich. »Derby? Kissen?«

»Das sind meine Safewords«, erwiderte sie mit scheuem Lächeln.

»Ja, aber du siehst aus, als müsstest du sie aussprechen, daher dachte ich, ich erspare dir die Mühe.« Er wackelte ein wenig mit den Armen. »Wenn du mich losmachst, hören wir auf. Versprochen.«

»Aber was ist mit ...« Sie deutete auf seinen Penis, der noch immer in die Luft ragte. Die Eichel war mit Präejakulat benetzt, das sich schon wieder dort gesammelt hatte.

»Hierbei geht es nicht um mich. Ich kann mir jederzeit einen runterholen, hast du das schon vergessen?« Sebastian grinste schief. »Selbst zu irgendwelchen Schnulzen. Aber jetzt zählst nur du und dass du dich sicher fühlst und die Kontrolle hast.« Wieder bewegte er die Hände in den Handschellen. »Hatte ich schon erwähnt, dass mir langsam die Finger absterben?«

»Du ... Du wirst mich nicht anspringen, sobald ich dir die Dinger abgenommen habe?«

Er sah erst schockiert und dann beleidigt aus. »Ganz bestimmt nicht. Ich bin stinksauer, dass du auch nur auf diesen Gedanken kommst.«

»Obwohl ich eine Schwanzfopperin bin?« Ihre Stimme schwankte.

»Das stimmt doch gar nicht. Ich habe dich gebeten aufzuhören.« Seine Stimme klang entschieden, und er hatte den ganzen Körper angespannt. »Ich würde dich nie zu etwas zwingen, das du nicht auch willst.«

Aus irgendeinem dummen Grund war ihr auf einmal nach Weinen zumute. Sie hatte mit ihrer Angst seine Gefühle verletzt, aber ... sie war so verdreht. Sie wusste, dass sie völlig kaputt war. »Können wir einfach wieder kuscheln? Das würde mir gefallen.«

»Wir können so doll kuscheln, dass die Decke ein Loch bekommt.«

Sie stieß ein tränenersticktes Kichern aus und löste die Handschellen. »Ich glaube, Kuscheln geht anders.«

»Mist. Dann stellen wir eben unsere eigenen Regeln auf. Aber weine bitte nicht, ja?«

Chelsea nickte und schniefte, und sobald sie ihn befreit hatte, breitete er die Arme aus. Sie legte sich neben ihn, drückte das Gesicht an seinen Hals und seufzte zufrieden, als er ihr über das Haar und den Rücken strich. »Tut mir leid«, flüsterte sie.

Er lag ganz still da. »Du musst dich nicht entschuldigen. Es gibt nichts, was dir leid tun könnte. Ich habe einen unglaublichen Dreiviertelblowjob bekommen.«

Sie verzog den Mund zu einem schiefen Grinsen. »Es tut mir aber leid, dass ich nicht weitergehen konnte. Dass ich schon wieder durchgedreht bin.«

Er drückte sie fest an sich, wobei sie die Brüste an seine nackte Brust presste. Irgendwie war das merkwürdig. Das lag möglicherweise daran, dass seine Berührung so beruhigend und tröstlich war. »Machst du Witze? Wir haben weitaus mehr gemacht, als ich für möglich gehalten hätte. Hätte ich besser den Mund halten sollen? Habe ich es ruiniert?«

Sie schüttelte an seiner Schulter den Kopf. »Es lag nur an mir.« Es lag immer an ihr und ihrem dummen Verstand. An der Panik, die sie einfach nicht loswerden konnte. »Aber ... es hat eine Weile Spaß gemacht.«

»Mir auch. Wir sollten es irgendwann noch einmal probieren.«

»Ja, vielleicht«, murmelte sie.

Er streichelte ihren Arm. »Ich hätte nichts dagegen, wenn du öfter oben ohne durchs Haus läufst.«

Sie lachte und stieß dann einen leisen Seufzer aus, als sie an Mrs Cabrals herablassende Miene denken musste. »Vielleicht hatte deine Mutter ja doch recht.«

Er erstarrte und setzte sich auf. »Meine Mutter? Wann bist du der denn über den Weg gelaufen?«

Chelsea drehte sich auf den Rücken und legte eine Hand an die Stirn. Mist! »Heute Mittag, als ich mit Gretchen unterwegs war. Es war nicht gerade schön. Sie hat sich beim Mittagessen auf uns gestürzt und hatte Lisa im Schlepptau.«

»Verdammt. Das tut mir so leid.« Sebastian stieg aus dem Bett und zog sich die Hose hoch. »Ich werde das in Ordnung bringen.«

»Wo willst du denn hin?«

»Ich hole meine Mutter ans Telefon und werde ihr sagen...«

»Nein, bitte«, unterbrach ihn Chelsea und tätschelte das Bett neben sich. »Komm wieder her und lass uns noch eine Weile kuscheln, ja? Ich möchte heute Abend nicht an deine Mutter denken.«

Er blickte auf sie herab und schien hin- und hergerissen zu sein. »Es gefällt mir nicht, dass sie dich belästigt.«

»Dann werden wir morgen etwas deswegen unternehmen. Heute Abend möchte ich mich einfach nur entspannen, okay?« Und vielleicht noch ein bisschen kuscheln. Sie wurde langsam süchtig danach, seine Hände auf ihrem Körper zu spüren. Nicht auf erotische Weise, sondern nur beruhigend und besänftigend. Sodass sie einfach wusste, dass er da war und für sie da sein würde.

Danach sehnte sie sich.

Sebastian zögere noch einen Moment, aber dann sprang er wieder aufs Bett. Chelsea kreischte auf, als er sie schnappte und fest umarmte. »Okay, du hast mich überredet.«

Lachend drückte Chelsea die Hände gegen seine nackte Haut. Seine rechte Hand wanderte zu ihrer Brust und umfing sie, und sie schob sie nicht weg. Er drückte nicht zu und versuchte nicht, sie zu »überreden«, ihre Meinung noch einmal zu ändern. Er hielt sie einfach nur fest. Als er ihren Hals küsste, seufzte sie wohlig.

»Vielleicht sollte ich als Safeword lieber ›Mutter‹ nehmen«, meinte er. »Nichts lässt meine Erektion schneller verschwinden, als wenn ich an sie denke.«

Chelsea schnaubte vor Lachen. »Entschuldige, dass ich es erwähnt habe. Ich habe sie einfach sitzen lassen.«

»Das hat ihr bestimmt gefallen. Daraus lässt sich eine dramatische Vorschau basteln.« Er drückte die Nase in ihr Haar. »Du duftest immer so gut. Ich finde es großartig, dass du Seifen machst. Kannst du nicht eine stinkende für meine Mutter herstellen, die wir ihr schenken können?«

»Stinkseife?« Bei dieser Vorstellung musste Chelsea lachen. »Das könnte ich schon, aber dann würde das ganze Haus eine Weile danach riechen, und das wäre auch nicht in unserem Sinne.«

»Hmmm. Dann müssen wir uns wohl etwas anderes überlegen. Aber morgen werden wir meine Familie besuchen, wenn du nichts dagegen hast.«

»Damit du mit deiner Mutter reden kannst? Ich will keinen Ärger heraufbeschwören …«

»Nein, damit ich meiner Mutter beweisen kann, dass sie sich noch so oft einmischen kann, uns aber trotzdem nicht auseinanderbringt. Und sie muss diese Storyline mit Lisa beenden.« Er überlegte kurz und fügte dann hinzu: »Und wir besuchen meinen Vater und meine Geschwister. Dad wird dir gefallen. Er ist ganz normal. Leider lässt sich das von meinen Geschwistern nicht behaupten. Sie sind sehr in die Show integriert.«

Sie schnitt eine Grimasse. »Sollen wir uns vorher anmelden?«

»Auf gar keinen Fall«, protestierte er, und sie konnte hören, dass er lächelte. »Wir werden die Lieblingstaktik meiner Mutter anwenden und einfach unangekündigt dort auftauchen.«

Oh Mann. Chelsea schoss durch den Kopf, dass sein Leben ohne diese Scheinehe deutlich leichter wäre. Was sollte sie tun, wenn er selbst zu diesem Schluss käme?

18

Früh am nächsten Morgen, noch bevor die Rushhour einsetzte und als es gerade mal dämmerte, brachen Sebastian und Chelsea auf, um mit den Cabrals zu reden.

Die Cabrals lebten in einem großen, alten Gebäude an der Madison Avenue an der Upper East Side. Natürlich taten sie das. Das mit Bäumen begrünte Viertel Lenox Hill war eine der teuersten Gegenden Manhattans – wenn nicht gar die teuerste. Und in dem glitzernden Haus besaßen die Cabrals gleich mehrere Stockwerke. Eines davon war ganz den Kameraleuten und der TV-Crew vorbehalten, wie Sebastian Chelsea erklärte, als er ihr die Tür aufhielt.

Sie betraten das ruhige Gebäude, und Chelsea war froh, dass sie etwas Braves und Hübsches angezogen hatte. Allerdings nicht weil sie den Drang verspürte, sich Sebastian oder seiner Familie zu beweisen. Aber sobald sie die Lobby mit dem Marmorfußboden und dem weißen, modernen Design betrat, kam sie sich klein und unbedeutend vor. Sie hatte sich für ein hübsches geblümtes Kleid entschieden, das ihr fast bis zu den Knien reichte, und trug dazu einen weißen Cardigan und passende weiße Riemchensandalen. Ihre Beine sahen umwerfend aus (wenn man die blauen Flecken ignorierte), und sie wusste dank Sebastians bewundernder Blicke, dass sie sehr gut aussah. Ihr Haar hatte sie zu einem lockeren Pferdeschwanz gebunden, der ihr über eine Schulter fiel.

Sebastian hatte sich ebenfalls dem Anlass entsprechend gekleidet. Er trug ein burgunderfarbenes Polohemd und darüber ein weißes Sportsakko zu einer dunklen Hose. Sein normalerweise lockiges Haar war ordentlich nach hinten gegelt, und sie hätte es am liebsten zerzaust, um seine Locken wieder zum Vorschein zu bringen. Ihr gefiel seine wilde Künstlerfrisur.

Sie trugen ihre identischen schlichten Eheringe, und Sebastian hatte die Finger mit ihren verschränkt, als sie zum Fahrstuhl gingen.

»In welchem Stockwerk wohnt deine Familie?«, erkundigte sich Chelsea.

»Im siebten und achten«, antwortete er und drückte auf die Sechs.

»Warum ...«

Er grinste sie schelmisch an. »Weil wir meiner Mutter mal zeigen, wie es ist, unerwartet überfallen zu werden. Wenn sie schon ständig andere überrascht und dazu zwingt zu tun, was sie will, soll sie auch mal selbst erleben, wie das ist. Die Kameracrews sind im sechsten Stock untergebracht, ebenso wie die Visagistinnen. Wir werden darauf bestehen, dass uns ein paar Kameras begleiten, wenn wir reingehen. Du weißt ja, wie sehr meine Mutter es liebt, alles zu filmen. Das ist ihre Chance, mich mal ins Fernsehen zu bekommen, und darauf ist sie doch immer so scharf.«

»Das wird ziemlich peinlich werden, oder?«, fragte Chelsea besorgt.

»Ach, nein. Du wirst schon sehen, meine Mutter wird auch das mit Bravour bewältigen, so wie immer. Aber wir können zumindest kurz den Spieß umdrehen.« Sie hatten den sechsten Stock erreicht, und Sebastian zog Chelsea hinter sich her. Zehn Minuten später standen sie zusammen mit zwei verschlafenen Kameraleuten und einem Tontechniker wieder im Fahrstuhl und fuhren weiter nach oben.

Als die Kabine anhielt, wurde Chelsea immer nervöser. Warum war sie denn so aufgeregt? Abgesehen davon, dass »Mama Precious« Cabral gemein zu ihr gewesen war, interessierte sie sich doch nicht die Bohne dafür, was diese Frau von ihr hielt. Nur Sebastians Meinung zählte. Vielleicht war es die Kameracrew, die jede Reaktion filmte, die sie so unruhig machte. Oder die Tatsache, dass sie Sebastians Familie kennenlernen würde – und wenn sie sich alle so benahmen wie seine Mutter ... Tja, dann wusste sie wirklich nicht, wie sie reagieren würde.

Die Wohnung der Cabrals befand sich hinter einer weißen Doppeltür, und Sebastian klopfte an, drehte sich um und gab Chelsea unvermittelt einen sanften Kuss.

Sie wusste, dass er das nur für die Kameras tat ... war aber dennoch berührt. Dieser liebevolle und beruhigende Kuss ließ ihre Knie ebenso weich werden wie der ihn begleitende Händedruck.

Jemand kam zur Tür und öffnete sie. Eine ältere Frau in einer grauen Dienstmädchenuniform starrte Sebastian mit weit aufgerissenen Augen an. »Oh. Sebastian. Hallo.«

»Guten Morgen, Eula«, sagte er, ging an ihr vorbei und zog Chelsea mit sich. Die Kameracrew folgte ihnen dicht auf den Fersen. »Das ist meine Frau Chelsea. Sind Sie ihr schon begegnet? Chelsea, das ist Mutters Haushälterin.«

»Freut mich, Sie kennenzulernen, Eula«, sagte Chelsea ernst, entzog Sebastian ihre Hand und reichte sie der Frau.

Aber die lächelte sie herzlich an und umarmte sie. »Sie sind so hübsch! Oh, Mrs Cabral kann Sie ganz bestimmt nicht leiden.« Sie kicherte. »Und Lisa auch nicht. Immer herein. Möchten Sie einen Kaffee? Ich habe gerade welchen gekocht. Ihre Mutter ist in der Küche, Sebastian.«

»Dann werden wir auch dorthin gehen. Danke, Eula.« Er

tätschelte der Frau den Rücken und nahm erneut Chelseas Hand. »Komm, Liebes.«

Liebes? Der Kosename überraschte sie, ebenso wie das warme Gefühl, das sich daraufhin in ihr ausbreitete. Vielleicht tat er das ja auch nur für die Kameras. Dann sollte sie sich besser nicht so darüber freuen.

Chelsea riss sich zusammen und sah sich in der riesigen Wohnung um, als sie weitergingen. Es sah nicht aus, als würde dort jemand wohnen. Bilder im Pop-Art-Stil, die sie an Andy Warhol erinnerten, hingen an den Wänden, und jedes schien Sebastians Mutter darzustellen. Die Wände waren weiß, und auf dem Boden lagen weiße Teppiche. Das Wohnzimmer lag etwas tiefer, und dort stand ein kunstvoller Glastisch, der aussah, als wäre er aus Glasscherben angefertigt. Das Sofa war ebenfalls weiß und geschwungen, und darauf lagen einige rote Kissen. Sie konnte keinen Fernseher entdecken und vermutete, dass hier nur gefilmt wurde. Eigentlich hatte sie sogar den Eindruck, dass die ganze Wohnung nur ein Filmset und weniger ein Zuhause darstellte.

Als sie die Küche betraten, die ebenfalls in Weiß gehalten war, trafen sie auf Sebastians Mutter, die auf einem Barhocker an der Kücheninsel saß, gerade eine Kaffeetasse zum Mund führen wollte und die pinkfarbene Strähne in ihrem Haar auf einen Lockenwickler gedreht hatte. Sie starrte Sebastian und Chelsea aus zusammengekniffenen Augen an. »Was machst du denn hier, Nugget?«

»Das ist ein Familientreffen«, erwiderte er und ließ Chelseas Hand los. Er trat näher, gab seiner Mutter einen Kuss auf die Wange und deutete auf Chelsea. »Es wird Zeit, dass der Rest der Familie meine Frau kennenlernt, findest du nicht auch?«

»Ich finde, es ist noch verdammt früh«, schimpfte sie und runzelte die Stirn, als der Tonassistent mit dem Mikrofon näher kam. »Wir filmen das?« Sie legte eine Hand auf ihr Haar. »Ohne Vorwarnung? Sebastian, Mama Precious ist nicht glücklich.«

»Tja, *Mutter*«, erwiderte er gelassen, »ich dachte, du würdest vielleicht gern mal wissen, wie das ist, nachdem du Chelsea gestern so überfallen hast.«

Die Frau warf Chelsea einen vernichtenden Blick zu, und diese wurde noch nervöser.

»Das wird deiner Familie nicht gefallen«, beharrte Mrs Cabral. »Kein bisschen.«

»Das ist mir egal. Wo ist Dad? Wo stecken Dolph und Amber? Was ist mit Cassie?«

»Cassie besucht eine Freundin in Europa. Dolph und Amber sind oben. Dein Vater liegt noch im Bett, es ist ja noch sehr früh.«

»Komm mit, Chelsea«, meinte Sebastian. »Möchtest du mich begleiten, wenn ich alle wecke, oder lieber hier bei Mutter bleiben?«

Chelsea riss die Augen auf. »Oh, da komme ich lieber mit.« Sie trat neben ihn und nahm wieder seine Hand.

Mrs Cabral schnaubte und trank einen Schluck Kaffee.

Sebastian schien einen Heidenspaß daran zu haben, seine Familie so zu überraschen. Er hüpfte praktisch die Treppe nach oben hoch und hielt auf die Schlafzimmer zu. Vor der ersten Tür blieb er stehen und klopfte an. »Amber ist die Jüngste«, erklärte er Chelsea und verzog dann verlegen das Gesicht. »Aber das weißt du längst, nicht wahr?«

»Ich habe die Show nie gesehen«, gab sie zu. Obwohl jeder andere zu wissen schien, wer die Cabrals waren. Sie vermutete, dass sie Amber erkennen würde, wenn sie sie sah.

Kurz darauf wurde die Tür geöffnet, und ein verschlafenes Mädchen in einem weit ausgeschnittenen Designersweatshirt und einer Schlafanzughose stand gähnend vor ihnen. »Was soll der Scheiß, Sebastian?« Sie entdeckte Chelsea. »Oh. Ist das deine Frau? Mom redet ständig von ihr.« Sie winkte ihr zu, wobei ihre Hand in dem langen Ärmel verschwand. »Ich bin Amber.«

»Hi. Chelsea.« Sie deutete auf Sebastian. »Seine Frau. Überraschung!«

Amber kicherte. »Wurde aber auch Zeit, dass ihn sich eine schnappt.«

»Das reicht jetzt«, erwiderte Sebastian ebenso spielerisch. »Wir werden Dolph wecken, dann treffen wir uns alle unten. Kannst du in fünf Minuten da sein?«

»Klar, ich mache mich nur eben fertig.« Sie gähnte erneut und schloss die Tür. »Sag ihnen, sie sollen mich nicht in natürlichem Sonnenlicht filmen«, rief sie noch durch die Tür.

»Geht klar«, rief Sebastian zurück und ging weiter den Flur entlang, wobei er Chelsea hinter sich her zog. »Auf zu Dolph.«

Als sie durch den Flur gingen, hörte Chelsea hinter einer der Türen leise Rockmusik. Sebastian blieb davor stehen und klopfte an. Nachdem er kurz gewartet hatte, klopfte er erneut. Er sah Chelsea an. »Wahrscheinlich ist er wieder betrunken.«

Wieder? »Sollten wir ihn da nicht lieber in Ruhe lassen?«

»Kommt gar nicht infrage. Ich werde ihn wecken.« Er klopfte noch einmal und drückte dann die Tür auf.

Dolphs Zimmer war ein einziges Chaos aus Postern, Müll und schmutzigen Kleidungsstücken. Es sah eher aus, als würde hier ein Teenager wohnen, dabei war der Mann, der im Bett lag, im Collegealter. Und wer glitt da in einem alten T-Shirt auf der anderen Seite aus dem Bett?

Lisa Pinder-Schloss, deren Haare völlig zerzaust waren.

Sie riss die Augen auf, als sie Sebastian sah. Dolph drehte sich nur im Bett um. Er hatte eine Wodkaflasche im Arm.

»Tja, damit hätten wir ja zwei Fliegen mit einer Klappe geschlagen«, erklärte Sebastian trocken. »In fünf Minuten findet unten ein Familientreffen statt. Ihr seid beide eingeladen.«

Lisa versuchte hastig, ihre Frisur in Ordnung zu bringen. »Das ist nicht, wonach es aussieht, Sebastian.«

»Es ist völlig egal, wonach es aussieht. Wir sind nicht zusammen, werden es auch nie sein, und ich bin verheiratet. Du kannst schlafen, mit wem du willst.«

Chelsea schaute an ihm vorbei und winkte. »Huhu.«

Lisa riss die Augen auf und starrte erst Sebastian und dann Chelsea an. Ihre aufgeblähten Lippen zitterten, und einen Moment lang sah sie aus wie eine traurige Ente. »Dann ist es also wirklich vorbei?«

»Es ist schon seit zwei Jahren vorbei, Lisa. Seit über zwei Jahren.« Er deutete auf seinen schlafenden Bruder. »Weck ihn auf, und seid in fünf Minuten unten. Wir filmen ein Familientreffen.« Bei diesen Worten legte er Chelsea einen Arm um die Schultern und ging mit ihr hinaus.

Sie schaute zu ihm auf, während sie weiter den Flur entlanggingen. »Was denkst du?«

Er grinste. »Ich bin sehr erleichtert, dass ich das gesehen habe. Jetzt ist sie sein Problem und nicht mehr meins. Anscheinend hat sie beschlossen, sich an ihn zu hängen, als sie gemerkt hat, dass die Geschichte mit mir nicht läuft.«

»Und du bist nicht enttäuscht?«

Er sah sie entgeistert an. »Natürlich nicht.« Er gab ihr einen Kuss auf die Stirn. »Nicht in einer Million Jahre. Diese Ehe ist alles, was ich will.«

Das bezweifelte sie zwar, doch das behielt sie lieber für sich. Sie musste erneut an das Vorspiel vom vergangenen Abend denken. Anfangs war sie so entschlossen gewesen, aber dann hatte sie der Gedanke, wirklich mit ihm zu schlafen, in Panik versetzt. Irgendwie musste sie ihre Angst jedoch überwinden.

Denn sie wollte wirklich mit Sebastian schlafen. Sie konnte es nur einfach nicht. Noch nicht. Aber vielleicht ja schon bald.

»Mein Vater ist unten«, raunte er ihr zu. »Komm mit.«

Sie nickte und ließ ihn vorausgehen, während sich ihre Gedanken schon um das bevorstehende Familientreffen drehten. Dabei konnte sie nur hoffen, dass es zwischen Sebastian und seiner Familie nicht unschön werden würde. Offenbar lag ihm doch etwas an ihr, und die Familienmitglieder standen einander noch nahe. Sie wusste nicht, wie sich das anfühlen mochte. Chelsea war bei ihrer alleinerziehenden Mutter aufgewachsen, bis sie aufs College gegangen war und ihre Mutter zur Religion gefunden und eine Missionarslaufbahn eingeschlagen hatte. Im Moment hielt sie sich irgendwo in Indien auf, kümmerte sich um die Armen und versuchte, sie zu bekehren. Das war nun wirklich nicht Chelseas Ding. Seit ihrem Highschoolabschluss war sie mehr oder weniger auf sich allein gestellt gewesen, von ihrer engen Bindung zu Pisa einmal abgesehen.

Ihr war bisher gar nicht bewusst gewesen, wie sehr es ihr fehlte, jemanden zu haben, an den sie sich anlehnen konnte. Jemanden, der ihr zeigte, dass sie nicht allein war und sich nicht auf die Hilfe von Freunden verlassen musste. Denn ein Freund war etwas anderes als ein Familienmitglied. Und Sebastian?

Er war jetzt ihre Familie.

Sebastians Vater war ganz anders, als sie erwartet hatte. Da seine Mutter derart überkandidelt und der Rest seiner Familie so versessen auf Ruhm war, hatte sie eigentlich erwartet, dass er Mrs Cabral ähneln, ebenso operiert und sauertöpfisch sein würde. Dabei war er nur … alt. Sehr alt. Der faltige, grauhaarige Mann lag noch im Bett, als sie an die Tür klopften. Sebastian half ihm in seinen Bademantel und danach in seinen Rollstuhl und stellte ihn Chelsea vor.

Mrs Cabral und ihren Mann trennten mindestens dreißig Jahre. Aber der alte Mann hatte Sebastians grüne Augen, und er lächelte sie an. »Mein Sohn hat sich eine sehr hübsche Frau ausgesucht«, sagte er mit starkem Akzent. »Der Glückspilz.«

»Ich bin diejenige, die sich glücklich schätzen kann«, erwiderte sie. Sie schüttelte seine Hand, und ihr entging nicht, wie liebevoll Sebastian sie dabei ansah. Auch wenn der Rest seiner Familie ziemlich durchgedreht zu sein schien, war offensichtlich, wie sehr er seinen Vater liebte.

Sie brachten Mr Cabral in die Küche, und sofort kam Mrs Cabral aufgeregt auf sie zugestürmt. »Du hast deinen Vater geweckt, Nugget. Das ist nicht nett von dir.« Sie beugte sich vor und gab ihrem Mann einen Kuss auf die Stirn. »Bist du müde, Daddy Money? Möchtest du noch schlafen?«

Das war ein weiterer Aspekt, der Chelsea erstaunte, denn obwohl Mrs Cabral Chelsea gegenüber die reinste Giftspritze war, schien sie und ihren Mann echte Zuneigung zu verbinden. Er küsste seiner Frau die Hand und deutete auf den Esstisch im Nebenzimmer. »Ich bin hier, weil mir ein Familientreffen versprochen wurde. Wo sind die Kinder?«

»Sie kommen gleich«, antwortete Mrs Cabral, die immer noch angefressen zu sein schien. »Dann setzen wir dich mal ans Kopfende des Tisches, ja? Möchtest du einen Kaffee, Schatz?«

Im Laufe der folgenden Minuten trudelten die gähnenden Familienmitglieder ein. Dolph und Lisa wirkten leicht betreten, als sie hereinkamen. Lisa hatte sich frisiert und geschminkt, und Chelsea bemerkte, dass sich die beiden nicht nebeneinandersetzten.

Sebastian nahm neben Chelsea Platz und hielt wieder ihre Hand. Er schwieg, während sie warteten, streichelte aber unablässig ihre Hand, fuhr die Linien auf ihrer Handfläche nach, strich über die Knöchel und die Fingerspitzen und rieb ihr den Handrücken, um sich danach ihrem Arm zu widmen. Wieder und wieder berührte er sie zärtlich, und Chelsea bekam eine Gänsehaut und merkte, wie ihre Brustwarzen steif wurden. Sie hätte sich am liebsten unter seinen Liebkosungen gewunden, und als sie die Oberschenkel gegeneinanderpresste, merkte sie, dass sie erregt war.

Nur durch eine einfache Berührung. Wow.

Falls Sebastian ahnte, was in ihr vorging, so ließ er sich das nicht anmerken. Er sah die Mitglieder seiner Familie an, die sich nach und nach Kaffee nahmen, sich über die frühe Uhrzeit beschwerten und sich für die Kamera bereit machten. Der Assistent mit dem Mikrofon trat näher, sobald sich Amber hingesetzt hatte und sie somit alle versammelt waren.

»So, Nugget«, sagte seine Mutter und schürzte die Lippen, bevor sie einen Schluck Kaffee trank. »Sag uns, was wir anscheinend hören müssen.«

Sebastian strich über Chelseas Arm, und sie wäre ob der sanften Berührung beinahe erschauert. »Ich hatte das Gefühl, es müsste noch einmal gesagt werden. Mir ist klar, dass wir keine normale Familie sind und dass niemand in dieser Familie die Dinge auf normale Weise angeht. Mich eingeschlossen, wie es scheint.« Er blickte zu Chelsea hinüber und schenkte ihr ein so liebevolles und zärtliches Lächeln, dass sie Schmetterlinge im Bauch bekam. »Denn ich habe Chelsea kennengelernt und wusste, dass wir füreinander bestimmt sind. Nach einer kurzen Beziehungsphase haben wir einfach geheiratet. Und wir sind glücklich. Sie ist meine Frau, und ich bin es leid, dass sie von anderen Familienmitgliedern deswegen angegriffen wird. Wir werden uns nicht wieder scheiden lassen.«

Mrs Cabral schniefte. »Das war eine sehr nette Rede, Nugget, aber ich begreife nicht, warum du diese Hure geheiratet hast und nicht Lisa, die dich liebt.«

Lisa lief puterrot an.

Sebastian stand ruckartig auf und schob seinen Stuhl dabei lautstark zurück. »Wenn du meine Frau noch einmal als Hure bezeichnest, dann rede ich nie wieder ein Wort mit dir, Mutter. Nie wieder.«

Über den Raum legte sich ein betretenes Schweigen, und Chelsea wurde ganz unwohl in ihrer Haut. Lisa machte ein Gesicht, als stünde sie vor einem Erschießungskommando, und Sebastian vibrierte förmlich vor Zorn.

»Liebes«, schaltete sich Sebastians Vater mit müder Stimme ein. »Das reicht jetzt. Sie scheint doch ein sehr nettes Mädchen zu sein.«

»Hmpf«, machte Mrs Cabral. »Er ist Milliardär. Woher soll ich wissen, dass sie nicht nur hinter seinem Geld her ist?«

»Wir haben einen Ehevertrag unterschrieben«, warf Chelsea ein. »Ich bin nicht auf sein Geld aus, ich mag ihn einfach.«

»Ihn und sein vieles Geld!«, rief Mrs Cabral mit schriller Stimme. »Sein geerbtes Geld!«

»Sch, sch«, murmelte Sebastians Vater, und seine Frau hielt den Mund. »Vielleicht liegt ihr ja tatsächlich etwas an unserem Sohn. Fäll nicht immer so schnell ein Urteil über andere, Schatz.« Er lächelte Chelsea gütig an. »Was hast du für einen Beruf?«

Oh, jetzt kam sie sich dumm vor. »Ich stelle Seife her und verkaufe sie online.« Das erschien ihr plötzlich wie ein armseliger, lächerlicher Job, und zum ersten Mal in ihrem Leben wünschte sie sich, sie hätte das College beendet und könnte etwas sagen wie Anwältin oder Biologin.

Aber Amber merkte auf und lehnte sich über den Tisch. »Seife? Wirklich? Kann ich ein paar haben?«

»Aber sicher. Ich stelle dir gern welche her. Hast du einen Lieblingsduft?«

»Patschuli.«

»Ich erlaube kein Patschuli im Haus«, erklärte Mrs Cabral. »So riechen nur Hippies.«

»Dann Jasmin«, schoss Amber zurück, formte aber in Richtung Chelsea lautlos das Wort »Patschuli«.

»Kann ich auch welche haben?«, bat Lisa. »Die Duftnote ist mir egal.«

»Klar.« Chelsea zupfte an Sebastians Gürtel, da er immer noch stand und seine Familie frustriert anstarrte. »Setz dich, Basty.«

Das drang zu ihm durch. Er warf ihr einen Blick zu, als wollte er sagen »Nicht du auch noch«, und ließ sich auf seinen Stuhl sinken. »Na gut«, meinte er nach einem Moment. »Haben wir das jetzt geklärt? Chelsea ist meine Frau. Sie ist nicht der Antichrist. Ich bezahle sie nicht im Stundentarif.« Er warf seiner Mutter einen erzürnten Blick zu. »Ich liebe sie. Und wir möchten von den Kameras in Ruhe gelassen werden. Keine Überraschungsbesuche und Überfälle mehr.«

Chelsea saß wie erstarrt auf ihrem Stuhl und versuchte, sich nichts anmerken zu lassen, als Sebastian erneut ihre Hand nahm.

Er liebte sie?

Oder hatte er das nur für die Kameras gesagt?

»Mama Precious wird sich nicht mehr einmischen«, sagte Sebastians Vater mit zittriger Stimme. »Sie lässt euch beide in

Ruhe, damit ihr eure junge Ehe genießen könnt.« Bei diesen Worten zwinkerte er ihnen zu.

»Aber Daddy Money«, meinte Mrs Cabral schmollend. »Bleib fair.«

Er tätschelte ihre Hand. »Ich bin fair, Schatz. Erinnere du dich lieber daran, wie es ist, jung und frisch verheiratet zu sein. Das Letzte, was wir damals gewollt hätten, wären Kameras überall um uns herum gewesen.«

Zu Chelseas Überraschung kicherte Mrs Cabral, beugte sich zu ihrem Mann hinüber und gab ihm einen Kuss auf die Wange.

Amber verzog das Gesicht. »Igitt.«

»Außerdem hast du für diese Staffel deine Krebsgeschichte«, fuhr Mr Cabral fort. »Heb dir noch was für nächstes Jahr auf.«

Mrs Cabral machte ein nachdenkliches Gesicht und nickte dann.

Na, zumindest das war dann wohl geregelt. Sebastian drückte noch einmal ihre Hand, und sie hätte doch eigentlich erleichtert sein sollen, oder nicht?

Aber sie musste immer wieder an seine Worte denken. *Ich liebe sie.*

Diese Ehe hatte als Scheinehe für die Kameras begonnen oder vielmehr, um ihnen aus dem Weg zu gehen. War das auch wieder nur eine Lüge?

19

Chelsea war sehr schweigsam, als sie an diesem Abend ihre Derby-Tasche für den Bout packte. Sebastian machte sich Sorgen und scharwenzelte um sie herum, während sie ihre Kniestrümpfe, ihre ausgelüfteten Knieschoner und ihr frisch gewaschenes Outfit einpackte.

»Ist alles okay?«, fragte er im Türrahmen lehnend.

»Ja. Ich versuche nur, mich schon mal einzustimmen.« Sie sah ihn nicht an, sondern fummelte am Reißverschluss ihrer Tasche herum. »Wir spielen heute Abend gegen ein hartes Team, daher muss ich mich so früh wie möglich darauf konzentrieren.«

»Gehst du deshalb heute früher los?«

Sie schlang sich den Riemen der Tasche über die Schulter und nickte. Das züchtige Blümchenkleid von heute Morgen war einer Jeans mit zerrissenen Knien und einem T-Shirt mit dem Aufdruck »Keep Calm and Skate On« gewichen. »Ja, wir wollen uns noch aufwärmen und ein paar Übungen im Team machen, bevor es losgeht.«

Er nickte, blieb aber stehen. »Du bist wegen heute Morgen nicht wütend?«

»Weil mich deine Mutter als Hure bezeichnet hat? Das war nicht das erste Mal und wird vermutlich auch nicht das letzte Mal gewesen sein.« Sie grinste ihn an, kam näher und kniff ihn in die Wange. »Das bereitet mir keine Sorgen. Du weißt, dass ich keine Hure bin, daher ist alles gut.«

»Ich finde eher, dass du ziemlich unglaublich bist.« Die

Worte kamen ihm so locker über die Lippen, und als sie erstarrte, fragte er sich, ob es ein Fehler gewesen war, ihr das zu gestehen. Aber es stimmte nun mal. Je mehr Zeit er mit Chelsea Hall verbrachte – die jetzt eigentlich Chelsea Cabral oder Chelsea Hall-Cabral hieß –, desto stärker wurde sein Wunsch, nie mehr von ihrer Seite weichen zu müssen. Er wollte ihr fröhliches Lachen hören, spüren, wie sie ihre weiche Haut im Schlaf an ihn drückte und ihre kalten Füße gegen sein Bein presste.

Er wollte alles von Chelsea, verdammt noch mal. Wenn seine Familie ihm das ruiniert hatte, dann würde er ihr das niemals verzeihen.

Sie blickte zu ihm auf und legte den Kopf schief. »Möchtest du heute Abend zusehen?«

Sebastian war überrascht, dass sie es vorschlug. »Bist du sicher? Ich will mich nicht aufdrängen.«

»Es wird bestimmt eine Menge los sein. Und die Leute werden richtig mitgehen. Vermutlich werde ich ein paar Schläge ins Gesicht abbekommen, und ich möchte nicht, dass du nach unten stürmst, um mich zu retten, weil ich ein Mädchen bin.« Ihre Worte klangen ein wenig spöttisch.

»Zuerst einmal würde ich nie nach unten stürmen, um dich zu retten, weil du denen da unten auch allein die Hölle heißmachen wirst.« Als sie erfreut auflachte, fuhr er fort: »Und außerdem kann ich damit leben, dass du ein paar Schläge abbekommst, solange du ebenfalls gut mit dem Ellenbogen austeilst.«

»Ellenbogen sind nicht erlaubt«, frotzelte sie und ging an ihm vorbei. »Alles andere aber schon.«

»Na, dann muss ich meine Derbyfrau doch anfeuern, oder nicht?«

»Oh, das ist ja so süß.« Sie drehte sich um und tätschelte

seine Wange. »Aber Pisa ist meine Derbyfrau. Du bist nur mein Mann, dafür gibt es keinen besonderen Titel.«

Er spielte mit einer ihrer Haarlocken. »Ich weiß nicht. Meiner Ansicht nach ist es schon ein ganz besonderer Titel, dein Mann zu sein.«

Ihre Miene wurde sanfter, und ihr Blick ruhte kurz auf seinen Lippen. Dann entzog sie sich ihm, lächelte und lief die Treppe hinunter. »Ich sage an der Kasse Bescheid, dass sie dir ein Ticket zurücklegen sollen. Sag einfach, du bist Chesty LaRudes Boytoy.«

»Ich werde diesen Namen mit Stolz tragen«, rief er ihr glucksend hinterher.

Einige Stunden später saß er auf der Tribüne neben Diane, Morning Whoreys Ehefrau. Sie tranken Bier, plauderten, und er zeichnete, während ein Jam nach dem anderen gespielt wurde. Chelsea musste zu Beginn einige harte Schläge einstecken, aber sie fand bald ihren Rhythmus und gab den gegnerischen Blockern ordentlich Kontra. Diane erklärte ihm einiges, da er die Regeln noch immer nicht ganz kannte. Was auch nicht weiter schlimm war. Er verbrachte den Großteil der Zeit damit, Chelsea zu beobachten und unangebrachte erotische Gefühle zu verdrängen, wann immer sie sich vorbeugte und ihr gelbes Höschen unter dem extrem kurzen Rock zu sehen war. Aber sie spielte großartig. Der Bout war die ganze Zeit über sehr eng, und zur Halbzeitpause sah Chelsea suchend an den Tribünen empor. Er winkte, und sie warf ihm eine Kusshand zu, bevor sie mit ihren Teamkameradinnen verschwand.

»Und, wie ist das Eheleben so?«, erkundigte sich Diane und schaute über seine Schulter auf seine Skizze. Dabei verschüttete sie ein wenig von ihrem Bier. »Großer Gott. Wow. Ist das Chesty?«

209

Er rutsche ein Stück zur Seite, um nichts von ihrem Bier abzubekommen. »Ja. Das ist nur eine Skizze, und sie ist nicht besonders gut.«

Diane schlug neben ihm auf die Bank. »Soll das ein Witz sein? Die ist wirklich unglaublich. Könnten Sie vielleicht eine Skizze von Whorey machen, wenn sie wieder rauskommen? Bitte!«

»Ich kann es versuchen«, erwiderte er und blätterte zu einer neuen Seite um. »Welche Nummer hat sie denn?«

»Die Neunundsechzig natürlich.« Diane kicherte. »Mann, das ist ja unglaublich. Sie sollten Sammelkarten für die Mädchen zeichnen.«

»Was? Nein ...«

»Das ist mein Ernst«, beharrte Diane. »Sie haben einen Fotografen für die Sammelkarten engagiert, aber er hatte nichts drauf. Alle Spielerinnen haben die Fotos gehasst. Aber Zeichnungen von sich würden sie garantiert lieben.«

»Ich werde es mir überlegen«, murmelte Sebastian, nahm einen neuen Stift in die Hand und sah sich desinteressiert die Halbzeitshow an. Seine Gedanken drehten sich um Chelsea und seine Skizzen. Was würde sie davon halten, wenn er die anderen Frauen zeichnete?

Sie würde ihm sagen, dass er es tun und seine Scheu ablegen sollte, weil sie absolut furchtlos war.

Vielleicht sollte er sich das von ihr abschauen.

Als die Spielerinnen wieder aus der Kabine kamen, hielt er nach Morning Whorey Ausschau und zeichnete ihr eckiges Gesicht und die Miene, die sie aufsetzte, als der Bout weiterging. Neben ihm kreischte Diane auf und klatschte in die Hände. »Genau so sieht sie aus! Das ist einfach unglaublich, Sebastian!«

Er grinste, nippte an seinem Bier und entspannte sich ein

wenig. Jemand anderes hatte ihn zeichnen gesehen, und die Welt war nicht untergegangen. Das war doch gar nicht so übel.

* * *

Eine Zeit lang lagen die Rag Queens zurück, und er vergaß seine Skizzen, da das Publikum zwischen den Jams aufsprang und erboste Schreie ertönten, wann immer die Jammerin die Hände gegen die Hüften schlug und den Jam beendete. Dann gelang es Good Whip Lollipop, einen Grand Slam gegen das andere Team zu erzielen, durch den sie auf zwei Punkte herankamen, und ihnen blieben noch zwei Minuten.

Mit dem nächsten Jam erreichten die Rag Queens das Unentschieden.

Inzwischen war das ganze Publikum auf den Beinen, und Sebastian wurde von der Stimmung mitgerissen. »Das ist der letzte Jam«, schrie ihm Diane ins Ohr. »Die Zeit läuft ab, daher müssen sie sich beeilen.«

Sein Blick fiel auf die Jammerin, die direkt vor ihnen stand. Alle Frauen waren angespannt und wollten loslegen. Der erste Pfiff ertönte, und der Pivot fuhr los. Dann war der zweite Pfiff zu hören, und die Jammer rasten los. Während Sebastian das Geschehen gebannt beobachtete, platzierte sich Chelsea vor dem gegnerischen Pack, spreizte die Beine im Fahren weit und versuchte, so viel Boden wie möglich zu blocken. Die Jammerin des anderen Teams setzte an, um über Chelseas ausgestrecktes Bein zu springen, und sie stürzten beide zu Boden. Sebastian hielt den Atem an, als Chelsea der Länge nach hinfiel, und seine Sorge um sie war sofort größer als sein Spaß am Spiel. Aber sie rappelte sich schnell wieder auf und fuhr zum Pack zurück. Derweil kämpfte sich Good Whip Lollipop durch das Pack, um zu punkten. Sie überholte einen Spieler ...

211

Und stemmte die Hände in die Hüften, womit der Jam beendet war.

Der Bout war vorbei. Die Broadway Rag Queens hatten mit einem Punkt Vorsprung gewonnen. Das Publikum jubelte, als die Frauen eine Siegesrunde drehten und triumphierend die Arme in die Luft reckten.

Alle Zuschauer stürmten nach unten auf die Bahn, und Sebastian lief mit und hielt zielstrebig auf Chelsea zu.

Sie entdeckte ihn, als er näher kam, bahnte sich einen Weg durch die Menge und warf sich mit einem glücklichen Kreischen in seine Arme. Ihr Gesicht war vor Anstrengung rot angelaufen, ihre Zöpfe schweißnass, aber sie war überglücklich. »Wir haben gewonnen!«, rief sie und legte die Arme um seinen Hals, als er sie hochhob und fest umarmte.

»Du warst einfach unglaublich! Ich wäre beinahe durchgedreht, als du diesen letzten Block gemacht hast und die Jammerin ...«

Ihre Augen strahlten bei seinem Kompliment. Dann fiel ihr Blick auf seinen Mund, und impulsiv küsste sie ihn.

Sebastian war verblüfft. Chelsea hatte ihn noch nie einfach so geküsst. Inzwischen wusste er, dass sie wegen dem, was ihr zugestoßen war, Probleme mit körperlicher Nähe hatte. Doch er war entschlossen, sie nicht zu drängen und sie das Tempo bestimmen zu lassen. Er würde so weit gehen, wie sie es wollte. Und wenn sie ihn jetzt küssen wollte, dann ging das für ihn in Ordnung.

Aber ihre Lippen wirkten nicht im Geringsten zögerlich. Sie küsste ihn eifrig und begierig, und dann öffnete sie den Mund und leckte über seine Lippen. Sie bat um mehr, nein, sie *verlangte* nach mehr.

Er gab ihr nach, legte die Arme fester um sie und erwiderte ihren Kuss leidenschaftlich, verschlang sie förmlich. Ihre Zungen umgarnten sich, ihre Zähne prallten gegeneinander, und dann war es einfach nur noch ein inniger Kuss. Ihre Zunge, das kehlige Stöhnen, das sie ausstieß, und die Art, wie sie an seinen Lippen knabberte, ließen ihn die Welt vergessen, bis es nur noch ihn und Chelsea gab.

Und sie entzog sich ihm nicht. Vielmehr versank sie regelrecht in dem Kuss, ebenso wie er.

Doch er achtete darauf, dass seine Hände an ihrer Taille verharrten. Schließlich war er derjenige, der sich von ihr löste, und als er die Augen öffnete, sah Chelsea ihn benommen an, und ihre Lippen waren vom Küssen leicht geschwollen und feucht.

Am liebsten hätte er sie gleich noch einmal geküsst. Er wollte seine Lippen wieder und wieder auf ihre pressen, bis sie ihn um mehr anflehte.

Aber ... das war Chelsea, und sie hatte das Sagen. Daher lächelte er sie an und klopfte gegen ihren Helm. »Was war denn das?«

»Ich ...« Sie zuckte mit den Achseln und grinste ihn an. »Ich wollte dich einfach vernaschen.«

»Das kannst du gern jederzeit wieder machen.«

Ihr Blick ruhte auf seinem Mund, und sie bedachte ihn mit einem sinnlichen Blick. Großer Gott ... Dachte sie etwa wirklich darüber nach?

»In den nächsten Minuten wird niemand in die Kabine kommen«, raunte sie ihm ins Ohr, nahm seine Hand und zog ihn aus der Arena. »Komm.«

Er musste rennen, um mit ihr mithalten zu können. Zwar war er sich nicht sicher, ob das wirklich klug war, aber ... zur Hölle. Wenn Chelsea ihn gleich hier zu Boden werfen und vor aller Augen Sex mit ihm haben wollte, wäre er dabei.

Sie rannten zur Umkleidekabine, Chelsea knallte die Tür

213

hinter ihnen zu und verriegelte sie. Sie kam auf ihren Rollschuhen auf Sebastian zu und drückte ihn auf die Bank vor den Spinden. Dann schwang sie ein Bein über seine Oberschenkel, setzte sich auf seinen Schoß und schlang beide Beine um ihn.

Und sie küsste ihn wieder. Tiefer, inniger, gieriger als zuvor.

Und verdammt, sein Schwanz war schmerzhaft hart wie nie zuvor.

Chelsea bewegte sich auf seinem Schoß, zerrte vorn an ihrem Shirt und BH und entblößte ihre Brüste. Doch im nächsten Augenblick küsste sie ihn schon wieder, ebenso leidenschaftlich wie zuvor. Sie kreiste mit den Hüften, und als er sie weiterhin an der Taille festhielt, nahm sie seine Hand und legte sie auf ihre Brust. »Streichle mich, Sebastian.«

Er stöhnte. Auch wenn er nicht wusste, was über sie gekommen war, würde er die Gelegenheit nutzen. Möglicherweise lag es an der Aufregung des Bouts, aber wenn dies das war, was sie brauchte, dann würde er nur zu gern mitmachen. »Du erinnerst dich an dein Safeword?«, fragte er, während er mit dem Daumen ihre Brustwarze streichelte, die bereits steif war. Chelsea drückte sich mit leisem Wimmern an ihn.

»Ich glaube nicht, dass ich es brauchen werde«, erwiderte sie zwischen schnellen, begierigen Küssen. »Schieb deine Hand in mein Höschen, dann spürst du, wie feucht ich bin.«

Wow, was für eine Einladung. Sie verlagerte auf seinem Schoß ein wenig das Gewicht, und er ließ seine Hand weiter nach unten wandern und suchte unter dem vielschichtigen Outfit nach nackter Haut. Als er ihren Bauch gefunden hatte, wanderte er weiter nach unten und ... Himmel, sie war unglaublich feucht. So feucht, dass seine Finger sofort benetzt waren. »Oh ja«, murmelte er und küsste ihren Hals. Sie roch nach Schweiß und Blumen, und es war einfach unglaublich. »Du bist verdammt feucht.«

»Das fühlt sich gut an«, stellte sie fest und bewegte sich an seinen Fingern, während sie ihn weiter küsste. »Ich weiß nicht, ob ich deine Finger oder deinen Penis in mir spüren will.«

Er erstarrte und ging innerlich den Inhalt seiner Brieftasche durch. Da er seit einiger Zeit keine Freundin gehabt hatte, war auch kein Kondom mehr darin. »Ich habe nichts zur Verhütung dabei.« Es war unwahrscheinlich, dass sie die Pille nahm, da sie schon so lange kein Interesse an Sex gehabt hatte.

Sie bewegte sich auf seiner Hand, und ihre Brustwarzen rieben über sein Hemd. »Dann machst du es mir mit den Fingern, und sobald wir zu Hause sind, revanchiere ich mich, okay?«

Sein Penis zuckte als Reaktion auf ihre Worte. »Was immer du willst.«

Sie biss sich auf die Unterlippe, beugte sich vor und rieb mit den Brustwarzen erneut über sein Hemd. »Ich will, dass du mich da unten streichelst.«

Das ließ sich einrichten. Sebastian tastete vorsichtig, bis er den winzigen Nervenknoten gefunden hatte. Er wusste sofort, wann er die Klitoris berührte, da sie vor Wonne leise zischte und die Hände in seine Schultern krallte.

»Oh Gott. Genau da.« Sie schloss die Augen und legte den Kopf in den Nacken. Wow, sie war so wunderschön und lüstern, und sein Glied wurde so prall, dass er glaubte, nie wieder laufen zu können. Doch das war ihm egal. Er rieb ihre Klitoris mit zwei Fingern, umkreiste sie und versuchte herauszufinden, was Chelsea am besten gefiel.

Ihre Brüste wippten vor seinen Augen, als sie die Hüften auf seiner Hand bewegte, und sie waren so verführerisch nah, aber doch zu weit entfernt, als dass er an sie herankommen konnte. »Umfang deine Brüste«, bat er sie. »Und halt mir deine wunderschönen Nippel hin.«

»Hmmm«, stöhnte sie und ritt seine Hand. Sie hob ihre rechte Brust mit der Hand an, sodass sich die Brustwarze direkt vor seinen Lippen befand.

Er beugte sich vor, saugte sie in den Mund und legte ihr eine Hand in den Rücken, um sie zu stützen, während er mit der anderen weiter ihre Klitoris streichelte. Er spürte die steife Spitze ihrer Brust in seinem Mund, und als er die Zunge darüber gleiten ließ, keuchte Chelsea auf. Sie bewegte das Becken immer schneller, rieb sich an seiner Hand und stieß stöhnend seinen Namen aus. Ermutigt von ihrer lüsternen Reaktion, biss er sanft in ihre Brustwarze und fuhr mit den Zähnen darüber.

»Mach ... weiter«, ermutigte sie ihn, legte ihm eine Hand auf den Kopf und fuhr mit den Fingern durch sein Haar. Er liebkoste ihre Brust weiter und streichelte ihre Klitoris mit festen, schnellen Bewegungen, während sie auf ihm das Becken kreisen ließ. Ihre Bewegungen wurden immer hektischer, bis sie zu wimmern anfing und er spürte, wie sie die Beine, die sie um ihn gelegt hatte, verkrampfte. »Oh Gott«, wimmerte sie leise. »Oh Gott. Oh, Sebastian. Oh Gott. Ich komme. Oh Gott. Oh Gott!«

Jemand rüttelte an der Kabinentür und hämmerte dann dagegen.

Sebastian ignorierte es. Seine Frau stand kurz vor dem Orgasmus, während sie ihn ritt, und er wollte um keinen Preis der Welt aufhören. Er bewegte die Finger schneller und übte mehr Druck aus. Währenddessen bearbeitete er ihre Brustwarze weiter mit den Lippen, den Zähnen und der Zunge, leckte, knabberte und saugte daran. Chelsea ritt ihn weiter, aber sie schien noch mehr zu brauchen. Daher stieß er einen Finger tief in sie hinein, drückte den Daumen auf ihre Klitoris und rieb sie immer weiter.

Chelsea stieß ein hohes, klagendes Geräusch aus, als es erneut an der Tür klopfte. Dann erschauerte sie und legte die Beine so fest um seine Taille, dass sie ihn beinahe zerquetschte, als sie kam. Die ganze Zeit über liebkoste er sie weiter mit der Hand und dem Mund und war so unglaublich erregt und gleichzeitig wahnsinnig stolz auf sie.

Sie hatte ihn wie eine Verrückte geritten.

Gut, es war nur seine Hand gewesen, aber immerhin ein Schritt in die richtige Richtung. Sie bewegte ihr Becken noch einen Moment vor und zurück, stieß dann einen langen, ermatteten Seufzer aus, schob beide Hände in sein Haar und drückte ihn an sich. »Oh Gott, Basty, das war unglaublich.«

Er drückte einen Kuss auf ihren Hals. »Du willst meine Erektion mit diesem bescheuerten Spitznamen zunichtemachen, was?«

Sie kicherte und klang so selbstsicher und süß, dass sich seine Brust zusammenzog. »Wie Fingernägel auf einer Tafel?«

»Wie karierte Sofas. Sex und dieser Name, das passt einfach nicht zusammen.«

»Oh Baby.« Sie tätschelte seine Schulter. »Das war wieder einer deiner furchtbaren Vergleiche. Wir müssen dir wirklich mal ein gutes Buch dazu besorgen.«

Wieder hämmerte jemand an die Tür. »Hey«, erklang eine Stimme. »Mach auf, verdammt noch mal! Das ist unsere Kabine!«

»Gib mir eine Minute«, rief Chelsea zurück.

»Bist du das, Chesty?«

»Ja«, bestätigte sie und brachte ihre Kleidung in Ordnung. Sie stopfte ihre Brüste wieder in den BH, seufzte und erschauerte noch einmal kurz auf seinem Schoß, als er die Hand aus ihrem Höschen zog.

»Wie lange dauert es, bis wir zu Hause sind?«, fragte Sebastian, als sie aufstand. Er erhob sich ebenfalls, rückte seine Hose zurecht und schob die Eichel unter den Hosenbund, damit man seine Erektion nicht sofort bemerkte. Das war zwar höllisch unbequem, aber für sie würde er auch das ertragen.

Für sie würde er alles ertragen.

Sie kicherte noch einmal und deutete auf seinen Schritt. »Ähm. Da ist ein feuchter Fleck von mir.« Sie bekam rote Wangen. »Entschuldige.«

»Das muss dir nicht leidtun«, erklärte er und zog sich das Hemd aus der Hose, um den Fleck zu verdecken. Er beugte sich vor und küsste sie.

»Wir sind bald zu Hause«, versprach sie ihm, und das Glitzern in ihren Augen gab ihm zu verstehen, dass sie es ebenfalls kaum erwarten konnte.

20

Chelsea konnte vor Freude und Aufregung kaum stillhalten, während Coach Black HellVet seine Teamansprache hielt. Alle feierten und jubelten, aber es gab auch einige Punkte, die bis zum nächsten Spiel verbesserungswürdig waren. Aber Chelsea konnte an nichts anderes denken als an Sebastian.

Sebastian mit seinem heißen, erotischen Mund, seinen unglaublichen Fingern und der Art, wie er sie zum Orgasmus gebracht hatte, nachdem sie sich auf ihn gestürzt hatte. Oh, Sebastian.

Es war ihr sogar egal, dass die anderen Rag Queens ihr den Kopf wuschen, weil sie sie aus der Kabine ausgesperrt hatte und dann zerzaust und aufgelöst und noch dazu mit einem Mann im Schlepptau die Tür geöffnet hatte. Sie hatte nur gegrinst und Sebastian rausgeschickt, der auf sie warten sollte. Jetzt stand noch die U-Bahn-Fahrt nach Hause an, und dann würde sie sich erneut auf ihn stürzen.

Sie hatte einen Orgasmus gehabt. Und sie hatte das Küssen genossen.

Das waren große Fortschritte.

Chelsea fühlte sich wieder lebendig. Sie fühlte sich normal. Aber sie hatte keine Ahnung, warum sie so über Sebastian hergefallen war. Nach Spielende war sie richtig euphorisch gewesen, da die Rag Queens den Rückstand noch aufgeholt und sogar gewonnen hatten. Sie hatte eine letzte Runde gedreht, das Publikum war jubelnd nach unten gestürzt, und sie hatte nach Sebastian Ausschau gehalten. Sein Gesicht war es, das sie unbedingt sehen wollte, und als er sie so voller Stolz und Freude über ihren Sieg angesehen hatte ...

Das war unglaublich erregend gewesen. Daher hatte sie ihn gepackt, ihn geküsst und ... etwas empfunden.

Sie hatte sogar sehr viel gespürt.

Es war unglaublich gewesen. Es hatte ihr gefallen, ihn zu küssen. Nein, sie hatte es geliebt. Es genossen. Sie wollte mehr davon. Am liebsten hätte sie ihn mitten in der Arena vernascht. Sie wollte seinen Kragen packen und ihn küssen, bis sie blau im Gesicht war und ihr die Lippen wehtaten. Sie wollte ihn stundenlang küssen.

Sie wollte vor Glück weinen. Endlich küsste sie wieder gern.

Auf einmal war Sebastian nicht mehr nur ihr attraktiver, sensibler Freund Schrägstrich Ehemann. Er war ein wandelnder Sexgott, und sie wollte sich auf ihn stürzen, ihm die Kleider vom Leib reißen und jeden Zentimeter seines Körpers ablecken, bis er vor Begierde schrie.

Daher hatte sie ihn in die Kabine gezerrt und dazu gebracht, sie zu streicheln, bis sie kam.

Und sie bereute es nicht.

Gut, wenn sie mehr Zeit gehabt hätte, dann hätte sie sich vor ihn gekniet und dafür gesorgt, dass er ebenfalls kam. Aber das und noch viel mehr wollte sie später an diesem Abend tun, jetzt, wo sie ihre Lust wiedergefunden hatte.

Was so unglaublich aufregend war.

Als der Coach sie entließ, sprang Chelsea auf, warf ihre Rollschuhe in die Tasche und lief nach draußen.

»Hey, nicht so schnell«, neckte Cherry Fly sie und verstellte Chelsea den Weg. »Wir gehen noch was trinken, um zu feiern. Kommst du mit?«

Normalerweise verbrachte sie nach einem Bout gern noch

etwas Zeit mit ihrem Team. Dabei war es nicht weiter schlimm, dass sie nichts trank – sie mochte es nicht, wie sie sich angetrunken fühlte – dieses unkontrollierte, benommene Gefühl, das sie nur an die Vergewaltigung erinnerte –, aber sie genoss die Gesellschaft der anderen. Aber heute Abend wollte sie nur Sebastian und seine Küsse und Berührungen. »Ich kann nicht, ich werde erwartet.«

»Bring deinen Kerl mit.« Cherry zuckte mit den Achseln. »Er wäre nicht der erste Partner, der mitkommt, und wird auch nicht der letzte sein.«

»Nein, ganz im Ernst. Wir haben noch was vor.«

»Ooooh«, rief Grief Kelly, die hinter Cherry auftauchte und ihr einen Arm um die Schultern legte. »Da will jemand noch 'ne Nummer schieben.«

Chelsea warf ihr einen bösen Blick zu, ruinierte den Effekt aber, indem sie zu kichern begann.

»Ich hab's doch gesagt«, meinte Cherry und schlug mit Grief Kelly ab. »Okay, lass es dir ordentlich besorgen, aber beim nächsten Training musst du uns alles erzählen.«

»Das könnt ihr vergessen.« Chelsea zwängte sich an ihnen vorbei. »Nutzt eure Fantasie. Wir sehen uns beim nächsten Training!«

Einige Pfiffe und Schmährufe hallten ihr hinterher, als sie durch die Tür ging, und sie zeigte ihnen grinsend den Mittelfinger. Sollten sie doch sagen, was sie wollten. Ihr war das egal. Das waren nur freundschaftliche Sprüche. Ihre Mädels kannten sie. Vielleicht nicht so gut wie Pisa, aber gut genug, um zu wissen, dass sie ihr Herz nicht leichtfertig verschenkte.

Aber ihr Herz war doch gar nicht mit im Spiel, oder? Hier ging es doch nur um ihren Körper.

Wieder musste sie an das denken, was er seiner Familie gesagt hatte. *Ich liebe sie.*

Sie empfand auch eine Menge für diesen Mann, konnte ihre Gefühle jedoch nicht wirklich einordnen. Möglicherweise war sie noch nicht ganz bereit für die Liebe, aber es ging definitiv in diese Richtung. Und wer wusste schon, wie es nach der heutigen Nacht aussehen würde? Vielleicht hatte sie unglaubliche Orgasmen und gestand ihm ihre immerwährende Liebe.

Das konnte durchaus passieren.

Der Gedanke, dass das gar nicht mal so unrealistisch war, machte sie ganz schwindlig. Sie lief durch den Flur zu der Stelle, an der Sebastian auf sie wartete, und ihre Füße fühlten sich in den Turnschuhen komisch an, nachdem sie den ganzen Abend Rollschuhe getragen hatte. Er hatte sich sein Notizbuch unter einen Arm geklemmt und deutete auf ihre Tasche. »Soll ich die nehmen?«

Sie griff stattdessen nach seiner Hand und behielt die Tasche auf der Schulter. »Ich kann meine Rollschuhe schon selbst tragen.«

»Natürlich kannst du das. Aber du warst den ganzen Abend auf den Beinen, während ich nur auf einer Bank gesessen und mit Diane Bier getrunken habe.«

Sie kicherte. »Diane ist nett. Aber Rollschuhlaufen kann sie nicht.«

»Das hat sie mir auch erzählt.« Er grinste sie im Gehen an. »Dabei ist das eine so wichtige Eigenschaft.«

»Allerdings«, erwiderte sie hochnäsig. »Ich muss mir irgendwann mal von dir deine Moves vorführen lassen.«

»Meine Moves beinhalten keine Rollen«, erklärte er und hob anzüglich die Augenbrauen. Als sie schnaubte, wurde er nachdenklich. »Diane hat meine Skizzen gesehen und vorgeschlagen, dass ich die Mädchen aus dem Team für ihre Sammelkarten zeichne.«

Sie drückte glücklich seine Hand. »Das ist ja ein toller Vorschlag! Und, wirst du es machen?«

»Ich weiß nicht.« Er zog sie fürsorglich an sich, als sie zu einem belebteren Stück der Straße kamen. »Die Vorstellung, meine Zeichnungen so vielen Menschen zu zeigen ... Das ist doch etwas sehr Persönliches. Ich weiß nicht, ob ich dazu schon bereit bin.« Er grinste sie schief an. »Es war schon schwer genug, sie dir zu zeigen.«

»Mir? Aber warum denn?«

»Weil ich nicht weiß, was ich getan hätte, wenn du mich ausgelacht hättest.« Er sah sie ernst an. »Deine Meinung ist mir sehr wichtig.«

Sie hatte vor lauter Rührung einen Kloß im Hals und drückte erneut seine Hand. »Vielleicht solltest du dann erst mal kleiner anfangen und sie einem Fremden zeigen und nicht gleich Hunderten?«

Er nickte nachdenklich. »Gute Idee.«

»Davon habe ich heute eine Menge.« Oh, ihr Kopf war voller Ideen. Schmutziger, versauter Ideen. »Haben wir Kondome zu Hause?«

Er führte sie sofort in die andere Richtung die Straße entlang.

»Wo willst du denn hin?«

»Zur Apotheke. Kondome kaufen.«

Sie lachte.

Eine halbe Stunde später waren sie zu Hause. Sobald sie die Tür hinter sich geschlossen hatten, nahm Sebastian ihr die Tasche ab und küsste sie. Er bewegte die Lippen auf ihren und schob ihr die Zunge in den Mund. Und das war ... ganz nett.

Aber das Kribbeln von zuvor blieb aus. Das irritierte sie, und sie ließ den Kuss noch einige Sekunden andauern, bevor sie sich von ihm löste und seine Brust tätschelte. »Ich sollte lieber erst duschen. Ich bin völlig durchgeschwitzt.«

Er drückte Küsse auf ihren Hals und presste den Mund auf ihre Haut. »Das ist mir völlig egal. Ich mag dich so, wie du bist.«

»Das mag sein, aber ich würde gern duschen«, beharrte sie und entwand sich seinen Armen. »Bitte.«

Sebastian musterte sie kurz und gab ihr einen Kuss auf die Nasenspitze. »Na gut. Ich warte im Schlafzimmer auf dich.«

Sie lächelte ihn an und gab ihm einen schnellen, züchtigen Kuss, bevor sie ins Badezimmer ging, das an sein Schlafzimmer angrenzte. Es war viel größer und besser ausgestattet als das, das sie zur Seifenherstellung nutzte, und es machte Sebastian nichts aus, dass sie es auch benutzte. Sie riss sich zusammen, bis sie das Wasser aufgedreht hatte.

Dann ließ sie sich auf den Wannenrand sinken und rieb sich nachdenklich die Stirn.

Verdammt, was war denn nur los mit ihr? Vorhin war ihr doch alles ganz leichtgefallen. Sie war so leidenschaftlich gewesen. Das war der mentale Durchbruch, auf den sie gewartet hatte. Das musste sich doch wiederholen lassen. Jetzt, wo sie einen Orgasmus gehabt hatte – und was für einen! –, konnte das doch nicht alles gewesen sein, oder?

Es musste doch noch mehr davon in ihr stecken.

Das beschäftigte sie, während sie sich mit ihrer Lieblingsseife wusch. Derzeit bevorzugte sie Lavendel, da der Duft beruhigend und frisch war. Sie wusste, dass das Haus und alles darin manchmal sehr intensiv nach Blumen roch, aber Sebastian hatte sich nie beschwert. Der Mann war Milliardär. Er hätte ihr einfach eine andere Wohnung kaufen können, wenn es ihn gestört hätte. Er hätte darauf bestehen können, dass sie die Seifenherstellung an den Nagel hängte. Er hätte sie dafür bezahlen können, dass sie damit aufhörte, diesen Geruch in seinem Stadthaus zu verbreiten. Doch stattdessen hatte er sie schalten und walten lassen.

Wenn sie wirklich noch dazu in der Lage war, jemanden zu lieben, dann wäre Sebastian der Mann, den sie lieben könnte.

Aber jetzt? Nachdem sie an der Tür beinahe erstarrt wäre? Nun war sie sich nicht mehr so sicher, dass sie geheilt werden konnte. Sie verließ die Dusche, trocknete sich ab und schaltete aus einer Laune heraus das Licht aus.

Sofort brach sie in Panik aus. Ihr stockte der Atem. Sie fühlte sich wie erstickt und lag wieder in diesem Müllcontainer. Vergessen. Weggeworfen wie Abfall.

Mit einem leisen Schrei tastete sie an der Wand herum, bis sie den Lichtschalter fand. Einen Augenblick später war das Bad wieder hell erleuchtet, und sie atmete auf.

Sie war noch immer zerbrochen.

Was hatte dieser Orgasmus dann zu bedeuten? Sie wollte Sebastian nur ungern gestehen, dass sie ihr Versprechen nicht einhalten konnte, jetzt wo sie zu Hause waren und Kondome gekauft hatten. Dass sie vielleicht nicht das tun konnte, was er von ihr erwartete.

Der Gedanke machte sie nervös und unglücklich.

Als sie endlich genug Mut zusammengekratzt hatte, um das Bad zu verlassen, war ihre Stimmung gedrückt und ihre vorherige Selbstsicherheit wie weggeblasen. Sie hatte keine Kleidung zum Wechseln mit ins Bad genommen und würde in ein Handtuch gewickelt ins Schlafzimmer gehen müssen, und sie konnte nur hoffen, dass Sebastian das nicht als Teil des Vorspiels betrachtete.

Bei diesem Gedanken hätte sie beinahe geweint. Warum spielte dieser Teil ihres Gehirns einfach nicht mit?

Doch sie konnte sich nicht die ganze Nacht im Bad verstecken. Daher wickelte sie sich das Handtuch um die Brüste, holte tief Luft und ging hinaus.

Sebastian saß auf der Bettkante und wartete auf sie. Sie sah, dass er in einer Derby-Zeitschrift blätterte, die er offenbar an diesem Abend gekauft hatte. Er hatte sich ausgezogen und trug nur noch ein Unterhemd und seine Boxershorts. Man konnte sehen, dass er die Szene in der Kabine noch lange nicht vergessen hatte: Seine Erektion war deutlich erkennbar.

In dem Augenblick, in dem sie das Badezimmer verließ, legte er das Heft weg und stand auf. »Was ist los?«

Sie schenkte ihm ein verkrampftes Lächeln. »Nichts. Alles gut.«

»Blödsinn. Ich sehe dir doch an, dass dich etwas beschäftigt.« Er ging zum Schrank, holte einen Bademantel heraus und reichte ihn ihr. Es war ein dunkler, dicker Männerbademantel. Bademäntel für Frauen waren immer aus Frottee oder Satin. Außerdem bedeckte er sie auf höchst unerotische Weise. Sie wickelte sich darin ein und legte das Handtuch dann unauffällig weg. »Jetzt setz dich zu mir«, ordnete er an und deutete auf die Stelle auf der Bettkante, an der er eben noch gesessen hatte.

Chelsea ließ sich bedrückt auf das Bett sinken.

Er kniete sich vor sie und nahm ihre Hände. »Du weißt, dass wir überhaupt nichts tun müssen? Dass ich nichts von dir erwarte? Ungeachtet dessen, was vorhin passiert ist?«

Sie sah ihm in die wunderschönen Augen, die so hell unter seinen dunklen Wimpern schimmerten, und glaubte, innerlich zu zerbrechen. »Aber das ist ja das Problem. Das vorhin war toll, und als wir nach Hause gekommen sind, habe ich ... dieses Gefühl einfach verloren. Ich begreife es ja selbst nicht.« Sie schniefte und blinzelte mehrmals schnell, wobei sie sich dafür verachtete, dass sie deswegen weinen musste. Viele Frauen hatten doch Probleme, einen Orgasmus zu bekommen, oder nicht?

Dummerweise war ihr Problem nicht nur der Orgasmus, sondern die ganze Sache.

»Als wir uns unten geküsst haben?«, hakte er nach. »Glaubst du nicht, dass du einfach nur nervös gewesen bist?«

»Das kann sein«, erwiderte sie schnell und sprang sofort auf die Idee an. »Sollen wir es noch einmal versuchen?«

»Das können wir gern tun, aber ich möchte dich nicht unter Druck setzen.« Er streichelte ihre Handrücken mit den Daumen. »Kein Druck, okay? Wenn es keinen Spaß macht, ist es die Sache nicht wert.«

»Aber dir macht es Spaß«, schniefte sie.

Seine Miene wirkte fast schon gepeinigt. »Nicht wenn du es nicht genießen kannst.«

Darin unterschied sich Sebastian von dem Mann, der ihr so viel genommen hatte. Wer immer es auch gewesen war, ihm war es egal gewesen, was sie dabei empfand oder dass sie durch die Drogen benommen und gefesselt gewesen war, sodass sie sich nicht hatte wehren können. Dieser Mensch hatte einfach nur einen warmen Körper gesucht, den er ficken und vergessen konnte.

Sebastian wollte sie. Sie, Chelsea. Und er wollte, dass sie seine Berührungen genoss.

Und sie wünschte sich so sehr, es genießen zu können.

Bitte, flehte sie innerlich und klopfte neben sich auf das Bett. »Setzt du dich zu mir?«

»Denk an dein Safeword.«

Als ob sie das vergessen könnte. Es war ihr ins Gehirn eingebrannt als das Wort, das sie verabscheute, selbst wenn sie es brauchte. Chelsea streichelte seine Wange und zog ihn an sich. Seine Lippen berührten die ihren ganz sanft, und er strich zärt-

227

lich mit der Zunge darüber. Er roch gut und schmeckte sogar noch besser. Sein Kuss war zärtlich, sanft und liebevoll.

Und sie spürte ... rein gar nichts. Dieser Teil von ihr hatte sich wieder einmal komplett abgeschaltet.

Sie entzog sich ihm, und ihr stiegen wieder die Tränen in die Augen. »Ich begreife einfach nicht, was mit mir nicht stimmt.«

»Mit dir ist alles in Ordnung«, erwiderte er und strich ihr eine feuchte Strähne aus der Stirn. »Und du bist in absolut jeder Hinsicht unglaublich.«

»In jeder bis auf diese«, merkte sie verbittert an.

»Dann bist du da eben ein bisschen blockiert. Das wirst du schon überwinden. Ich habe Geduld und kann warten, bis du bereit bist.«

Aber du hast gesagt, du liebst mich. Kann das auch warten? Sie wollte es zu gern wissen, hatte aber zu große Angst, um die Frage laut auszusprechen. Wie lange würden seine Zuneigung und seine Sorge anhalten, wenn er nichts bekam außer einer Frau, die nicht im Dunkeln schlafen konnte und nichts spürte, wenn er sie küsste?

»Vielleicht sollten wir wieder in die Umkleidekabine gehen«, murmelte sie frustriert. »Dort war alles super, oder nicht?«

Seine Augen funkelten. »Aha.«

»Aha was?«

»Warum hast du noch mal angefangen, Roller Derby zu spielen?« Seine Augen glitzerten, und sie fragte sich, worauf er hinauswollte.

Chelsea zog den Bademantel enger um sich und überlegte. »Ich habe damit angefangen, weil ich zum Training gegangen bin und die Spielerinnen kennengelernt habe.«

»Ja, aber warum Roller Derby? Was genau hat dich daran angesprochen?«

Er wollte auf etwas hinaus, aber sie war zu aufgeregt und frustriert, um ihm folgen zu können. Sie zuckte mit den Achseln. »Sie wirkten so stark und selbstsicher, so zäh. Als könnte ihnen nichts etwas anhaben ...« Sie verstummte und riss die Augen auf. Dann setzte sie sich aufrechter hin. »Du denkst, es wäre vorhin anders gewesen, weil ich da Chesty LaRude war und nicht Chelsea?«

»Ich denke, es warst immer du«, erwiderte Sebastian, der sich auf dem Bett zurücklehnte und mit den Handflächen abstützte. »Aber ich glaube, dass deine Selbstsicherheit erst in dem Augenblick zurückkehrt, in dem du deine Rollschuhe anziehst. Das bist ebenfalls du, aber dieses Ich ist unantastbar und knallhart. Dann bist du unverwundbar.«

Dann war es im Grunde genommen nur eine Gedankenmanipulation? »Dann ... schlägst du vor, dass ich meine Rollschuhe anziehe?«

»Am besten gleich das ganze Derby-Outfit«, sagte er. »Wir können es zumindest versuchen. Was ist denn das Schlimmste, was passieren kann?«

»Dass ich die Treppe runterfalle und mir den Hals breche?«

»Ich lasse dich einfach nicht in die Nähe der Treppe. Einverstanden?«

Konnte das funktionieren? Sie hatte beinahe zu große Angst, um es zu versuchen. Aber diese schnelle Runde heißes Petting in der Umkleidekabine war so wunderschön gewesen. Sie hatte sich so lebendig gefühlt. So normal. So unglaublich perfekt in seinen Armen.

Das wollte sie erneut spüren. Daher sprang sie vom Bett und lief durch das Zimmer, um ihre Derby-Tasche zu holen.

Ihre Kleidung war durchgeschwitzt und eklig, nachdem sie sie den ganzen Abend getragen hatte, aber im Schrank lag noch ein sauberes Outfit, daher holte sie nur ihre Rollschuhe aus der

Tasche und die frische Kleidung aus dem Schrank. Sie zog das Tanktop mit Ringerrücken an, auf dem in Strassbuchstaben »Rag Queens« stand, sah jedoch von den Schulter- und Knieschonern ab, da diese immer den Schweiß anzogen und müffelten.

Auch die Kniestrümpfe zog sie an, ließ jedoch den BH weg, sodass ihre Brüste unter dem Oberteil wippten. Und schon jetzt fühlte sie sich selbstsicherer und auch ein bisschen erregt. Der Stoff rieb über ihre Brustwarzen und erinnerte sie daran, wie Sebastian zuvor daran gesaugt hatte und wie sehr ihr das gefallen hatte. Das lustvolle Gefühl erfasste ihren ganzen Körper.

Sie zog zwar den knappen Rock an, ließ kurzentschlossen aber das knallgelbe Höschen weg, das sie sonst immer darunter trug. Dadurch blitzte ihr nackter Hintern halb unter dem Rock hervor, und ihre Schamhaare ließen sich vorn so gerade eben sehen.

»Oh, wow, ist das sexy«, hauchte Sebastian. Er saß noch immer auf dem Bett, als befürchtete er, den Moment irgendwie zu ruinieren, wenn er aufstand. Während er sich mit den Händen seitlich abstützte, wanderte sein Blick bewundernd über ihren Körper. »Das war eine gute Idee.«

Da konnte sie ihm nur zustimmen. Irgendwie kam sie dadurch, dass sie ihr Derby-Outfit anzog, wieder in Stimmung. Sie fühlte sich ... sexy. Sie beugte sich vor, um die Rollschuhe zuzubinden, richtete sich dann auf und stemmte die Hände in die Hüften.

Sie fühlte sich ... gut. Als wäre sie wieder sie selbst.

Na ja, ohne BH und Höschen.

Sie rollte auf Sebastian zu, wobei sie auf dem Teppich nur schlecht vorankam. Er blickte mit loderndem Blick zu ihr auf, und mit einem Mal hatte sie Schmetterlinge im Bauch.

Jetzt kam der wahre Test – ein weiterer Kuss.

Chelsea leckte sich nervös die Lippen. *Lieber Gott, bitte mach, dass es funktioniert.* Sie baute sich direkt vor ihm auf und legte ihm die Hände auf die Schultern. Er spreizte die Beine, sodass sie sich dazwischenstellen konnte, und legte ihr die Hände auf die Hüften, um dann über ihre Oberschenkel zu streichen. Seine Berührung wirkte gleichzeitig beruhigend und erregend, und sie schob eine Hand in sein Haar und strich ihm die dicken, dunklen Locken aus der Stirn.

Er schaute zu ihr auf, und ihr stockte kurz der Atem, weil er einfach umwerfend aussah. Wie hatte sie nur solches Glück haben können? Wie hatte sich diese überstürzte Scheinehe in etwas verwandeln können, von dem sie regelrecht besessen war und das sie nie wieder aufgeben wollte? War das nicht merkwürdig? Doch eigentlich war das unwichtig, denn es zählte nur, dass sie wieder normal sein wollte, um ihretwillen und für Sebastian.

Und sie wollte wirklich sehr gern mit ihm schlafen. Aber sie wollte keinen Sex, bei dem er sie einfach durchvögelte und sie darauf wartete, dass es endlich vorbei war. Sie wollte guten Sex, die Art von Sex, bei dem ihre Haut schweißnass war, sie nicht aufhören konnte, ihn zu küssen, und bei dem sich jeder Stoß anfühlte, als würde er sie auf eine neue Bewusstseinsebene befördern. Die Art von Sex wünschte sie sich.

Denn alles andere war sinnlos.

Gedankenverloren strich sie mit den Fingern über seine dichten Augenbrauen. Er drängte sie nie. Es lag alles allein bei ihr. Sebastian war einfach unglaublich.

Wie hatte sie nur solches Glück haben können, diesen Mann zu heiraten?

Sie beugte sich vor und drückte sanft die Lippen auf seine. Wie sie seine Lippen liebte! Sie waren weich, aber auch fest, voll und wohlgeformt. Sie waren einfach perfekt. Mit einem leisen, lustvollen Seufzer vertiefte sie den Kuss und bewegte die Lippen auf seinen. Ihr wurde immer wärmer, und ihre Brustwarzen reagierten auf die Liebkosung. Als er den Kuss erwiderte, wurde er immer leidenschaftlicher und heißer, bis sie sich so innig mit den Zungen umgarnten, dass sie schon glaubte, es bis in ihre Klitoris spüren zu können.

»Wie ist das?«, murmelte er, als er sich kurz von ihr löste.

»Ich brauche mehr.« Schon drückte sie den Mund wieder auf seinen.

Er rückte ein Stück von ihr ab. »Ist das gut?«

»Es ist sehr gut«, bestätigte sie, drückte ihn nach hinten auf das Bett und krabbelte auf ihn. Dabei küsste sie ihn weiter und immer wilder. Diese Küsse waren so wunderbar. Es war, als wären ihre Sinne von Sebastian benebelt, von seinem Geschmack, dem Gefühl, seine Lippen zu spüren und seine Zunge, die ihren Mund erkundete.

Sie glaubte, ihn bis in alle Ewigkeit küssen zu können.

»Darf ich dich berühren?«, flüsterte er an ihrem Mund.

»Oh ja. Berühr mich, wo immer du willst. Überall.« Sie rieb sich einmal an ihm, dann spreizte sie die Beine etwas weiter und setzte sich auf seinen Penis. Als sie seine Erektion an ihrer nackten Scheide spürte, keuchte sie auf.

»Himmel, du bist so unfassbar sexy.« Er legte die Hände auf ihren Hintern, umfing ihre Pobacken und drückte sie fester auf sich, während sie das Becken bewegte.

»Findest du das nicht merkwürdig?« Sie presste heiße, schnelle Küsse auf seine Lippen und ging dann zu seinem Kinn und seinem Unterkiefer über. »Dass ich Rollschuhe und meine Roller-Derby-Sachen trage?«

»Soll das ein Witz sein? Es ist, als würde ich eine schmutzige Fantasie ausleben.« Er stieß den Atem aus, als sie an seiner Kehle knabberte. »Du ohne Höschen und mit Rollschuhen ...«

»Klingt fast wie ein Porno, oder?« Sie kicherte und hob den Kopf. »Und das ist wirklich okay für dich?«

»Wenn es dir helfen würde, kann ich gern auch Rollschuhe anziehen.«

Sie kicherte und setzte sich auf, um an seinem Unterhemd zu zerren. »Darf ich dich ausziehen?«

Er musterte sie. »Sollten wir es nicht langsamer angehen und uns mehr Zeit nehmen?«

Chelsea beugte sich vor und knabberte an seiner Unterlippe. Nach einem Augenblick, in dem er vor Ekstase die Augen schloss, erklärte sie: »Ich weiß, wie du ausgestattet bist, Sebastian. Wenn du dir nicht spontan einen zweiten Penis wachsen lässt, dann wird mich da nichts schockieren.«

Er riss die Augen auf. »Habe ich dir mein großes Geheimnis etwa noch nicht verraten?«

Sie schnaubte und stieg von ihm herunter. »Jetzt zieh dich endlich aus.«

»Du bist so sexy, wenn du Kommandos gibst. Du bist wie ein Roller-Derby-Drill-Sergeant.« Er stand auf und zog sich das Unterhemd über den Kopf, wobei sich seine Muskeln auf eine Art und Weise bewegten, die ihr den Atem raubte und weiche Knie bescherte.

Aber dieser Vergleich war wieder einmal typisch Sebastian. Sie konnte nicht aufhören zu kichern. »Also wirklich, Basty. Gut, dass du kein Schriftsteller bist.«

»Igitt, ich hasse diesen Spitznamen.« Er schauderte und ließ seine Boxershorts zu Boden fallen. »Der ist sogar noch schlimmer als Nugget.«

»Wie soll ich dich denn dann nennen?« Sie starrte die Muskeln an seinem Hintern an, als er sich bewegte. Und seinen

Penis, der erigiert und noch größer war als in ihrer Erinnerung. Sie hätte ihn den ganzen Tag lang ansehen können.

Er tat so, als würde er überlegen. »Hengst?«

Wieder musste sie kichern, und sein jungenhaftes Grinsen verriet ihr, dass er nur Spaß machte. Aber das ging in Ordnung. »Dann komm wieder ins Bett, Hengst.« Sie klopfte neben sich auf die Matratze. Im Augenblick hatte sie solchen Spaß, dass ihre Nervosität völlig verflogen war. Ihre Rollschuhe waren zwar groß und klobig, aber das machte ihr nichts aus. Sie fühlte sich sexy und begehrenswert.

Er krabbelte auf allen vieren auf sie zu, beugte sich vor und küsste sie so leidenschaftlich und innig, dass ihr der Atem stockte. Fast schon automatisch legte sie eine Hand zwischen ihre Beine und stellte überrascht fest, dass sie feucht war. Sebastian hob den Kopf und schaute dann nach unten, wo sie sich befingerte. »Ich würde alles darum geben, jetzt mit diesen Fingern tauschen zu können.«

»Ach ja?« Über ihre Lippen kam nur noch ein aufgeregtes Flüstern, und sie spreizte die Beine weiter, damit er zusehen konnte, wie sie sich streichelte.

»Oh ja. Ich möchte mein Gesicht dort unten vergraben und nie wieder Luft holen müssen.«

Seine Worte erregten sie noch mehr. »Was ist mit meinen Brüsten?« Sie schmerzten fast schon unter ihrem Oberteil, und der Stoff scheuerte über ihre Brustwarzen, als sie sich auf dem Bett bewegte.

»Oh, denen würde ich mich natürlich auch ausgiebig widmen. Ich würde deine süßen Nippel in den Mund nehmen und stundenlang lecken.«

Sie wimmerte, weil sich das so gut anhörte. Als sie mit den Fingern über ihre Klitoris strich, schnappte sie nach Luft, weil sie so unglaublich erregt war.

Er küsste sie erneut. »Wo möchtest du berührt werden, Chelsea?«

Als Antwort auf seine Frage zog sie ihr Top hoch und enthüllte ihre Brüste.

»Hmm, so schöne Brüste.« Er küsste sie erneut und umfing ihre rechte Brust mit einer Hand. Es fühlte sich so gut an, seine warme Hand auf ihrer Haut zu spüren, dass sie an seinen Lippen aufkeuchte. Er rieb mit dem Daumen über ihre Brustwarze, und sie wimmerte und leckte an seiner Zunge. »Möchtest du meinen Mund an deinen Lippen oder auf deinen Brüsten spüren, Baby?«

Sie musste es sich aussuchen? Eigentlich wollte sie seinen Mund überall spüren, daher schien es ihr nicht fair zu sein, dass sie sich entscheiden musste. »Entscheide du«, stieß sie keuchend hervor.

Er schüttelte langsam den Kopf und strich mit den Lippen über ihre. »Du hast hier das Sagen, Chelsea. Auch wenn ich fast auf dir liege, bist du diejenige, die alles entscheidet.«

Dass er ihr das noch einmal bestätigte, ließ sie erschauern. Sie bewegte die Finger noch schneller über ihre Klitoris, umkreiste sie und benetzte den empfindlichen Nervenknoten. »Meine Brüste«, stieß sie stöhnend aus. »Küss sie.«

Sebastian ließ den Mund weiter nach unten wandern, küsste ihren Hals und ihr Schlüsselbein und die Stelle über ihrem Oberteil, das sich über ihren Brüsten bauschte. Er schob den Stoff noch weiter hoch und drückte Küsse auf die Seiten ihrer Brüste. Ihre Brustwarzen schmerzten schon fast vor Begierde, und Chelsea stöhnte und drückte sich gegen seinen Mund. »Bitte.«

»Bitte was, Baby?« Er ließ die Zunge hervorschnellen und über ihre Haut gleiten. »Soll ich deine Haut ablecken? Das tue ich doch schon. Du schmeckst süß wie Honig. Ich kann es kaum erwarten, dass du mich darum bittest, weiter nach unten vorzudringen.« Seine Stimme klang heiser und selbstsicher, und seine Worte bewirkten ebenso wie seine Liebkosungen, dass sie sich unter ihm wand.

Und es fühlte sich gut an, war aber noch nicht das, was sie wollte. Sie hatte beinahe den Eindruck, dass er ihre Brustwarzen absichtlich aussparte. »Bitte leck meine Nippel, Sebastian.«

»Das heißt Hengst, schon vergessen?«

Wieder musste sie kichern. »Bitte leck meine Nippel, Hengst.« Ihr Lachen ging in ein Zischen über, als er den Kopf senkte und die Zunge über ihre linke Brustwarze schnellen ließ. Sie spürte die Berührung im ganzen Körper, stöhnte und bewegte die Finger auf ihrer Klitoris schneller. »Oh Gott, mach das noch mal.«

Sebastian ließ die Zunge über den Warzenhof kreisen, nahm ihre Brustwarze dann in den Mund und knabberte zärtlich daran. Als er das tat, wäre sie beinahe vom Bett gesprungen. Sie nahm die Hand von ihrer Klitoris, da sie auf einmal viel zu empfindlich war und nicht beide Stimulierungen gleichzeitig ertragen konnte. Doch sie wollte, dass er weitermachte. Nein, sie brauchte es. Sie sehnte sich nach seiner Berührung, jetzt, da ihr Körper erwacht war und reagierte. »Oh, Sebastian«, hauchte sie. »Das fühlt sich unglaublich an.«

Er drückte die Lippen auf ihre Brustwarze und leckte wieder darüber. Einen Augenblick später pustete er kühle Luft über die empfindliche Erhebung. »Du bist so wunderschön, Chelsea. Du hast ja keine Ahnung, wie lange ich schon davon träume, das mit dir zu machen, oder was ich mir jede Nacht ausmale, wenn du dich im Bett an mich schmiegst.«

Sie stöhnte, und vor ihrem inneren Auge flackerten die Bilder auf, die seine Worte hervorriefen. Er leckte und knabberte immer weiter an ihren Brüsten, bis sie wimmerte und bei jeder Bewegung seiner Zunge das Becken anhob. Ihre Rollschuhe zuckten auf dem Bett, als sie sich unter ihm wand.

»Streichelst du dich noch?«, wollte er wissen und ließ kurz von ihr ab. »Spielst du unter deinem knappen Röckchen noch immer an deiner süßen Muschi herum?«

Sie schüttelte den Kopf und konnte nicht antworten.

»Warum nicht? Wird dir das zu viel?« Er streichelte mit den Fingern über ihren Bauch. »Oder möchtest du, dass ich das mache?«

Sie wimmerte, nickte und spreizte auffordernd die Beine.

»Sag mir, dass ich dich streicheln soll, Baby.«

»Sebastian, bitte.« Sie rutschte auf dem Bettlaken hin und her und schob ihr kurzes Röckchen weiter nach oben. »Du musst meine Muschi berühren.«

»Ach ja? Dann zeig mir mal, wie feucht du bist, Baby.« Er strich mit den Fingern über ihre feuchten Schamlippen und stieß ein kehliges Geräusch aus. »Schau einer an. So feucht. Ist das alles für mich?«

Sie nickte und klammerte sich an seine Schultern.

Er rutschte auf dem Bett weiter nach oben und küsste sie ein weiteres Mal. Währenddessen erkundete er ihre Scheide langsam mit den Fingern. Mit einem Finger rieb er über ihre Schamlippen, von ihrer Öffnung bis hinauf zur Klitoris, wieder und wieder, bis sie unter ihm zuckte und sich verzweifelt nach mehr sehnte.

»Es hat dir vorhin gefallen, wie ich dich berührt habe, nicht wahr?«, flüsterte er zwischen innigen Küssen. »Als du auf meinem Schoß gesessen und meine Hand geritten hast, obwohl die anderen vor der Tür standen und in die Kabine wollten? Du wusstest, dass sie gewartet haben, aber es war dir egal. Du wolltest einfach nur kommen.«

Wie benommen klammerte sich Chelsea an ihm fest, während er mit einem Finger ihre Klitoris umkreiste. Sie spreizte die Beine noch weiter und keuchte. Es fühlte sich so gut an. Es war so gut, und dennoch brauchte sie mehr. Sie verlor sich völlig in seiner Berührung, in seinen Worten, in der Welt, die er für sie erschuf und in der es nichts gab außer Sebastian, seinen Fingern, seinem Mund und seiner glühenden Haut.

»Du bist so wunderschön«, murmelte er. »Und so feucht. Du benetzt meine Hand.« Er rieb sie noch einmal, hob dann die Hand, an der ihre Feuchtigkeit klebte. Zu ihrer Überraschung fuhr er mit einem feuchten Finger über ihre Lippen. »Du bist perfekt, Chelsea. Einfach nur perfekt.«

Dann beugte er sich vor und leckte ihr über die Lippen.

Sie stöhnte wieder, und dann lag seine Hand erneut auf ihrer Scheide, und er drang mit einem Finger tief in sie ein. Bei der unverhofften Penetration sog sie die Luft ein und verspannte sich kurz. Aber dann lag sein Daumen wieder auf ihrer Klitoris und rieb sie, und schon tobte die Lust durch ihren Körper. Sie küsste ihn und stöhnte leise, während er sie mit den Fingern liebkoste.

Sebastian sagte ihr in leisen, schmutzigen Worten, was er alles mit ihr tun wollte, und drang mit dem Finger immer wieder in sie ein, während er mit dem Daumen weiter ihre Klitoris rieb. Sie drückte sich gegen seine Hand, und er wurde noch schneller. Sie war so kurz davor. Er machte immer weiter, und sie bohrte die Fingernägel in seine Schultern, warf den Kopf in den Nacken, schloss die Augen und biss sich in die Unterlippe. Es dauerte zu lange, oder nicht? Sie hätte doch schon längst einen Orgasmus haben müssen, oder? Vielleicht war sie ja immer noch ...

Doch dann zuckten ihre Beine, sie schrie auf und kam.

»So ist es gut«, murmelte Sebastian. »Himmel, du bist

so unfassbar schön. Ich liebe es, dich anzusehen, wenn du kommst.«

Chelsea klammerte sich an Sebastian, während sie sich wieder beruhigte, und staunte über die Wogen der Lust, die ihren Körper erschütterten. Das fühlte sich so gut an. Und es war völlig unwichtig, dass sie ihre Rollschuhe und ihr Derby-Outfit trug. Ihr Ehemann hatte ihr gerade einen überwältigenden Orgasmus geschenkt. Ihr kam ein zufriedener Seufzer über die Lippen.

»Fühlt sich das gut an?«, fragte er und hörte nicht auf, sie zu streicheln. Noch immer zuckte sie ein wenig und hielt sich an ihm fest.

»Es fühlt sich unglaublich an.« Sie gab ihm einen langen, leidenschaftlichen Kuss, um ihm zu zeigen, wie sehr ihr das gefallen hatte.

Er stöhnte an ihrem Mund, und seine pumpenden Finger bewegten sich immer ruckartiger. Bisher hatte sich Sebastian nur um ihre Bedürfnisse gekümmert, wurde ihr plötzlich bewusst, und sie strich mit einer Hand über seine nackte Brust. Er war so fixiert darauf gewesen, sie kommen zu lassen und sie zu verwöhnen, doch sie hatte noch gar nichts für ihn getan. Sie hatte einfach nur dagelegen und es genossen.

Aber jetzt, wo sie befriedigt und erschöpft war, konnte sie diesen Gefallen doch erwidern, oder nicht? Sie ließ ihre Hand weiter nach unten wandern und seufzte erfreut auf, als sie seinen Penis umfasste. Er war so heiß, dass sich seine Haut fast anfühlte, als könnte sie sich daran verbrennen. »Das hier fühlt sich auch gut an«, schnurrte sie leise.

Als Reaktion darauf küsste er sie noch leidenschaftlicher und stieß die Finger heftiger in sie hinein.

Daher rieb sie sein Glied, und als er in ihrer Hand zuckte, beschloss sie, ihn ein wenig zu ärgern. Sie ließ ihn los und glitt mit den Fingern federleicht über seinen Penis. Sie strich sanft über die Eichel und benetzte die Finger mit dem Präejakulat, das sich bereits dort gesammelt hatte. Dann ließ sie die Finger an der dicken Vene auf der Unterseite weiter nach unten wandern, um sanft seine Hoden zu streicheln. Er drückte sich gegen ihre Hand, und seine Küsse wurden immer wilder. Seine Lippen wanderten über ihren Hals und leckten und saugten dort an ihrer Haut.

Als er mit dem Daumen erneut über ihre Klitoris rieb, wurde sie immer erregter.

»Wann werde ich ihn endlich in mir spüren?« Sie fuhr mit den Fingern erneut über die gesamte Länge seines Glieds und umkreiste die Eichel mit dem Daumen. Als er feucht von seinem Präejakulats war, hob sie ihn an den Mund und leckte ihn ab. »Es sei denn, du möchtest, dass ich ihn in den Mund nehme?«

Er nahm die Hand aus ihrem Schritt, schob sie in ihr feuchtes Haar und hielt sie fest, während er sie innig küsste. Dabei legte er sich mit den Hüften auf ihre und bewegte seinen Penis zwischen ihren Schamlippen auf und ab. »Ich kann ihn dir sehr gern geben, Baby, aber du musst mir sagen, was du willst. Nicht dass wir doch schneller sind, als es dir lieb ist.«

»Das ist nicht zu schnell«, hauchte sie. Sie hob die Beine an und verschränkte die Füße, wobei sich die Rollen an ihren Rollschuhen drehten. »Mach das noch mal und reib dich an mir.«

Er stützte sich rechts und links neben ihr auf das Bett, beugte sich vor und küsste sie wieder, um dann mit dem Penis erneut über ihre Schamlippen zu reiben. Als seine Eichel gegen ihre Klitoris stieß, stöhnte Chelsea leise auf.

»Das fühlt sich so gut an«, stellte sie fest.

»Er wird sich auch in dir gut anfühlen«, erwiderte Sebastian und knabberte an ihrem Kinn.

Davon war sie überzeugt. Sebastian war so unglaublich vorsichtig. Er würde sie nicht auf das Bett werfen, einige Male in sie hineinstoßen und kommen, ohne sich um sie zu scheren. Vielmehr würde er dafür sorgen, dass sie es ebenso genoss wie er und dass sie vor ihm zum Höhepunkt kam. Das taten nur wenige Männer, und sie war schon richtig gespannt darauf, ob sie noch einen Orgasmus haben würde. »Glaubst du, du kannst mich noch einmal kommen lassen, bevor du die Kontrolle verlierst?«

»Aber natürlich«, versprach er ihr und sah sie mit großem Ernst an. »Ich möchte, dass du dich um meinen Schwanz zusammenziehst, bevor ich in dir komme.«

Sie erbebte und malte es sich schon einmal aus. »Das möchte ich auch.«

»Wie fühlst du dich?« Er drückte ihr einige Küsse aufs Gesicht.

Sie zuckte unter ihm. »Als könnte ich dringend einen großen, harten Schwanz in mir gebrauchen.«

Sebastian lachte leise. »Das lässt sich einrichten.« Er setzte sich auf, und sie löste die Beine, die sie um ihn geschlungen hatte, wobei sich die Rollen an ihren Rollschuhen erneut drehten. Dann stand er vom Bett auf und ging zum Nachtschrank, auf dem die Schachtel mit den Kondomen lag. Er nahm eines heraus und packte es aus. Chelsea beobachtete, wie er es sich überstreifte, wie er das Latex über seinen Penis abrollte, und sie streichelte erneut ihre Klitoris. Als er zum Bett zurückkehrte, hob sie eine Hand und griff nach ihm. Er verschränkte die Finger mit ihren, legte sich auf sie und positionierte die Hüften zwischen ihren Beinen. Aber er drang nicht sofort in sie ein, sondern küsste sie zärtlich und legte den Penis direkt an ihre Scheide. Das war eine wundervolle Folter.

Wie er die Finger mit ihren verschränkt hielt und über ihren

Kopf legte, das war so wunderschön, dass sie es kaum ertragen konnte. Sie stöhnte und wimmerte an seinem Mund und wollte mehr, da sie wusste, dass sie bei ihm in Sicherheit war. Er passte auf sie auf. Er ließ sie nicht leiden. »Sebastian, bitte.«

»Ich bin hier, Liebes«, murmelte er sanft. »Ich bin bei dir.« Er ließ ihre Finger los, stützte sich auf einen Arm und führte mit der anderen Hand seinen Penis vor ihre Scheidenöffnung. Als er mit der Eichel darüberrieb und das Kondom benetzte, wimmerte Chelsea wieder, da sich das so gut anfühlte und sie sich so sehr nach ihm sehnte. Sie brauchte mehr. Viel mehr. Sie wollte ihn tief in sich spüren und von ihm ausgefüllt sein.

Dann küsste er sie wieder und drang langsam tief in sie ein.

Chelsea konnte vor Staunen nicht mehr atmen. Er fühlte sich so richtig und so gut an. Sie hielt den Atem an, während Sebastian ihr Gesicht, ihren Hals und alle Stellen, die er erreichen konnte, küsste, als wollte er sie von dem unfassbaren Gefühl ablenken, dass sein Eindringen in sie in ihr hervorrief. Als wäre das überhaupt möglich.

Als er so tief in ihr war, dass sie schon glaubte, er würde ihr Herz berühren, hob er den Kopf.

Und erstarrte.

»Chelsea?«

»Hmm?«

»Du weinst. Ist alles in Ordnung?« Er verzog besorgt das Gesicht. »Soll ich lieber aufhören.«

Sie weinte? Das war ihr gar nicht aufgefallen. Sie wischte sich mit einer Hand die Augen ab und schüttelte den Kopf. »Wenn ich weine, dann nur, weil es sich so unglaublich gut anfühlt, so mit dir zusammen zu sein. Du bist wunderbar, Sebastian. Einfach wunderbar.«

Er atmete aus und entspannte sich. »Gott sei Dank. Ich

hatte schon befürchtet, ich hätte dir wehgetan.« Wieder küsste er ihren Hals und drückte das Gesicht dagegen. »Du weißt, dass wir jederzeit aufhören können, ja? Nur, weil ich in dir bin, bedeutet das noch lange nicht, dass wir ...«

Chelsea hob die Füße an, schlang ihm die Beine um die Hüften und drückte ihm die Fersen gegen den Hintern. »Mach weiter«, verlangte sie. »Ich möchte, dass du das tust.«

»Okay, aber wenn du anfängst, zu weinen und mich Daddy zu nennen, höre ich auf.«

Sie kicherte und schniefte. »Abgemacht.«

Er eroberte ihren Mund mit einem weiteren Kuss, der dieses Mal jedoch sanft und unglaublich zärtlich war. Dabei bewegte er die Hüften und damit seinen Penis in ihr.

Chelsea hielt die Luft an, weil es sich so gut anfühlte. So richtig. Sie klammerte sich an ihn und stöhnte vor Lust, während er einen langsamen, wundervollen Rhythmus fand und ihr ermutigende Worte zuraunte. Er sagte ihr, wie wunderschön sie war, wie gut sie sich anfühlte, wie heiß ihr Outfit war, wie sehr er es liebte, dass ihre Brüste wippten, wenn er in sie eindrang. Sie fühlte sich sexy und wunderschön, und obwohl er auf ihr lag, war es, als wäre sie das Zentrum seiner Welt, seines Universums, und das war ein wunderbares Gefühl.

Es war, als hätte sie weiterhin die Kontrolle.

Irgendwann machte sie mehr, als nur liebevoll mit den Händen über seinen muskulösen Körper zu streicheln. Sie hob die Hüften an, um seinen Stößen entgegenzukommen, und seine Küsse wurden wilder. Ebenso wie seine Bewegungen. Jeder Stoß schien härter und intensiver zu sein als der letzte, bis sie jedes Mal aufschrie und die Fingernägel in die Muskeln an seinen Schultern bohrte, als müsste sie sich festhalten. Und es fühlte sich so gut an. Sie genoss die Empfindungen, die sie durchströmten, und verlor sich in ihrer Lust. Und wenn er endlos so weitergemacht hätte – sie hätte nichts dagegen gehabt.

Aber Sebastian hatte offenbar andere Pläne. Nach einem besonders heftigen Stoß legte er einen Daumen auf ihre Klitoris. Als er sich das nächste Mal in sie hineinstieß, bewegte er die Hand und rieb sie auf genau die richtige Weise. Sie schrie auf, öffnete die Augen und klammerte sich noch fester an ihn.

»Ist das gut?«, wollte er wissen.

Ihr Wimmern war die einzige Antwort, die sie ihm geben konnte.

»Das werte ich als Ja.« Er stieß sich wieder in sie hinein, und sie verspannte den ganzen Körper und riss den Mund auf. Oh Gott, sie kam gleich, sie war schon so kurz davor …

Bei seinem nächsten Stoß entfuhr ihr ein erstickter Schrei, und der Orgasmus ergriff von ihrem Körper Besitz.

»Ja, so ist es richtig, Baby«, flüsterte er, während sie kam. »Ich kann spüren, wie du dich zusammenziehst. Himmel, du fühlst dich so gut an. Komm weiter für mich, Liebes.« Er hielt das Becken still und rieb weiter ihre Klitoris, und ihr Orgasmus schien gar nicht mehr aufhören zu wollen. Es war, als würde sie förmlich zerspringen … aber auf wundervolle Weise.

Nachdem sie ein letztes Mal erbebt war, lag sie ermattet und befriedigt auf dem Bett. Sebastian küsste sie erneut, aber sie erwiderte den Kuss nur träge. »Du siehst wunderschön aus, wenn du so schläfrig und durchgefickt daliegst«, murmelte er und stieß sich wieder in sie hinein. »Da möchte ich am liebsten auch kommen. Und zwar sofort.« Er untermalte jedes Wort mit einem heftigen Stoß.

»Ja«, hauchte sie und fuhr ihm mit den Fingern durch die dunklen Locken. »Komm für mich, Sebastian.« Mit einem kecken Grinsen fügte sie hinzu: »Du Hengst.«

Sein Lachen ging in ein Stöhnen über, er verkrampfte die Hände und schloss die Augen. Sein nächster Stoß erfolgte ruckartig, und Chelsea spürte, wie er am ganzen Körper zuckte, als er kam und sich der Leidenschaft hingab. Danach sackte er ermattet auf sie und drückte ihr weitere Küsse auf den Hals. »Wow.«

»Ja.« Sie klang so zufrieden. So glücklich. Sie drückte Sebastians schweißnassen Körper an sich. »Okay, das war verdammt großartig.« Sie tätschelte seine Schulter. »Das hast du gut gemacht.«

Er lachte, drehte sich auf die Seite und zog sie mit sich. »Nur gut?«

»Okay, lass mich einen Vergleich ziehen, der von dir stammen könnte.« Sie legte den Kopf schief. »Das hast du so gut gemacht wie erwartet.«

Er stöhnte auf und biss ihr spielerisch ins Kinn. »Du verdammst mich mit deinem armseligen Lob, Weib.«

»Eigentlich nicht. Meine Erwartungen waren wirklich sehr hoch.« Als er ihre Haut weiterhin mit sanften Küssen bedeckte, seufzte sie erneut zufrieden. »Verdammt hoch.«

»Dann bin ich ebenso erfreut wie …«, er überlegte kurz, »ein Lotteriegewinner.«

Sie konnte ihr Kichern nicht unterdrücken. »Das ist der wohl schlechteste Vergleich, der dir einfallen konnte.«

»Warum denn? Hast du schon mal einen traurigen Lotteriegewinner gesehen? Ich nicht.«

Sie lachte und drückte ihn an sich. »Dann bin ich ebenfalls die allerglücklichste Lotteriegewinnerin.«

»Wollen wir zusammen unter die Dusche gehen?«

»Gute Idee«, antwortete sie zwischen den Küssen. »Gib mir einen Moment, dann komme ich nach. Ich muss mich noch ausziehen.« Sie deutete auf ihre Rollschuhe.

Er nickte, gab ihr noch einen letzten Kuss und sprang dann vom Bett auf, wobei er trotz des intensiven Sex wirkte, als wäre er voller Energie.

Chelsea schaute ihm bewundernd hinterher und genoss die Art, wie sich die Muskeln an seinem Hintern bewegten. Er hatte wirklich einen großartigen Hintern. Klein und fest, wie ein Apfel. Dann kicherte sie über diesen dummen Vergleich. Sie stand langsam vom Bett auf und löste die Schnürsenkel ihrer Rollschuhe. Auf einmal hielt sie inne und schaute zum Nachttisch hinüber, auf dem ihr Handy lag.

Sie griff danach und schickte Pisa eine Nachricht.

Chesty: Dreimal darfst du raten, wer gerade Sex mit dem eigenen Ehemann hatte!

Pisa antwortete sofort.

Pisa: OMG!! Ist nicht wahr! Yay! Das freut mich so für dich!!!

Chesty: Super, was? Und zwei Orgasmen! Zwei!! Plus einen vorhin in der Umkleidekabine!

Pisa: Das hat Cherry also gemeint! Sie schrieb, du hättest in der Kabine was erlebt, aber ich dachte, es hätte eine Rauferei gegeben!

Chesty: Nein! Ich hatte Sex!

Pisa: Yay!!! Wenn wir uns das nächste Mal sehen, gebe ich dir einen aus.

Chelsea grinste und verabschiedete sich schnell, um auch Gretchen kurz zu schreiben.

Chelsea: Erinnerst du dich an das, was ich dir neulich beim Mittagessen erzählt habe? Es stimmt doch nicht. Der Sex mit Sebastian ist großartig.

Gretchen: Hurra!! Bedeutet das, dass du die Handschellen nicht brauchst? Dann nehme ich sie dir ab.

Chelsea: Ähm. Die behalte ich lieber, aber danke.

Gretchen: Spielverderber. Aber im Ernst, ich hoffe, du bist ein paar Mal gekommen.

Chelsea: Ich kann mich nicht beklagen.

Gretchen: JAAAA! Gut gemacht.

Gretchen: Das müssen wir morgen feiern, wenn wir die Braut-jungfernkleider kaufen gehen. Ich hole dich um eins ab. Du musst unbedingt mitkommen.

Chelsea: Okay. Klingt gut.

Gretchen: Und jetzt ran an den Mann! Die Nacht ist noch jung!

Das klang nach einer guten Idee. Chelsea legte das Handy weg und zog sich schnell aus, damit sie zu Sebastian unter die Dusche steigen konnte.

21

Gretchen fuhr am nächsten Tag in einer Limousine mit Chauffeur vor Sebastians Haus vor. Chelsea hatte eine Sonnenbrille und einen Hut auf, als sie durch die Tür kam, für den Fall, dass in der Nähe wieder Fotografen lauerten. Rufus war erneut an ihrer Seite, und die Paparazzi schienen ihr mehr Aufmerksamkeit zu schenken, wenn sie von ihrem großen, beeindruckenden Bodyguard begleitet wurde.

Es war offensichtlich, dass Gretchen die Fotografen einfach ignorierte. Sie riss die Wagentür auf und pustete in eine Tröte, um Chelsea eine Plastikkrone zu reichen, als sie einstieg.

»Was soll denn das?«, erkundigte sich Chelsea und setzte die Krone auf, auf die vorn eine riesige Null aufgemalt war. »Fangen wir jetzt schon mit dem Junggesellinnenabschied an?«

»Nein! Das ist eine ›Herzlichen Glückwunsch zum Orgasmus‹-Krone!« Sie blies erneut in die Tröte, und sowohl der Fahrer als auch Rufus starrten Chelsea entgeistert an.

Sie kicherte und rückte die Krone zurecht. Dann war es also keine Null, sondern ein O. »Es geht doch nichts über guten Sex«, stimmte sie ihrer Freundin zu.

Gretchen klatschte sie ab. »Ich hätte dir ja einen Kuchen gebacken, aber das wäre zu klischeehaft. Außerdem bin ich auf Diät.«

»Immer noch? Du siehst doch umwerfend aus. Geh mit mir im Central Park Rollschuh laufen, wenn du magst. Meine Trainingspartnerin ist weggezogen.«

248

Gretchen verzog das Gesicht. »Nein, danke. Da esse ich lieber Salat. Ich bin allergisch gegen das Schwitzen.«

»Ja, klar.«

Gretchen klimperte mit den Wimpern. »Außerdem geht es um meine Feier, also versuch nicht, sie mir mit dem Gerede von Training zu ruinieren. Reden wir lieber über . . .« Sie hielt ein Brautmagazin hoch. »Lächerliche Brautjungfernkleider. Ich hatte an etwas mit Rüschen und Reifröcken gedacht. Was meinst du?«

Chelseas Lippen zuckten. »Deine Schwester wird dich umbringen.«

»Was doch den halben Spaß ausmacht, oder nicht?« Gretchen blätterte durch das Heft. »Etwas Griechisches würde mir auch gefallen. Eine Schulter frei und so. Du hast doch keine schrecklichen Tattoos, die wir lieber überdecken sollten?«

»Ich nicht. Was ist mit den anderen?«

»Oh, Greer fühlt sich nicht so gut, daher treffen wir uns mit ihr und Taylor direkt im Brautmodeladen. Audrey arbeitet natürlich. Kat ist in Deutschland auf irgendeiner Verlagsmesse. Und Edie kann wegen der Katzen nicht weg.« Gretchen blätterte weiter. »Was hältst du von . . . etwas Griechischem mit Reifröcken?«

»Auf gar keinen Fall.« Chelsea rückte ihre Krone zurecht.

»Du wirst möglicherweise überstimmt.«

»Irgendwie bezweifle ich das.«

Gretchen deutete auf ein Foto in ihrem Magazin. »Du bist doch nicht eifersüchtig, oder? Weil ich ein Jahr lang die schreckliche Braut spielen kann, während du in New Orleans die schnellste Hochzeit aller Zeiten hattest? Denn wenn das so ist, dann halte ich lieber den Mund.«

»Nein, ich höre mir das alles sehr gern an«, erwiderte Chelsea lächelnd. »Das macht mir überhaupt nichts aus.« Sie hatte tatsächlich sehr gute Laune, und ihr war, als könnte ihr nichts die Stimmung vermiesen. »Und ich bin froh, dass wir keine so große Hochzeit hatten. Du hast ja die Fotografen vor dem Haus gesehen. Die stehen schon da, obwohl wir heimlich geheiratet haben, da möchte ich mir gar nicht erst ausmalen, wie der Rummel bei einer großen Hochzeit gewesen wäre.«

Bei so viel Aufmerksamkeit hätte es sie bestimmt eine Ewigkeit gekostet, um endlich mit Sebastian zu schlafen. Was – im Nachhinein betrachtet – ein Verbrechen gewesen wäre.

»Ich habe immer noch nicht ganz begriffen, warum ihr beide so plötzlich geheiratet habt«, meinte Gretchen, blätterte weiter zu einer Parfümwerbung und schnupperte daran.

»Wir . . . haben uns einfach verliebt.« Die Lüge kam ihr nur stockend über die Lippen, und Chelsea runzelte die Stirn, da ihre Laune nun doch einen Dämpfer bekam. So langsam kam ihr die Geschichte ein wenig unglaubwürdig vor, insbesondere jetzt, wo aus ihrer Freundschaft mehr geworden war. Was waren sie jetzt eigentlich genau? Verheiratete Freunde, die miteinander schliefen? Sie wusste wirklich nicht, wie sie das nennen sollte.

Sie hatte nicht die geringste Ahnung, was sie füreinander waren, und das war gerade nach letzter Nacht schon ein wenig deprimierend. Als sie aus der Dusche gekommen waren, hatten sie sich noch einmal geliebt, langsam und zärtlich, und Chelsea hatte wieder ihre Derby-Sachen getragen. Später hatte er sie stundenlang in den Armen gehalten, und sie hatten nur geredet, während er sie gestreichelt hatte. Sie hatte sich geschätzt, bewundert und geliebt gefühlt.

Wie ein ganzer Mensch.

Doch das konnte sie sich auch alles eingebildet haben. Zwar nannte er sie »Baby« und »Liebes«, aber sie wusste, dass er sie nicht für ein Baby hielt, und »Liebes« konnte auch nur ein weiterer bedeutungsloser Kosename sein. Außerdem hatte er nur vor seiner Familie gesagt, dass er sie liebte, als sie über ihre Beziehung gelogen hatten.

Warum war sie nur so verdammt fixiert darauf, ob er sie liebte oder nicht? Chelsea machte sich Sorgen, es könnte möglicherweise daran liegen, dass sie ebenfalls in ihn verliebt war. Und dann wäre es ganz schlecht, wenn ihre Gefühle nicht erwidert wurden. Eigentlich war es so oder so schlecht. Nur weil sie tollen Sex hatten, bedeutete das noch lange nicht, dass sie geheilt war. Das war ihr durchaus bewusst. Sie hatte noch immer Probleme, und die würden auch so schnell nicht verschwinden. Klammerte sie sich etwa nur an Sebastian, weil sein Penis sie vorübergehend »geheilt« hatte?

Das Problem war, dass sie, wenn sie nicht in die Haut von Chesty LaRude, dem brutalen, aber lustigen Derby-Mädchen, schlüpfte, eine ziemlich verkorkste Frau ohne Selbstbewusstsein war. Sie traute ihrem eigenen Urteilsvermögen nicht mehr.

Gretchen schnitt eine Grimasse und verschloss die Parfümprobe wieder. »Uff. Das Zeug riecht ja scheußlich. Deine Seifen duften sehr viel besser als dieser Mist.«

»Oh, danke.« Chelsea wandte sich wieder Gretchens Geplauder zu und beobachtete, wie ihre Freundin in dem Magazin herumblätterte, während die Limousine durch die Straßen von Manhattan fuhr.

»Ach, wo wir gerade von Seifen reden«, meinte Gretchen und schaute Chelsea an. »Ich würde gern ein paar nach Rosen duftende Dinge als Hochzeitsgeschenke verschenken. Ich dachte, das wäre eine nette Idee, da Hunter so auf Rosen steht. Außerdem sind deine Seifen einfach himmlisch. Bist du dabei?«

»Für dich? Aber natürlich.« Gretchens Lob tat ihr sehr gut.

»Ich werde ein paar verschiedene Düfte und Formen ausprobieren, und du sagst mir, was dir am besten gefällt.«

»Du weißt schon, dass dein Umsatz drastisch steigen würde, sobald die Medien mitbekommen, dass du Seifen herstellst, oder? Daher dachte ich mir, ich bitte dich lieber möglichst bald darum.«

Chelsea rümpfte bei diesem Gedanken die Nase. Sie verkaufte gern Seifen, weil sie dabei keinen direkten Kundenkontakt hatte und es ein angenehmer, entspannter Job war, der ihr die Zeit ließ, sich ihrer wahren Leidenschaft zu widmen: dem Roller Derby. Sobald sie mehr Anfragen bekäme, hätte sie weniger Zeit für Sebastian und für die Rag Queens. Aus irgendeinem Grund machte sie das unglücklich. Sie hatte nie ein Seifenmogul werden wollen. Reichtum hatte sie nie besonders interessiert. Sie hatte nur nach einem Job gesucht, mit dem sie genug Geld verdiente (was auf die Seifenherstellung nur bedingt zutraf), damit sie sich ihren anderen Leidenschaften widmen konnte. »Wir werden sehen.«

Falls Gretchen das Zögern in Chelseas Stimme mitbekommen hatte, so ließ sie es sich nicht anmerken. Stattdessen widmete sie sich einem Artikel, in dem es um Geschenke für den Bräutigam ging. »Diese ganze Sache macht mich nervös«, gestand Gretchen. »Ich mache zwar Witze darüber, dass ich ein Brautmonster bin, aber ich möchte eigentlich nur, dass es für Hunter und mich ein schönes Erlebnis wird. Ich weiß, dass er dieser großen Hochzeit nur zugestimmt hat, weil ich es mir so wünsche, und ich möchte ihn beschützen. Daher soll es bei dieser Hochzeit vor allem um uns gehen. Um Dinge, die uns etwas bedeuten. Darum heiraten wir auch nächsten Sommer in Hunters Garten, wenn die Rosen blühen. Ich möchte einen Brautstrauß aus einigen seiner Rosen haben. Ich werde das komplette Menü selbst festlegen, und zwar aus meinen eige-

nen Rezepten, anstatt einfach etwas zu nehmen, was uns der
Caterer anbietet. Es soll einfach alles eine Bedeutung haben,
selbst wenn ich den Juwelier im Armdrücken besiegen muss,
damit er die perfekten Eheringe für uns herstellt.«

Chelsea lächelte ihre Freundin an. Es war toll, wie aufgeregt
Gretchen wegen der Hochzeit war. »Ich finde, das klingt alles
wundervoll.«

»Und es bringt mich fast um, wenn ich in irgendeinem
Magazin lese, dass man dem Bräutigam Zigarren oder so einen
Mist schenken soll. Denn von Lungenkrebs hat man schließlich länger was, nicht wahr?« Sie seufzte unglücklich. »Aber
ich weiß nicht, was ich ihm schenken soll, und diese Hefte sind
nicht wirklich hilfreich.«

»Vielleicht eine Rose?«

»Er kann sich eine schönere züchten, als ich sie irgendwo
kaufen kann.« Gretchen wirkte geknickt. »Es soll etwas ganz
Besonderes sein.«

Da kam Chelsea eine Idee, und sie schnippte mit den Fingern. »Wie wäre es mit einem Porträt?« Als Gretchen ihr einen
skeptischen Blick zuwarf, fuhr sie fort. »Sebastian zeichnet,
und zwar unglaublich gut. Es sind zwar größtenteils Skizzen,
aber er könnte garantiert etwas Schönes für eure Hochzeit
malen. Wie versuchen gerade, ihn dazu zu überreden, die Sammelkarten für unser Derby-Team zu zeichnen.«

Gretchen trommelte mit den Fingern gegen ihre Lippen.
»Etwa ... im Boudoir-Stil?«

»Nicht unbedingt ...«

»Nein, das gefällt mir! Und Hunter würde puterrot anlau-
fen, was bedeutet, dass er es in sein Arbeitszimmer hängen
muss. Könntest du Sebastian fragen, ob er das machen
würde?« Sie klimperte mit den Wimpern. »Bitte, bitte.«

»Er ist aus irgendeinem Grund sehr scheu, was seine Zeichnungen betrifft, aber ich könnte mir vorstellen, dass er für Hunter eine Ausnahme macht. Ich werde ihm davon erzählen und mal vorfühlen, was er darüber denkt.«

»Du willst ihn fühlen?« Gretchen hob wissend die Augenbrauen und stupste gegen Chelseas Krone. »Du hältst ihn ganz schön auf Trab.«

Chelsea grinste. »Ich gebe mein Bestes.«

Die Limousine hielt an, und Rufus und der Fahrer stiegen aus und öffneten den Frauen die Türen. Sie betraten das Brautmodengeschäft, wo sie von einer eifrigen Verkäuferin in Empfang genommen und in ein Zimmer voller Kleider und Bücher geführt wurden. Taylor und Greer saßen bereits dort, schienen sich aber nicht besonders wohl in ihrer Haut zu fühlen. Taylor hatte ihr Handy in der Hand und tippte wie eine Wilde auf dem Display herum, während sich Greer einen grünen Plastikmülleiner unter das Kinn hielt und ganz grün im Gesicht war.

»Großer Gott, Greer, bist du immer noch krank?«, fragte Chelsea mitfühlend. Sie setzte sich in einiger Entfernung von Greer auf einen Stuhl und schüttelte den Kopf. »Wir hätten den Termin auch verlegen können.«

»Das liegt nur an der Autofahrt«, behauptete Greer und schenkte ihnen ein zaghaftes Lächeln. »Es geht bestimmt gleich wieder.«

»Augenblick mal. Ich dachte, du hattest die Grippe?« Gretchen ließ sich auf einen Stuhl fallen und legte sich einen Katalog auf den Schoß. »Und du hast gesagt, dass du wieder gesund wärst.«

»Es geht mir gut. Zumindest ging es mir bis eben gut«, korrigierte sich Greer.

Die Ladenbesitzerin kam herein, verschränkte die Hände und strahlte sie an. »Mir ist gerade eingefallen, dass wir ein paar himmlische Hochzeitstortenstücke zum Verkosten hier haben. Möchten Sie vielleicht mal probieren? Wir arbeiten eng mit einer Bäckerei zusammen, und ich denke, Sie werden begeistert sein.«

»Ooh, Kuchen«, sagte Gretchen und setzte sich etwas aufrechter hin. »Jetzt haben Sie meine volle Aufmerksamkeit.«

Greer würgte und umklammerte den Eimer etwas fester, woraufhin Taylor noch etwas weiter von ihr wegrutschte.

»Ach, verdammt«, knurrte Gretchen und stemmte die Hände in die Hüften. »Nicht du auch noch.«

»Wie meinst du das?«, wollte Chelsea wissen.

»Greer ist schwanger«, grummelte Gretchen. »Müssen denn alle meine Brautjungfern einen Braten in der Röhre haben, bevor ich verheiratet bin? Dann müssen wir wirklich Empirekleider kaufen, und das sieht doch scheiße aus.«

Greer grinste nur schief und übergab sich.

☆ ☆ ☆

Mehrere Stunden später hatte sich Chelsea von Gretchen verabschiedet, nachdem sie den ganzen Nachmittag Kuchen gegessen und immer wieder andere Kleider anprobiert hatten. Sie hatte sich mindestens zwanzigmal umgezogen, da sie sich zusammen mit Taylor als »Model« zur Verfügung gestellt hatte. Greer hatte die ganze Zeit über gelitten und sich mehrmals übergeben, um sich schließlich mit einem feuchten Tuch auf der Stirn auf ein Sofa zu legen. Als Chelsea jetzt das Haus betrat, hallte ihr klassische Musik entgegen, was bedeutete, dass sich Sebastian wahrscheinlich oben in seinem Zeichenzimmer aufhielt und kreativ war. Sie stellte ihre Handtasche auf den Tisch, nahm die alberne Krone ab, die Gretchen ihr geschenkt hatte, und ging nachdenklich nach oben.

Gretchens Kommentar ging ihr einfach nicht aus dem Kopf. *Ich habe immer noch nicht ganz begriffen, warum ihr beide so plötzlich geheiratet habt.*

Die Zweifel hatten sich in Chelseas Kopf immer weiter vermehrt, bis sie an nichts anderes mehr denken konnte. Ein beiläufiger Kommentar war zu einer Besessenheit geworden. Sie waren zusammen, weil sie allen etwas vorspielten. Nur dass sie jetzt nicht mehr nur so taten und Chelsea nicht mehr wusste, woran sie war.

In ihrem Kopf schwirrten lauter erregende Gedanken an Sebastian umher, und sie wusste nicht, ob die alte Vereinbarung, dass sie »nur Freunde« waren, noch immer Bestand hatte.

Sie waren Freunde, die verheiratet waren und zufälligerweise heißen, umwerfenden Sex hatten. Weiter nichts.

Wahrscheinlich machte sie aus einer Mücke einen Elefanten, schalt sich Chelsea. Sie sollte einfach seine Gesellschaft genießen und sich nicht so viele Gedanken darüber machen, wie das Ganze einzuordnen war.

Die Musik war so laut, dass Sebastian sie bestimmt nicht hören konnte, als sie die Treppe hinaufging. Sie starrte die geschlossene Zimmertür an, und ihre Fantasie ging mit ihr durch. Als sie an die vergangene Nacht dachte, wurde sie sofort wieder erregt.

Anstatt sein Arbeitszimmer zu betreten, ging sie ins Schlafzimmer und legte ihre Rollschuhe und ihre Derby-Klamotten an. Wenn Sebastian dann nicht begriff, was sie wollte, war ihm nicht mehr zu helfen. Und sie wollte das Erlebnis von letzter Nacht wiederholen. Sie hatte den ganzen Tag an kaum etwas anderes gedacht – zumindest, wenn sie sich nicht gerade Sorgen gemacht hatte.

Aber jetzt glich sie einem Kind mit einem neuen Spielzeug, das unbedingt damit spielen wollte. Und sie wollte ihre Zweifel vergessen. Indem sie ihn verführte, konnte sie zwei Fliegen mit einer Klappe schlagen.

Leise fuhr sie durch den Flur und blieb vor seiner Tür stehen. Die Musik lief noch immer, und der Klang von Violinen und Waldhörnern hallte durch das Haus. Das war Gute-Laune-Musik, stellte sie fest. Sie klopfte an, öffnete die Tür und lehnte sich in den Türrahmen.

Er saß an seinem Schreibtisch und zeichnete. Sie konnte auf dem Papier gerade so vertraute Locken und eine Hand ausmachen, die unter einem kurzen Faltenrock verschwand. Er malte eine Szene von letzter Nacht? Bei diesem Gedanken spürte sie ein Prickeln am ganzen Körper. Er blickte mit leichtem Lächeln zu ihr auf und stutzte, als er das Outfit, die Zöpfe und die Rollschuhe sah. Dann lehnte er sich zurück und bekam sofort glasige Augen, während er sie mit seinen Blicken verschlang.

Sie fuhr ins Zimmer und hinter seinen Stuhl. Dann legte sie die Arme um ihn und drückte sich fest gegen seinen Rücken.

Er streichelte sanft ihren rechten Arm. »Hey, Baby.«

Chelsea ließ eine Hand über seine Brust gleiten und küsste seinen Hals, bis ihre Hand in seinem Schritt angekommen war und seinen Penis durch den Stoff seiner Hose hindurch rieb. »Ich habe Lust auf dich.«

»Ach ja?« Sein Flüstern war aufgrund der Musik kaum zu verstehen. »Sollen wir ins Schlafzimmer gehen?«

Sie überlegte kurz, beugte sich dann vor und biss spielerisch in sein Ohrläppchen. »Ich möchte hier mit dir spielen.«

Er stöhnte, schloss die Augen und lehnte sich nach hinten gegen sie. Das war eine Einladung, dass sie mit ihm machen konnte, was sie wollte, und das war aufregend. Langsam knöpfte sie sein Oberhemd auf. Er kleidete sich immer anständig, auch an Tagen, an denen er das Haus überhaupt nicht verließ. Er trug immer eine Stoffhose und ein ordentlich gebügeltes sauberes Hemd. Bei diesem Anblick wollte sie sofort unanständige Dinge mit ihm tun und seine Klamotten in Unordnung bringen.

Es war fast so, als würde man vor einem Stier mit einem roten Tuch herumwedeln.

Während sie sein Ohr weiter küsste und daran knabberte, schob sie eine Hand unter sein Hemd. Sie schabte leicht mit den Fingernägeln über seine Brustwarze und genoss es, dass er zischend die Luft ausstieß. Da sie sich frech und mutig fühlte, beschloss sie, spontan zu sein.

Sie fuhr um seinen Stuhl herum, beugte sich vor und küsste ihn leidenschaftlich. Dann öffnete sie mit einem schelmischen Grinsen seinen Gürtel.

»Bist du dir sicher ...«

»Sch«, unterbrach sie ihn und blickte lächelnd zu ihm auf. »Ich werde auch ganz sanft sein.«

»Du machst mich fertig«, murmelte er und schob eine Hand in ihr Haar, als sie die Gürtelschnalle öffnete und den Reißverschluss herunterzog. »Wenn das so weitergeht, kriege ich demnächst jedes Mal eine Erektion, wenn ich einen Rollschuh sehe.«

»Damit habe ich kein Problem«, neckte sie ihn. Sie ließ ihre Hand vorn über seine Hose gleiten und stellte fest, dass sein Penis bereits erigiert war. Sehr schön. Das ging bei ihm sehr schnell, und ihr Atem beschleunigte sich. Nur von ihrer Berührung wurde er hart? Das war ja aufregend. Ihr Herz schlug schneller, und sie wurde ganz feucht. Es erregte sie ebenfalls, ihn zu berühren. Fast so sehr, wie von ihm gestreichelt zu werden.

Sie holte seinen Penis aus seiner Hose und nahm ihn in die Hand. Er war definitiv steif. Sehr groß und wunderbar. Sie fuhr mit den Fingern darüber und streichelte ihn, dann beugte sie sich vor und leckte über die Eichel.

Er krallte die Hand in ihr Haar und stöhnte laut. »Du bist einfach unglaublich, Chelsea.«

Sie fühlte sich auch so. Sehr sexy und sorglos.

Chelsea nahm seinen Penis in den Mund und leckte ihn ausgiebig. Dabei achtete sie genau auf Sebastians Signale, um zu erfahren, bei welcher Berührung ihrer Zunge er nach Luft schnappte oder ob er laut stöhnte, wenn sie mit den Lippen über die pralle Eichel fuhr. Sie legte die Finger an der Peniswurzel um sein Glied und pumpte, während sie gleichzeitig stark daran saugte. Er legte die Hand fester auf ihren Hinterkopf und dirigierte sie an seinem Penis entlang. Und, oh, das erregte sie ebenfalls sehr. Dass er sie benutzte, um sich Lust zu verschaffen. Hätte sie eine Hand freigehabt, dann hätte sie ihre Klitoris gerieben.

»Himmel, dein Mund ist der Wahnsinn. Du machst das unglaublich gut, Baby.« Als sie die Zunge über die gesamte Länge seines Glieds gleiten ließ, strich er mit den Fingern über ihre Wange. »Ich komme gleich. Möchtest du, dass ich dann in dir bin?«

Sie leckte erneut über die Eichel und warf ihm einen anzüglichen Blick zu. »Ich möchte, dass du in meinem Mund kommst.«

Er legte den Kopf in den Nacken und stöhnte laut. »Wirklich?«

»Ja.«

»Ah, ich komme schon, wenn du nur davon sprichst.« Wieder drückte er ihren Kopf zu seinem Penis. »Zeig mir noch einmal, wie du ihn mit deinen Lippen reibst.«

Sie tat es und ließ wieder und wieder die Zunge über die Eichel schnellen. Dann nahm sie ihn tief in den Mund und saugte, sodass er bei jeder Bewegung noch weiter hinein-rutschte. Als sein Penis an ihrer Kehle anstieß, ließ sie ihn frei, hustete und nahm ihn sofort wieder in den Mund.

»Wow«, stieß er zischend aus. »Wenn du so weitermachst, Chelsea, dann komme ich ...«

Natürlich hörte sie jetzt erst recht nicht auf, und sie fühlte sich sehr gut dabei. Als er dann kam, heiser ihren Namen aus-stieß und sich sein heißer Samen in ihren Mund ergoss, fühlte sie sich noch viel besser.

Sie beschloss, ihre Zweifel zu ignorieren. Das, was sie jetzt hatten, war echt, und es machte Spaß. Sie brauchte keine andere Bestätigung.

22

Sie entwickelten in ihrer Beziehung eine schöne Routine, und in der nächsten Zeit war Chelsea glücklicher als jemals zuvor. Verheiratet zu sein war toll, und mit einem Mann verheiratet zu sein, der ihre Liebe zum Roller Derby unterstützte, war sogar noch besser. Sebastian begleitete sie zum Training, um ihr Gesellschaft zu leisten, und saß zeichnend an der Seite, während sie übte oder sich mit ihren Freundinnen besprach. Seine Anwesenheit war unaufdringlich, und sie fühlte sich nie erstickt. Tatsächlich freute sie sich sogar darüber, dass ihm so viel an ihr lag und er bei ihr sein wollte.

Außerdem hatten sie angefangen, zusammen im Central Park Rollschuh laufen zu gehen, und es hatte zwar ein paar Tage gedauert, bis Sebastian halbwegs vorwärtskam, aber inzwischen konnte er schon fast mit ihr mithalten. Sobald sie jedoch einen Sprung machte oder rückwärtsfuhr, beschwerte er sich, und sie landeten meist auf dem Rasen, wo sie sich gegenseitig durchkitzelten.

Natürlich erst, nachdem er sie erwischt hatte.

Trotzdem war es schön, wieder einen Trainingspartner zu haben. Sie hatte ihn sogar ein Mal zum Klettern begleitet, als Hunter wegen eines dringenden Geschäftstermins hatte absagen müssen. Dabei hatte sie ihm allerdings nur zugesehen, da sie keine Lust hatte, es selbst zu versuchen, und außerdem unter leichter Höhenangst litt. Aber dabei zuzusehen, wie sich Sebastian beim Klettern bewegte und die Muskeln anspannte, das war etwas anderes.

An der Kletterwand war allerdings immer sehr viel los, wie er ihr frustriert mitteilte.

Da hatte sie vorgeschlagen, dass er eine eigene Kette gründete. Möglicherweise hatte sie auch Roller-Derby-Arenen ins Spiel gebracht. Was hatte er denn auch schon von seinem ganzen Geld, wenn er nichts damit anfing?

Sebastian gefiel die Idee. Unterschiedliche Sportstätten, an denen man trainieren konnte, ohne dass man nur Gewichte heben oder endlos auf dem Laufband ausharren musste? Das war ganz nach seinem Geschmack, und er hatte sofort Hunter angerufen und sich nach verfügbaren Immobilien erkundigt. Chelsea fühlte sich sehr geschmeichelt, als er ihr mögliche Gebäude gezeigt und sie nach ihrer Meinung fragte. Nicht dass sie viel über das Klettern oder Trainingsstätten wusste, aber er wollte einfach hören, was sie dachte, und dabei wurde ihr immer ganz warm ums Herz.

Und der Sex?

Der Sex war unglaublich.

Natürlich brauchte sie dazu noch immer ihre Derby-Ausrüstung. Das, was in ihr zerbrochen war, ließ sich nicht über Nacht reparieren. Sie wusste das und fühlte sich nicht einmal mehr schuldig, dass in ihrem Haus ständig das Licht brannte und dass Sebastian manchmal mit einer Baseballkappe im Gesicht schlafen musste, weil es ihm sonst zu hell war. Er wollte, dass sie sich wohlfühlte, sagte er immer wieder, und damit war die Sache erledigt.

Und so trug sie ihre Derby-Ausrüstung, wenn sie miteinander schliefen. Was sie sehr häufig taten. In der Küche, wobei Chelsea auf der Arbeitsplatte saß. Im Bett, wo Sebastian sie von hinten nahm und sie sich in die Laken krallte. In seinem Arbeitszimmer. Im Wohnzimmer auf dem Sofa. Wieder in seinem Arbeitszimmer. Sie genoss es sehr, ihn beim Zeichnen zu überraschen, wenn er sich auf seine Skizzen konzentrierte. Dann tauchte sie oft einfach in Rollschuhen dort auf, und sie liebten sich stundenlang.

Das alles war einfach unglaublich.

Nach und nach ließ sie allerdings Teile ihres Roller-Derby-Outfits weg. Letzte Nacht hatte sie nur den Rock, die Kniestrümpfe und die Rollschuhe getragen. Kein Oberteil. Ihre Brüste hatten wie verrückt gewippt, doch Sebastian hatte sich ihnen derart intensiv gewidmet, dass es ihr gar nicht mehr komisch vorgekommen war. Dazu war sie gar nicht in der Lage gewesen. Irgendwann würde sie völlig nackt mit ihm schlafen können, aber bis dahin hatten sie Spaß mit ihrer heißen Sportkleidung. Und Sebastian gab ihr nie das Gefühl, dass das nicht in Ordnung wäre oder dass mit ihr irgendetwas nicht stimmte.

Bei ihm fühlte sie sich wunderschön. Perfekt. Glücklich.

Aus diesem Grund haderte sie auch immer wieder mit sich, weil sie immer noch Zweifel hatte.

Sie sprachen nie über ihre Beziehung. Auch nicht darüber, ob sie eine richtige Ehe führten oder ob es weiterhin eine Scheinehe war, nur dass sie miteinander schliefen. Natürlich waren sie Freunde. Sie hörte damit auf, Pisa ständig Nachrichten zu schicken, sobald ihr etwas einfiel, und verbrachte stattdessen mehr Zeit mit Sebastian, fragte ihn über seine Meinung zu einer neuen Seife oder erzählte ihm eine Anekdote aus dem Training. Es war Sebastian, der mit ihr im Park Rollschuh laufen ging. Es war Sebastian, der sie tröstete, wenn sie aus einem Albtraum erwachte. Es war Sebastian, der ihr versicherte, dass alles wieder gut werden würde. Ihre ganze Welt schien voll von ihm zu sein, und es war wunderbar.

Aber klammerte sie sich nur an ihn, weil Pisa nicht mehr da war? War sie ein armes Würstchen, das einfach jemanden brauchte, und er war zufälligerweise gerade da?

Noch viel größere Sorgen machte sie sich allerdings, dass sie möglicherweise viel zu viel in ihre Beziehung hineininterpretierte. Dass sie die Einzige war, die etwas empfand. Sebastian war ein eher zurückhaltender Mensch und neigte dazu, sehr verschlossen zu sein. Noch hatte sie ihn auch nicht wegen des Porträts für Gretchen angesprochen. Als sie seine Zeichnungen das letzte Mal erwähnt hatte, war ihm das derart peinlich gewesen, dass er einfach dichtgemacht hatte und sie das Thema wechseln musste. Es fiel ihm schwer, sich zu öffnen, und das konnte sie nachvollziehen. Sie wusste, dass Pisa beispielsweise ungern über das Roller Derby sprach, vor allem weil ihr letzter Freund sie deswegen verlassen hatte.

Und Chelsea hatte ja ebenfalls Probleme damit, daher machte sie ihm nie Vorwürfe.

Aber jedes Mal wenn er »Liebes« zu ihr sagte, fragte sie sich, ob ihre Beziehung real oder nur Einbildung war.

✳ ✳ ✳

Sebastian hatte sich mit Hunter zum Klettern verabredet, als Chelsea eine geheimnisvolle Nachricht von seiner Mutter erhielt. Sie war einkaufen gegangen, da sie Zutaten für ihre Seifen brauchte, und hielt Ausschau nach Rosendüften, um wie versprochen einige Testseifen für Gretchen herzustellen. Zwar fand die Hochzeit erst in etlichen Monaten statt, aber Chelsea wollte lieber schon einmal vorausplanen. Außerdem experimentierte sie gern mit ihren Seifen, und sie freute sich schon darauf, einiges auszuprobieren.

Seit der großen »Konfrontation« vor der Kamera hatten sie nichts mehr von Sebastians Mutter gehört. Chelsea wusste nicht einmal, wie die Frau an ihre Handynummer gekommen war. Aber es bestand kein Zweifel daran, von wem die

Nachricht von einer Nummer, die Chelsea nicht kannte, stammte.

Unbekannt: Wir müssen uns unterhalten, ohne Nugget. Ich möchte mich mit dir in diesem Café treffen. Sorge dafür, dass dich niemand erkennt. Es ist dringend. Erzähl meinem Sohn nicht, dass wir uns treffen. Das wäre nur umso schlimmer für dich.

Ach, verdammt. Das war wirklich rätselhaft. Doch das Café lag gleich um die Ecke, daher schrieb Chelsea nur zurück, dass sie unterwegs war. Es mochte ein Fehler sein, aber da sie sowieso schon fast da war, konnte sie auch gleich herausfinden, was die Frau von ihr wollte.

Danach würde sie Sebastian davon erzählen, damit er im Zweifelsfall einschreiten konnte. Aber Chelsea hatte keine Angst vor einer kleinen Auseinandersetzung. Wenn sie »Mama Precious« Cabral ins Gesicht sagen musste, dass sie endlich Ruhe geben sollte, dann würde sie das auch tun.

Chelsea betrat das Café und hielt Ausschau nach dem vertrauten grauen Schopf mit bunten Strähnen und einem Rudel Kameraleute. Da sie niemanden entdecken konnte, ging sie an die Bar, um zu warten. Rufus war ihr wie immer direkt auf den Fersen. Er sprach nie mit ihr und hielt stets einige Schritte Abstand. Sie sah zu, wie er sich ans andere Ende der Bar setzte und ihr zunickte. Anscheinend war sie vor Mrs Cabral hier eingetroffen. Chelsea stellte ihre Einkaufstüten neben sich auf den Stuhl und lächelte den Barkeeper an, aber bevor sie ein Wasser bestellen konnte, trat jemand von der Seite an sie heran.

»Psst.«

Chelsea drehte sich um und wollte ihren Augen nicht trauen.

Mrs Cabral war doch schon da. Sie trug einen riesigen breitkrempigen Hut, wie man ihn normalerweise nur beim Kentucky Derby sah. Jetzt schob sie ihre gigantische Sonnenbrille etwas herunter und sah Chelsea an. »Ich werde mich hinten in eine Nische setzen. Warte zwei Minuten und komm dann nach.«

Okay, jetzt wurde es wirklich merkwürdig. Chelsea nickte und sah Mrs Cabral hinterher. Die Frau trug an diesem Tag auch nicht wie sonst eines ihrer auffälligen grellen Kostüme, sondern eine schwarze Hose und eine schwarze Jacke. Seltsam. Warum war sie denn inkognito unterwegs? Wurde das etwa nicht gefilmt? Ließ diese Frau denn nicht alles in ihrem Leben filmen, auch die privaten und peinlichen Dinge?

Warum dann jetzt diese Anonymität? Das ergab doch keinen Sinn.

Chelsea trommelte mit den Fingern auf der Bar herum, und als sie glaubte, dass zwei Minuten verstrichen sein mussten, ging sie an Mrs Cabrals Tisch. Sie setzte sich, und ihre Schwiegermutter hielt sich die Speisekarte vor das Gesicht. »Wo ist mein Sohn heute?«

»Er trainiert mit einem Freund«, antwortete Chelsea. »Und danach sieht er sich eine Immobilie an.«

»Eine Immobilie? Warum denn das?« Mrs Cabral rümpfte die Nase. »Der Mann hat doch ein sehr schönes Stadthaus.«

Das Haus war für Manhattaner Verhältnisse wirklich sehr schön und geräumig, aber darin gab es sehr viele winzige ungenutzte Zimmer. Sebastians Zeichenzimmer war eine vollgestellte, dunkle Kemenate und nicht viel größer als mancher Schuhschrank. Chelsea wünschte sich für ihn ein offenes, helles Atelier, in dem er arbeiten konnte, und während er nach Immobilien für Trainingszentren suchte, hielt sie Ausschau nach einem neuen Domizil für ihn. Vielleicht ein Penthouse in einem der Neubauten mit großen offenen Räumen und vielen Fenstern. Sie hatte ihm eine Broschüre gezeigt und beiläufig erwähnt, dass sie es von dort nicht so weit zum Training hätte und dass er dort viel besser zeichnen könnte, und er hatte interessiert gewirkt.

Sie gab also sein Geld aus. Na und? Sie hatte ihn mal gefragt, wie viel Geld eigentlich in seinem Treuhandfonds schlummerte, und er hatte ihr die Summe genannt. Es waren Milliarden. Die einfach nur da rumlagen. Daher konnte er durchaus etwas für eine neue Wohnung springen lassen, selbst wenn sie dreißig Millionen Dollar oder mehr kostete.

»Er hätte gern ein neues Atelier«, erwiderte Chelsea. »Damit er seine Zeichenkunst weiterentwickeln kann.«

»Dieses alberne Gekritzel? Macht er das immer noch?« Mrs Cabral schüttelte den Kopf. »Eine kindische Spielerei. Er muss endlich erwachsen werden.«

»Er ist talentiert. Haben Sie seine Werke mal gesehen? Er ist wirklich gut.«

»Das ist ein Affe auch, wenn man ihm einen Stift in die Hand drückt.« Mrs Cabral schürzte die Lippen, als hätte sie einen unangenehmen Geschmack auf der Zunge. »Du solltest ihn lieber ermutigen, sich mit dem Aktienmarkt zu beschäftigen, anstatt mit Farben zu spielen.«

Kein Wunder, dass Sebastian seine Werke niemandem zeigen wollte. Chelsea bereute sofort, dieses Thema angeschnitten zu haben. Manchmal war Mrs Cabral eine richtige Giftspritze. »Warum reden wir nicht einfach darüber, warum wir hier sind?«

»Ich bin hier, weil du meinen Sohn verlassen musst.« Mrs Cabral legte die Speisekarte auf den Tisch und faltete die Hände. »Es wird leider nicht funktionieren.«

Chelsea sah sie neugierig an. »Äh, was genau wird nicht funktionieren?«

»Eure Ehe. Sie hat lange genug gedauert, aber jetzt muss endlich Schluss sein.«

»Das ist nicht Ihre Entscheidung.«

»Doch, wenn du ihn liebst und respektierst.« Mrs Cabral rückte ihre Sonnenbrille zurecht. Sie schien wütend zu sein. »Falls du das tust, dann wirst du sofort deine Sachen packen und ihn verlassen.«

»Das ergibt doch keinen Sinn.«

»Das hier vielleicht schon.« Bei diesen Worten griff Mrs Cabral in ihre Handtasche, holte einen USB-Stick heraus und schob ihn über den Tisch zu Chelsea hinüber.

Jetzt war sie völlig verwirrt. »Was ist da drauf?«

»Das sind Erpresserinformationen.«

»Sie wollen mich erpressen?«

Die Frau schürzte die Lippen. »Jetzt werd nicht albern. Ich werde erpresst. Sie werden dieses Video veröffentlichen, wenn ich nicht bezahle.«

»Was für ein Video?«

»Es ist von dir.«

Chelseas Magen zog sich zusammen. »Von mir?« Ihre Stimme war nur noch ein verängstigtes Flüstern.

»Ganz genau, du bist darauf zu sehen. Zusammen mit einem Mann, um genau zu sein. Es ist ekelerregend.« Mrs Cabral schnippte den USB-Stick zu Chelsea. »Nimm ihn mit und sieh es dir an.«

Wie konnte es ein Video von ihr geben? Sie hatte nie einem ihrer Partner gestattet, eine Kamera im Schlafzimmer aufzustellen. Und sie war auch keines dieser Mädchen, die unanständige Selfies machten. Es konnte doch unmöglich ...

Oh Gott!

Das konnte nicht wahr sein.

Das konnte einfach nicht stimmen.

Sie war wie erstarrt. Als wäre ihre Welt auf einmal gefroren und würde jeden Augenblick zersplittern.

Jemand hatte die Vergewaltigung gefilmt. Dieser Kerl war immer noch da draußen, und er wusste, wer sie war, und jetzt wollte er mit diesem Video ihr zerbrechliches Glück zerstören.

Sie hätte sich beinahe übergeben.

Und wollte nur noch sterben.

Mrs Cabrals Mund bewegte sich, und Chelsea registrierte beiläufig, dass die Frau noch immer redete. Sie zwang sich, wieder zuzuhören, während der USB-Stick in der Tischmitte lag wie eine Kakerlake. »... habe zu lange gearbeitet, um den Familiennamen aufzubauen und uns berühmt zu machen. Ich werde das, was wir sind, nicht dadurch zerstören lassen, dass du die Beine breitmachst und dich dabei auch noch filmen lässt. Wenn der Sender davon erfährt, sind wir das Gespött von ganz Hollywood. Das werde ich nicht zulassen, und ich lasse mich auch nicht erpressen. Der beste Weg, die Lage in den Griff zu bekommen, ist, wenn du einfach aus Sebastians Leben verschwindest. Sobald du nicht mehr da bist, gibt es auch keinen Grund mehr, uns zu erpressen.«

»Okay«, hauchte Chelsea.

Mrs Cabral lehnte sich zurück und schien überrascht zu sein, dass Chelsea so schnell nachgab. »Hast du denn nichts dazu zu sagen?«

Was sollte sie denn sagen? Was konnte sie sagen, dass diese Situation irgendwie besser machte? Rein gar nichts. Und das Letzte, was sie je gewollt hatte, war, Sebastian wehzutun oder ihm zu schaden. Allein die Vorstellung, er könnte dieses Video sehen, war wie ein Schlag in die Magengrube.

Sobald er das sah, würde er wissen, wie zerbrochen sie wirklich war. Er würde erkennen, dass sie seiner nicht würdig war. Ihr stiegen heiße Tränen in die Augen, und zu ihrer Überraschung reichte Mrs Cabral ihr eine Serviette.

»Es ist nichts Persönliches, meine Liebe«, sagte sie. »Es ist rein geschäftlich. Diese Familie ist mein Geschäft. Das verstehst du doch, oder?«

Chelsea nickte.

»Dann verlässt du ihn? Noch heute?«, drängte Mrs Cabral sie.

Welche andere Wahl hatte Chelsea denn? »Ich werde ihm heute Abend sagen, dass es vorbei ist.«

»Geh lieber jetzt gleich«, beharrte Mrs Cabral. »Hinterlass ihm eine Nachricht. Ich lasse dir einen Privatjet bereitstellen. Gib ihm nicht die Gelegenheit, dich zum Bleiben zu überreden. Verschwinde einfach aus New York und tauch irgendwo unter.«

Nein. Sie würde ihn verlassen, aber zu ihren eigenen Bedingungen. Sebastian hatte etwas Besseres verdient, als dass sie sich bei Nacht und Nebel davonstahl. Sie schluckte schwer und schob den USB-Stick zu Mrs Cabral zurück. »Keine Sorge. Er kann nichts sagen, das meine Meinung ändern wird. Sie werden mich nie wiedersehen.«

Mrs Cabral nickte. »Gut.«

✳ ✳ ✳

Chelsea war wie benommen, als sie mit der U-Bahn nach Hause fuhr. Sie wusste nicht, ob Rufus noch in ihrer Nähe war, und es war ihr eigentlich auch egal. Hätte jetzt jemand versucht, sich mit ihr zu unterhalten, sie hätte gnadenlos versagt. Ihre Gedanken kreisten nur um das Entsetzliche, was passiert war.

Sie hatte Sebastian ruiniert.

Sie hatte ihn zerstört. Er hatte diese Ehe aus praktischen Gründen vorgeschlagen, und auch wenn inzwischen etwas anderes daraus geworden war, hatte er sie ursprünglich nur geheiratet, um jeglicher Aufmerksamkeit aus dem Weg zu gehen. Das würde sich jedoch nicht vermeiden lassen, wenn dieses Video veröffentlicht würde. Er würde jegliche Seriosität und Glaubwürdigkeit verlieren, wenn sein Name dann mit ihrem in Verbindung gebracht wurde.

Denn es war nicht nur ein Sextape – es war ein Verbrechen. Die Medien würden sich darauf stürzen. Einige Leute würden angewidert sein, dass so etwas veröffentlicht wurde, andere jedoch begeistert. Je entsetzlicher etwas war, desto mehr Menschen mussten es sich ansehen.

Sie würde über Nacht auf unschöne Weise berühmt werden.

Dabei hatte sie Sebastian gerade noch ermutigt, mit seiner Kunst mehr an die Öffentlichkeit zu gehen. Vielleicht irgendwann einmal eine Ausstellung zu machen. Den Schritt zu wagen und der Welt zu zeigen, dass Sebastian mehr war als nur ein Mann mit Geld und einer nervigen Familie. Allen zu beweisen, dass er Talent hatte, und sich zu öffnen.

Doch sein Name würde in den Dreck gezogen werden, wenn man ihn mit ihrem assoziierte. Sie würde alles ruinieren, was er anfasste.

Aus diesem Grund musste sie gehen.

Sie ging nach Hause, betrat das Stadthaus und bemerkte, dass es ungewöhnlich ruhig war. Sebastian war noch nicht zurück. Das war gut. So hatte sie Zeit, um zu packen und sich zu wappnen, bis er nach Hause kam.

Daher holte sie ihre Lieblings-Derby-Tasche hervor, die groß genug für all ihre wichtigen Sachen war, und stopfte Kleidungsstücke und ihre Ausrüstung hinein.

Dann setzte sie sich auf die Bettkante, und ihr wurde zum ersten Mal richtig bewusst, was es bedeutete, Sebastian zu verlassen. Verdammt. Gretchens Hochzeit. Sie würde nicht daran teilnehmen können. Jetzt nicht mehr. Und ihr Derby-Team? Auch das musste sie im Stich lassen. Ihr flossen die Tränen über die Wangen. Sie würde jeden enttäuschen, der ihr etwas bedeutete.

Zumindest konnte sie die Sache mit Gretchen schnell erledigen. Auch wenn sie am liebsten weggelaufen wäre und sich versteckt hätte, verdiente es Sebastian, dass sie sich persönlich von ihm verabschiedete. Sie griff nach ihrem Handy und schrieb Gretchen eine Nachricht, in der sie ihr die schlechten Neuigkeiten mitteilte.

Danach waren ihre Derby-Schwestern an der Reihe.

23

Sebastian und Hunter waren morgens klettern gewesen, und danach hatte Sebastian seinen Vater besucht, da seine Mutter angeblich bei Freunden war. Er hatte zusammen mit seinem Dad ein ruhiges, schönes Mittagessen eingenommen und sich ein bisschen schuldig gefühlt, weil er nicht mehr Zeit mit ihm verbrachte. Der Zustand seines Vaters verschlechterte sich von Jahr zu Jahr, und er würde nicht ewig leben. Sebastian schwor, sich von seiner Mutter nicht so oft von den Besuchen abhalten zu lassen.

Als er das Gebäude verließ, kam eine Nachricht von Hunter. *Kannst du heute Nachmittag vorbeikommen? Um 14 Uhr findet ein dringendes Treffen der Trauzeugen statt.*

Sebastian bestätigte, dass er kommen würde, und wies seinen Fahrer an, zum Buchanan-Herrenhaus anstatt direkt nach Hause zu fahren. Er schickte Chelsea eine Nachricht, dass er sich zu ihrem nachmittäglichen Rollschuhtreffen im Central Park verspäten würde, bekam jedoch keine Antwort.

Vielleicht war sie ja noch unterwegs, um Zutaten für ihre Seifen zu kaufen.

Bevor er aus dem Wagen stieg, wies er seinen Fahrer an zu warten. »Ich weiß nicht, wie lange es dauern wird, also bleiben Sie bitte in der Nähe.« Schon beim Aussteigen bemerkte er, dass noch weitere Wagen vor dem Haus parkten. Die anderen waren offensichtlich schon da. Nicht zum ersten Mal fragte sich Sebastian, warum sie sich persönlich treffen mussten, wo sich doch alles mit ein paar Anrufen oder Textnachrichten klären ließ. Oder E-Mails. War die Hochzeit etwa abgeblasen worden? Er hatte Hunter an diesem Morgen noch gesehen, und da hatte der nichts von irgendwelchen Problemen erzählt.

Seltsam.

Er begrüßte Hunters alten Butler und stieg die Treppe hinauf zu Hunters Arbeitszimmer. Die Tür stand offen, und er klopfte leise an und trat ein. Asher, Cooper, Levi und Hunter waren bereits da.

Hunter deutete auf einen der Stühle, die seinem Schreibtisch gegenüberstanden. »Setz dich. Wir warten nur noch auf Magnus.«

Die anderen drei Männer wirkten ebenso irritiert wie er. »Worum geht es denn?«

»Das werde ich gleich erklären.« Hunters Miene wirkte sehr ernst. Aber ernst war er ja eigentlich immer.

Sebastian zuckte mit den Achseln und sah auf sein Handy, ob Chelsea inzwischen geantwortet hatte. Normalerweise tat sie das immer recht zügig, aber bisher hatte sie sich noch nicht gemeldet. Merkwürdig.

Die Männer warteten in angespanntem, unangenehmem Schweigen, während Hunter auf seiner Tastatur herumtippte. Einige Minuten später trat Magnus ein, ein großer, kräftiger Kerl, der ebenso perplex wie die anderen wirkte. »Hallo, Leute. Das ist ja eine Überraschung, euch alle hier zu sehen.«

Sebastian warf ihm einen neugierigen Blick zu und starrte dann wieder auf das Handydisplay. Also wusste niemand, was hier eigentlich los war? Und warum antwortete Chelsea nicht?

»Gut, dass ihr da seid.« Hunters raue Stimme riss Sebastian aus seinen Gedanken. »Ich habe euch alle heute hergebeten, weil ihr gute Freunde und Geschäftspartner seid. Aus diesem Grund gehört ihr auch meiner Hochzeitsgesellschaft an. Ich vertraue euch allen. Wie ihr wisst, ist Gretchen die Frau, die ich liebe und heiraten möchte, und sie hat sich eine große Hochzeit mit allem Drumherum gewünscht. Weil ich ihr nun einmal nichts abschlagen kann, bekommt sie die aufwendige Feier, die sie haben möchte. Was mich zu dem Grund für das heutige Treffen führt.« Für einen Moment sah er stinksauer aus. »Hört auf, die Brautjungfern zu vögeln.«

Sebastian konnte nicht anders, er schnaubte. Das war die eine Regel, die er nicht beachten würde, schließlich war er mit Chelsea verheiratet.

Endlich konnte er seine Frau überall anfassen, und es war einfach himmlisch. Ein stolzes Lächeln stahl sich auf seine Lippen, und er sah vor seinem inneren Auge, wie sie mit Rollschuhen an den Füßen auf dem Bett lag und auf ihn wartete. Himmel, sie war so sexy.

»Eine der Frauen ist nicht mehr bereit, als Brautjungfer zu agieren«, fuhr Hunter fort, »und meine Zukünftige hat sich sehr darüber aufgeregt. Gretchen tobt schon den ganzen Tag wie eine Furie durch das Haus, und ich habe ihr versprochen, mich darum zu kümmern.«

»Schuldig im Sinne der Anklage«, sagte Asher. »Ich schlafe mit Greer und habe nicht vor, damit aufzuhören. Und nein, das geht euch nicht das Geringste an.« Er rückte seine Manschettenknöpfe zurück und fügte hinzu: »Ich werde mir ihr reden. Bis eben hatte ich keine Ahnung, dass sie vorhatte, aus der Hochzeitsgesellschaft auszuscheiden.«

»Greer ist nicht diejenige, von der wir sprechen«, erläuterte Hunter trocken. »Aber jetzt weiß ich wenigstens, dass wir noch ein Problem haben. Es geht um Chelsea, die nicht mehr mitmachen will.«

»Was?« Sebastian erstarrte. Auf seiner reservierten Miene zeichnete sich Überraschung ab. »Chelsea?«

»*Et tu, Brute?*«, murmelte Hunter grimmig. »Ihr beide macht diese Frauen entweder glücklich oder trennt euch auf anständige Weise von ihnen, damit Gretchens Pläne nicht ruiniert werden. Habt ihr mich verstanden?«

Das konnte nicht stimmen. Da musste ein Irrtum vorliegen. Warum sollte Chelsea nicht mehr in der Hochzeitsgesellschaft sein wollen? Sie schmiedete doch bereits Pläne für die Rosenseife. Das ergab doch keinen Sinn. Und warum antwortete sie nicht auf seine gottverdammte Nachricht? »Wenn ihr mich entschuldigen würdet, ich muss mal telefonieren«, sagte Sebastian und stand mit einer geschmeidigen Bewegung auf. Er nickte Hunter steif zu und ging hinaus.

Noch auf dem Flur rief er Chelsea an.

Doch es ging nur die Mailbox ran, was bedeutete, dass sie nicht mit ihm telefonieren wollte. Was war denn nur los? Das passte gar nicht zu Chelsea – der glücklichen, tapferen Chelsea –, dass sie so passiv-aggressiv war und so etwas tat. Irgendetwas musste passiert sein, und vor lauter Sorge schlug sein Herz schneller. Wenn es um Chelsea ging, erwachte in ihm der Beschützerinstinkt. War Rufus bei ihr?

Sofort rief er ihren Bodyguard an. »Wo ist meine Frau?«

»Sie ist zu Hause, Sir.«

»Stimmt was nicht? Sie geht nicht ans Telefon.«

»Ich habe sie nicht gefragt. Soll ich sie fragen?«

»Nein. Ich bin bald zu Hause. Dann wird sich alles aufklären.« Sebastian legte auf, auch wenn das sehr unhöflich war. Er musste so schnell wie möglich zu Chelsea.

Den Weg zu seinem Wagen nahm er im Laufschritt.

❊ ❊ ❊

Als Sebastian das Haus betrat, empfing ihn Stille. »Chelsea?«, brüllte er und rannte die Treppe hinauf zum Schlafzimmer.

Sie war am Packen und faltete mit hölzernen Bewegungen ein T-Shirt zusammen und stopfte es in ihre Tasche.

»Was ist los? Was machst du da?« Sebastian hätte sie am liebsten gepackt und geschüttelt – oder sie an sich gezogen –, aber er wollte keine schlimmen Erinnerungen in ihr wecken. »Chelsea? Was ist los?«

Sie sah ihn an, und ihre Augen wirkten wie die einer Toten. Jeder Funke Freude oder Lebendigkeit war daraus verschwunden. »Ich denke, es wird Zeit, die Sache zu beenden, Sebastian.«

Sein Brustkorb zog sich zusammen. »Was willst du beenden?« Erst heute Morgen hatte sie ihr Derby-Outfit angezogen, ihn mit einem Blowjob geweckt und dabei die ganze Zeit gekichert. Er hatte den ganzen Tag daran denken müssen. Was war seitdem passiert? »Unsere Beziehung?«

Sie nickte. »Unsere Ehe. Sie funktioniert nicht. Sie sollte für uns beide von Vorteil sein, und wir haben gesagt, dass wir sie beenden, sobald dem nicht mehr so ist, richtig? Daher gehe ich.«

»Warum?« Er trat auf sie zu und legte ihr eine Hand an die Wange. Sie war feucht und gerötet, als hätte sie geweint. Er fühlte sich, als würde ihm das Herz aus der Brust gerissen. »Verdammt, Chelsea, rede mit mir. Was immer es ist, wir schaffen das schon.«

Ihre Unterlippe zitterte, aber ihr Gesichtsausdruck wirkte weiterhin wie erstarrt. Sie schüttelte den Kopf und entzog sich ihm. »Nein, das können wir nicht.«

»Das ergibt doch keinen Sinn ...«

»Ich weiß, und es tut mir leid.« Sie schlang sich den Riemen der Tasche über die Schulter, hob sie hoch und streichelte seine

Wange. Für einen kurzen Augenblick spiegelten sich Schmerz und Kummer in ihren Augen wider, aber dann war da auch schon wieder dieser tote Blick. »Ich wünschte, ich könnte die Frau sein, die du brauchst.«

Verdammt. Er nahm ihren Arm und zog sie an sich. »Chelsea, ich liebe dich. Vergiss alles, was ich darüber gesagt habe, dass diese Beziehung nur Schein ist. Ich liebe dich. Ich habe mich schon bei unserem ersten Kuss in dich verliebt. Ich möchte mit dir verheiratet sein. Tu das nicht. Geh nicht. Lass uns reden. Bitte.«

Sie biss sich auf die Unterlippe und zitterte am ganzen Körper. Ganz kurz keimte Hoffnung in ihm auf. Wenn sie zögerte ...

Doch dann schüttelte sie den Kopf. »Ich kann nicht, Sebastian.«

»Sag mir wenigstens, warum.« Seine Stimme klang gequält. Ihm war, als würde seine ganze Welt um ihn herum einstürzen. Es war offensichtlich, dass es Chelsea nicht gut ging und dass sie litt. Irgendetwas war passiert, aber sie wollte es ihm nicht verraten. »Sag mir zumindest, warum du das tust.«

Sie drückte ihre Tasche an sich und entwand sich seinen Armen. »Das will ich nicht.«

»Kannst du es nicht?«

»Ich *werde* es nicht sagen«, korrigierte sie ihn und schenkte ihm den Hauch eines Lächelns, das so gar nicht zu den Tränen passen wollte, die in ihren Augen schimmerten. »Leb wohl, Sebastian.«

Verletzt ließ er sie los. Sie wollte sich ihm nicht anvertrauen? Was immer auch passiert war, sie zog vor, es für sich zu behalten. Das hatte sie ihm deutlich zu verstehen gegeben. Es war nicht so, dass sie es nicht konnte, sie *wollte* es nicht.

Sie wollte ihn nicht länger in ihrem Leben haben.

Und das tat verdammt weh. »Ich liebe dich, Chelsea«, sagte er noch einmal mit heiserer Stimme. »Bitte, tu mir das nicht an. Tu uns das nicht an und dem, was zwischen uns ist.«

Sie schüttelte noch einmal den Kopf und ging an ihm vorbei. »Ich muss gehen.«

»Wo willst du denn hin?« Wollte sie ihm das auch verschweigen?

Sie war schon auf der Treppe. »Nach Austin. Ich bleibe für eine Weile bei Pisa, bis ich mir über einiges klar geworden bin.«

»Kann ich dich da besuchen? Damit wir reden können? Damit...«

»Nein«, fiel sie ihm rasch ins Wort. »Nein, Sebastian. Lass uns die Sache einfach jetzt und hier beenden, okay?« Chelsea sah vom Fuß der Treppe zu ihm hinauf, und sie wirkte so zerbrechlich und traurig, dass er sie einfach nur umarmen und alles wiedergutmachen wollte.

Aber das wollte sie nicht. Sie wollte ihn nicht.

Und das war, als würde sie ihm ein Messer ins Herz stoßen.

Er hob eine Hand und wollte sich von ihr verabschieden, aber sie war schon gegangen. Wie betäubt ließ er sich auf die oberste Treppenstufe sinken und fragte sich, wie sein perfektes Leben so schnell hatte ruiniert werden können.

✳ ✳ ✳

Sie liebte ihn nicht.

Sebastian war schockiert, wie sehr ihn diese Erkenntnis schmerzte. Er hatte geglaubt, Chelsea wäre glücklich in ihrer Beziehung. Dass das, was als Freundschaft und Scheinehe begonnen hatte, zu etwas viel Größerem geworden war. Er hatte gedacht, sie wäre stolz auf ihn. Dass sie seine Zeichnungen mochte. Dass sie ihm gern zuhörte, wenn er darüber sprach. Dass sie ihm gern durchs Haar fuhr, wenn sie sich einen Film ansahen, oder mit ihm im Park Rollschuh laufen ging.

Er hatte geglaubt, sie würde seine Gesellschaft ebenso wie seinen Körper genießen. Sein Leben. Seine Liebe.

Denn es war doch offensichtlich, dass er sie liebte, oder? Es schimmerte in allem durch, was er tat und was er war. Chelsea war die Inspiration für all seine Skizzen. Nachts träumte er von ihr, tagsüber beherrschte sie seine Tagträume, und er lebte für den Klang ihres Lachens. Er hätte alles für sie getan.

Und sie hatte ihn verlassen. Ohne Erklärung und ohne auch nur ein Wort mit ihm darüber zu reden.

Das schmerzte ihn mehr als alles andere. Dass sie ihm trotz allem, was sie geteilt hatten, nicht vertraute. Dass da keine Freundschaft war. Keine Liebe.

Es war alles nur einseitig gewesen und bedeutete ihr offenbar nichts. Gepeinigt vergrub er den Kopf in den Händen und blieb gefühlte Stunden auf der Treppe sitzen. Alles in ihm strebte danach, Chelsea zu folgen. Doch sie hatte ihm klar zu verstehen gegeben, dass sie mit ihm fertig war und dass sie die Beziehung nicht fortsetzen wollte, und allein das hielt ihn zurück. Sie wollte nichts mehr mit ihm zu tun haben.

Und er liebte sie so sehr, dass es wehtat.

Irgendwann rappelte er sich auf und stellte erstaunt fest, dass es Nacht geworden war. Er hatte stundenlang auf der Treppe gesessen und ins Leere gestarrt. An Chelsea gedacht und daran, wie er sie verloren hatte ... Ohne überhaupt zu wissen, was er falsch gemacht hatte. Gab es einen anderen? Himmel, allein bei dieser Vorstellung zog sich in ihm alles zusammen. Lag es daran, dass es ihr jetzt besser ging? Hatte Sebastian sie »repariert«, sodass sie zu einem anderen zurückkehren konnte?

Verdammt, er musste etwas trinken.

Er stolperte die Treppe hinunter und ging zu der Bar in seinem Esszimmer. Beides war in letzter Zeit kaum benutzt worden, denn da Chelsea keinen Alkohol trank, war er ebenfalls abstinent geblieben. Aber jetzt war ihm alles völlig egal. Er würde sich betrinken und den Schmerz mit Whiskey wegspülen. Nachdem er diesen Entschluss gefasst hatte, öffnete er die Flasche und trank direkt daraus. Nach zwei Schluck, die ihm in der Kehle brannten, drehte er sich um und nahm den Raum erst richtig zur Kenntnis. An einem Tischende stapelten sich Adressaufkleber für Chelseas Seifenhandel. Nach einem dritten Schluck fegte er alles zu Boden.

Doch dann kam er sich wie ein ungezogener kleiner Junge vor. Seufzend stellte er die Flasche ab und hob alles wieder auf. Scheiße. Einfach nur ... Scheiße.

Den Rest des Abends betrank er sich und brütete vor sich hin. Er verließ das Esszimmer und ging stattdessen ins Wohnzimmer. *Wie ein einziger Tag* lag noch immer im Blu-ray-Player, und er schaltete den Film ein. Er mahlte mit dem Kiefer, trank noch mehr Whiskey und sah sich den schlechtesten, unmännlichsten Film aller Zeiten an, weil er ihn an Chelsea erinnerte.

Er wollte wenigstens in Gedanken bei ihr sein, wenn er es sonst nicht sein konnte.

24

Als jemand an die Tür hämmerte, wurde Sebastian ruckartig wach.

Er hob den Kopf und sah sich um. Das Menü der DVD lief in Endlosschleife über den Fernseher. Er lag mit dem Gesicht nach unten auf dem Designersofa und hatte einen Speichelfleck auf dem Leder hinterlassen. Die Whiskeyflasche stand vor ihm auf dem Tisch und war bis auf einen winzigen Rest leer.

Er griff danach und trank sie aus. War ja sowieso alles egal.

Das Hämmern ertönte wieder, und Sebastian setzte sich auf. Jemand klopfte an die Haustür.

Chelsea?

Er lief auf wackligen Beinen zur Tür. Das Sonnenlicht fiel durch die Fenster herein, und sein Kopf dröhnte. Sein Mund fühlte sich an, als hätte er die ganze Nacht an Abfall geleckt. Er schaffte es bis zur Haustür, stemmte die Hände gegen das dicke Holz und sah durch den Spion.

Rufus stand vor der Tür und hatte eine missbilligende Miene aufgesetzt.

Verdammt. Keine Chelsea. Sebastian öffnete die Tür einen Spalt weit, kniff die Augen zusammen und zuckte trotzdem, als ihn das Sonnenlicht traf. »Sie ist nicht mehr hier. Ich lasse Ihnen von meinem Anwalt einen letzten Scheck ausstellen. Danke für Ihre Dienste.«

Der Mann zog die buschigen Augenbrauen hoch. »Sie ist gegangen?«

Ein verbittertes Lächeln umspielte Sebastians Lippen. »Sieht ganz danach aus, was? Ich beschissener Glückspilz.«

Rufus sah ihn mit schief gelegtem Kopf an. »Könnte das etwas mit dem Treffen mit Ihrer Mutter gestern zu tun haben?«

Sebastian erstarrte. Auf einmal hatte er den Geschmack von Galle im Mund und hätte sich beinahe übergeben. »Sie ... Was?« Die Worte kamen ihm einfach nicht über die Lippen.

»Sie hat sich gestern mit Ihrer Mutter in einem Restaurant getroffen. Ihre Mutter wollte nicht erkannt werden und kam mit Hut und Sonnenbrille. Keine Kameras. Sie haben sich ...«, er hielt inne und blätterte in einem kleinen Notizbuch, »sieben Minuten lang unterhalten. Dann ist Chelsea gegangen und nach Hause gefahren. Sie sah nicht glücklich aus.«

Seine gottverdammte Mutter. Er würde Mama Precious den vom Schönheitschirurgen geglätteten Hals umdrehen. Warum hatte sie sich nur wieder einmischen müssen? Selbstverständlich hatte es etwas mit ihr zu tun. Er war nur zu dumm gewesen, um früher darauf zu kommen. »Ich nehme alles zurück«, meinte Sebastian. »Sie stehen weiterhin in meinen Diensten. Machen Sie einfach Urlaub, bis ich Sie wieder anrufe.«

Rufus nickte. »Kann ich sonst noch etwas für Sie tun?«

Sie könnten meine Mutter erdrosseln, damit sie nie wieder ein Wort sagt. »Nein, danke. Alles gut.«

Das war gelogen. In Sebastians Leben ließ sich momentan nichts als gut bezeichnen.

Aber er würde es in Ordnung bringen, koste es, was es wolle. Und er würde mit seiner sich ständig einmischenden Mutter anfangen.

✳ ✳ ✳

Als Sebastian geduscht und sich angezogen hatte, war sein Kater größtenteils verflogen. Er machte sich nicht die Mühe, auf seinen Fahrer zu warten, sondern nahm sich ein Taxi. Derweil wurde seine Wut auf seine Mutter immer größer, bis er glaubte, bei ihrem Anblick explodieren zu müssen.

Falls sie Chelsea wirklich irgendwie wehgetan hatte, dann wusste er nicht, wie er reagieren würde. Er hatte die seltsame Art seiner Mutter immer toleriert, weil sie nun mal zur Familie gehörte und er seinen Vater und seine Geschwister liebte. Aber je mehr sich seine Mutter von dieser Show vereinnahmen ließ, desto weniger konnte er sie leiden.

Dies konnte der letzte Tropfen sein, der ihre Beziehung ganz zerbrechen ließ. Es war ihm völlig egal, dass sein alter Vater seine weitaus jüngere und ruhmbesessene Frau vergötterte. Wenn seine Mutter der Grund dafür war, dass er Chelsea verloren hatte, dann würde er durchdrehen. Da war er sich ganz sicher.

Sebastian stürmte in die Wohnung seiner Familie und machte sich nicht die Mühe, anzuklopfen. Er ignorierte das Schild »Dreharbeiten – Ruhe!« an der Tür und ging einfach hinein. »Mutter? Wir müssen reden. Sofort!«

Seine Mutter, die sich gerade die Nägel machen ließ, blickte auf. Ihre Freundin Betty saß neben ihr, und zwischen den beiden hatte eine Nagelpflegerin Platz genommen, vor der ein Fläschchen Nagellack stand. Kameras filmten, wie sie auf dem Sofa saßen und sich zweifellos den Mund über jemanden zerrissen, der sie vor Kurzem verärgert hatte.

Er konnte nur hoffen, dass es nicht Chelsea war, sonst würde er noch seine eigene Mutter verklagen müssen.

Mrs Cabral entzog der Nagelpflegerin ihre Hand und pustete auf ihre Fingernägel. »Nugget, wir drehen. Das wird warten müssen ...«

284

»Es kann aber nicht warten. Ich will wissen, was zum Teufel du zu meiner Frau gesagt hast.« Seine Nasenflügel flatterten vor Wut, und Sebastian musste sich sehr zusammenreißen, um sich nicht auf sie zu stürzen und die Wahrheit aus ihr herauszuschütteln.

Sie wurde bleich, wandte den Blick ab und wedelte vor den Kameras herum. »Stopp! Hört auf zu filmen. Lasst mich aufstehen.« Sie kämpfte sich aus dem weichen Sofa hoch, und die Nagelpflegerin und Betty machten ihr Platz. Mrs Cabral rückte ihren weißen Hosenanzug zurecht, verließ das Wohnzimmer und bedeutete Sebastian, ihr zu folgen. Während er noch immer vor Wut schäumte, ging er ihr hinterher.

Doch anstatt in die Küche zu gehen, steuerte sie das Arbeitszimmer seines Vaters an und schloss die Tür hinter ihnen. »Hör mal, Nugget, ich weiß, dass du wütend bist ...«

»Du kannst dir nicht mal ansatzweise vorstellen, wie wütend ich bin«, fiel er ihr mit heiserer Stimme ins Wort und verschränkte die Arme vor der Brust. »Was zum Teufel hast du zu meiner Frau gesagt?«

Sie musterte ihn mit einem kalten Blick. »Hat sie es dir nicht erzählt? Sie ist nicht gut genug für dich, Schatz. Erst ermutigt sie dich zu deinen Kritzeleien, und dann auch noch diese neueste Sache, da denke ich wirklich nicht ...«

»Es ist mir scheißegal, was du denkst, Mutter. Ich liebe sie. Ich liebe sie und will mit ihr zusammen sein. Und jetzt sag mir, was du gemacht hast, bevor ich noch durchdrehe.«

»Dann ist sie weg?«

»Sie ist gestern gegangen. Sie wollte mir nicht sagen, warum. Nur dass unsere Beziehung beendet wäre. Ich weiß, dass du dafür verantwortlich bist. Also spuck's endlich aus.«

»Sie passt nicht zu dir, Nugget ...«

Er blieb ruhig, auch wenn er kurz vor dem Durchdrehen

war. »Wenn du nicht gleich den Mund aufmachst, Mutter, dann ...«

»Sie hat ein Sextape gedreht«, zischte seine Mutter. »Ein unglaublich vulgäres, furchtbares Sextape.«

Das ... war nicht, womit er gerechnet hatte. »Was redest du denn da?«

»Deine wundervolle, süße Braut hat vor einer Kamera mit einem Mann geschlafen. Sie hat ihm gestattet, alle möglichen ... widerlichen Dinge mit ihr zu machen.« Sie verzog angewidert die Lippen. »Jemand hat mir das Video geschickt und wollte die Cabral-Familie damit erpressen. Man hat mir gedroht, es zu veröffentlichen, wenn ich keine beachtliche Summe springen lasse. Aber ich habe mich um die Situation gekümmert und ihr vorgeschlagen, dass sie aus deinem Leben verschwinden soll, damit es keinen Grund mehr gibt, uns zu erpressen.« Sie pustete auf ihre Fingernägel. »Ich muss ihr zugestehen, dass sie doch ein recht vernünftiges Mädchen ist. Sie ...«

»Halt den Mund, Mutter.« Sebastian musste sich abwenden, sonst hätte er sich auf der Stelle übergeben. Er ging im Raum auf und ab und war völlig aufgewühlt.

Es war kein Sextape. Da war er sich ganz sicher. Jemand hatte die Vergewaltigung gefilmt und versuchte jetzt, seine Familie damit zu erpressen. Das war einfach nur widerwärtig. Allein bei dem Gedanken, dass es dieses Video gab und dass jemand damit drohte, es zu veröffentlichen, wurde ihm speiübel.

Außerdem hätte er am liebsten auf die Wand eingedroschen. Jemand hatte seine Chelsea missbraucht und das Ganze auch noch gefilmt? Und derjenige lief noch immer frei herum.

Ich kann nicht, Sebastian. Ich werde *es nicht sagen.*

Er hatte versucht, sie dazu zu bringen, über den schlimmsten Augenblick ihres Lebens zu sprechen, aber sie war zu verletzt gewesen, um es zu tun. Und dann war er ebenfalls verletzt gewesen, weil sie nicht mit ihm reden wollte. Natürlich wollte sie das nicht tun. Es war ein furchtbarer Albtraum.

Er nahm die Skulptur, die auf dem Tisch stand, und schleuderte sie gegen die Wand, wo sie mit lautem Klirren in unzählige Glassplitter zersprang.

»Nugget! Was in aller Welt . . .«

»Verdammt noch mal!« Sebastian tobte. »Hast du überhaupt eine Ahnung, was du getan hast, Mutter?« Vor seinem inneren Auge sah er erneut Chelsea und ihre ausdruckslose Miene. Er wollte sich gar nicht ausmalen, welche Qualen sie durchgestanden hatte.

Sie war gegangen, um *ihn* zu beschützen. Diese Ironie machte ihn krank. Chelsea war diejenige, die beschützt werden musste, und er hatte sie in eine Familie geholt, die alles daran setzte, sie zu vernichten.

»Ich habe versucht, diese Familie zu retten«, protestierte seine Mutter. »Was immer du auch von dem halten magst, was ich getan habe . . .«

»Das auf dem Video ist ein Verbrechen«, stieß Sebastian hervor. »Vor drei Jahren hat jemand Chelsea unter Drogen gesetzt, vergewaltigt und in einen Müllcontainer geworfen. Sie hat deswegen noch immer Albträume. Und du wirfst ihr das Ganze auch noch vor.«

Mrs Cabral sog die Luft ein. »Was?«

Er erzählte ihr eine Kurzversion der Geschichte und berichtete von Chelseas Albträumen und dass sie noch immer nicht im Dunkeln schlafen konnte. Eigentlich hätte er ihr das lieber verschwiegen, aber das Entsetzen, das sich in ihrem Gesicht abzeichnete, genoss er einfach viel zu sehr.

Sie ließ sich kraftlos auf einen Stuhl sinken und starrte die

Tischplatte an. »Oh, Sebastian. Das wusste ich nicht. Ich bin einfach davon ausgegangen ...«

»Hast du das Video gesehen?«

»Nur ein kurzes Stück. Es war widerlich.«

»Hat sie darauf so ausgesehen, als würde sie das alles freiwillig mitmachen?«

Mrs Cabral presste sich eine Hand vor den Mund.

Das reichte ihm als Antwort. »Ich kann nicht fassen, dass du damit nicht zu mir gekommen bist, Mutter.«

»Woher hätte ich das denn wissen sollen? Wir wurden erpresst. Stell dir nur vor, was passieren würde, wenn dieses Video an die Öffentlichkeit gerät.« Sie schüttelte langsam den Kopf. »Ich habe so gemeine Dinge zu ihr gesagt. Ach, ich habe Mist gebaut, Sebastian. Ich hasse sie doch nicht wirklich, weißt du. Das ist nur eine Storyline der Show. Ab der nächsten Staffel soll ich anfangen, sie zu mögen ...«

»Such dir eine neue Storyline, Mutter. Vergiss die Krebsgeschichte, vergiss die ›Ich hasse meine neue Schwiegertochter‹-Geschichte. Vergiss das alles. Noch besser wäre, wenn du aufhören würdest, dein Leben nur für diese Fernsehshow zu leben. Sei für Vater da. Was denkst du denn, wie lange er noch unter uns sein wird?«

»Das ist nicht fair.«

»Was, dass ich die Wahrheit sage? Auch wenn das für dich etwas Neues ist, Mutter, das Leben verläuft nicht so wie im Drehbuch. Du kannst so etwas nicht machen und dir einbilden, dass es keine Konsequenzen hätte.« Er wünschte sich, es gäbe noch etwas anderes, das er an die Wand werfen könnte. Vielleicht sollte er es mit einem Stuhl versuchen. »Chelsea ist der wundervollste Mensch, den ich kenne, und das sowohl innerlich als auch äußerlich, und du hast nicht die leiseste Ahnung, wie viel Unheil du angerichtet hast.«

Sie zog eine Box mit Taschentüchern zu sich heran und tupfte sich über die Augen. »Es tut mir so leid. Ich habe immer nur das Beste für dich gewollt.«

Sebastian knetete seinen Nasenrücken. Es brachte nichts, seine Mutter noch länger anzuschreien. Er musste einen Weg finden, wie er etwas unternehmen konnte. Wie er Chelsea zurückgewinnen konnte. Doch zuerst brauchte er dieses verdammte Video. »Hast du die Datei noch?«

Mrs Cabral umklammerte ihre Perlenkette. »Willst du dir das Video etwa ansehen?«

»Nein, natürlich nicht.« Allein bei der Vorstellung wurde ihm schon übel. »Ich gehe damit zur Polizei. Ich will, dass dieses kranke Schwein hinter Gitter kommt.« Er ballte wieder und wieder die Fäuste und stellte sich vor, wie dieses Arschloch vor ihm stand und er ihm die Fresse polierte.

Seine arme Chelsea. Himmel, wie verraten und verletzt sie sich im Moment fühlen musste. Er musste das für sie in Ordnung bringen. Selbst wenn sie ihn nie wieder sehen wollte, musste er sich darum kümmern. Es war seine Schuld, dass sie überhaupt mit seiner Familie in Kontakt gekommen war. Wäre das Video ansonsten überhaupt aufgetaucht? Dann wäre ihre Wunde nie wieder aufgerissen worden, und sie hätte ihr glückliches Leben fortsetzen, mit ihren Freundinnen Rollschuh fahren und ihre Seife herstellen können. Dann würde sie noch an Gretchens Hochzeit teilnehmen.

Er hatte sie gar nicht verdient.

»Zur Polizei gehen ... Das ist gut, Sebastian«, sagte seine Mutter ermutigend. »Dort wird man wissen, was zu tun ist. Aber sobald dieser Mann weiß, dass die Polizei das Video hat, wird er da nicht erst recht etwas unternehmen?«

»Das weiß ich nicht, und es ist mir auch egal.«

»Was immer du auch von mir halten magst, dein Vater hat es

nicht verdient, dass seine Familie durch den Dreck gezogen wird.«

Sebastian knirschte mit den Zähnen. Sie war sehr gut darin, einen da zu treffen, wo es am meisten schmerzte. »Was schlägst du dann vor?«

»Du wirst über dieses Video Stillschweigen bewahren, bis die Polizei diesen Mann gefasst hat. Ich denke mir etwas aus, womit wir die Medien ablenken.«

»Und was?«

Sie warf ihm einen listigen Blick zu. »Da kommt Lisa ins Spiel. Sie will berühmt werden, und zwar um jeden Preis. Überlass das nur mir. Wir werden eine neue Story für die Klatschspalten haben, die den Erpresser für eine Weile verstummen lässt.«

Er nickte. »Tu, was du tun musst. Ich werde nach Austin fahren und Chelsea wissen lassen ...«

Seine Mutter legte ihm eine Hand auf den Arm. »Das kannst du nicht machen.«

»Wie meinst du das?« Allein der Gedanke, dass Chelsea verletzt war und litt, schmerzte ihn wie eine offene Wunde. Er musste sie wissen lassen, dass er etwas wegen des Videos unternehmen würde. Dass es ihm egal war. Dass er sie liebte und sie noch immer begehrte, und dass sich seine Mutter geirrt hatte. Er musste ihr sagen, dass sie zurückkommen konnte.

Dass er diese Angelegenheit hoffentlich für sie in Ordnung bringen würde.

»Du kannst nicht mit ihr sprechen. Wer immer uns erpresst, er verfolgt anscheinend genau unsere Schritte. Wenn du zu ihr fährst, wird derjenige wissen, dass etwas nicht stimmt. Wenn wir zu erkennen geben, dass wir zur Polizei gehen, dann wird der Schuldige vielleicht niemals gefasst. Das Beste wäre, wenn wir so tun, als wäre alles ganz normal.«

»Aber Chelsea …«

»Ist in Austin, wie du gesagt hast. Und der Erpresser hat sich nicht wieder bei mir gemeldet, was nur bedeuten kann, dass er dich beobachtet und nicht sie.« Sie schüttelte leicht den Kopf. »Du wirst so tun müssen, als wäre alles in bester Ordnung.«

Jede Faser seines Wesens sträubte sich dagegen. Er wollte Chelsea beschützen und vor weiterem Schaden bewahren. Sie in seine Arme nehmen und ihr sagen, dass alles wieder gut werden würde. Dass er nicht zulassen würde, dass ihr jemals wieder jemand wehtat. Aber sie in Austin zu lassen, wo sie litt … Das war definitiv nicht das, was er wollte. »Sie verdient es, das zu erfahren.«

Mrs Cabral winkte ab. »Dann sag es ihr. Fahr nach Austin und gib dem Erpresser so zu verstehen, dass wir nicht mitspielen, und verabschiede dich von der Hoffnung, dass ihr jemals Gerechtigkeit widerfährt. Glaubst du, dieser Mann wird einfach herumsitzen und darauf warten, dass die Polizei auftaucht, wenn er erfährt, dass wir zu den Behörden gegangen sind?«

Er begriff mit schwerem Herzen, dass sie recht hatte.

Um Gerechtigkeit für Chelsea zu bekommen, musste er sie noch für eine Weile das Schlimmste glauben lassen.

25

Zehn Tage später

Ich hab dich wirklich gern, Süße, aber wenn du heute Abend mit dieser Trauermiene zu meinem Bout kommst, dann bekommst du von der Strecke aus meinen Ellenbogen ins Gesicht«, erklärte Pisa, die durch die Wohnung lief und ihre Derby-Ausrüstung zusammensuchte. Sie hob einen ihrer Ellenbogenschoner hoch und schnüffelte daran. »Findest du, dass er stinkt?«

»Wenn du schon fragen musst, dann tut er das bestimmt«, erwiderte Chelsea. »Und es geht mir gut. Wirklich.« Okay, sie leerte gerade die vierte Tüte Schokoladenbrezeln, aber was soll's? Dann hatte sie in der vergangenen Woche eben zwei Kilo zugenommen, weil sie sich nur von Eis und Schokolade ernährte. Wen interessierte das schon?

Es war auf jeden Fall besser, als die ganze Zeit zu weinen.

»Tja, das ist mein erstes Spiel auf einer Banked-Strecke, also bring mich nicht durcheinander, okay?« Pisa sprühte die Schoner mit Febreze ein, schnüffelte daran und wiederholte das Ganze. Eines der Banked-Track-Derby-Teams in Austin hatte sehr viele Ausfälle durch schwangere Spielerinnen zu beklagen, und so hatte sich für Pisa eine Möglichkeit ergeben. Heute Abend würde sie tatsächlich spielen.

Das hatte sie sich auch verdient, nachdem sie die ganze Woche lang Chelseas Miesepetrigkeit ertragen hatte. Sie wusste selbst, dass sie einen schrecklichen Gast abgab. Nachdem sie auf

Pisas Türschwelle gestanden und die ersten drei Tage praktisch ununterbrochen geweint hatte, war sie endlich ein wenig zur Vernunft gekommen und begann darüber nachzudenken, sich in Austin ein neues Leben aufzubauen. Sie konnte ihren Seifenhandel auch von hier aus führen. Sich einem Derby-Team anschließen. Von vorn anfangen.

Schon bei dem Gedanken hätte sie sich am liebsten übergeben.

Es war nicht nur, dass sie die Rag Queens, Gretchen und New York vermissen würde. Auch nicht, dass sie sich mit jeder Faser ihres Wesens nach Sebastian sehnte.

Irgendwie hatten sowohl Pisa als auch sie sich in den letzten Wochen verändert, und das war seltsam. Pisa hatte jetzt einen Freund, einen Hipster aus Austin, der auf Roller Derby stand, einen langen, dichten Bart hatte und Karohemden trug. Er hieß Drew, war ein netter Kerl, und Pisa schien glücklich zu sein. Tatsächlich wirkte sie glücklicher, als Chelsea sie seit sehr, sehr langer Zeit gesehen hatte. Es waren nicht nur die Veränderung im Derby (von Flat Track zu Banked Track) und der neue Freund. Sie liebte ihren neuen Job und diese Stadt.

Und Chelsea hasste das alles, weil sie einfach nur zu Hause bei Sebastian sein wollte. Es war so viel angenehmer gewesen, sich elend und allein zu fühlen, als sie das noch zusammen getan hatten.

Das machte sie zu einer schlechten Freundin.

Chelsea stopfte sich noch eine Schokoladenbrezel in den Mund und dachte an Sebastian. Sie blinzelte mehrmals schnell und versuchte, nicht zu weinen. Ihre Augen fühlten sich ständig verquollen und heiß an, weil sie die ganze Zeit am Heulen war. Er kam sich bestimmt so verraten vor. Konnte er beim Zeichnen seine Emotionen rauslassen? Oder stauten sie sich in ihm auf, weil er so dermaßen wütend auf sie war?

Schlimmer noch: Ließ er sich vielleicht von Lisa trösten? Sie wusste, dass Lisa jederzeit bereit war, mit Sebastian ins Bett zu gehen. Bei diesem Gedanken steckte sie sich noch eine Brezel in den Mund.

Das alles tat so weh. Sie wäre vielleicht damit fertiggeworden, wenn Sebastian bei ihr gewesen wäre, um sie in den Armen zu halten und wegen des Videos zu trösten. Aber ihn zu verlieren, wenn sie ihn am dringendsten brauchte, das war die Hölle.

Sie fühlte sich kraftlos und leer.

Dabei wusste sie, dass es nicht ihre Schuld war. Sie machte sich auch keine Vorwürfe. Es war nur ... eine schreckliche Last, wenn man sie allein schultern musste. Pisa versuchte, ihr zu helfen, das tat sie wirklich. Aber Chelsea hatte sowohl den Mann verloren, den sie liebte, als auch von dem Video erfahren. Es war schwer, nicht einfach komplett dichtzumachen. Sich nicht mit Trostfutter und in Jogginghose aufs Sofa zu kuscheln und die nächsten Monate dort zu bleiben.

Aber Pisa war so aufgeregt wegen des Bouts heute Abend. Chelsea hatte sich eingestehen müssen, dass sie ihre Freundin unterstützen wollte, auch wenn sie noch so deprimiert und geknickt war. Pisa war immer für Chelsea da gewesen, und es würde ihr sehr viel bedeuten, wenn Chelsea zu ihrem Bout käme.

Daher hatte Chelsea versprochen hinzugehen.

»Wann musst du denn los?«, fragte Chelsea und zwang sich, vom Sofa aufzustehen.

Pisa lief an ihr vorbei und suchte zweifellos noch nach den letzten Bestandteilen ihrer Ausrüstung. »Drew holt uns in einer halben Stunde ab, und nachdem wir etwas gegessen haben, gehe ich mich aufwärmen. Kommst du mit oder bleibst du hier?«

»Wie könnte ich mir deinen ersten Bout auf einem Banked Track entgehen lassen?«

Pisa kreischte vor Freude auf und umarmte Chelsea fest. »Du bist die Beste!«

Chelsea erwiderte die Umarmung und wünschte sich, sie könnte nur halb so glücklich sein wie ihre Freundin.

Doch sie würde das überstehen. Ganz bestimmt. Sie war schon einmal durch die Hölle gegangen und hatte es überlebt, daher konnte sie es auch ein zweites Mal schaffen.

❊ ❊ ❊

Chelsea und Drew suchten sich Plätze auf der Tribüne, von denen sie die Strecke gut sehen konnten. Das Stadion hier unterschied sich sehr von dem, das Chelsea aus New York kannte. Es wirkte eher wie ein mehrstöckiges Lagerhaus, und das Publikum war deutlich lauter. Auf der Bahn taten zwei Spielerinnen so, als würden sie eine Kissenschlacht veranstalten, und aus den Lautsprechern drang laute Musik. Es war eine gute Atmosphäre, aber nicht wie zu Hause, und Chelsea bedauerte es wieder einmal, dass sie New York verlassen musste. Sie fragte sich, wie das Training der Rag Queens wohl lief und wer beim nächsten Bout ihren Platz einnehmen würde. Mit einem unglücklichen Seufzer nippte sie an ihrer Limo.

»Soll ich dir ein Bier mitbringen?«, fragte Drew. »Ich gehe mir eins holen.«

»Nein, danke.« Sie hielt ihren Pappbecher hoch. »Ich bin vorerst versorgt.«

»Bin gleich wieder da«, meinte er und ging zu den Bierständen. Im nächsten Augenblick vibrierte auch schon ihr Handy; sie bekam einen Anruf. Als sie Sebastians Namen auf dem Display sah, leitete sie ihn sofort an die Mailbox weiter, während ihr das Herz schwer wurde.

Er hatte in den letzten zehn Tagen ständig angerufen, aber sie war nie rangegangen. Das schaffte sie einfach nicht. Wenn sie seine Stimme hörte, wäre es um sie geschehen. Daher war sie feige und ging ihm aus dem Weg. Na und? Sie versuchte, diesen Teil ihrer Vergangenheit zu ignorieren und nach vorn zu blicken. Doch das konnte sie nicht tun, wenn sie sich ständig wegen Sebastian die Augen ausweinte, weil ihr Leben zerstört war und sie den Mann verloren hatte, den sie liebte.

Daher ignorierte sie ihn, weil das weniger wehtat.

Sie vermutete, dass er ihr auch Nachrichten schickte. Zumindest hätte sie das an seiner Stelle getan. Aber da das zu erwarten gewesen war, hatte sie die Einstellungen ihres Handys angepasst, sodass seine Nachrichten nicht angezeigt wurden. Sie würde auch diese so lange ignorieren, bis sie bereit dazu war, sie zu lesen.

Doch das würde möglicherweise niemals passieren. Das Verlustgefühl und der Schmerz, weil sie nicht bei Sebastian sein konnte, waren in den vergangenen zehn Tagen keinen Deut besser geworden.

Ein Fremder setzte sich in ihre Nähe und musterte sie anerkennend. Argh. Sie schenkte ihm ein höfliches Lächeln, tat so, als würde sie etwas auf ihrem Handy lesen, und hoffte, dass Drew bald zurück sein würde. Da sie die Wetter-App nicht ewig anstarren konnte, rief sie eine Nachrichtenseite auf.

Und sog die Luft ein.

Skandal bei den Cabrals: Das Video, das eine Familie schockiert.

Ihre Haut begann vor lauter Panik zu kribbeln. Oh nein. Nein, nein, nein. Ihr drehte sich der Magen um, und sie starrte die Schlagzeile an. Bitte nicht. War sie nicht extra gegangen, um genau das zu verhindern? Um Sebastian vor ihrer furchtbaren Vergangenheit zu schützen? Sie wollte nicht hinsehen, konnte aber nicht anders. Und so klickte sie den Artikel an, überflog ihn und hätte sich am liebsten übergeben.

In einem Exklusivinterview für Media Weekly *hat Lisa Pinder-Schloss von der Reality-Fernsehshow* The Cabral Empire *enthüllt, dass einer ihrer Exfreunde ein Sextape von ihr besitzt und droht, es an den Höchstbietenden zu verkaufen. Das Video wurde angeblich vor mehreren Jahren gedreht, als Pinder-Schloss in einer Beziehung mit dem Freestyle-Motocrossstar Dirk Zayven war.*

Pinder-Schloss hat über ihren Anwalt verlauten lassen: »Das Video wurde für private Zwecke gedreht von einem Mann und einer Frau in einer Beziehung. Dass die Beziehung jetzt beendet ist, bedeutet noch lange nicht, dass dieses ehemals private Video an die Öffentlichkeit gelangen darf, und ich bin entsetzt, dass jemand versucht, es zu verkaufen. Mein Anwalt wird der Sache mit Entschiedenheit nachgehen. Wir werden gegen die Veröffentlichung vorgehen. So etwas darf nicht erlaubt werden.«

Pinder-Schloss ist momentan mit Dolph Cabral liiert und wird in der kommenden Staffel von The Cabral Empire *eine wichtige Rolle spielen.*

Danach drehte sich der Artikel um berühmte Frauen und den Mangel an Privatsphäre im Internet, aber Chelsea verschwammen die Buchstaben vor den Augen. Sie stieß langsam die Luft aus.

Es gab noch ein Video? Von Lisa? Und es sollte ausgerechnet jetzt veröffentlicht werden? Das ergab doch keinen Sinn.

Sie empfand regelrecht Mitleid für Lisa. Sie musste gerade dieselbe Hölle durchmachen wie Chelsea, stand aber in der Öffentlichkeit, was das Ganze noch erschwerte. Am liebsten hätte sie sich bei ihr gemeldet und ihr gesagt, dass sie verstand, was sie gerade durchmachte. Aber sie konnte sich nicht vorstellen, dass sich Lisa über einen Anruf von ihr freuen würde.

Ein Mann setzte sich neben sie auf die Bank, und Chelsea erstarrte. Dies war wirklich nicht der richtige Zeitpunkt, um sie anzubaggern. »Hier sitzt schon jemand«, sagte sie, ohne von ihrem Handy aufzublicken.

»Das ist aber schade«, erwiderte eine vertraute Stimme, die ob des Jubels des Publikums kaum zu verstehen war. Chelsea hob den Kopf und sah Sebastian ins Gesicht, als die Stimme des Stadionsprechers aus den Lautsprechern hallte, der das Publikum begrüßte. Benommen starrte sie Sebastian an. Er war wirklich hier?

Er saß neben ihr?

Sebastian lächelte, und als er die Mundwinkel nach oben zog und die Fältchen an seinen Augen zu sehen waren, verlor sie sich in der maskulinen Schönheit seines Gesichts. Er sagte noch etwas, aber das konnte sie aufgrund des Lärms nicht verstehen. Und auf einmal hasste sie all diese Menschen. Warum konnte die Welt nicht schweigen, wenn sie es so brauchte?

Das Gebrüll wurde noch lauter, und sie schüttelte den Kopf, berührte ihr Ohr und gab ihm so zu verstehen, dass seine Worte nicht bei ihr angekommen waren.

Sebastian beugte sich vor und brüllte: »Wollen wir uns woanders unterhalten?«

Sie hätte sich am liebsten in seine Arme geworfen und die Nase gegen seinen Hals gedrückt. Aber die Musik veränderte sich, Pisas neues Team kam aus der Kabine, und Drew setzte sich auf ihre andere Seite. Oh, sollte sie jetzt gehen oder bleiben? Würde Pisa es verstehen, wenn sie ging? Würde sie überhaupt begreifen, dass es Sebastian war, der neben Chelsea saß? Sie zögerte, war hin- und hergerissen, hob dann einen Finger, um Sebastian zu bedeuten, dass das warten musste, und deutete auf die Strecke. »Ich muss hierbleiben und sie anfeuern«, rief sie zurück.

»Ich werde auf dich warten«, schrie er, doch dann stellte der Sprecher die Spielerinnen vor.

Chelsea nickte und zwang sich, nach unten zu sehen. Sie wusste, dass Pisa im Publikum nach ihr und Drew Ausschau halten würde. Auch wenn sie sie aufgrund der Beleuchtung vermutlich gar nicht entdecken würde – das spielte keine Rolle. Sie würde ihre Freundin nicht enttäuschen, den Menschen, der immer für sie da gewesen war. Daher wartete sie, klatschte und pfiff bei jeder einzelnen Spielerin, während in ihrem Kopf alles durcheinanderging. Aus dem Augenwinkel konnte sie erkennen, dass Sebastian jemandem eine Nachricht schrieb, und sie spürte einen Stich von Eifersucht.

Schrieb er etwa Lisa? War er hergekommen, um Chelsea zu sagen, dass es vorbei war? Und warum tat das so weh?

Sie schloss die Augen, um den Schmerz zu unterdrücken. Himmel, wieso hatte er nur herkommen müssen? Er hätte ihr einfach eine Nachricht schreiben können ... Aber das hatte er ja vielleicht auch getan. Verdammt, sie hätte sie doch lesen und beantworten sollen. Dann würde sie jetzt nicht hier sitzen, sich quälen und auf das Schlimmste warten. Darauf, dass er das Messer in der Wunde noch einmal umdrehte. Das würde ihr nicht dabei helfen, über ihn hinwegzukommen. Nicht im Geringsten.

Eine Hand berührte ihren Arm.

Chelsea blickte auf und sah, dass Sebastian ihr sein Handy reichte. Sie las die Nachricht, die er geschrieben hatte.

Weißt du, wie lange es her ist, dass ich dein schönes Gesicht zuletzt gesehen habe? Ich weiß nicht, ob du mitgezählt hast, aber es waren die elf längsten Tage meines Lebens. Die 264 schrecklichsten Stunden meines Lebens und 15840 langsamsten Minuten aller Zeiten. Es ist keine einzige dieser Minuten vergangen, ohne dass ich an dich gedacht habe. Du warst ständig in meinen Gedanken.

Ihr stockte der Atem. Sie sah an den oberen Bildschirmrand, weil sie wissen wollte, wem er das geschrieben hatte.

Sicherheits-Date Chelsea.

Oh.

Ihr stiegen die Tränen in die Augen. Die Musik veränderte sich, und das andere Team kam aus der Kabine, aber Chelsea starrte nur das Handy und diese wundervolle Nachricht an ... um dann eine Antwort zu tippen. Sie gab Folgendes in sein Handy ein:

Du solltest nicht hier sein. Wir haben uns getrennt. Unsere Ehe soll einfach nicht sein, okay?

Es schmerzte sie so sehr, diese wenigen hasserfüllten Worte zu schreiben. Er war ihr gefolgt, und sie musste ihn erneut wegstoßen. Als sie ihm das Handy zurückgab, hasste sie sich dafür, das geschrieben zu haben.

Aber Sebastian stand nicht auf und ging. Stattdessen tippte er wieder etwas. Neugier und Nervosität machten sich in

Chelseas Bauch breit, und sie konnte nicht einmal hinsehen, als der Bout begann. Es war immer noch laut, aber eigentlich hätten sie sich jetzt wieder unterhalten können. Trotzdem schwieg sie und sah ihm beim Tippen zu. Schließlich reichte er ihr sein Handy.

Du solltest wirklich lernen, an dein Telefon zu gehen, Elsie.

Elsie? War das einer seiner schrecklichen Spitznamen? Sie musste unwillkürlich kichern und konnte nicht anders, als eine freche Antwort zu tippen.

Vielleicht wollte ich nicht reden, Basty.

Er tippte ebenfalls und reichte ihr das Handy wieder.

Es könnte schlimmer sein. Du hättest mich Nugget nennen können.

Sie musste entsetzlich lachen.

Dann schrieb sie zurück: *Das würde ich nie tun.*

Er erwiderte: *Und dafür liebe ich dich.*

Als er ihr das Handy mit dieser Nachricht gab, fing sie doch an zu weinen. Verdammt, sie hatte sich doch vorgenommen, keine Träne wegen eines Mannes zu vergießen. Sie war stark und unabhängig. Sie war Chesty LaRude, die knallharte Derby-Diva. Eine Überlebende.

Aber im Augenblick hätte sie sich lieber an seine Brust geworfen. Sie sehnte sich danach, dass Sebastian die Arme um sie legte und ihr sagte, dass er sich um alles kümmern würde. Dass alles gut war. Dass sie in Sicherheit war, dass sie die Seine war, dass er sie liebte und dass sie nichts und niemand mehr trennen konnte.

Aber das war natürlich nur ein Traum. Die Realität sah nun einmal ganz anders aus.

Chelsea war derart durcheinander, dass sie ihm das Handy in die Hand drückte und aufstand. Sie musste hier weg. Panisch bahnte sie sich einen Weg durch die Menge und verließ die Tribüne. Sie wusste, dass Sebastian ihr folgte, aber das war ihr egal. Sie würde in einer Toilette oder einer Umkleidekabine verschwinden – irgendwo, egal wo –, wohin er ihr nicht folgen konnte.

Der Bout war gut besucht, und sie kannte sich hier nicht aus. Nachdem sie sich vergeblich nach einer Toilette umgesehen hatte, lief sie einfach durch den Haupteingang nach draußen. Dort hatte sie wenigstens frische Luft und konnte wieder einen klaren Kopf bekommen. Chelsea rannte und wünschte sich, sie hätte ihre Rollschuhe an. Auf Rollschuhen konnte man dem Leben so viel leichter entkommen ...

War es das, was sie da tat? Weglaufen? Dieser Gedanke gefiel ihr gar nicht, und er tat weh.

War sie etwa doch ein Feigling?

Draußen war die Luft frisch und etwas kühler als in der Halle, und sie holte erleichtert tief Luft. Sie hatte Kopfschmerzen. Und ihr Herz tat ebenfalls weh. Die Geräusche waren hier nur gedämpft zu vernehmen, und dafür war sie sehr dankbar.

»Chelsea?«, rief Sebastian ihr hinterher. »Ist alles okay?«

»Ich brauche nur einen Moment«, erwiderte sie und sah ihn nicht an.

»Liegt es an mir? Mache ich dir Angst?« Die Reue in seiner

Stimme ließ ihr Herz noch viel mehr schmerzen. »Du weißt, dass ich das nie gewollt habe.«

Sie drehte sich um, denn er hatte es verdient zu erfahren, dass sie keine Angst hatte. »Ich habe keine Angst vor dir, Sebastian. Es ist nur so ... Es ist schwer für mich.« Es schnürte ihr die Kehle zu.

»Dann lass es mich für dich leichter machen.« Er kam auf sie zu, und er sah so unglaublich gut aus mit der olivfarbenen Haut, dem lockigen Haar und den durchdringenden grünen Augen. Sein helles khakifarbenes Hemd ließ seine Haut noch wärmer wirken, und dazu trug er eine Jeans. Das war vermutlich Sebastians Version von lässiger Kleidung, und ein gebrochenes, ersticktes Kichern stieg in ihr auf.

»Dass du hier bist, macht es erst so schwer, Sebastian.«

»Willst du mich nicht hier haben?« Er trat neben sie und hob eine Hand, als wollte er ihre Wange oder ihr Kinn streicheln. Stattdessen strich er ihr nur einige Strähnen aus der Stirn, die ihr der Wind ins Gesicht geweht hatte.

»Es ist zu schwer«, flüsterte sie noch einmal. »Es bringt mich dazu, Dinge zu begehren, die ich nicht haben kann.«

Da strich er ihr mit einem Daumen über die Lippen, legte ihr die Hand unter das Kinn und hob ihren Kopf an, damit sie ihm in die Augen sah. »Dann lass dir von mir sagen, warum du falschliegst, Liebes.« Er beugte sich vor und küsste sie sanft. »Ich liebe dich und möchte nicht, dass du mich verlässt.«

Sie wollte schon protestieren, ihm sagen, dass er gar nicht hier sein durfte, dass sie ihn beschützte, dass ...

»... und ich weiß von dem Video«, fügte er hinzu und riss sie aus ihren Gedanken.

Sie erstarrte und sah ihn erschrocken an. »Was? Du weißt davon?«

Er nickte und zog sie an sich, obwohl sie sich wehrte. »Lass mich dir zuerst alles erklären, bevor du ausrastest, okay?« Sie nickte widerstrebend, und er fuhr fort: »Rufus kam am Tag, nachdem du verschwunden bist, um nach dir zu sehen, und erwähnte, dass du dich mit meiner Mutter getroffen hast. Ich dachte mir sofort, dass sie etwas gesagt haben muss, und bin zu ihr gestürmt, um ihr den Kopf zu waschen.«

Chelsea biss sich auf die Lippe. Sie hatte ihre Spuren wirklich schlecht verwischt, was? Sie war so benommen gewesen und hatte vor lauter Elend und Traurigkeit nicht mehr klar denken können. Warum hatte sie nicht mit Rufus gesprochen? Er war immer nur nett zu ihr gewesen, und sie hatte ihn völlig vergessen.

»Meine Mutter hat mir von dem Video erzählt. Sie glaubte, du hättest freiwillig mitgemacht. Als ich ihr gesagt habe, dass es eine Vergewaltigung war, tat ihr das alles schrecklich leid.« Er verzog das Gesicht. »Sie hat Mist gebaut und weiß das auch.«

Chelsea schüttelte den Kopf und tätschelte seine Brust. »Sie versucht nur, dich zu beschützen. Genau wie ich.«

»Denkst du etwa, mich würde dieses Video interessieren? Das Einzige, was mich daran interessiert, ist, dass dir jemand damit wehtun will.«

»Ich bin nicht das Ziel, Sebastian, sondern du. Du ...«

»Ich weiß. Und darum bin ich hergekommen, um dir zu sagen, dass ich das Video der Polizei ausgehändigt habe.«

Sie zuckte verblüfft vor ihm zurück. »Aber der Erpresser ...«

»Wurde verhaftet. Erinnerst du dich daran, dass du mir erzählt hast, der Fall wäre falsch gehandhabt worden, und es hätte keine Verdächtigen gegeben? Tja, ich habe die Polizei davon überzeugt, dass es sich lohnen könnte, ihn wieder aufzurollen.« Er lächelte sie schief an. »Ich habe mit dem Polizeichef gesprochen, ein paar großzügige Spenden gemacht und, nun ja ... Anscheinend war dieses Arschloch verdammt stolz auf sich. Sie konnten ihn dank des Videos identifizieren, weil er schon einmal im Gefängnis gesessen hat.« Seine Stimme wurde sanfter. »Er wird niemandem mehr wehtun. Dafür werden die besten Anwälte sorgen, die man mit Geld kaufen kann.«

Chelsea starrte ihn nur sprachlos an.

»Bitte sag doch was, Liebes. Habe ich etwas falsch gemacht? Ich wollte nur, dass dir Gerechtigkeit widerfährt ...«

Sie warf ihm die Arme um den Hals und küsste ihn. Er war der beste Mann, den man sich denken konnte. Sie presste die Lippen fest auf seine. Obwohl sie ihre Derby-Ausrüstung nicht trug und nicht dieselbe Erregung spürte, war sie dennoch froh, weil sie den Kuss genießen konnte. Sie genoss es, Sebastians Mund zu erobern. Jetzt gehörte er ganz ihr.

Als sie sich von ihm löste, wirkte er ein wenig atemlos, und sie war sehr zufrieden mit sich. Sie strich ihm über die Brust. »Das hast du alles für mich getan, Sebastian?«

»Chelsea, ich würde alles für dich tun, und ich dachte, das weißt du.« Er deutete auf das Gebäude hinter ihnen. »Du willst ein Team? Ich kaufe dir eine ganze Liga. Du möchtest ein Haus hier in Austin, damit du an den Wochenenden mit Pisa zu Bouts gehen kannst? Ich kaufe dir einen Privatjet, damit du jederzeit herfliegen kannst. Du wünschst dir eine Insel? Ich kenne da einen Makler ...«

Sie legte ihm die Finger auf die Lippen, um ihn zum Schweigen zu bringen. »Das alles will ich gar nicht, Sebastian.«

»Ich liebe dich, Chelsea. Komm bitte mit mir nach Hause. Der Erpresser ist mir völlig egal. Das ist jetzt alles geregelt. Und falls doch noch etwas passieren sollte, ist es mir trotzdem lieber, dich an meiner Seite zu haben. Zusammen sind wir stark. Wir ergänzen einander.« Er nahm ihre Hand und verschränkte die Finger mit ihren, um dann ihren Handrücken zu küssen. »Ich bin verloren ohne dich. Wie meine Mutter ohne ihren Schönheitschirurgen.«

26

Chelsea musste kichern. »Das ist ein schrecklicher Vergleich.«

»Dabei dachte ich, ich wäre besser geworden.« Er legte den Kopf schief und tat so, als würde er nachdenken, während er ihr die Arme um die Taille legte. »Wie ... Lisa und die Fernsehkamera?«

Sie keuchte auf. »Lisa ... Hast du das gehört? Ich habe vorhin gelesen, dass es von ihr auch ein Sextape gibt.«

»Ob du es glaubst oder nicht, das war lanciert.« Sebastian zuckte mit den Achseln, als Chelsea ihn erstaunt ansah. »Ich weiß. Meine Mutter hat das vorgeschlagen, als Ablenkungsmanöver, während ich zur Polizei gehe, und damit die Verbrecher das Video nicht an die Öffentlichkeit bringen. Niemand würde ein Sextape veröffentlichen, wenn es zeitgleich einen Skandal wegen eines anderen gibt, schließlich will man ja die maximale Aufmerksamkeit erreichen. Daher dachten wir, das wäre eine gute Idee, die uns und der Polizei Zeit verschafft.«

»Aber Lisa ...«

»Ist begeistert«, erwiderte er sanft. »Sie wollte eine größere Storyline für diese Staffel, und jetzt hat sie eine. Meine Mutter ist ebenfalls sehr angetan. Es gibt natürlich gar kein Sextape. Das ist alles nur für die Klatschspalten erfunden. Sie werden ein paar Unterlassungsaufforderungen verfassen, Lisa wird eine Million Interviews geben, es werden einige nachgestellte Standbilder aus dem angeblichen Video veröffentlicht, und dann werden die Leute irgendwann davon ausgehen, dass es an einen Privatmann verkauft wurde. Das ist etwas völlig anderes als deine Situation, Liebes. Niemand will Lisa damit verletzen. Sie war so begeistert davon, dass meine Mutter sie davon abhalten musste, tatsächlich ein Sextape zu drehen.«

Chelsea erbleichte. »Will sie denn mit aller Macht berühmt werden?«

»Das will sie mehr als alles andere auf der Welt.« Er zuckte mit den Achseln. »Auf diese Weise bekommt jeder, was er will, schätze ich. Lisa hat ihren Ruhm, meine Mutter eine Storyline, die die Zuschauer fesseln wird, und ich bekomme meine Frau zurück, wenn sie mich denn noch will.« Er küsste erneut ihre Hand. »Es sei denn, sie ist in Austin glücklich.«

»Und wenn es so wäre?«, fragte Chelsea leise.

»Dann ziehe ich nach Austin, damit ich in ihrer Nähe sein kann, bis sie bereit ist, zu mir zurückzukehren.« Er knabberte an ihren Fingerknöcheln. »Ich würde ewig warten, wenn es sein muss.«

»Ich möchte aber nicht in Austin bleiben«, gab sie zu und hatte einen Kloß im Hals. »Ich möchte bei dir sein. Aber, Sebastian ... Ich bin noch immer völlig gestört. Ich kann nicht die Frau sein, die du brauchst.«

»Du bist durch und durch perfekt.«

»Das bin ich nicht«, erwiderte sie und schüttelte den Kopf. »Ich kann nur schlafen, wenn das Licht brennt, und den Sex nur genießen, wenn ich Rollschuhe trage. Ich habe in der letzten Woche kiloweise Schokoladenbrezeln gegessen, weil ich so unglaublich deprimiert war. Dieses Video könnte irgendwann doch noch an die Öffentlichkeit geraten.« Bei diesem Gedanken wurde ihr ganz übel. »Egal, wie viele Anwälte und Polizisten wir einschalten. Irgendwann ist alles im Internet. Ich könnte deine Familie noch immer ruinieren.«

»Du bist meine Familie, Chelsea. Verstehst du das denn

nicht? Ich liebe dich von ganzem Herzen. Wenn du nicht bei mir bist, dann habe ich gar nichts. Es ist mir egal, ob du glaubst, du wärst nicht die Frau, die ich deiner Meinung nach brauche, denn du bist die Frau, die ich will. Ich liebe dich und vergöttere dich, und jede Minute ohne dich ist für mich wertlos.«

Womit hatte sie diesen wunderbaren Mann überhaupt verdient? Chelsea beugte sich vor und küsste ihn noch einmal. »Ich liebe dich, Sebastian«, flüsterte sie dann.

Er stöhnte leise. »Und ich liebe dich, Süße. Ich habe dich von dem Augenblick an geliebt, in dem wir uns das erste Mal geküsst haben. Und es war mein Ernst, dass ich alles für dich tun würde. Wenn du das möchtest, dann ziehen wir nach Austin. Verdammt, für dich würde ich sogar nach Venezuela ziehen. Bleib einfach bei mir.«

»Mir gefällt dein Haus«, sagte sie zwischen den schnellen, erleichterten Küssen. Sie war so unglaublich glücklich. Sie konnte nicht aufhören, zu lächeln oder ihn zu berühren. »Ich bin gern bei dir. Du bist mein Zuhause, Sebastian. Du und mein Team.«

»Solange ich an erster Stelle komme«, meinte er lachend.

»Ich werde darüber nachdenken«, erwiderte sie grinsend. Ihr war, als könnte sie übersprudeln vor Glück und Erleichterung. Sie küsste ihn noch einmal. »Aber eins möchte ich noch wissen … Hast du dir das Video angesehen?« Sie würde damit leben können, aber es wäre sehr schmerzlich für sie.

Er schüttelte den Kopf. »Ich musste es nicht sehen, um dir zu glauben.«

»Es geht nicht darum, ob du mir glaubst.«

Zärtlich strich ihr Sebastian eine Locke aus dem Gesicht. »Ich möchte auf gar keinen Fall ein Video sehen, in dem dir wehgetan wird. Das möchte ich niemals sehen, nicht bis ans Ende meiner Tage.«

Ihr stiegen Tränen in die Augen. Erst jetzt wurde ihr klar, wie wichtig es ihr war, dass er das Video nicht gesehen hatte. Dass er das, wofür sie sich am meisten schämte, nicht hatte sehen müssen. Dass es in der Vergangenheit blieb und nicht zwischen ihnen stand. »Danke.«

»Ich würde nie etwas tun, das dir wehtun könnte, Chelsea, und das weißt du auch.« Er gab ihr einen Kuss auf die Stirn. »Dafür liebe ich dich viel zu sehr.«

»Ich liebe dich auch«, sagte sie leise, drückte die Wange an seine Brust und legte ihm die Arme um die Taille.

Er streichelte ihr über den Rücken und hielt sie fest. Sie blieben lange dort auf dem Parkplatz stehen und umarmten sich, und auf Chelsea wirkte es wie eine ... Reinigung. Es war wundervoll. Als würde die Vergangenheit langsam von ihr abfallen.

Sebastian war ihre Zukunft.

Ihre Hände glitten über seinen Rücken und den Stoff seines Hemdes. Sie genoss seine Berührung und dass sie seinen Körper an sich spürte.

Dann verlagerte er das Gewicht. »Möchtest du wieder zurück zum Bout gehen?«

Am liebsten wäre sie für immer hier in seinen Armen geblieben. »Eigentlich nicht.«

Er stieß die Luft aus. »Das ist gut. Meine Hose wird mir nämlich langsam zu eng im Schritt.«

Chelsea kicherte und legte eine Hand auf den Reißverschluss seiner Jeans. Oh ja, er hatte tatsächlich eine Erektion. »Was, hier?«

Er nahm ihre Hand weg. »Wenn du nicht hier auf dem Parkplatz mit mir schlafen willst, Mrs Hall-Cabral, dann würde ich vorschlagen, dass wir in mein Hotelzimmer gehen.«

»Aber wir müssen zuerst in Pisas Wohnung«, entgegnete

Chelsea und warf ihm einen kecken Blick zu. »Damit ich meine Ausrüstung holen kann.«

»Dann machen wir das«, erklärte er ernst. »Erst die Ausrüstung, dann das Hotel.«

»Oder ... Ich ziehe mich bei ihr um und wir treiben es auf ihrer Couch.«

»Das gefällt mir sogar noch besser«, meinte er, nahm ihre Hand und eilte mit ihr über den Parkplatz. »Weniger Herumgefahre und mehr Sex mit meiner Frau.«

Ihr gefiel es ebenfalls besser.

An der Straße wartete eine gemietete Limousine nebst Fahrer auf ihn, und Chelsea stieg mit ihm ein und schickte Pisa schnell noch eine Textnachricht.

Chesty: Habe heißen Versöhnungssex mit meinem Mann bei dir. Betrachte diese Nachricht als virtuelle Socke auf der Türklinke.

Natürlich würde Pisa die Nachricht erst nach dem Bout lesen. Chelsea schrieb auch Drew, damit er wusste, wohin sie verschwunden war, und nicht auf sie wartete. Danach warf sie Sebastian die Arme um den Hals und küsste ihn.

Denn sie konnte ihn doch küssen, ohne dass sie ihre Ausrüstung anhatte, oder? Und wie!

Sebastian drückte sie an sich und erwiderte ihren Kuss leidenschaftlich, und obwohl sie damit rechnete, nichts zu empfinden, spürte sie, wie sie immer erregter wurde. Das hier war Sebastian mit seiner warmen Haut, dem vertrauten Mund und dem würzigen Duft der Seife, die sie für ihn gemacht hatte und der ihr in die Nase stieg. Bei ihm fühlte sie sich sicher, und es war okay, bei ihm einfach loszulassen.

Er passte auf sie auf.

Und so experimentierte sie mit zarten Küssen und drückte die Lippen auf seine. Sie knabberte an seinen Lippen, ließ die Zunge hervorschnellen und drückte manchmal einfach nur den Mund auf seinen. Solange sie Sebastian berührte, fühlte es sich gut und richtig an, und sie hasste es nicht.

Tatsächlich gefiel es ihr sogar. Es war nicht das Gefühlsinferno, das sie überkam, wenn sie ihre Roller-Derby-Sachen trug, aber immerhin ein schöner kleiner Funke.

Sie freute sich über diesen Funken. Er bedeutete, dass es ihr in Zukunft vielleicht noch besser gehen würde. Es konnte Jahre dauern, bis sie es schaffte, ohne die Rollschuhe mit ihrem Mann zu schlafen, aber immerhin hatte sie jetzt die Hoffnung, dass es irgendwann möglich sein könnte.

Und Hoffnung war etwas Wundervolles.

Ebenso wie die Tatsache, dass sie Sebastian berühren konnte.

Als sie in Pisas Wohnung ankamen, war Chelsea mehr als bereit, aus dem Wagen zu steigen und sich umzuziehen. Ihr ganzer Körper schien zu kribbeln, und ihr Herz schlug vor Aufregung schneller. Es war viel zu lange her, dass sie Sebastians Körper an ihrem gespürt hatte, und sie wollte das wieder fühlen. Sie nahm seine Hand und zerrte ihn fast schon aus dem Wagen, da sie so begierig und erregt war.

»Soll ich dem Fahrer sagen, dass er warten soll?«, wollte Sebastian wissen, als sie die Schlüssel aus der Tasche holte.

»Auf gar keinen Fall. Sag ihm, dass du ihn anrufst, wenn wir ins Hotel gebracht werden wollen. Pisas Bout wird erst in ein paar Stunden zu Ende sein.«

Sebastian grinste, beugte sich zum Fahrerfenster herunter und sprach mit dem Mann. Danach klopfte er gegen die Tür, richtete sich wieder auf, und das Fenster wurde hochgefahren. Der Wagen rollte davon, und Sebastian gehörte ganz ihr.

Sie reichte ihm ihre Hand, und dann lief sie mit den Schlüsseln in der Hand die Stufen hinauf.

Pisas Wohnung lag im ersten Stock eines Stadthauses, und es standen vor allem die Möbel darin, die Pisa aus New York mitgenommen hatte. Da stand das riesige Sofa mit der flachen Rückenlehne. Da stand der Wohnzimmertisch, der Esstisch mit den Kratzern von Chelseas missglückten Seifenexperimenten. Da waren die Art-déco-Poster mit Roller-Derby-Motiven, die sie Pisa zu Weihnachten geschenkt hatte, die die Wohnung aufpeppten und ein wenig kitschig wirken ließen.

Als Sebastian hereinkam und das Sofa begutachtete, entdeckte er natürlich auch Chelseas Nest aus Decken, Kissen, DVDs und leeren Brezeltüten.

Das alles war bei Weitem nicht mit Sebastians coolem, schicken Stadthaus in New York zu vergleichen.

Sie bekam sofort ein schlechtes Gewissen und begann, aufzuräumen, Dinge aufzuheben und Kissen geradezurücken. »Normalerweise sieht es bei Pisa viel ordentlicher aus. Ich habe mich hier nur ganz schön breitgemacht.«

»Es ist mir völlig egal, wie es hier aussieht«, erklärte er, nahm ihr ein Kissen aus der Hand und legte es wieder auf die Couch. »Ich bin nicht hier, um ihre Wohnung zu begutachten oder um sie zu sehen. Ich bin deinetwegen hier. Um dich mit nach Hause zu nehmen, wenn du denn mitkommen willst.«

»Ich will kommen«, sagte sie und wurde rot, als ihr klar wurde, wie sich das anhörte. »Auch so.«

»Dann hol deine Derby-Ausrüstung raus, Baby.« Er grinste sie an und griff nach ihrem T-Shirt. »Oder brauchst du Hilfe beim Umziehen?«

»Ich weiß, wie man ein Derby-Outfit anzieht«, stellte sie lachend klar. »Oder wolltest du mich eigentlich um einen Striptease bitten?«

»Dagegen habe ich nichts einzuwenden«, gab er zu. »Solange ich dich dabei anfassen darf.«

Sie entzog sich ihm. »Sobald ich die Sachen trage, darfst du.«

»Das klingt fair«, sagte er. »Zeig mir, wo du mich haben willst. Du hast hier das Sagen.«

Chelsea biss sich auf die Unterlippe und sah sich in dem winzigen Wohnzimmer um. Vor der Couch war nicht viel Platz, da dort auch der Tisch stand. Und sie würden wahrscheinlich früher oder später ins Bett übersiedeln, sobald sie richtig in Stimmung gekommen war. Aber sie hatte auf der Couch geschlafen ... Tja, darüber konnte sie später noch nachdenken. Sie legte die Hände auf Sebastians Arme und schob ihn ein Stück nach hinten, sodass er zwischen der Tür und dem Sofa stand. »Bleib schön hier stehen. Du darfst zusehen, mich aber nicht anfassen.«

Er grinste und machte eine auffordernde Geste. »Dann zeig mir mal, was du zu bieten hast.«

Sie hob einen Finger, um ihm zu verstehen zu geben, dass er dort warten sollte, und holte ihre Tasche aus dem kleinen Flurschrank, in dem sie sie aufbewahrte, damit sie nicht im Weg war. Pisas Wohnung hatte nur ein Schlafzimmer, und eigentlich war gar nicht genug Platz für Chelsea. Das hatte Pisa jedoch nicht davon abgehalten, ihre Freundin bei sich aufzunehmen, und aus Dankbarkeit hätte Chelsea sogar auf dem Fußboden geschlafen. Sie zog den Reißverschluss ihrer Tasche auf und stellte sie vor ihre Füße.

Dann sah sie Sebastian an. Er hatte die Arme vor der Brust verschränkt, lächelte jedoch amüsiert und erfreut, während er sie beobachtete. Aus seinem Blick sprach so viel Zuneigung – Liebe und Lust –, dass sie Schmetterlinge im Bauch bekam und vor Glück beinahe geweint hätte.

Sie war die glücklichste Frau auf der Welt, so viel stand fest.

Und jetzt würde sie ihm eine Show liefern, um ihm zu zeigen, wie glücklich sie war. Daher legte Chelsea die Hände an den Saum ihres T-Shirts und zog es sich langsam über den Kopf, wobei sie ihren BH enthüllte. Sie hatte nur Sport-BHs eingepackt, da sie nur wenig hatte mitnehmen können, und diesen schon einmal beim Rollschuhlaufen getragen. Obwohl er grau war, einen Ringerrücken hatte und dick gepolsterte Cups, fühlte sie sich darin seltsamerweise … unglaublich sexy. Sie summte leise einen Song vor sich hin, legte die Hände an den Hosenbund und drehte sich um.

Natürlich wusste sie, wie sehr Sebastian ihren Hintern mochte. Sie musste zugeben, dass er wirklich umwerfend war. Langsam knöpfte sie die Jeans auf und schob den Stoff nach unten, wobei sie das Ganze bewusst in die Länge zog.

»Wow, ist das heiß«, murmelte Sebastian, als sie die Jeans an ihren Beinen nach unten schob. »Du bist so wunderschön.«

»Streichelst du dich?«, fragte sie spielerisch.

»Noch nicht. Möchtest du, dass ich es tue?«

Sie nickte, ließ die Jeans auf den Boden fallen und schob sie mit einem Fuß zur Seite. Jetzt trug sie nur noch ihr sportliches Höschen und ihren Sport-BH. Sie hatte sich an diesem Morgen nicht angezogen, um sexy auszusehen, doch das war nicht weiter wichtig. Sebastians Blick gab ihr zu verstehen, dass sie es dennoch war. So schwenkte sie noch einmal die Hüften, hakte die Daumen unter den Saum ihres Höschens, zog es aus und drehte sich wieder um.

Sebastian fuhr sich mit einer Hand über den Mund und sah sie bewundernd an. »Jetzt den BH.«

Es gab keine erotische Art, einen Sport-BH auszuziehen, daher entschied sie sich dafür, es stattdessen schnell zu tun. Sie wand sich heraus, warf ihn auf den Boden, nahm ihre Brüste in die Hände und knetete sie ein wenig. Mit jedem Kleidungsstück, das sie auszog, fühlte sie sich freier, und jetzt wurde es Zeit, ihre scharfe Uniform anzuziehen. Mit einer übertriebenen Geste nahm sie einen Kniestrumpf, setzte sich auf die Couch, hob das Bein an und rollte ihn langsam über ihren Fuß.

Sebastian stöhnte und zog den Reißverschluss seiner Jeans auf. »Mein Schwanz ist so hart, dass er gleich die Nähte sprengt.« Kurz darauf hatte er seinen Penis in der Hand. Er rieb ihn, während sie den Strumpf langsam bis zum Oberschenkel hochzog und dann genüsslich den anderen anzog. »Bist du feucht, Chelsea, Baby? Berühr dich und sieh nach.«

Sie legte eine Hand zwischen ihre Beine und stellte zu ihrer Überraschung und Freude fest, dass sie tatsächlich feucht war. Dabei hatte sie ihre Uniform noch nicht einmal ganz an. Sie fuhr mit den Fingern zwischen ihren Schamlippen entlang und seufzte, weil sich das so gut anfühlte. »Sehr feucht.«

»Zeig es mir«, verlangte er.

Sie drang mit den Fingern in sich ein, hob die Hand und zeigte ihm, wie ihre Haut feucht glitzerte.

»Wunderschön. Streichle dich weiter, während du dich anziehst, Baby. Ich sehe dir so gern dabei zu.«

Sie machte es auch gern. Es fühlte sich gut an, und sie tat es außerdem für ihn, was es noch viel schöner machte. Chelsea beugte sich über ihre Tasche und holte das nächste Kleidungsstück heraus: den knappen Rock. Sie legte ihn sich um, verschloss ihn und drehte ihn so, dass sich die Druckknöpfe an ihrem Rücken befanden. Danach spielte sie mit den Falten herum, bevor sie erneut eine Hand zwischen ihre Beine legte. »Du siehst mir also gern dabei zu, Sebastian?«

Als Reaktion darauf umklammerte er sein Glied fester und rieb es wieder und wieder. »Das weißt du doch.«

Sie legte die andere Hand auf den Venushügel. »Als Nächstes die Rollschuhe oder das Oberteil?«

316

»Die Rollschuhe«, antwortete er gepresst und strich mit der Hand über die Eichel, während er weiterpumpte. »Ich will deine schönen Brüste noch ein bisschen länger sehen.«

Das war eine gute Idee, und sie fuhr mit den Fingern über ihre Brüste und knetete sie. Sie hatte schöne Brüste. Sofort wurden ihre Brustwarzen steif, und sie stieß einen lustvollen Seufzer aus. »Du hast recht. Erst die Rollschuhe.« Sie nahm einen aus der Tasche und zog ihn an. Damit sie ihn zuschnüren konnte, stützte sie den Rollschuh auf die Rückenlehne der Couch und beugte sich vor. Dadurch wandte sie Sebastian den Rücken und den Hintern zu, und sie fühlte sich sehr ungezogen dabei, da sie ja kein Höschen trug.

Auf einmal drückte er seinen warmen Körper an ihren Rücken und legte ihr eine Hand zwischen die Beine. Chelsea keuchte auf und stieß ein Wimmern aus, als seine Finger über ihre feuchten Schamlippen strichen. »Ich konnte einfach nicht widerstehen, Liebes«, murmelte er. »Zieh deine Rollschuhe an und lass dich von mir nicht ablenken.«

Ihre Finger zitterten, und sie fummelte an den Schnürsenkeln herum, als seine Fingerspitzen über ihre Klitoris strichen. Auf einmal fiel es ihr deutlich schwerer, sich zu konzentrieren, und sie stöhnte, als er mit einem Finger ihren Scheideneingang umkreiste und schließlich in sie eindrang.

Da war sie das Spielen leid. Sie wollte mehr. Mehr Berührungen, mehr Finger, mehr Liebkosungen. Und sie musste ihn in sich spüren. Sie wand sich an seiner Hand und wollte ihn ermutigen, die Finger weiter in sie hineinzupressen, aber er schien entschlossen zu sein, sie zappeln zu lassen. Stattdessen nahm er die Hand weg und streichelte die Innenseite ihres Oberschenkels.

»Sebastian«, stieß sie keuchend aus.

»Hast du deine Rollschuhe an, Liebes?«

Sie hatte ganz vergessen, sie zuzubinden. Eigentlich hatte sie alles vergessen mit Ausnahme des Gefühls, seine Hände auf sich zu spüren. Sie versuchte, sich zu konzentrieren, aber das war einfach unmöglich, wenn er ihre Scheide streichelte. »Ich kann nicht«, hauchte sie. »Du lenkst mich zu sehr ab.«

»Soll ich aufhören?«

»Nein. Nein, bitte nicht.« Sie genoss seine Berührung so sehr.

Er legte einen Arm um sie und umfing ihre rechte Brust. »Du riechst so gut. Ich hatte ganz vergessen, wie wunderbar du duftest. Welche Seife benutzt du diese Woche?«

Welche Seife? Sie hatte keine mitgenommen. »Keine, du riechst nur mich und Junkfood.«

Er streichelte ihre Brustwarze mit dem Daumen und strich mit dem Mund über ihre Schulter. »Dann bist du es, die so verlockend riecht.«

Bei seinen Worten seufzte sie leise lustvoll auf. Wieder drang er mit den Fingern in sie ein, ihr Seufzen wurde zu einem Stöhnen, und sie versuchte, sich auf seine Hand zu drücken und seine Finger tiefer in sich hineinzuschieben.

»Du ungezogenes Mädchen«, murmelte er und drückte Küsse auf ihre Schulter. Er ließ die Hand weiter nach oben wandern, umkreiste mit den Fingern ihre Klitoris und rieb sie kurz. »Zieh die Rollschuhe an, dann geht der Spaß los.«

Sie stöhnte und legte die Hände wieder an die Schnürsenkel, während er weiter ihre Klitoris streichelte. Seine Bewegungen waren ganz langsam und ruhig, und sie versuchte, die Empfindungen zu ignorieren, die durch ihren Körper tosten, während sie den Rollschuh zuband. Dann ließ sie das Bein sinken, und Sebastian drückte mit den Fingern fest auf ihre Klitoris. Sie schrie auf, klammerte sich an ihn und hob den Kopf, um ihn zu küssen.

318

Er berührte ihre Lippen nur flüchtig mit seinen und grinste dann. »Jetzt den anderen Rollschuh, Baby.«

Sie stöhnte, zwang sich jedoch weiterzumachen. Anstatt das Bein wieder auf die Rückenlehne zu legen, beugte sie sich vor und schnürte ihn langsam zu. Sebastian nahm die Hand weg, umfing ihre Pobacken und drückte Küsse auf die Rückseite ihrer Oberschenkel. Ihr lief ein wohliger Schauer den Rücken herunter, und sie war unglaublich erleichtert, als auch der zweite Rollschuh zugeschnürt war und sie sich wieder aufrichten konnte. »Fertig.«

Jetzt trug Chelsea ihre Kniestrümpfe, ihre Rollschuhe und den schmalen Rock, der eigentlich gar nichts verhüllte. Sie legte die Hände an die Brüste und drehte sich zu Sebastian um. »Ich bin jetzt bereit für meine Orgasmen.«

Er grinste, legte ihr die Hände an die Taille und zog sie an sich. »Ach ja, bist du das?«

Sie nickte und nahm seinen erigierten Penis in die Hand. Seine Jeans saß ihm locker auf der Hüfte, sodass sein Glied herausragte. Seine Haut fühlte sich so heiß an, und sie stöhnte. »Ich will dich, Sebastian.«

»Ich will dich auch, Baby.« Er küsste sie kurz. »Aber zuerst will ich dich kosten.«

Bei seinen Worten erbebte sie. »Ja?«

»Beug dich über die Lehne der Couch, Baby«, verlangte er und positionierte sie so, wie er sie haben wollte. »Reck deinen scharfen Hintern in die Luft.«

Sie tat, worum er sie gebeten hatte, und fühlte sich dabei sehr sexy. Das Sofa war gerade hoch genug, dass ihr Becken darüberreichte, und ihre Rollschuhe berührten gerade noch so den Boden. Ihr Hintern ragte in die Luft, und als sie sich vorbeugte, schob Sebastian ihre Beine auseinander. Wieder erschauerte sie vor Lust.

»Genau so habe ich mir das vorgestellt«, murmelte Sebastian, und sie spürte, wie seine Hände über die Rückseite ihrer Oberschenkel glitten. Einen Augenblick später drückte er sie nach vorn und spreizte ihre Beine etwas weiter.

Dann presste er auch schon das Gesicht gegen ihre Schamlippen.

Sie wimmerte leise. Dann bohrte sie die Finger in die Couch und fing an zu stöhnen. Sebastian bewegte den Mund weiter nach unten, suchte die Scheidenöffnung und presste seine Zunge hinein. Das fühlte sich unglaublich an. Sie keuchte und bewegte das Becken.

Er murmelte lustvoll »Hmmm«, legte die Hände an ihre Pobacken und hielt sie fest, während er sie mit der Zunge penetrierte. Wieder und wieder drang er damit in sie ein, so weit er konnte, und leckte sie.

Chelsea zitterte am ganzen Körper und atmete immer heftiger. »Sebastian, bitte. Oh Gott. Ich muss ... Oh ... Ich muss dich in mir spüren, Baby.«

»Noch nicht«, sagte er in einer Atempause, und sie stöhnte protestierend. Er knabberte an ihrem Hintern, und dann spürte sie, wie er einen Finger in sie hineinschob. Er rieb über ihre Scheidenwände und schien nach etwas zu suchen.

Auf einmal berührte er eine Stelle, und ihre Knie fingen sofort an zu zittern.

Sie schrie laut auf.

»Ja«, meinte er sanft. »Das ist die Stelle, die ich gesucht habe.« Er rieb mit dem Finger erneut über ihren G-Punkt, und Chelseas Schreie wurden immer erstickter, während sie sich um seinen Finger verkrampfte.

»Sebastian«, stieß sie keuchend aus. »Bitte. Oh, bitte!«

»Komm zuerst für mich«, bat er sie und rieb wieder diesen ganz besonderen Fleck.

Die Lust toste durch Chelsea hindurch, und ihr Schrei wurde von den Sofakissen erstickt, als sie kam. Ihr lief die Feuchtigkeit die Oberschenkel herunter, und Sebastian penetrierte sie weiterhin mit den Fingern, während er ihr ermutigende Worte zuraunte. Wieder und wieder drang er mit den Fingern in sie ein, und ihr Höhepunkt dauerte eine gefühlte Ewigkeit.

Als sie endlich aufhörte zu zittern, entrang sich ihr ein tiefer Seufzer, und sie klammerte sich völlig ermattet an die Sofakissen.

»Das sieht köstlich aus«, erklärte er und leckte ihr über die feuchten Innenseiten ihrer Oberschenkel.

Chelsea stöhnte und drückte sich gegen seine Zunge. Wieso fühlte es sich immer so gut an, unabhängig davon, wie er sie berührte? Es war, als würde er sie zum Leben erwecken.

Sie liebte es. Sie liebte seine Berührungen, seine Worte, die unzüchtigen Dinge, die er ihr ins Ohr raunte, sie liebte einfach alles. »Ich liebe dich, Sebastian«, sagte sie zärtlich. »Ich liebe dich so sehr.«

Er lachte leise und drückte ihr einen Kuss auf die rechte Pobacke. »Ich liebe dich auch, aber ich bin noch nicht fertig mit dir, Baby. Ich muss nur schnell ein Kondom holen.«

»Okay«, erwiderte sie. »Ich werde hier auf dich warten, ermattet und mit butterweichen Knien.« Sie tätschelte die Couchkissen und wackelte leicht mit dem Hintern. »Damit du es mir besorgen kannst.«

Er gab ihr einen Klaps, und sie quietschte. »Ich gehe nicht weg. Ich hole es nur aus meiner Brieftasche.«

»Hmm, du bist gut vorbereitet.«

»Ich hatte das Beste gehofft, da ich nicht vorhatte, dich je wieder gehen zu lassen. Selbst wenn ich nach Austin ziehen müsste, um bei dir zu sein, würde ich das für dich tun.«

Sie lächelte glücklich. »Du bist eben der beste Mann.«

»Warte erst mal, bis ich in dir bin.« Sie hörte, wie eine Kondomverpackung aufgerissen wurde. »Dann wirst du erst recht davon überzeugt sein, dass ich der Beste bin.«

»Und der Arroganteste«, fügte sie kichernd hinzu.

»Nein, nur ein Mann, der weiß, wie er seine Frau verwöhnen kann.« Schon stand er wieder hinter ihr, drückte seinen Penis in ihren Schritt und bewegte ihn über ihre Schamlippen.

Chelsea stöhnte und war sofort wieder erregt. Ihre Brustwarzen wurden steif, und sie hätte sich am liebsten nach hinten gedrückt und seinen Penis in sich hineingezwängt. Das, was er da mit ihr machte, fühlte sich unglaublich an. »Oh Gott, das ist so gut.«

»Es sieht von hier aus auch verdammt gut aus«, stellte Sebastian fest und wiederholte die Bewegung.

Sie schob den Hintern noch weiter zurück, und er summte zufrieden bei dieser Bewegung. »Ich will dich in mir spüren, Sebastian. Bitte. Füll mich aus.«

»Meine süße Chelsea. Meine wunderschöne Frau«, sagte er zärtlich und drang in sie ein.

Sie keuchte auf. Es gab kein Gefühl, das dem glich, von ihm so ausgedehnt zu werden. Der erste Stoß erschreckte sie immer, weil er sie so gut ausfüllte und so tief in sie eindrang. »Das ist gut«, hauchte sie. »Das habe ich gebraucht.«

Sebastian stöhnte und stieß wieder in sie hinein. Er legte die Hände fester an ihre Hüften und penetrierte sie dann wieder und wieder von hinten. »Du fühlst dich einfach unglaublich an, Baby. Ich liebe es, so tief in dir zu sein.«

Sie wimmerte, als er bei jedem Stoß weit in sie eindrang. »Ich liebe dich so sehr.«

»Ich liebe dich auch«, stieß er mühsam hervor, und seine Stöße wurden härter. Seine Hoden schlugen immer heftiger gegen ihre Haut. »Du gehörst mir, Baby. Mir allein. Und es wird sich niemand mehr zwischen uns stellen. Nie wieder.«

»Nie wieder«, bestätigte sie keuchend. Ihre Leidenschaft war wieder geweckt, und seine groben Stöße ließen ihre Lust immer heißer auflodern. Ihre Brüste bebten und rieben bei jeder Bewegung über das Kissen, und sogar das erregte sie. »Ich gehöre dir. Für immer!«

»Mir«, knurrte er, und seine Bewegungen wurden noch heftiger.

Chelsea keuchte und klammerte sich an dem Kissen unter sich fest, als er mit seinen harten Stößen wieder diese perfekte Stelle in ihr traf. »Oh!«

Er erstarrte und legte ihr eine Hand auf das Steißbein. »Beug dich etwas weiter vor, Baby.« Als sie es tat, rückte er ihr Becken ein wenig zurecht, bis sie praktisch mit dem Gesicht in den Kissen lag und ihr Hintern zur Decke zeigte.

Dann drang er erneut in sie ein, und ihre Welt blieb stehen. Das war die perfekte Stelle. Sie stieß einen leisen Schrei aus und krümmte in ihren Rollschuhen die Zehen. »Genau so!«

Sebastian pumpte sich jetzt so fest in sie hinein, dass die Rollen ihrer Rollschuhe gegen den Teppich hämmerten. Chelsea stieß einen erstickten Schrei aus und wimmerte, als sich der nächste Höhepunkt aufbaute. Ihr ganzer Körper zog sich zusammen, und sie versuchte, das Becken anzuheben, während Sebastian in sie eindrang. Sie presste die Wange gegen das Sofa und sah vermutlich völlig lächerlich aus, wie sie den Hintern so in die Luft reckte, aber das war ihr egal. Sie interessierte nichts mehr als der Orgasmus, der schon ganz nahe war.

Nach dem nächsten Stoß kam sie und schrie. Sie verkrampfte sich am ganzen Körper und gab sich mit all ihren Sinnen dem Höhepunkt hin. Sie stieß die Luft aus und spürte, wie sich ihre Scheide um seinen Penis zusammenzog, als sie kam. Er fluchte leise, als er es ebenfalls merkte. Dann zuckte sein Glied in ihr, und seine Bewegungen wurden hektischer, wilder und ruckartiger. Er stieß ihren Namen aus und verharrte, als er kam.

Chelsea glaubte, vor Wonne zu zergehen.

Als sie wieder atmen konnte, stieß sie stöhnend aus: »Wow.«

Sebastian tätschelte ihren Hintern, zog seinen Penis aus ihr heraus und lehnte sich neben sie über die Couch. »Ja, ich bin schon ziemlich unglaublich.«

Sie kicherte leise. »Und so bescheiden. Was habe ich ein Glück.«

»Ich bin hier der Glückspilz«, sagte er und zog sie hoch, damit er sie küssen konnte.

Sie legte die Arme um seinen Hals und fühlte sich eigentlich ebenfalls wie ein Glückspilz. »Wollen wir jetzt duschen gehen, du glücklicher Mann? Wir sollten noch ein bisschen aufräumen, bevor Pisa nach Hause kommt und sieht, was wir aus ihrer Wohnung gemacht haben.«

Er küsste sie noch einmal, auf den Mund, den Hals, den Unterkiefer. »Ich kaufe ihr einfach eine neue.«

Sie drückte sich an ihn. »Du kannst nicht alles mit Geld kaufen, weißt du.«

»Stimmt, aber ich kann es zumindest versuchen. Vor allem, wenn es dich zum Lächeln bringt.« Er legte die Arme enger um sie. »Für dein Lächeln würde ich alles tun.«

»Alles?«, fragte sie ihn amüsiert.

»Alles«, bestätigte er ernst.

Sie schaute zu ihm auf und hob anzüglich die Augenbrauen. »Hast du noch ein Kondom dabei?«

Sein erfreutes Grinsen verriet ihr, dass die Antwort Ja lautete.

Epilog

Zeichne mich wie eines deiner französischen Mädchen, Jack«, sagte Gretchen mit koketter Stimme und warf ihr Haar nach hinten.

»Ich schwöre dir, wenn du das noch einmal sagst, dann male ich dir einen Schnurrbart, Gretchen«, beschwerte sich Sebastian, der nicht von seinem Skizzenblock hochschaute. »Und hör auf, dich zu bewegen, oder ich nehme wirklich ein Foto als Vorlage.«

Gretchen machte einen Schmollmund. »Ich bin nicht fotogen, und das weißt du ganz genau. Dein Mann ist wirklich ein Griesgram, Chelsea.« Sie verdrehte die Augen und nahm ihre Pose auf dem Diwan wieder ein.

»Ehrlich gesagt«, meinte Chelsea in möglichst friedfertigem Tonfall, »hast du dieses Zitat in der letzten halben Stunde viermal angebracht.«

»Aber es passt doch auch so gut«, erwiderte Gretchen fröhlich. »Okay, ich benehme mich jetzt.«

Chelsea legte die Wange an Sebastians Schulter, der Gretchen zeichnete. Es war ihm gelungen, ihre Verspieltheit einzufangen, die auf Fotos nicht zur Geltung kam, und das Bild war sexy, lustig und durch und durch typisch Gretchen. Sie wusste, dass er Kopien der Zeichnung anfertigen würde, sobald sie fertig war, und dann zum Malen überging. In letzter Zeit experimentierte er mit Ölfarben, und die Resultate waren meist atemberaubend.

Sebastian war so talentiert, aber immer noch widerstrebte es ihm, anderen seine Arbeiten zu zeigen. Es war ihr gelungen, ihn davon zu überzeugen, Gretchen zu malen, weil das ein Teil ihres Hochzeitsgeschenks für Hunter werden sollte. Die Reaktionen auf seine Sammelkarten für die Rag Queens hatten ihn positiv überrascht, und so waren sie jetzt hier, wo sich Gretchen kunstvoll in ein Laken gehüllt und auf dem Diwan drapiert hatte und Sebastian sie skizzierte. Er hatte Chelsea gebeten, im Zimmer zu bleiben, da dann sowohl Gretchen als auch er entspannter waren, und sie hatte ihm diese Bitte nur zu gern erfüllt.

Ihr war jede Ausrede recht, um in Sebastians Nähe sein zu können. Jeder Tag, den sie zusammen verbrachten, war wundervoll, und Chelsea war glücklicher als jemals zuvor. Ihr gemeinsames Leben schien nur aus Glück zu bestehen.

Das Video war nie veröffentlicht worden. Der Mann, den die Polizei festgenommen hatte, hatte das Verbrechen gestanden, sein Geständnis jedoch widerrufen, aber das Video war unmissverständlich, und Sebastians Anwälte waren sehr gut. Der Fall würde bald vor Gericht kommen, und Chelsea würde eine Aussage machen müssen, aber die Chancen standen gut, dass der Täter nie wieder auf freien Fuß kommen würde. An manchen Tagen war es schwer; die Erinnerungen, die dadurch wieder hervorgerufen wurden, wollte sie eigentlich unbedingt vergessen. Aber Sebastian war immer an ihrer Seite und unterstützte sie, sodass sie sich nie allein fühlte.

Und das war eigentlich das Wichtigste.

Lisas Sextape war auch nie aufgetaucht, aber es gab im Internet noch reichlich Spekulationen darüber. Lisa genoss die Aufmerksamkeit natürlich sehr. Sie gab bei jeder sich bietenden Gelegenheit Interviews und war ständig in den Medien, wo sie betrübt und wunderschön in die Kameras schaute. Für die neue Staffel von *The Cabral Empire* waren sehr wenig

Szenen mit Sebastian vorgesehen (was ihn sehr erleichterte), stattdessen konzentrierten sie sich auf Lisa und ihre Probleme. Lisa war sogar zu *Ice Dancing with the Stars* eingeladen worden.

Was Sebastians Familie anging, so hatte Chelsea einen wackligen Waffenstillstand mit seiner Mutter geschlossen. Mrs Cabral bezeichnete Chelsea nicht länger als Hure, und Chelsea tolerierte sie. Sie mochte ihre Schwägerinnen Amber und Cassie, die beide Sebastian sehr ähnlich waren, sodass sie beinahe Drillinge sein könnten. Und Dolph war lustig, auch wenn sein Frauengeschmack zu wünschen übrig ließ, da er immer noch mit Lisa liiert war.

»Ich bin ja nur ungern die Spielverderberin«, sagte Gretchen und streichelte ihre Nacktkatze Igor, als die am Diwan vorbeischlich, »aber was sind das für blaue Flecken, Chels? Und dein blaues Auge ist ziemlich beeindruckend.«

Sebastian schnaubte. »Du solltest mal die andere Spielerin sehen.«

Chelsea strahlte, als er sie so verteidigte, und knabberte an seiner Schulter. »Ich habe mit Pisa in der Austin Wreck League gespielt und einen Ellenbogen ins Gesicht bekommen. Danach habe ich dafür gesorgt, dass die andere Spielerin noch länger was von meiner Rache gespürt hat.«

»Wie brutal«, murmelte Gretchen. »Das gefällt mir.«

»Du solltest mal mit mir zum Roller Derby kommen«, schlug Chelsea vor. »Dabei kann man gut Aggressionen abbauen.« Nicht dass sie in letzter Zeit einen Grund dazu gehabt hätte, aber sie ließ sich dennoch nicht alles gefallen. Sie spielte noch immer, allerdings war ihr Platz bei den Rag Queens nach ihrem Weggang an ein Mädchen von der Reservebank gegangen. Nach ihrer Rückkehr saß sie nun also auf der Bank. Was ihr eigentlich auch ganz recht war. Sie würde es bei den Testspielen in einigen Monaten erneut versuchen, und vielleicht schaffte sie es dann wieder ins Team ... oder auch nicht. Sie würde dennoch weiterspielen. Sie liebte diesen Sport viel zu sehr, als dass sie ihn aufgeben könnte.

Aber sie hatte auch sehr viel Spaß in den Austin-Ligen. Dort wurde eine wildere Derby-Version gespielt als die, die sie gewohnt war, und es gab mehr Kostüme und Albernheiten. Sebastian und sie hatten eine Wohnung in Austin gekauft und fuhren etwa einmal im Monat für einige Tage hin, damit sich Chelsea mit Pisa treffen, mit einigen Freizeitspielern aus Austin Rollschuh laufen und sich um ihr Geschäft kümmern konnte. Ihre Seifen lagen jetzt in einigen Läden in Austin aus, und Sebastian hatte eine Reihe von Kletterhallen gekauft, die er noch erweitern wollte. Austin war ein guter Ort, um damit anzufangen, und sie waren nach der Suche nach der perfekten Derby-Arena, da Chelsea gern regelmäßig irgendwo trainieren wollte. Es kam ihr zwar immer noch komisch vor, über den Kauf von Gebäuden und Häusern zu reden, als wäre das gar keine große Sache, aber Sebastian ließ sich nur zu gern von ihr beraten, wie er sein Geld ausgeben konnte. Seitdem Chelsea ein paar Mal in der Show zu sehen gewesen war, Amber Cabral von ihren Seifen geschwärmt hatte und ihr kleiner Etsy-Shop auf einmal überrannt wurde, lief das Seifengeschäft besser, und sie war schon in der *Cosmopolitan* und mehreren Onlinemagazinen erwähnt worden. Inzwischen hatte sie mehrere Angestellte und ein kleines Gebäude, in dem die Seifen hergestellt wurden, und kümmerte sich fast nur noch um neue Rezepte und Ideen.

Das war ebenfalls in Ordnung, denn so konnte sie mehr Zeit mit Sebastian verbringen.

»Ich werde nicht mit dem Rollschuhfahren anfangen«, erklärte Gretchen und streichelte Igors Rücken. »Ich mag keine Schmerzen. Versuch einfach, bei der Hochzeit nicht voller blauer Flecken zu sein, ja?«

»Ich habe ja noch einen Monat Zeit«, erwiderte Chelsea. »Und ich verspreche dir, mich in der Woche davor nicht mehr schlagen zu lassen.«

»Gut«, stellte Gretchen fest. »Denn die rückenfreien Kleider passen nicht sehr gut zu gelben oder lilafarbenen Flecken.«

Da hatte sie recht.

Gretchen hatte den Großteil des Jahres und drei Farbwechsel gebraucht, bevor sie sich für einen blassen bläulichen Lavendelton entschieden hatte, den sie »Blue Girl« nannte. Sie hatte Chelsea erzählt, dass Hunter ihr mal eine Rose in dieser Farbe geschenkt hatte und dass er wie ein kleines Mädchen vor Freude gekreischt hätte, als sie ihm die Brautjungfernkleider gezeigt hatte.

Letzten Endes hatten sie sich für verschiedene Stile, aber dieselbe Saumlänge entschieden. Während Audrey nach der Geburt langsam wieder abnahm, wurde Greer immer rundlicher. Daher trug Greer jetzt ein Kleid im Empirestil, Audrey eines mit Korsett, um ihren Körper ein wenig zu formen, Taylor hatte ein asymmetrisches Kleid im griechischen Stil, Kat eines mit U-Boot-Ausschnitt und tiefer Taille, Brontë ein halterloses mit herzförmigem Ausschnitt, und Chelseas hatte einen runden Ausschnitt und ein Rückenteil aus Spitze. Sie war zwar nie besonders mädchenhaft gewesen, musste aber zugeben, dass dieses Kleid wunderschön und prinzessinnenhaft war. Außerdem hatte sie Gretchens Kleid gesehen, und es war atemberaubend schön. Sie konnte es kaum erwarten, dass der Bräutigam seine Braut am Hochzeitstag endlich darin zu Gesicht bekam.

»Uuund, hast du es schon gehört?«, wollte Gretchen von Chelsea wissen. »Ich habe noch ein Paar aus der Hochzeitsgesellschaft verkuppelt.« Sie schien sehr zufrieden mit sich zu sein.

»Nein! Wen denn noch?« Chelsea grinste. Greer war von einem der Trauzeugen schwanger. Edie und Magnus waren zusammen. Sie hatte sogar gehört, dass Kat Geary mit Coop ausging, auch wenn die beiden gar nicht zueinander zu passen schienen – die aggressive, erfolgsorientierte Literaturagentin und der entspannte Cooper –, aber sie waren glücklich.

»Erinnerst du dich an Levi? Magnus' Bruder? Er hat die Hochzeitsgesellschaft verlassen und war ein ziemlicher Schnösel, daher hat Hunter einen Cousin von Griffin gebeten, ihn zu ersetzen. Du kennst doch Griffin, oder? Der Freund von Hunter, der aus der Königsfamilie von Belissime stammt?«

Chelsea blinzelte. »Ich glaube ...« Eigentlich wusste sie nicht, wen Gretchen meinte, aber die Geschichte war zu interessant, als dass sie sie unterbrechen wollte. Daher bedeutete sie Gretchen, dass sie weitererzählen sollte.

»Also, Griffins Cousin – anscheinend ist sein Name Loch, und er stammt aus Europa oder so. Und er hat einen Titel. Das ist völlig verrückt. Jedenfalls muss er für eine Weile in den Staaten bleiben, und Hunter hat ihn als Gefallen für Griffin darum gebeten. War ja klar. Ich habe ihm gesagt, dass es mir völlig egal ist, solange dieser Loch in einem Smoking schneidig aussieht.«

»Und, tut er das?«

»Oh ja, und wie. Er ist wirklich ziemlich heiß. Ich habe ihn schon kennengelernt. Taylor fällt jetzt seit Monaten über ihn her.«

»Hm.« Chelsea hatte sich bisher kaum mit Taylor unterhalten. Offenbar hatte sie da was verpasst. »Ich würde ihn gern kennenlernen.«

»Oh, er ist in Ordnung«, stellte Gretchen enthusiastisch

330

fest. »Starke Arme, und ein großer … großes Herz.« Sie schnaubte und kicherte gleichzeitig. »Er ist kein Hunter, aber es freut mich für sie.«

»Mich auch«, meinte Chelsea. Wenn alle nur halb so glücklich waren wie sie, wäre das wundervoll.

Gretchen sah Sebastian neugierig an. »Du bist nicht im Geringsten eifersüchtig, was? Du hast nicht mal mit der Wimper gezuckt, als ich Loch und seine Vorzüge beschrieben habe.«

»Ich fange an, mir Sorgen zu machen, wenn sie ihre Rollschuhe rausholt«, erwiderte Sebastian und arbeitete an Gretchens Kinn.

Chelsea wurde puterrot und schlug ihm spielerisch gegen die Schulter. »Jetzt hör aber auf.« Sie konnten schon die meiste Zeit auf die Rollschuhe verzichten. Nicht immer, aber oft. Jetzt trug sie sie größtenteils zum Spaß.

»So rollt das also bei euch zu Hause.«

»Das ist ja ein schreckliches Wortspiel.«

»Lass es mir doch einfach durchrollen.«

Chelsea stöhnte auf. »Hör auf. Hör bitte auf.«

Gretchen überlegte kurz und zuckte dann mit den Achseln. »Ich bin jetzt sowieso fertig.«

Zu Chelseas Überraschung klappte Sebastian seinen Skizzenblock zu und steckte seine Stifte ein. »Wir sollten auch besser aufbrechen.«

»Sollten wir?«, fragte Chelsea irritiert.

»Abendessen«, erklärte er.

»Abendessen?«

»Zu unserem Hochzeitstag. Erinnerst du dich nicht?«

Sie erschrak. Solche Dinge konnte sie sich einfach nicht merken. »Das ist heute?«

»Upsi«, trällerte Gretchen, die sich aufsetzte und das Laken an sich drückte. »Habt viel Spaß. Herzlichen Glückwunsch zum Hochzeitstag und so.«

Sie verabschiedeten sich von Gretchen, und Sebastian nahm Chelseas Hand und führte sie zum Wagen. War es wirklich schon ein Jahr her, dass sie spontan in New Orleans geheiratet hatten?

Es kam ihr fast wie ein Traum vor.

Chelsea setzte sich neben Sebastian auf den Rücksitz der Limousine, und sie fuhren nach Manhattan zurück. »Wo gehen wir denn essen?«

»Das wirst du schon sehen«, lautete seine geheimnisvolle Antwort, und er gab ihr einen Kuss auf die Stirn.

Als der Wagen vor der Derby-Arena hielt, war sie erst recht verwirrt. »Warum sind wir hier?«

»Wir treffen hier jemanden.« Sebastian stieg aus und reichte ihr eine Hand. »Kommst du?«

Natürlich begleitete sie ihn. Gleichzeitig verwirrt und fasziniert ließ sie sich von ihm hineinführen.

Erst als sie die Arena betraten, bekam sie eine Ahnung davon, was hier eigentlich los war. Die Rag Queens waren alle da und trugen ihre Derby-Outfits. Sie jubelten, als Chelsea und Sebastian hereinkamen. Die anderen hiesigen Teams waren ebenfalls da, und alle klatschten und kreischten, als sie sie sahen. Jemand drückte ihr im Vorbeigehen Rollschuhe in die Hand, und auf einmal hatte sie einen Schleier auf dem Kopf. Als sie sich zu Sebastian umdrehte, zog er sich gerade ein Sakko an und bekam einen Zylinder aufgesetzt.

Sie gingen weiter, und Chelsea sah einen der Schiedsrichter in der Mitte der Arena stehen. Er hielt eine Bibel in den Händen. Neben ihm stand Pisa auf ihren Rollschuhen und umklammerte einen Blumenstrauß, den sie Chelsea reichte.

»Was soll das alles?«, wollte Chelsea wissen, die gleichzeitig lachte und weinte. »Sebastian, was …«

»Beim letzten Mal hatten wir keine richtige Hochzeits-feier«, erwiderte er, ging vor ihr auf die Knie und nahm ihr einen Rollschuh aus der Hand, den er ihr vorsichtig anzog und zuschnürte. »Daher dachte ich, wir machen es noch einmal richtig und heiraten im Kreis deiner Familie.«

»Deiner Derby-Familie«, kreischte Pisa, und alle Spielerin-nen jubelten.

Chelsea konnte nicht mehr an sich halten und weinte los. Das war das Schönste, was jemand je für sie getan hatte. Als sie die Rollschuhe und den Schleier trug, zog sich Sebastian eben-falls Rollschuhe an, sie hielten sich vor dem Derby-Schieds-richter an den Händen und wurden noch einmal getraut.

Das ist doch mal ein Happy End, dachte sie, als Sebastian sich vorbeugte, um sie zu küssen.

Anmerkung der Autorin

Das moderne Roller Derby wird auf zwei verschiedenen Bahnen gespielt, dem Flat Track oder dem Banked Track. Chelsea und die Rag Queens sind in New York angesiedelt, und dort gibt es eine Flat-Track-Liga. In Austin, Texas, werden beide Versionen gespielt. Zu dem Zeitpunkt, zu dem ich dieses Buch geschrieben habe (Frühling 2015), gab es kein Derby-Team mit demselben Namen, wie ich ihn im Buch benutze. Sollte sich das im Laufe der Zeit ändern, so tut mir das leid! Es gibt zwar mehrere Teams in New York, aber die Broadway Rag Queens sind meine Erfindung.

Alle Fehler hinsichtlich der Derby-Regeln und -Vorschriften sind allein auf meinem Mist gewachsen. Ich habe versucht, diese Sportart so authentisch wie möglich darzustellen, aber manche Dinge gehen beim Schreiben leider verloren (vor allem, wenn man bis nachts um zwei am Schreibtisch sitzt).

Die Community für alle, die Bücher lieben

Das Gefühl, wenn man ein Buch in einer einzigen Nacht verschlingt – teile es mit der Community

In der Lesejury kannst du
- ★ Bücher lesen und rezensieren, die noch nicht erschienen sind
- ★ Gemeinsam mit anderen buchbegeisterten Menschen in Leserunden diskutieren
- ★ Autoren persönlich kennenlernen
- ★ An exklusiven Gewinnspielen und Aktionen teilnehmen
- ★ Bonuspunkte sammeln und diese gegen tolle Prämien eintauschen

Jetzt kostenlos registrieren: www.lesejury.de
Folge uns auf Facebook:
www.facebook.com/lesejury